Amnésie

MARGOT DALTON

Amnésie

Roman

MIRA

Titre original :
TANGLED LIVES
publié par MIRA®

Traduction de l'américain par MARIE-JOSÉ LAMORLETTE

Photo de couverture
Route sous la pluie : © PHOTONICA / GETTY IMAGES

83/85 boulevard Vincent Auriol 75646 PARIS CEDEX 13.
ISBN 2-280-85559-3 — ISSN 1765-7792

Prologue

Laissant derrière elle les plaines désertiques du Nevada et leur silence, déployé à l'infini sous le ciel étoilé, l'autoroute montait vers les canyons du sud de l'Utah. Tandis que l'obscurité commençait de se dissiper, un épais brouillard gris s'insinuait dans les vallées ; les phares des rares véhicules qui circulaient le perçaient de temps à autre de leurs faisceaux lumineux. Bientôt, une vague lueur apparut dans le ciel, à l'est, éclairant la ligne déchiquetée de l'horizon. Le vent tomba ; les étoiles moururent une à une.

Sur la voie rapide, un camion de cinq tonnes chargé de plaques de verre déboîta pour aller se ranger sur le bas-côté, où il s'arrêta. Le chauffeur sortit, s'étira, puis ferma son blouson. Il rentra les épaules afin de se protéger de l'humidité glacée du petit matin.

On n'était qu'en août, époque où le soleil brûlant calcinait encore le désert ; à cette altitude, cependant, la fraîcheur avait déjà un avant-goût d'automne.

L'autre voie de l'autoroute, perchée sur la falaise opposée, passait bien plus haut. Du coup, les traces lumineuses laissées par les véhicules qui roulaient vers le sud paraissaient flotter dans les airs, se mêlant aux volutes de brouillard. A l'exception des vibrations occasionnelles causées par les camions, l'air était presque immobile ; il régnait un silence profond, presque palpable.

L'homme contourna lentement le véhicule afin de vérifier les sangles qui arrimaient son chargement. Satisfait, il s'arrêta et jeta un coup d'œil dans le ravin impressionnant qui bordait la route. Il n'y avait pas de fossé, juste une pente très raide qui descendait à pic vers le fond, hérissée de buissons. Sans s'avancer plus, on ne distinguait pas grand-chose.

Pourtant, alors qu'il se remettait en marche pour regagner sa cabine, le chauffeur fut alerté par un détail bizarre : une sorte de tache claire qui ressortait parmi les broussailles, quelques mètres au-dessous de lui. Il s'arrêta de nouveau et scruta la pénombre. Oui, il y avait bien quelque chose. Une forme pâle, luisant d'un faible éclat métallique.

Prudemment, il s'agrippa aux buissons et descendit. Comme il s'approchait de l'objet, il constata qu'il s'agissait d'une voiture. Celle-ci émergeait en partie des fourrés, l'avant fiché dans la pente. C'était une voiture de collection, un cabriolet Thunderbird blanc de 1957, dont les ailerons et les feux arrière étaient parfaitement reconnaissables, même dans la grisaille de l'aube.

Vue d'en haut, la voiture paraissait presque intacte. Mais quand il se faufila jusqu'à elle, glissant et dérapant sur l'herbe mouillée, il s'aperçut que l'avant avait pas mal souffert. A l'évidence, le véhicule avait quitté la route et basculé le long de la falaise, dont il avait labouré la végétation. Par chance, au lieu de plonger dans le vide, il était venu s'encastrer dans un solide poteau métallique — ultime vestige d'une barrière qui avait dû jadis longer le ravin.

L'homme frissonna. Entre le silence, le brouillard qui rampait au fond de la vallée et le spectacle de cette voiture plantée en équilibre précaire dans la pente, semblable à un fantôme blanc surgi de la sauge et des genévriers, il se dégageait de cette scène une atmosphère étrange, surnaturelle.

Au bout d'un long moment, il fit un pas vers une des vitres brisées et regarda à l'intérieur du véhicule. Une forme ensanglantée, celle d'une femme, était affalée en travers du boîtier de vitesses.

Figé par l'horreur, il regarda fixement la nuque délicate, la masse sombre des cheveux emmêlés, le dos mince tordu en une ligne bizarre. Puis, il tourna les talons et remonta la pente comme un fou pour se ruer vers son camion et la CB branchée dans sa cabine.

1.

La pièce était spacieuse, le décor confortable, presque élégant. Quelques tableaux ornaient les murs, encadrés d'un chêne sombre assorti au mobilier. Seuls les appareils qui clignotaient et lançaient de petits signaux sonores, près du lit, ainsi que les nombreux bouquets de fleurs disposés çà et là, indiquaient qu'il s'agissait d'une chambre d'hôpital.

Assise près de la fenêtre, un bloc sur les genoux, le Dr Clara Wassermann contemplait la femme alitée non loin d'elle. Il était difficile de reconnaître dans ce visage contusionné celui de Lisa Cantalini. Lisa était une jeune femme d'une grande beauté, soucieuse comme nulle autre de son apparence. Elle avait des yeux d'un bleu très foncé, qui offraient un contraste saisissant avec ses cheveux noirs et sa peau laiteuse. Leur forme en amande lui donnait un air exotique qu'elle aimait à accentuer par un maquillage et une garde-robe très étudiés. Mais à présent, le visage nu et meurtri, elle paraissait surtout jeune et vulnérable. Comme si sa forte personnalité, puissamment égocentrique, avait disparu. Couverte de bandages et assommée par les calmants, elle semblait privée de consistance.

Tout à coup, sa paupière gauche battit, et elle tourna la tête sur l'oreiller. Elle ne pouvait ouvrir son œil droit, violacé et boursouflé.

Elle regarda autour d'elle avec une expression de panique. Puis elle grimaça et leva un bras bandé, essayant de toucher son œil. Son visage se crispa sous la douleur. Elle laissa retomber sa main.

Clara approcha sa chaise du lit.

— Ma tête me fait mal, murmura Lisa d'une voix faible. Où suis-je ? Que s'est-il passé ?

— Vous avez eu un accident de voiture, Lisa. Vous avez quitté l'autoroute et heurté un poteau.

La malade la dévisagea sans comprendre.

— Vous souffrez de quelques coupures et contusions assez sévères, précisa Clara, et vous avez subi une légère commotion cérébrale. C'est la raison pour laquelle Victor m'a demandé de venir parler un peu avec vous. Vous avez repris conscience à une ou deux reprises depuis hier, mais vous lui avez semblé en proie à une grande confusion. Il a pensé que je pourrais peut-être vous aider.

— Qui êtes-vous ?

La voix de Lisa était plus claire, maintenant, et son œil valide fixait avec une attention plus soutenue le visage de Clara. Celle-ci déplaça de nouveau sa chaise, afin que la blessée ne fût pas éblouie par la lumière qui venait du dehors.

— Je suis le Dr Wassermann. Vous vous rappelez, Lisa ? Vous êtes venue me voir plusieurs fois, au printemps dernier.

— Mais je… je ne vous connais pas, balbutia la jeune femme, de nouveau paniquée.

— Bien sûr que si !

En tant que psychiatre, Clara connaissait parfaitement les symptômes liés à un choc post-traumatique. La réaction de sa patiente ne la surprenait pas du tout.

— Essayez de vous souvenir, Lisa. Nous avons beaucoup discuté de votre enfance, ainsi que de certains problèmes que vous aviez alors avec Victor.

Lisa la considéra d'un air hésitant.

— J'ignore de quoi vous parlez, avoua-t-elle enfin.

Elle voulut se redresser dans son lit, mais retomba avec un grognement.

— Je ne sais pas qui vous êtes. Que se passe-t-il ? Qu'est-ce qui m'arrive ?

Clara se pencha vers elle et lui tapota l'épaule d'un geste rassurant.

— Il ne faut pas vous alarmer. Votre état est tout à fait normal après un accident. Vous devez vous détendre, Lisa, et ne pas vous inquiéter.

— Mais je ne suis pas… Je ne m'appelle pas Lisa !

Les doigts de Clara se crispèrent sur son bloc.

— Vous n'êtes pas Lisa ? Dans ce cas, comment vous appelez-vous ?

— Meg…, murmura la jeune femme en fermant les yeux. Je m'appelle Meg.

Clara dut lutter pour conserver un ton calme et détaché.

— Meg ? demanda-t-elle. C'est votre prénom ?

Mais Lisa s'était rendormie.

Un moment, Clara l'observa en silence, puis elle se leva sans bruit et quitta la chambre.

Agée d'un peu plus de cinquante ans, Clara Wassermann avait beaucoup d'allure. Grande et mince, une mèche d'un blanc pur striant ses cheveux noirs, elle portait avec élégance et distinction des vêtements d'excellente facture. Toutefois, sous ces abords lisses et séduisants, elle dissimulait une ambition professionnelle qui eût sans doute surpris même son entourage le plus proche.

Elle pénétra dans l'immeuble qui abritait son cabinet, un vieux bâtiment en brique de trois étages, rénové, situé en plein centre de Salt Lake City. Elle s'engouffra avec impatience dans l'ascenseur, puis, une fois au dernier étage, longea d'un pas vif le couloir qui menait à ses locaux. Elle disposait d'une petite pièce de réception, où se tenait sa secrétaire, d'une salle de consultation décorée dans des tons ocre, doux et apaisants, ainsi que d'un bureau personnel à l'agencement spartiate, dans lequel livres et cassettes enregistrées s'alignaient sur des rayonnages, au mur.

Une fois dans son domaine, elle se dirigea sans hésitation vers une étagère et consulta les bandes magnétiques qui contenaient ses entretiens avec Lisa Cantalini. Les sourcils froncés, elle choisit une cassette, vérifia l'étiquette et la glissa dans le magnétophone posé sur son bureau. Puis elle s'installa dans son fauteuil, un bloc-notes à portée de main.

Sa propre voix s'éleva bientôt dans la pièce :

— Jeudi 12 mai. Séance de thérapie avec Lisa Cantalini. Comment allez-vous aujourd'hui, Lisa ?

— Bien. Ecoutez, avez-vous vraiment besoin que ce truc tourne pendant qu'on parle ?

— Je peux arrêter le magnétophone s'il vous met mal à l'aise. Enregistrer nos entretiens est une facilité pour moi, rien de plus.

— Nos entretiens ! persifla Lisa. Je parle, vous écoutez. Vous appelez ça un entretien, docteur Wassermann ?

— Vous ne venez pas ici pour m'entendre, Lisa. Avez-vous parlé à votre mari de certains des points que nous avons abordés la semaine dernière ?

— Victor n'est jamais à la maison. Comment voulez-vous que je lui parle ?

Il y eut un silence sur la bande. Clara en profita pour prendre des notes.

Puis la voix de Lisa s'éleva de nouveau. La jeune femme semblait réticente, agacée.

— Il prétend qu'il doit travailler tard tous les soirs… mais comment savoir si c'est vrai ? En fait, pour vous dire la vérité, ça m'est complètement égal. Etes-vous mariée, docteur Wassermann ?

— Je l'ai été, répondit Clara. En ce moment, je vis seule.

— *En ce moment, je vis seule*, répéta Lisa en imitant avec insolence son ton neutre et précis.

— Aimeriez-vous vous allonger sur le divan, Lisa ? Peut-être vous sentiriez-vous plus à l'aise.

— Personne ne s'allonge plus sur des divans ! Vous êtes de la vieille école, docteur Wassermann.

— Vraiment ?

— Et puis, si je m'allonge, je ne verrai plus votre visage.

— C'est bénéfique, parfois. Il me semble que vous devriez essayer. Vous pouvez régler le dossier pour être assise plus droite, si vous préférez.

— Oh ! merde..., marmonna Lisa.

Clara baissa les yeux sur le magnétophone et sourit, amusée par la rancœur qui perçait dans la voix de sa patiente. La conversation s'interrompit de nouveau, remplacée par des bruits étouffés. En dépit de ses objections, Lisa s'installait sur le divan de cuir.

— Vous êtes bien ? lui demanda Clara d'un ton tranquille.

— Ça va. Où en étions-nous ?

— Vous évoquiez le travail de Victor.

— Il me dit qu'il a des problèmes d'argent, reprit Lisa. Il est si riche qu'il sait à peine quoi faire de sa fortune, mais il angoisse comme une vieille bonne femme et me répète sans arrêt que je devrais faire plus attention et acheter moins de vêtements.

— Vous vous habillez toujours merveilleusement, Lisa. Vous possédez un goût certain pour tout ce qui concerne votre toilette.

— Ça s'apprend, répondit la jeune femme avec indifférence. Après quinze ans de métier, c'est normal.

— De métier ?

— Les concours de beauté. Je vous ai déjà dit tout ça, je le sais. Ma mère m'a inscrite pour mon premier concours alors que je n'avais pas trois ans. « Bébés en Fleurs », il s'appelait. Je l'ai gagné. A huit ans, j'avais déjà participé à quarante-trois concours.

— Et le dernier remonte à vos... dix-huit ans, c'est ça ?

— Oui. Il y a cinq ans. A ce moment-là, j'avais gagné tous les titres en jeu dans la région, et j'étais sur le point de concourir pour celui de Miss Utah, puis de Miss America. Et je les aurais remportés, tout le monde en était convaincu. J'étais promise à une carrière fantastique, avec des tonnes d'argent à la clé... je n'aurais pas eu besoin de Victor, alors.

Il y eut un autre silence sur la bande, puis la voix de Lisa s'éleva encore, moqueuse :

— Je vous choque, docteur Wassermann ?

— Très peu de choses me choquent. Pourquoi vous êtes-vous arrêtée ?

— Ma mère est morte alors que je me préparais pour le titre de Miss Utah. Cancer du foie. Tout de suite après, il est apparu qu'elle avait laissé nos finances dans un état désastreux. Il n'y avait pas d'asssurance-vie, pas même d'économies pour me permettre de vivre. J'ai dû abandonner mes études et me mettre à travailler.

— Si vous étiez déjà qualifiée pour le concours, pourquoi ne vous êtes-vous pas présentée quand même ?

— On voit bien que vous n'y connaissez rien. A elles seules, les robes du soir coûtent des milliers de dollars. Les filles les font faire sur mesure par des stylistes de New York ou de Californie. Sans parler des cours de diction et de danse qu'il faut prendre pour l'épreuve « Talents ».

Participer à un concours de haut niveau exige un énorme investissement.

— Ne pouviez-vous trouver un sponsor, compte tenu de vos précédents succès ?

— Pas vraiment. Je n'aurais jamais trouvé quelqu'un qui accepte de m'entretenir et de payer mes études en plus du reste. Or une fille qui est obligée de travailler, pour un salaire de misère, n'a aucune chance d'impressionner les juges. Pour ça, il faut aller à l'université, étudier en vue d'une carrière précise et bénéficier de tout l'appui que seule une famille peut vous apporter. Le circuit des concours de beauté, c'est l'enfer ; un vrai parcours d'obstacles, avec une concurrence acharnée.

— Et votre père ? Il n'aurait pas pu vous aider ?

— Je n'ai jamais eu de père.

— Pourtant, je croyais...

— Oh ! bien sûr, il y avait Creg ! coupa Lisa avec impatience. Mais il n'a été là que quelques années. Il est parti quand j'avais quatre ou cinq ans. Je ne l'ai pratiquement plus revu — et c'était aussi bien.

— Pourquoi ?

— Terry et lui se disputaient sans arrêt. Surtout à cause de moi.

— Terry... Votre mère ?

— Mais oui, vous le savez bien ! Greg détestait ces histoires de concours. Il était nul, complètement nul. Je me souviens encore des scènes qu'il faisait... C'était si bien, après son départ, quand on s'est retrouvées toutes les deux, Terry et moi.

— Comment vous traitait-il, lorsqu'il vivait avec vous ?

— Vous voulez savoir s'il abusait de moi, c'est ça ? Tous les thérapeutes demandent ce genre de choses.

— A-t-il abusé de vous ?

La réponse fusa, proférée avec froideur.

— Bien sûr que non. Ma mère l'aurait tué.

Nouveau silence. Tandis que la bande tournait, Clara prit quelques notes.

— Je sais ce que vous pensez, déclara soudain Lisa.

— Dites toujours…

— A mon avis, vous devez trouver bizarre que Terry m'ait tant aimée et qu'elle se soit impliquée à ce point dans ma vie. Après tout, je n'étais que sa fille adoptive. Alors, je me trompe ?

— Est-ce ce que vous ressentez, vous ?

— Je ne sais pas. Mais j'aimerais savoir une chose : aurais-je été quelqu'un de différent, si j'avais vécu avec ma vraie mère au lieu de vivre avec Terry ?

— Je ne peux pas vous répondre. Les opinions divergent sur le rôle des facteurs génétiques et de l'environnement dans le développement d'une personne. Savez-vous quelque chose sur vos parents biologiques, Lisa ?

— Rien. Mais quand j'étais petite, je rêvais toujours…

La voix de la jeune femme s'adoucit brusquement, s'emplissant de nostalgie.

— Je… je me disais que ma vraie mère était une actrice riche et célèbre, qu'un jour elle viendrait me chercher dans une grande limousine blanche et qu'elle m'emmènerait vivre avec elle. J'ai attendu, attendu, mais elle n'est jamais venue.

Clara se redressa, tendue, et fixa son regard sur la cassette. L'instant approchait. L'intonation de Lisa s'était faite rêveuse, lointaine.

— Après la mort de Terry, quand tout était si dur pour moi, j'ai bien essayé de retrouver mes vrais parents… J'ai écrit au cabinet d'avocats qui s'était occupé de l'adoption, mais on m'a répondu que personne ne me cherchait. « Aucun membre de votre famille biologique ne vous recherche actuellement, disait la lettre. Si une telle demande était présentée, vous en seriez avertie sur-le-champ. » Sympa, non ?

— Qu'éprouvez-vous, à ce sujet ?

— Le fait d'avoir été abandonnée, vous voulez dire ? Je ne sais pas. Quelquefois…

Le débit de Lisa se ralentit ; sa voix prit un ton bizarre, hésitant, qui contrastait étrangement avec son assurance habituelle.

— Quelquefois, j'ai du mal à savoir… qui je suis vraiment. Comme si… comme si j'étais différentes personnes à la fois, vous voyez ?

— Différentes personnes ?

— Oui… Plus précisément, comme si plusieurs personnes vivaient à l'intérieur de moi. C'est… très troublant.

L'estomac de Clara se crispa quand elle repensa à l'entretien qu'elle venait d'avoir avec Lisa, à l'hôpital. La main posée sur son bloc, elle écouta la suite avec attention.

— Je ne suis pas sûre de bien vous comprendre, Lisa.

— Eh bien… quand j'étais petite, par exemple, j'avais l'impression qu'une autre petite fille habitait dans mon corps. Physiquement, elle était identique, mais elle était… plus gentille. Je la sentais meilleure que moi.

— D'où venait-elle ?

— Du miroir. Je vous l'ai dit, elle était exactement semblable à moi.

— Etait-elle une source de réconfort, pour vous ? Une sorte d'amie imaginaire ?

— Ça non ! Ce n'était pas mon amie. Je la détestais. Elle s'appelait Griselda. Je ne me souviens pas d'avoir inventé ce prénom… Pourtant, c'est sûrement moi qui l'ai trouvé, parce que c'était le nom le plus laid qui pouvait me venir à l'esprit.

— Pourquoi la détestiez-vous ?

— Elle était plus jolie que moi.

— Je croyais qu'elle vous était identique.

— Oui, mais d'une certaine manière elle était quand même plus jolie. Je ne la supportais pas. Chaque fois que je me regardais dans un miroir, et qu'elle se glissait dans mon esprit, je devenais presque folle. Il m'a fallu des années pour m'en débarrasser.

— Elle a disparu ?

— Bien sûr. Je me suis débarrassée d'elle, il y a de cela longtemps.

— Comment ?

— En gagnant les concours de beauté. Chaque fois que je me tenais sur la scène et que l'on me remettait la couronne et l'écharpe, je savais que j'étais vraiment, réellement, la plus jolie de toutes les filles. C'était si bon…

Clara contemplait la bande qui tournait, le front plissé par la concentration.

— Quand j'avais onze ans, poursuivit Lisa, Terry m'a emmenée voir *Blanche-Neige*. C'était exactement comme avec Griselda. La malheureuse reine ne cessait de demander à son miroir : « Miroir, mon beau miroir, qui est la plus belle de toutes ? » Et le miroir lui répondait toujours que c'était une autre. Mon Dieu, comme j'ai détesté ce film ! D'un côté, j'avais très envie de rester et de voir la reine tuer Blanche-Neige, mais je n'ai pas pu tenir jusqu'au bout. J'ai obligé Terry à se lever et à partir au beau milieu du film. Elle était dans tous ses états. Après ce jour-là, Griselda n'est plus revenue.

— Jamais ?

— En tout cas, je ne m'en souviens pas. Elle était… elle était partie. Mais maintenant…

La voix de Lisa s'éteignit.

— Lisa ? Est-ce que vous vous endormez ? lui demanda Clara.

— Non…, répondit la jeune femme d'un ton lointain et puéril. Non, je… réfléchis, c'est tout.

— Oui ?

— Parfois, il me semble de nouveau que je ne suis pas seule en moi-même. Qu'il y a à l'intérieur de moi… quelqu'un de totalement différent, comme… comme Griselda autrefois.

— Cette personne a-t-elle un nom, elle aussi ?

— Je crois, murmura Lisa. Je crois qu'elle s'appelle… Maggie, ou quelque chose comme ça. C'est bizarre, non ? Est-ce que je suis en train de devenir folle ?

Clara s'entendit alors répondre d'un ton neutre :

— A mon avis, vous êtes tout à fait saine d'esprit. Pourriez-vous m'en dire un peu plus sur Maggie ?

Mais la voix de Lisa paraissait de plus en plus ensommeillée. Elle se faisait lourde, étouffée. Après quelques phrases indistinctes, la bande tourna en silence, puis s'arrêta avec un déclic.

Un frisson d'excitation parcourut Clara.

D'ores et déjà, elle était pratiquement sûre que cette voix enregistrée, ainsi que la femme qui gisait, brisée, sur un lit d'hôpital représentaient pour elle une aubaine, une chance dépassant toutes ses espérances. Le cas Lisa Cantalini allait devenir le coup d'éclat professionnel qui apporterait au Dr Clara Wassermann la reconnaissance qu'elle brûlait d'obtenir.

D'ici là, toutefois, elle devait faire preuve de la méticulosité la plus extrême, afin qu'aucune critique de ses méthodes et procédés ne puisse venir entacher le rapport qu'elle publierait.

Il fallait qu'elle se montre prudente. Très, très prudente.

2.

Le même jour, dans l'après-midi, Victor Cantalini vint rendre visite à sa femme. Tout en traversant le hall d'entrée à grandes enjambées, il songeait à quel point il haïssait les hôpitaux. L'idée de ne pas être en possession de tous ses moyens lui était insupportable ; il avait besoin de garder le contrôle absolu de sa personne, de son environnement, de ses déplacements. A la pensée de tous ces gens malades, diminués, couchés derrière ces portes fermées, il éprouvait une sensation d'étouffement.

Son dernier séjour à l'hôpital remontait à son adolescence, lorsque des oreillons aussi douloureux qu'humiliants l'avaient cloué quelque temps sur un lit. Dès qu'il retrouvait cette atmosphère confinée, ce souvenir revenait le hanter.

Il s'arrêta devant la porte de Lisa, hésita un instant. D'un geste machinal, il lissa sa chevelure argentée, qu'il avait drue et bouclée. Un grand et bel homme, à l'air calme et solide : telle était l'image qu'il donnait aux autres. Et il se sentait encore plein de vigueur, malgré les trente ans qui le séparaient de sa femme. Soucieux de son élégance, il portait ce jour-là un pantalon à pinces ivoire, coupé dans un tissu ultra-léger, et une chemise chocolat à col ouvert.

Enfin, il poussa la porte et pénétra sans bruit dans la chambre.

La première chose qu'il vit fut un corps de femme aux courbes appétissantes, moulé dans une blouse blanche qui révélait des formes pleines d'attraits.

L'infirmière, qui était penchée sur le lit, se redressa et leva les yeux vers lui. Victor lui sourit. Elle était jeune et très séduisante, avec ses cheveux roux retenus par sa coiffe et ses seins généreux qui tendaient le fin tissu de sa blouse. Son joli visage exprimait une telle douceur que l'intérêt de Victor s'accrut encore, jusqu'au moment où il comprit que l'attention compatissante de la jeune femme était uniquement destinée à sa patiente.

— Bonjour, monsieur Cantalini, murmura-t-elle. Votre femme vient juste de s'endormir. Il lui arrive fréquemment de s'assoupir et de se réveiller ; si vous restez un moment, vous avez des chances de pouvoir lui parler.

Victor s'approcha du lit et baissa les yeux sur Lisa, assailli par des émotions contradictoires. La voir aussi immobile et vulnérable, le visage meurtri, sans maquillage, lui faisait une impression bizarre. L'accident remontait presque à quatre jours. Si l'enflure qui déformait son œil droit commençait de se résorber, la paupière était encore violacée.

Pourtant, en dépit des contusions qui marquaient sa peau blanche, sa femme paraissait plus belle que jamais à Victor. Il contempla avec admiration la ligne pure de sa joue et de sa mâchoire, le dessin de ses pommettes, la finesse de ses traits, la courbe parfaite de ses sourcils noirs, la délicatesse de sa bouche. Une telle beauté semblait presque incroyable.

— Bon sang ! laissa-t-il échapper à mi-voix. Elle est superbe, vous ne trouvez pas ?

L'infirmière ajusta le goutte-à-goutte attaché au bras de la blessée.

— Oui, approuva-t-elle. C'est une jeune femme adorable.

Victor gardait les yeux fixés sur le visage paisible de son épouse.

— Elle a gagné de nombreux concours de beauté, il y a quelques années. Quand je l'ai rencontrée, elle travaillait à la télévision. Elle tournait dans des spots publicitaires.

Ils se turent, observant Lisa qui tressaillait et murmurait quelque chose.

— Est-ce qu'elle va bien ? demanda Victor. D'après ce que le médecin a dit, je croyais qu'elle souffrait simplement d'une légère commotion. Est-il normal qu'elle dorme ainsi au milieu de la journée ?

— Elle est encore sous sédatifs, répondit l'infirmière en désignant le goutte-à-goutte. Et puis…

Elle s'interrompit.

— Quoi ? Qu'y a-t-il ?

— Eh bien… il semble qu'elle ait contracté une petite infection, il y a deux ou trois jours. Elle a des poussées de fièvre, par moments, mais nous contrôlons la situation. D'ailleurs, elle est également sous antibiotiques.

— Une infection ? Qu'est-ce que c'est que cette histoire ? De quel type ?

— Il faudra que vous en parliez au Dr Bartlett. Je dois vous laisser, à présent. Si vous avez besoin de quoi que ce soit, monsieur Cantalini, vous n'avez qu'à appuyer sur ce bouton.

L'infirmière ramassa ses instruments sur un plateau et se tourna pour sortir. Victor avait eu le temps de lire son prénom sur le badge accroché à la poche gauche de sa blouse.

— Je n'y manquerai pas, Joanne, acquiesça-t-il avec un sourire chaleureux.

Elle y répondit de façon distante, professionnelle. Victor la suivit des yeux tandis qu'elle quittait la chambre, charmé par la délicieuse ondulation de ses hanches sous son uniforme blanc. Puis il prit place dans un fauteuil, près du lit, et considéra sa femme avec le mélange de passion et d'inquiétude qui lui était coutumier.

En dépit de l'apparence chétive et fragilisée de Lisa, il fut soudain empli d'un désir aussi violent qu'inattendu à la voir ainsi endormie. Aucune femme ne l'avait satisfait comme elle, jamais. L'évocation de son corps nu entre ses bras, de sa beauté, de l'intense félicité qu'il éprouvait à la posséder l'excita de telle sorte qu'il dut changer de position, brûlant et mal à l'aise.

Comme si un homme, quel qu'il fût, pouvait se vanter de posséder Lisa, pensa-t-il avec amertume.

Tout à coup, elle ouvrit les yeux et le regarda sans rien dire, clignant des paupières dans la lumière tamisée qui filtrait à travers le store. Victor fut intrigué — et un peu effrayé — par son absence de réaction.

— Bonjour, ma chérie. C'est moi, Victor. Tu te souviens ?

Il avait adopté le ton de la plaisanterie, espérant ainsi lui tirer un sourire.

— Victor..., murmura-t-elle.

— Ton mari. Je sais que tu as parfois du mal à te rappeler que tu as un mari, mais je suis là.

L'embarras de Victor allait croissant. Dans cet environnement stérile et silencieux, il se sentait soudain trop grand, trop brusque, trop viril. Lisa l'observait toujours, muette.

— Tu sais, c'est la première fois que je te parle vraiment depuis que tu... depuis l'accident.

Sa femme continuait de le scruter d'un air affolé, presque désespéré. Il s'efforça de garder un ton léger.

— Mon pauvre cœur, j'ai l'impression qu'ils te bourrent de calmants !

— Victor, répéta lentement Lisa, comme si elle prononçait ce prénom pour la première fois et tentait d'en comprendre le sens.

Le malaise de Victor s'accrut.

— Lisa, est-ce que tu te sens bien ? demanda-t-il. As-tu besoin de quelque chose ? Je peux...

Un flot de couleur envahit les joues de sa femme, de la sueur perla sur son front pâle. Elle devait avoir un accès de fièvre, pensa-t-il. Elle agita la tête sur son oreiller, se détourna un instant, puis regarda de nouveau Victor.

— Je ne comprends pas, dit-elle dans un souffle. Je ne comprends pas pourquoi tout le monde persiste à m'appeler Lisa.

Victor se mordit la lèvre et jeta un coup d'œil nerveux vers la porte.

— Voyons, ma chérie, c'est normal ! C'est ton prénom ! Comment voudrais-tu qu'on t'appelle ?

— Je m'appelle Meg. Je vis à Las Vegas et j'y travaille. Il faut que je retourne travailler.

Epouvanté, Victor la dévisagea longuement.

— Voyons, Lisa, ne dis pas des choses pareilles, reprit-il d'une voix rauque. Nous habitons ensemble, tu le sais bien, dans le canyon, en dehors de la ville... Dès que le médecin aura donné son accord, je te ramènerai à la maison. Tout ira beaucoup mieux, là-bas. Tu verras.

— Je ne vous connais pas. Mon prénom... Mon prénom est Meg. Je ne connais pas de Lisa.

Elle referma les yeux et parut se rendormir ; ses joues, toutefois, étaient toujours aussi rouges.

— Bon sang ! maugréa Victor.

Il observa la jeune femme un moment. La situation avait quelque chose d'irréel et de terrifiant à la fois, comme si une autre personne s'était introduite dans le corps de son épouse. Finalement, il se leva et quitta la chambre en courant, troublant le silence et la tranquillité qui régnaient dans les couloirs de l'hôpital.

Le Dr Wassermann se trouvait dans la salle des infirmières en compagnie du Dr Saul Bartlett, un généraliste vieillissant qui suivait Lisa depuis son mariage, quand Victor Cantalini fondit sur eux.

La terreur qu'il éprouvait s'était muée en une fureur sans bornes.

— Qu'est-ce qui se passe, nom de Dieu ? lança-t-il en s'arrêtant près du bureau où les deux médecins conversaient à voix basse. Qu'est-ce qu'elle a ?

Clara Wassermann s'approcha et lui tapota doucement le bras, ce qui ne fit qu'accroître sa colère.

— Il ne faut pas vous inquiéter, Victor.

— Pas m'inquiéter ? s'exclama celui-ci, indifférent aux regards réprobateurs que lui jetaient l'autre médecin et les infirmières présentes. Ma femme devient folle, et vous me dites de *ne pas m'inquiéter* ?

— Je vous en prie, monsieur Cantalini, intervint le Dr Bartlett.

— Lisa n'est pas folle, reprit Clara avec calme. Suivez-nous un moment dans la salle de repos, Victor. Nous allons en discuter, d'accord ?

Victor la fusilla du regard, mais il accepta de se laisser guider le long du couloir, jusqu'à une pièce meublée de sièges de cuir défoncés et de tables basses jonchées de tasses en plastique sales et de magazines aux pages cornées.

— Quelqu'un veut du café ? demanda Clara en s'approchant du percolateur.

— Avec un peu de crème et sans sucre, lui répondit Saul Bartlett. Merci, Clara.

— Pas de quoi. Victor ?

— Non. Ce n'est pas du *café*, que je veux, c'est la vérité, sapristi !

— Saul, avez-vous déjà rencontré Victor ?

— On ne nous a pas présentés. Je vous ai aperçu le matin où l'on a amené votre femme, monsieur Cantalini.

Le médecin s'avança, la main tendue. Victor la serra.

— Victor possède plusieurs concessions automobiles dans le nord de l'Utah, indiqua la psychiatre.

Elle s'installa dans un fauteuil et considéra les deux hommes.

— Je comprends que vous soyez bouleversé, Victor. Il s'agit d'un phénomène très déconcertant. Je regrette de n'avoir pu vous prévenir avant que vous ne parliez à Lisa.

Saul Bartlett sirotait son café en silence. Son regard bleu passa de sa consœur à Victor.

— A mon avis, poursuivit Clara Wassermann, Lisa est en train de développer les premiers symptômes d'une dissociation de la personnalité — et pour être plus précise, un cas très rare appelé SPM, syndrome de la personnalité multiple.

Victor la dévisagea, bouche bée.

— Vous... vous voulez dire la même chose que dans ces téléfilms, quand quelqu'un découvre qu'il est deux personnes à la fois, et que chacune ignore tout de ce que fait l'autre ?

— Ces fictions sont souvent très simplistes, souligna Clara. En outre, elles laissent entendre à tort que ce phénomène est assez courant. Il existe en fait très peu de cas vraiment authentiques, étayés par une étude solide.

— Je croyais que l'on en avait recensé plusieurs centaines, intervint le Dr Bartlett.

— Il y a de nombreux diagnostics, c'est vrai. Mais rares sont les cas qui reposent sur une base sérieuse.

— Et d'après vous, ma femme fait partie de ces cas « authentiques » ? Pour l'amour du ciel, Clara, cette histoire…

Saul Bartlett fronçait les sourcils, l'air sceptique.

— Le SPM est généralement provoqué par certaines formes de stress assez graves, non ? J'ai soigné Lisa plusieurs fois pour des troubles menstruels, mais elle m'a toujours fait l'effet d'une jeune femme très assurée, pleine de confiance en elle…

— Les apparences peuvent être trompeuses, répliqua Clara. Lisa souffre d'un bon nombre de conflits non résolus, liés à son enfance. Des sentiments négatifs vis-à-vis de sa mère, un père absent, une insécurité profonde consécutive à son adoption… Les facteurs déstabilisants ne manquent pas. Sans oublier la pression importante qu'elle subit depuis quelques mois.

— C'est exact, reconnut Victor en réponse au coup d'œil du psychiatre. Les choses n'allaient pas très bien entre nous, ces derniers temps. Mais quel mariage est parfait en permanence ? Lisa a toujours eu beaucoup d'argent à dépenser, et c'est quelqu'un qui sait prendre du bon temps. Je ne vois pas pourquoi elle en arriverait à de telles extrémités, d'un seul coup.

— Ce n'est pas arrivé « d'un seul coup ». L'autre personnalité de Lisa est probablement présente en elle depuis l'enfance.

— Attendez, Clara ! intervint Saul Bartlett. Il y a tout de même d'autres explications possibles, non ? Cette jeune femme a reçu un coup sérieux à la tête. J'ai pu diagnostiquer un choc post-traumatique et une légère commotion cérébrale. Si l'on y ajoute cette fièvre qui monte et descend toutes les deux heures, il me semble normal que Mme Cantalini soit pour le moins… désorientée.

— Peut-être, mais ce n'est pas la première fois que j'entends parler de sa personnalité seconde. Elle a mentionné Meg à plusieurs reprises lors de ses dernières séances de thérapie, il y a plus de trois mois. Peu après, elle a cessé de venir me voir sans donner d'explication.

Furieux, Victor se tourna vivement dans son fauteuil.

— Qu'est-ce que vous me chantez là ? Elle a déjà parlé de cette Meg ? Bon sang, ça ne tient pas debout !

— A cette époque, Lisa n'était pas sûre du prénom de Meg. Mais elle était consciente de son existence.

Saul Bartlett s'approcha de Victor et posa une main compatissante sur son épaule.

— Que s'est-il passé le jour de l'accident, Victor ? insista Clara. Comment était Lisa, juste avant ?

Victor haussa les épaules.

— Comme d'habitude, je suppose. Quand je suis parti, le matin, elle était encore couchée. Elle projetait de se lever tard et de passer la journée à paresser au bord de la piscine. Je crois que quelqu'un devait venir la voir — un cousin à elle, peut-être. J'ai travaillé tard, et je ne suis rentré que vers 23 heures. Elle n'était pas là. Elle n'avait laissé aucun message, rien. Elle était partie, voilà tout.

— Etait-ce inhabituel, chez elle ?

— Inhabituel ? répéta Victor avec un rire sans joie. Rien n'était inhabituel pour Lisa.

— Donc, lorsque vous avez entendu reparler d'elle, ç'a été pour apprendre qu'on venait de la retrouver dans sa voiture, inconsciente.

— Non. Elle m'a appelé un peu après minuit, de sa voiture.

Clara le dévisagea avec intérêt.

— Ah bon ? Et où se trouvait-elle ?

— Quelque part sur l'autoroute, au sud de Cedar City. Elle m'a paru drôle. Bizarre, je veux dire.

— Dans quel sens ?

— Bizarre, c'est tout. Peut-être un peu plus calme que d'ordinaire, comme si elle avait sommeil. Elle m'a annoncé qu'elle avait brusquement eu envie d'aller passer quelques jours dans notre appartement de Las Vegas, puis qu'elle avait changé d'avis. Elle voulait rentrer à la maison et me parler, a-t-elle ajouté. Voir si nous pouvions faire le point et essayer une nouvelle fois de relancer notre mariage. Elle… elle a terminé en disant qu'elle m'aimait, ajouta Victor avec réticence.

Clara hocha la tête, pensive.

— Et *cela* vous a paru inhabituel ?

— Oui. Très inhabituel.

— Juste après, elle a dû s'endormir au volant et quitter la route. Elle roulait en direction du nord, n'est-ce pas ? Elle avait déjà fait demi-tour pour revenir à Salt Lake City ?

— Exact. Lisa conduit toujours très vite. Vers 5 h 30, quand j'ai vu qu'elle n'était pas là, j'ai commencé à m'inquiéter sérieusement. C'est alors que la police m'a averti.

De nouveau la psychiatre acquiesça, l'air satisfait.

— A mon avis, quand elle vous a appelé de sa voiture et vous a dit qu'elle vous aimait, il est fort possible que vous ayez déjà eu affaire à Meg, et non à Lisa. A ce moment-là, Meg devait être au courant de la vie et de la situation de Lisa, même si elle semble ne plus rien en savoir aujourd'hui. On peut penser que le traumatisme causé par l'accident a suffi à... gommer Lisa, au moins pour un temps.

Son collègue la regarda, visiblement ébranlé.

— Je dois reconnaître que je n'ai soigné que son état physique, déclara-t-il enfin. J'ignorais qu'elle souffrait de troubles psychiques de ce genre ; en outre, c'est le premier cas de SPM que je rencontre.

— Je vous l'ai dit, Saul, de tels cas sont très rares. Mais il en existe — la preuve.

— Je sais. Néanmoins, je trouve déconcertante la façon dont vous parlez de Meg et de Lisa, comme s'il s'agissait réellement de deux personnes différentes.

— Elles le sont d'une certaine façon. Dans un vrai cas de personnalité multiple, la personnalité seconde peut avoir ses propres dons artistiques, par exemple, ou encore un Q.I. sans rapport avec celui de la personnalité première, celle qui l'abrite. Il arrive aussi que leur tension sanguine et leurs électro-encéphalogrammes soient distincts. L'une peut être droitière et l'autre gauchère ; chacune peut parler une langue étrangère ou avoir des connaissances que la seconde ne possède pas... Souvent, on enregistre même des résultats complètement divergents dans les analyses graphologiques et autres tests psychologiques.

— Grands dieux ! s'exclama Victor, stupéfait.

— J'ai lu toute la littérature que l'on peut trouver sur ce genre de désordre, et ces derniers jours, j'ai eu l'occasion de m'entretenir tantôt avec Meg, tantôt avec Lisa, précisa le Dr Wassermann avec un bref sourire. Son cas est classique sur de nombreux points, à un détail près. Un détail d'importance…

— Lequel ? demanda son collègue.

La psychiatre prit un air concentré.

— Eh bien… Dans tous les cas que j'ai étudiés, la personnalité « hôtesse » ne soupçonne absolument pas l'existence de son ou de ses doubles avant d'entreprendre une thérapie — ce qu'elle fait la plupart du temps en raison d'« absences » qu'elle ne s'explique pas. En revanche, les doubles — il y en a en général plusieurs — sont parfaitement conscients de la personnalité première. Chez Lisa, ce processus semble inversé.

Victor écoutait sans rien dire. Une panique de plus en plus grande l'envahissait au fur et à mesure qu'il découvrait la portée de ces incroyables révélations.

— Lisa connaissait Meg depuis longtemps, ou tout au moins elle soupçonnait son existence, poursuivit Clara Wassermann. Meg, elle, semble ne rien savoir de Lisa. Elle répète avec insistance qu'elle vient de Las Vegas, où elle travaille comme serveuse et plongeuse dans un casino. Elle peut même citer son adresse et son numéro de téléphone à Las Vegas. En revanche, elle ne se souvient d'absolument rien de ce qui concerne Lisa. C'est vraiment très étrange. A moins, bien sûr, que l'accident n'ait affecté sa mémoire.

— Mais quelles sont vos conclusions ? demanda Victor avec angoisse. Va-t-elle se remettre ? Je veux dire… va-t-elle revenir à la réalité ?

— Je l'ignore. Tout d'abord, je dois découvrir pourquoi…

Clara s'interrompit un moment, puis fit un signe de la main.

— Peu importe. Je vous parlerai du processus d'intégration plus tard, quand j'aurai terminé mes recherches. D'ici là, Victor, la meilleure chose que vous ayez à faire est de l'accepter telle qu'elle est et de l'aider à recouvrer ses forces physiques.

— Telle qu'elle est ?

— Telle que je viens de vous la décrire. La personnalité seconde — Meg, dans le cas présent — est souvent créée au moment de la petite enfance afin de surmonter un traumatisme intolérable pour l'enfant. Ce double est une composante essentielle de la psychologie du patient. Il est capital que son thérapeute et son entourage acceptent son existence, sans quoi l'intégration ne peut se produire et la personnalité reste fragmentée.

— Que conseillez-vous, Clara ? s'enquit Saul Bartlett. Que nous nous mettions tous à l'appeler Meg, et à la traiter comme une autre personne ?

— Pour l'instant, Lisa a complètement disparu. Je ne parviens même pas à la faire revenir sous hypnose. La seule femme présente dans ce lit d'hôpital, en ce moment, c'est une personne qui se prénomme Meg.

— Je ne peux pas ! murmura Victor d'une voix blanche. Comment voulez-vous que je la ramène à la maison et que je l'appelle Meg ? C'est trop extravagant. Il faut que vous l'aidiez, Clara. Pour ma part, je ne suis pas sûr de pouvoir assumer quelque chose d'aussi énorme.

— Bon… Appelez-la Lisa, si vous ne pouvez faire autrement. Il est possible qu'elle réponde, après tout, et que cela fasse resurgir en elle certains souvenirs.

— Combien de temps cela prendra-t-il ? demanda Saul Bartlett. Quel est votre pronostic ?

Clara secoua la tête.

— Je crains que nul ne puisse prédire l'issue d'un cas tel que celui-ci. Tout ce que nous pouvons faire, c'est l'entourer du maximum de réconfort et de compréhension, et espérer que les choses finiront par s'arranger.

3.

Meg errait sous un soleil brûlant. La soif la consumait ; elle était si faible que ses pieds allaient refuser de la porter plus longtemps. Enfin, épuisée, elle s'effondra sur le sol craquelé et se mit à gémir.

Un charognard dessinait des cercles au-dessus d'elle, la scrutant de ses yeux perçants. Tapis dans des replis du sable, des serpents et autres créatures répugnantes rampaient lentement dans sa direction, attendant leur moment.

Quelque part dans le ciel d'un bleu implacable, une voix douce demanda à Meg pourquoi elle pleurait. Elle ne put répondre. La voix était ténue, lointaine. Elle n'avait sûrement rien à voir avec elle. Meg leva les yeux, et les ferma aussitôt, blessée par l'éclat aveuglant de ce bleu incandescent.

D'une certaine façon, elle savait qu'elle était prisonnière d'un cauchemar. Pourtant, en dépit des horreurs qu'il contenait, elle n'avait pas envie de s'éveiller. Au-delà de ce désert torride, le monde réel était devenu pour elle une sorte de piège, un cauchemar éveillé plus terrifiant encore que tout ce qui la guettait lorsqu'elle s'endormait.

Avec un sanglot, elle fit rouler sa tête sur l'oreiller. Ses cheveux étaient trempés de sueur ; les draps collaient à sa peau moite.

Des voix féminines murmuraient autour d'elle. Des mains douces l'entouraient de soins apaisants.

— Pauvre petite, elle est brûlante de fièvre, dit l'une des voix. On dirait qu'elle délire…

La personne haussa le ton.

— Tout va bien, madame Cantalini. M'entendez-vous ? Je suis votre infirmière, Joanne.

Meg hocha la tête. Puis elle ouvrit les yeux et scruta le visage avenant, constellé de taches de son, penché sur elle.

— Joanne…, murmura-t-elle d'une voix rauque.

Elle tenta d'humecter ses lèvres sèches.

— J'ai soif…

— Je sais bien.

L'infirmière lui tendit un verre empli de glace pilée, avec une paille qu'elle tordit pour lui permettre de boire. Meg se redressa. Elle aspira avidement, revigorée par ce flot de fraîcheur. Puis elle s'adossa de nouveau à ses oreillers et suivit des yeux la jeune femme qui s'affairait autour du lit, remplaçant les draps brûlants et froissés par d'autres, aussi doux et frais que de la neige immaculée.

Alors que Meg s'étendait avec un soupir de bien-être, elle se raidit brusquement : elle venait de découvrir une autre personne, assise près de la fenêtre. C'était la grande femme au bloc-notes, vêtue aujourd'hui d'une longue jupe de tweed gris et d'un chemisier de soie dont la teinte évoquait des pétales de roses séchés.

Son élégante chevelure brune striée d'argent penchée sur le bloc, elle écrivait.

Le Dr Wassermann, se rappela Meg. C'était son nom.

Elle la contempla à travers ses paupières mi-closes, envahie par une peur qu'elle ne comprenait pas totalement. Tout ce qu'elle savait, c'était que cette femme avait le pouvoir de s'immiscer dans son âme et de provoquer dans sa vie des changements monstrueux.

— Sa température ne tombe toujours pas ? demanda le médecin à l'infirmière. Ces accès de fièvre durent depuis quatre jours…

— Elle est toujours sous antibiotiques, et le Dr Bartlett estime qu'elle réagit bien au traitement. Les pointes ne se produisent plus que quelques fois par jour, maintenant.

— En tout cas, ces fluctuations rendent sa thérapie très difficile. La plupart du temps, elle est trop désorientée pour répondre.

Joanne posait des instruments sur un plateau.

— Ce staphylocoque s'est répandu dans l'hôpital comme une traînée de poudre. En fait, Mme Cantalini a de la chance. Elle se remet plus vite que certains autres malades.

Elle repoussa les cheveux humides de Meg, arrangea l'épais pansement qui couvrait son œil. Puis elle quitta la chambre avec le plateau et les draps sales, laissant Meg seule avec Clara Wassermann.

Celle-ci vint se pencher sur elle.

— Ohé, je suis là ! lança-t-elle avec un sourire. Comment vous sentez-vous, ce matin ?

Meg essaya de répondre, mais ses lèvres étaient trop tendues et craquelées par la fièvre. Le médecin la contempla avec sympathie, les yeux plongés dans les siens.

— Vous avez du mal à parler ?

Meg fit signe que oui.

— Très bien. N'en dites pas trop, si c'est difficile. Répondez juste par oui ou par non à mes questions. D'accord ?

Une nouvelle fois, Meg opina du chef, incapable de détourner son regard. Clara Wassermann avait des yeux extraordinaires, très noirs et d'une intensité presque hypnotique.

— Bon. D'abord, voyons à qui j'ai affaire aujourd'hui. Etes-vous toujours Meg, ou bien Lisa est-elle revenue ?

Meg se crispa, serrant entre ses doigts le bord du drap.

— Attendez. Peut-être devrais-je présenter la chose autrement. Etes-vous Lisa, ce matin ?

Meg secoua la tête et regarda ailleurs.

— Parfait, dit Clara, qui prenait des notes sur son bloc. Donc, Meg est toujours là. Avez-vous eu conscience de l'existence de Lisa, depuis notre entretien d'hier ?

— Je ne sais pas de quoi vous parlez, marmonna Meg en fermant les yeux.

L'attention de Clara se fit plus vive.

— Vous semblez en colère. Qu'est-ce qui vous ennuie, Meg ?

— Vous ne cessez de me parler de cette Lisa, les infirmières m'appellent Mme Cantalini… Je n'y comprends rien. Je veux rentrer chez moi.

— Vous rentrerez dès que vous serez assez forte. Bientôt, dans quelques jours. Pour l'instant, j'aimerais que vous répondiez à quelques questions. D'accord, Meg ? Juste quelques-unes.

Meg acquiesça avec lassitude.

— Que ressentez-vous en ce moment, Meg ? Si vous pouviez résumer vos émotions par un seul mot, lequel vous viendrait en premier ?

— Il me semble que je suis surtout… terrifiée, répondit Meg après un instant de réflexion. J'ai peur et je ne sais plus où j'en suis.

— Qu'est-ce qui vous effraie ? Vous n'avez rien à craindre, ici. Vous êtes dans un lit confortable, dans un hôpital, entourée de gens qui s'occupent de vous. Je suis là, votre infirmière est tout près et Victor attend pour vous voir. De quoi avez-vous peur ?

Meg ne répondit pas tout de suite.

— Je ne comprends pas ce qui se passe, murmura-t-elle enfin. J'ignore comment je suis arrivée ici et qui sont tous ces gens. Je ne sais pas qui est Lisa.

Il y eut un silence. Le médecin l'observait, toujours aussi calme.

— Vous me dites sans arrêt… que cette Lisa vit quelque part en moi, reprit Meg avec difficulté. Cela n'a aucun sens. J'essaie de… de comprendre, mais je n'y parviens pas. Je n'ai jamais entendu parler d'elle, elle ne m'intéresse pas. Je m'appelle Meg Howell et je veux sortir d'ici.

Clara se laissa aller contre le dossier de son fauteuil.

— Pourquoi Lisa vous effraierait-elle ? Ce n'est pas une inconnue, puisqu'elle a partagé ce corps avec vous pendant des années. Vous avez des souvenirs d'elle à trois ans.

— Mais ce n'est pas vrai ! se récria Meg, au désespoir. Je n'ai jamais partagé mon corps avec personne ! J'ai grandi avec Hank et Glory, je… j'ai vécu à Las Vegas où je jouais au base-ball, j'aidais Hank à s'occuper des chevaux… J'ai fait tout cela, je le sais. Vous essayez tous de me faire croire que je suis folle, mais je ne le suis pas.

— Hank et Glory étaient de bons parents, n'est-ce pas ? Gentils et aimants ?

Meg approuva d'un hochement de tête.

— Ils ont été tellement… tellement bons, pour moi, ajouta-t-elle. Ils m'aimaient très fort. Glory était petite et replète. Quand elle riait…

Elle s'interrompit un instant, perdue dans ses souvenirs.

— Hank, lui, était grand et fort. Il avait un tempérament placide, très doux. Il gagnait sa vie en ferrant des chevaux. Quand Glory est morte, nous…

— Glory est morte ? l'interrompit Clara. Votre mère ?

Quand ? Meg frotta son front entouré de bandages.

— Je… je ne sais plus très bien. J'ai du mal à me souvenir. Je me sens fiévreuse, de nouveau.

Le médecin lui tendit le verre d'eau glacée et la soutint pendant qu'elle buvait.

— Quel âge aviez-vous, quand votre mère est morte ? insista-t-elle. Etait-ce un accident ?

— J'avais environ quatorze ans, répondit enfin Meg. Elle a été… renversée par une voiture dans une course de stock-car. Nous allions souvent voir des courses de voitures. Hank adorait ça. Après, Hank et moi nous nous sommes retrouvés seuls.

— Cela vous a-t-il posé un problème ?

— De rester avec Hank ? Non. Je l'aimais beaucoup, moi aussi. Mais après la mort de Glory il s'est mis à boire, parce qu'elle lui manquait trop. Je devais beaucoup m'occuper de lui. Nous travaillions dans un ranch-hôtel, à cette époque…

— Donc, vous n'avez plus votre mère. Et votre père, qu'est-il devenu ?

— Je n'arrive pas à m'en souvenir. Je nous revois ensemble au ranch, et puis… tout se brouille. C'est comme un écran de cinéma qui devient blanc, tout à coup. Je ne me souviens plus de rien.

— Etait-il toujours gentil avec vous ?

— Toujours. Même quand il…

— Quoi ?

— Rien. Hank était un père formidable. Je l'aimais énormément.

— Lisa n'a jamais eu de père et elle en voulait à sa mère, souligna Clara. Vous, vous avez eu un père qui vous aimait, qui avait besoin de vous, et une mère tendre et compréhensive. Tout ce que Lisa désirait et n'a jamais eu.

— Que voulez-vous dire ? demanda Meg d'un ton méfiant.

— Nous en reparlerons une autre fois, d'accord ?

La psychiatre écrivit pendant un moment, puis adressa un sourire à Meg.

— A présent, dites-m'en un peu plus sur cette équipe de base-ball dont vous faisiez partie. Vous étiez un vrai garçon manqué, non ? Pas du tout le genre de fillette à... à participer à des concours de beauté, par exemple ?

Meg la dévisagea avec stupeur.

— Des concours de beauté ? *Moi ?*

— Vous êtes très jolie, vous savez. Vous pourriez sans doute gagner un de ces concours, si vous vous inscriviez.

Un rire rauque, irrépressible, secoua Meg, qui se mit à tousser. De nouveau, Clara l'aida à avaler un peu d'eau.

— Cette idée est complètement farfelue, dit Meg en se laissant aller sur ses oreillers. Pour rien au monde je ne ferais ce genre de choses.

— Je le crois aussi, approuva le médecin.

Tandis qu'elle prenait d'autres notes, elle ajouta :

— Et c'est *très* intéressant. En fait, c'est même fascinant.

Pourquoi ? se demanda Meg. Qu'est-ce que ces histoires de concours de beauté pouvaient avoir de fascinant ?

Mais, déjà, elle était en train de dériver vers l'univers fiévreux de ses rêves, pleins de lumière et de chaleur, et elle ne parvint pas à formuler la question.

Peut-être que cette scène faisait aussi partie du cauchemar, après tout... Une expérience aussi terrifiante ne pouvait être réelle... Sans doute allait-elle se réveiller pour de bon. Elle serait dans son lit, à Las Vegas ; elle se lèverait, enfilerait son uniforme et partirait travailler.

Et cette horreur n'aurait pas existé.

*
* *

Clara Wassermann était assise à son bureau. Les paupières plissées, elle fixait les contours de la ville qui se découpaient sur le ciel étoilé. Sur sa gauche, la nuit était d'un noir profond, velouté. On ne pouvait distinguer les vastes étendues salines qui se déployaient à l'ouest de Salt Lake City. A droite, en revanche, vers l'est, la pleine lune baignait les montagnes de sa lumière blafarde.

Elle soupira et s'étira, soudain confrontée à son propre reflet dans le miroir qui jouxtait le portemanteau. Elle l'étudia sans émotion. Lorsqu'elle était seule, son visage était froid, fermé, ses traits anguleux. Elle avait chèrement payé sa réussite, pensa-t-elle, et cela se voyait.

Une femme ne pouvait s'élever à ce niveau, surtout dans un domaine aussi exigeant et compétitif que le sien, sans consentir des sacrifices. Néanmoins, si elle mettait ses échecs sentimentaux et la solitude de son existence sur le compte de sa carrière, c'était un choix personnel qui ne lui avait en rien été imposé ; elle avait toujours, délibérément, fait passer son travail au premier plan.

Elle eut un petit sourire amer en songeant à l'ironie de la situation : pour quelqu'un qui faisait profession de réparer des psychismes en mauvais état et des relations brisées, elle avait une vie personnelle aussi stérile qu'un laboratoire.

Mais tout cela allait enfin prendre un sens grâce à Lisa Cantalini. Lorsqu'elle aurait exploité les résultats de la thérapie et publié ses conclusions, elle connaîtrait la gloire. Pour elle, ce type de reconnaissance valait plus que n'importe quoi ; alors qu'elle avait attendu toute sa vie une telle opportunité, voilà qu'un miracle la plaçait brusquement à sa portée.

Choisissant une cassette, elle l'introduisit dans le magnétophone et se prépara à écouter, son stylo à la main.

— Jeudi 26 mai, annonça sa propre voix. Séance de thérapie avec Lisa Cantalini. Bonjour, Lisa.

— Salut, doc, répondit sa patiente d'un ton vif et léger, teinté d'impertinence.

Un frisson glacé parcourut Clara. Elle ne put empêcher de mettre en rapport cette voix vibrante et enjouée et la créature meurtrie, apeurée, qui gisait sur un lit d'hôpital à l'autre bout de la ville. Cette voix appartenait à la même femme trois mois plus tôt. Quelle différence ! Après trente ans d'études et de pratique médicales, Clara était toujours aussi ébahie devant la complexité de la personnalité humaine.

— Vous semblez en pleine forme, Lisa, s'entendit-elle poursuivre. Vous sentez-vous à l'aise, sur le divan ?

— Oui. A dire vrai, je m'y habitue. Je trouve qu'être allongée ainsi a quelque chose de... sexy.

La voix de Lisa avait pris une intonation languide, presque provocante. Clara se rappela la façon dont sa patiente s'était étalée avec sensualité sur les coussins de cuir, lors de cette dernière séance. Elle portait pour l'occasion un short en jean et un bustier en jersey jaune vif ; le coton fin moulait étroitement ses seins, dont les pointes étaient visibles sous l'étoffe.

— Je suis heureuse de l'apprendre, répondit Clara d'un ton sec, un rien tendu.

— Hé, qu'est-ce qui vous arrive, doc ? Seriez-vous troublée ?

Il y eut un bruit de pages que l'on tournait avec brusquerie.

— Pas du tout, Lisa. Comme je vous l'ai dit, je suis heureuse de savoir que vous êtes bien. A présent, voudriez-vous me reparler un peu de cette fille que vous sentez en vous ? Vous l'avez appelée Maggie, je crois.

— Non ! Je ne veux pas parler d'elle ! rétorqua Lisa avec emphase. Et d'abord, elle s'appelle Meg, pas Maggie.

— Meg ?

— Oui, le diminutif de Megan. Il… il n'y a pas longtemps que je le sais.

— Pourquoi refusez-vous de parler d'elle ?

— Parce qu'elle est ennuyeuse à mourir. Complètement coincée. Et puis elle n'existe pas vraiment.

— Si elle n'existe pas, comment pouvez-vous la trouver ennuyeuse et lui donner un prénom ?

Il y eut un silence ; puis l'on entendit Lisa qui s'agitait avec impatience sur le divan.

— Cette histoire de Meg, ce n'était qu'un truc de gosse. Parlons plutôt de Victor, d'accord ? C'est pour ça que je suis ici, après tout, pour savoir ce qui s'est déglingué entre lui et moi.

— Très bien, acquiesça Clara d'un ton neutre. Parlons de Victor.

Un nouveau silence tomba. Et cette fois, il dura.

— Je déteste ça ! bougonna Lisa.

Clara ne réagit pas.

— Je déteste ça, quand vous dites qu'on va parler de quelque chose et que vous restez bouche cousue.

Nouveau silence.

— Victor fait exactement la même chose. Il répète sans arrêt que nous devrions parler, et après il ne dit rien. Il reste assis, là, à me regarder comme si j'étais... une espèce d'insecte.

— Je suis sûre que c'est faux. Vous êtes une jeune femme d'une rare beauté, Lisa.

— Victor le pensait aussi, avant. Le jour où il m'a rencontrée, il a été littéralement foudroyé. Le pauvre, il me faisait presque pitié. Je travaillais à la télévision, à l'époque ; il me téléphonait tous les jours, m'envoyait des fleurs et des cadeaux, me suppliait de sortir avec lui...

— Vous ne vouliez pas ?

— Sûrement pas, non !

— Pourquoi ? Etait-ce la différence d'âge qui vous gênait ?

— Pas du tout, répondit Lisa avec dédain. Le fait qu'il ait cinquante et un ans et moi vingt, à l'époque, n'avait à mes yeux aucune espèce d'importance. Il me suffisait qu'il soit bel homme, costaud et sexy — juste comme je les aime.

— Pourquoi le repoussiez-vous, dans ce cas ?

— Parce qu'il était marié.

— Je vois. Vous aviez des scrupules d'ordre moral, c'est cela ?

Lisa éclata d'un rire si joyeux, si spontané, qu'en la réentendant Clara ne put s'empêcher de sourire.

— Mais oui, bien sûr. Des scrupules d'ordre moral ! répéta la jeune femme en gloussant. Je n'ai jamais rien entendu de si drôle !

— Bon. Quelles étaient vos objections, alors ?

— Je savais que ce n'était pas pratique, c'est tout.

Brusquement, la voix de Lisa s'était faite glaciale.

— Pas pratique ? En quoi ?

— Je sais très bien ce qui arrive aux jeunes et jolies filles qui se laissent embobiner par des hommes mariés. Ils les noient sous l'argent et les cadeaux, elles ont même droit de temps en temps à de superbes vacances, et puis, quand elles ont gâché les dix meilleures années de leur vie, on les congédie avec un baiser poli. Pas question, mon chou. Pas pour Lisa Bauer.

— Que s'est-il passé, ensuite ?

— Il m'a poursuivie tout l'hiver. Au printemps, nous avons envoyé une équipe de tournage chez lui, pour une série de spots publicitaires. Des voitures de luxe sur fond de nature sauvage, vous voyez le truc…

Elle marqua une pause.

— Connaissez-vous l'endroit où habite Victor ?

— Non, répondit Clara, mais j'aimerais que vous me le décriviez.

— Il a une maison immense, superbe. Presque un château, en fait. Elle est bâtie en grès rose dans le canyon qui s'ouvre au pied des montagnes, à l'est de la ville. Une vraie splendeur. Elle est entourée d'hectares de terrain, une rivière coule au fond de la propriété. Tous les gens qui habitent par là-bas sont si riches qu'il y a de quoi en être malade. Bon sang ! Quand j'ai vu cette villa, je me suis dit qu'il me la fallait. La villa et Victor.

— Qu'avez-vous fait ?

Lisa s'esclaffa.

— Ce que j'ai fait ? Je suis entrée, tout simplement, et j'ai eu une petite conversation avec sa femme.

La bande tourna un moment, sans qu'aucun mot ne soit prononcé. Quand la voix de la jeune femme s'éleva de nouveau, elle était teintée de défi.

— Vous ne voulez pas savoir ce que j'ai dit à cette aimable dame ?

— Tout ce qui vous concerne m'intéresse, Lisa.

Le cuir du divan grinça tandis que Lisa s'installait plus confortablement.

— Eh bien… Pauline m'a paru un peu pitoyable, en fait. Elle était au moins aussi âgée que Victor, avec des cheveux jaunes tout frisottés pour cacher le gris, et des bourrelets de graisse autour du ventre. Aucune classe. Franchement, je me suis demandé comment il pouvait la supporter. J'étais entrée lui demander un verre d'eau, pendant que l'équipe tournait. Pauline a joué la parfaite hôtesse et m'a offert de visiter la maison. Devinez ce que je lui ai répondu…

Nouveau silence. Puis Lisa gloussa encore.

— Je lui ai décoché un sourire suave, l'ai regardée avec de grands yeux de petite fille candide, et j'ai lancé : « Oh ! merci, madame Cantalini, mais je connais déjà. Victor m'a amenée ici, un jour où vous n'étiez pas là. Les chambres sont superbement décorées ! »

— C'était vrai ?

— Non, bien sûr. Mais ma petite phrase l'a secouée, je peux vous le dire.

— Que s'est-il passé ? A-t-elle demandé des explications à son mari ?

— Le soir même. Le lendemain, Victor a fait irruption dans nos studios. Il était tellement hors de lui qu'il en tremblait. Il m'a demandé pourquoi j'avais raconté un mensonge pareil à sa femme.

Clara attendit la suite, muette.

— Je lui ai dit que je n'avais pu m'en empêcher, poursuivit Lisa. Que j'étais folle de lui, et qu'en voyant sa maison, j'avais eu une envie irrépressible de m'y trouver seule avec lui.

— Alors ?

— Alors, nous sommes partis passer le week-end suivant à Las Vegas. Je l'ai autorisé à me faire l'amour, puis j'ai pleuré et déclaré que cela ne devrait plus jamais se produire, à cause de sa femme. Sept mois plus tard, nous étions mariés.

— Le divorce n'a pas traîné, remarqua Clara.

— Oh ! les choses étaient plutôt mal parties, au début. Pauline multipliait les menaces. Elle disait qu'elle allait mettre Victor dehors, le plumer et nous traîner tous les deux dans la boue. Et puis, elle est morte. Du coup, il n'y a pas eu de procès à scandale.

— Voilà qui tombait bien.

Clara jeta un coup d'œil à la cassette, troublée par la sécheresse de sa propre voix. Mentalement, elle nota qu'elle devrait s'astreindre à plus de neutralité encore durant les séances de thérapie ; éliminer avec fermeté toute trace de jugement de valeur.

Lisa, cependant, n'en avait pas paru gênée.

— Oui, n'est-ce pas ? avait-elle repris d'un ton rêveur, presque satisfait. Pauline morte, il n'y a plus eu le moindre problème. Nous nous sommes mariés, et je me suis installée dans cette maison magnifique.

— Comment est-elle morte ?

Une fois de plus, la réponse fusa, glaciale.

— Pauline était une soûlarde. Elle buvait comme un trou. Un jour, elle s'est pris les pieds dans sa robe de chambre, elle a roulé dans l'escalier et s'est brisé le cou. La gouvernante a été témoin de la scène.

— Je vois. A ce moment-là, donc, Victor et vous vous êtes mariés…

— Oui, et ça a été super pendant quelque temps. Nous avons vraiment été heureux. Mais à présent…

Lisa s'interrompit soudain.

— Lisa ?

— Mmm ?

— Vous me parliez de votre couple.

— Il n'y a pas grand-chose à en dire. Je devrais peut-être prendre un amant…

La voix de Lisa se fit insinuante et charmeuse.

— Qu'en pensez-vous, doc ? Devrais-je me trouver un bel étalon bien bâti, tout en muscles, qui me baiserait comme j'aime qu'on me baise ? Après, je viendrais vous raconter tous les détails, juteux à souhait… Ça vous plairait, hein ?

Clara fronça les sourcils. Il était aisé de reconnaître une tentative de manipulation du thérapeute. Dans ce cas, la meilleure défense possible était de changer abruptement de sujet — et la question suivante prouva qu'elle avait utilisé cette parade.

— Dites-moi, Lisa, quand avez-vous découvert que vous étiez une enfant adoptée ?

Il y eut un silence interloqué. Puis Lisa répondit d'un ton troublé, comme si elle était sur la défensive.

— Je... Qu'est-ce que vous m'avez demandé ?

— J'aimerais que vous me parliez des circonstances où l'on vous a appris que vous étiez adoptée. Est-ce votre mère qui vous l'a dit ?

— Non, ce n'est pas elle.

La jeune femme, tout à coup, avait abandonné son intonation charmeuse et insolente. Sa voix était basse, hésitante.

— Elle... Je suppose qu'elle n'a pas pu se résoudre à le faire, qu'elle repoussait sans cesse l'explication à plus tard. Finalement, je l'ai appris... par les autres enfants, quand j'avais sept ou huit ans.

— Quels autres enfants ?

— Ceux qui étaient à l'école avec moi. Toutes les filles me détestaient, parce que j'étais beaucoup plus jolie qu'elles et que ma mère m'achetait toujours de belles robes. Un jour, elles m'ont lancé à la figure que j'étais adoptée, comme s'il s'agissait d'une tare ou d'une maladie honteuse. Je suis rentrée à la maison et j'ai demandé à Terry ce que cela voulait dire.

— Qu'avez-vous ressenti, quand elle vous a expliqué ?

— Je l'ai haïe..., murmura Lisa. Bon sang, je l'ai haïe à un point...

Sa voix mourut. Peu après, il y eut un déclic, et la bande cessa de défiler.

Clara resta assise un long moment en face du magnétophone tandis que la nuit s'épaississait derrière les baies vitrées et que l'immeuble vide soupirait et craquait dans le vent d'été.

Elle s'interrogeait à propos de la jeune femme crâneuse et effrontée qu'elle venait d'entendre, ainsi qu'à l'alter ego déconcertant que Lisa Cantalini s'était fabriqué dans son enfance pour se protéger de sa souffrance. La personnalité seconde — Meg — avait plus de présence et de réalité que Clara ne s'y attendait, et elle était aussi étrangement vulnérable. Mais c'était normal, après tout... Le « masque » Meg avait dû porter des années durant la souffrance de Lisa ; et maintenant qu'il prenait le dessus, il détruisait jusqu'à la moelle la personnalité première.

Pourtant, en dépit de ce constat, Clara ne ressentait aucune sympathie particulière envers l'une ou l'autre des personnalités de Lisa Cantalini. Elle n'éprouvait qu'un intérêt purement clinique, ainsi qu'une excitation formidable face à ce défi intellectuel qui devenait une véritable obsession.

Mue par une impulsion soudaine, elle prit le téléphone, consulta ses notes pour y trouver un numéro et le composa.

— Hôtel Willows, Las Vegas, répondit la voix courtoise d'une réceptionniste.

— Pourriez-vous me passer les cuisines ? demanda Clara.

Elle attendit, tendue, puis quelqu'un lui répondit enfin au milieu d'un brouhaha d'exclamations et de bruits de vaisselle.

— Ici la cuisine ! répondit une voix enjouée, au fort accent italien. Vous désirez ?

Clara inspira à fond et croisa les doigts.

— J'aimerais parler à Megan Howell, s'il vous plaît. Est-elle ici ?

— Bien sûr. Une minute, je vous prie. Meggie, *téléphone* !

4.

Dans les cuisines situées au sous-sol de l'immense casino régnait l'effervescence de fin de soirée, quand il fallait préparer les diverses spécialités destinées aux joueurs qui allaient passer toute la nuit devant les tapis verts. Aux petites heures du matin, on servirait indifféremment dîners tardifs et petits déjeuners. En attendant ce nouveau coup de feu, le personnel s'activait fiévreusement pour nettoyer vaisselle, ustensiles et plans de travail, et composer les salades qui figureraient au menu du lendemain.

Dans un coin, penchée sur un gril noirci, une mince jeune femme vêtue d'un uniforme rose tout taché grattait la surface graisseuse à l'aide d'une large spatule. La graisse s'amassait en monticules huileux, carbonisés, qu'elle faisait glisser ensuite dans un seau en plastique posé devant elle.

— Meg ! cria une fille blonde aux bras chargés d'assiettes. Carlo dit qu'on te demande au téléphone !

Meg leva les yeux, puis repoussa une mèche brune sous le filet blanc qui recouvrait ses cheveux, laissant une marque noire sur la peau claire de son front.

— Moi ? demanda-t-elle.

Tournant la tête vers le fond de la pièce, elle aperçut Carlo, l'aide-serveur, qui agitait le téléphone avec des gestes frénétiques dans sa direction.

— Meggie ! Presse-toi !

Intriguée, elle posa sa spatule, s'essuya les mains sur son tablier et alla prendre le combiné.

— Allô ?

— Etes-vous Megan Howell ?

— Oui, c'est moi.

Une voix de femme dit quelque chose que Meg, à cause du vacarme ambiant, ne put comprendre.

— Pourriez-vous parler plus fort ? cria-t-elle. C'est très bruyant, ici.

— Je disais que vous ne me connaissez pas. Je suis le Dr Clara Wassermann, et je vous appelle de Salt Lake City.

Meg fronça les sourcils et changea le combiné de main. Machinalement, elle se massa les reins, mis à mal par le nettoyage du gril.

— Vous devez faire erreur, marmonna-t-elle.

— Connaissez-vous une femme nommée Lisa Cantalini ?

Dana, l'intendante, passa près de Meg et lui jeta un regard noir.

— Ne traîne pas ! lui lança-t-elle d'une voix sifflante. Ce gril ne se nettoiera pas tout seul.

Meg se crispa. Elle contempla le téléphone, puis colla de nouveau le récepteur à son oreille.

— Pardon ? cria-t-elle. Quel nom ?

— Lisa Cantalini.

— A quoi elle ressemble ?

— C'est une jeune femme d'un peu plus de vingt ans, grande et mince, aux cheveux noirs et aux yeux bleus. Elle est très séduisante, bien habillée, et elle conduit une Thunderbird blanche.

— Oh *elle* ! s'exclama Meg. En effet, je la connais. Ou plutôt… j'ai discuté deux ou trois fois avec elle, au printemps dernier. Mais je ne connaissais pas son nom.

— Est-ce qu'il me serait possible de vous appeler chez vous demain, afin que nous en parlions ?

Meg s'humecta nerveusement les lèvres, les yeux fixés sur Dana qui contemplait le gril avec une expression furieuse.

— Je n'ai pas le téléphone, répondit-elle. Et il n'y a pas grand-chose à dire. Je l'ai rencontrée un jour par hasard, alors que je quittais mon travail. Elle avait renversé son sac sur le parking, et je l'ai aidée à ramasser ses affaires. On s'est mises à bavarder, elle m'a invitée à prendre un verre au bar. C'est tout.

— L'avez-vous revue ?

— Une fois ou deux. Elle est venue m'attendre à la sortie et m'a invitée à dîner. Elle adorait parler.

— De quoi parlait-elle ?

Meg hésita.

— De… de moi, surtout. C'était assez bizarre. Elle semblait très intéressée par mon passé, ma famille, ce genre de trucs.

— Vos parents, aussi ?

— Oui. Mes parents tout particulièrement. On aurait dit qu'elle voulait tout savoir d'eux…

— Pourriez-vous me donner leur nom ?

Au bout du fil, Meg se raidit.

— Pourquoi me posez-vous ces questions, d'abord ? Vous dites que vous êtes docteur… Quel genre de docteur ?

— Je suis psychiatre, Meg. Je ne peux malheureusement vous donner tous les détails, mais si vous répondiez à quelques-unes de mes questions ce serait très utile à Lisa, je vous l'assure.

Meg hocha la tête, contrariée.

— C'est bon. Mes parents s'appelaient Hank et Gloria Howell. J'ai grandi avec eux dans une petite ferme des environs de Las Vegas, où mon père s'occupait de chevaux.

— Vous l'avez dit à Lisa ?

— Oui, je le lui ai dit.

— Vous lui avez donné des détails, parlé de vos parties de base-ball, raconté comment vous aidiez votre père à ferrer les chevaux ?

— Je suppose, pourquoi ?

— Ecoutez, Meg : je vous demande de bien réfléchir, c'est très important. Avez-vous eu l'impression que Lisa Cantalini avait une raison quelconque de s'identifier à vous ?

— Meggie ! C'est bientôt fini, oui ? Ce gril doit servir dans dix minutes !

Meg désigna le téléphone d'un geste impuissant, puis elle tourna le dos à la salle pour tenter de faire barrage au bruit ambiant.

— S'identifier à moi ? répéta-t-elle. Qu'est-ce que ça veut dire ?

— Eh bien… par exemple, est-ce que vous lui ressemblez ?

Baissant les yeux sur son uniforme taché, ses tennis sales, Meg partit d'un éclat de rire un peu âpre.

— Lui ressembler, moi ?

— Avez-vous la même couleur de cheveux ? Le même âge ?

— Ah ! oui, je vois. Eh bien… je suis brune, comme elle, mais la ressemblance s'arrête à peu près là. Je ne suis pas… je n'ai pas du tout la même allure qu'elle. Et j'ai quelques années de plus, c'est sûr.

— D'après vous, vous n'avez donc rien en commun ?

— Pas grand-chose, à part…

Meg s'interrompit.

— Excusez-moi, Meg, je n'ai pas compris.

Après un instant d'hésitation, Meg haussa la voix et reprit :

— Eh bien, elle a paru fascinée, quand elle a su que j'avais été adoptée. Elle voulait tout le temps en parler et me posait des tas de questions : quel effet ça me faisait, comment mes parents réagissaient par rapport à ça, etc. Elle disait que c'était un lien entre nous.

— Je vois.

En dépit du vacarme qui l'environnait, Meg perçut une certaine satisfaction dans le ton de son interlocutrice.

— Qu'est-ce que vous cherchez, au juste ? demanda-t-elle.

— Il s'agit d'une situation très complexe. En bref, il semble que Mme Cantalini ait endossé votre identité.

— Vous voulez dire qu'elle se fait passer pour moi ?

— Pas exactement, Meg. Il serait plus juste de dire qu'elle *se prend* pour vous.

Meg se tortilla, mal à l'aise.

— Oh ! là ! là ! Cette histoire est vraiment bizarre, marmonna-t-elle. Qu'est-ce que je suis censée faire ? Je veux dire… est-ce qu'elle est folle ? Est-ce qu'elle risque… de venir ici et de s'en prendre à moi, ou quelque chose comme ça ?

— En aucun cas. Lisa ne représente aucune menace pour vous. Elle est hospitalisée, pour l'instant, et elle ne pourra pas rentrer chez elle avant un certain temps. Il sera peut-être utile qu'elle vous voie un peu plus tard, mais rien n'est sûr ; si cela me semble indiqué, je vous le ferai savoir.

Embarrassée, Meg se dandina et jeta un coup d'œil inquiet à l'intendante.

— Je suis désolée, mais je dois vous laisser, dit-elle. Je ne peux pas vous parler plus longtemps.

— Où pourrai-je vous joindre si j'ai besoin de reprendre contact avec vous ?

— Il faudrait que vous rappeliez ici. Mais franchement, je ne préférerais pas. Je risque d'avoir des problèmes. De perdre mon travail.

— Entendu, Meg. Excusez-moi. J'essaierai de ne plus vous importuner. Merci.

Meg murmura quelques paroles confuses et raccrocha. Elle contempla un instant le téléphone, puis regagna le gril en traînant les pieds.

Les poings sur ses hanches, Dana l'attendait.

— Eh bien, eh bien ! On papote au téléphone, maintenant ? Qu'est-ce qui se passe, Meggie ? Tu t'es enfin trouvé un petit ami ?

Sans répondre, Meg se remit à son ouvrage.

— Je t'ai posé une question, Meg. Qui t'appelait ?

— Ça ne vous regarde pas, répondit Meg d'un ton sec, le dos toujours tourné.

— Je ne sais pas ce qui te prend depuis quelque temps, déclara l'intendante avec froideur, mais tu n'es plus la même. On croirait presque que tu cherches à être renvoyée.

Meg se redressa, rouge de colère, et agita sa spatule de façon à asperger de graisse l'uniforme blanc de sa supérieure.

— Quelle idée ? rétorqua-t-elle, sarcastique. Quand on a un travail pareil, on le garde.

Dana la scruta un moment, puis secoua la tête.

— Je ne comprends vraiment pas..., répéta-t-elle. Je me demande bien quelle mouche t'a piquée.

Les deux femmes se défièrent un moment du regard, puis l'intendante tourna les talons et alla contrôler le travail des jeunes plongeuses penchées sur leurs éviers en inox. Meg la suivit des yeux, le visage fermé. Puis elle se retourna vers le gril.

Il était un peu plus de 2 heures du matin quand Meg termina son service et quitta le casino. L'air nocturne, frais et vif, offrait un répit bienvenu en ce mois d'août caniculaire. Quelques joueurs invétérés se hâtaient encore dans les larges artères, allant d'un casino à un autre, chargés de leurs rouleaux de pièces. Sous la lumière blanche et crue des néons qui brillaient de toute part, on se serait presque cru en plein jour.

Environnée de touristes, Meg se dirigea vers l'arrêt de bus. Elle s'appuya un moment contre le panneau vitré, laissant reposer sa tête avec lassitude. Au bout de quelques minutes, elle se ressaisit. Elle fouilla dans son sac à la recherche de quelques pièces, puis entra dans un drugstore pour téléphoner.

— Salut, lança-t-elle quand on lui répondit. C'est moi.

Elle écouta un instant, puis adressa une grimace à l'appareil.

— Bon, d'accord. C'est *Meg*, bon sang ! Ecoute, on m'a appelée de Salt Lake City, ce soir. Le Dr Wassermann.

Elle écouta encore, hocha la tête.

— Oui, c'est ça. Elle m'a posé un tas de questions.

Meg jeta un coup d'œil au jeune homme qui se tenait non loin d'elle, derrière le comptoir, et poursuivit en baissant la voix :

— Lisa est à l'hôpital, en ce moment. Elle n'en sortira pas avant quelque temps. Qu'est-ce que tu en penses ?

La réponse qui suivit ne lui plut guère.

— Ecoute ! reprit-elle d'un ton plus vif. Tu m'avais dit que je ne travaillerais qu'une semaine ou deux dans ce foutu casino ! Ce putain de boulot me sort par les yeux. Tu ne peux pas savoir comme c'est dur. J'ai failli être virée, tout à l'heure. J'ai été à deux doigts de dire à l'intendante qu'elle pouvait se fourrer sa spatule où je pense.

La personne qu'elle avait au bout du fil parla un bon moment. Meg écouta, acquiesçant de temps à autre. A la fin, elle s'était un peu calmée.

— Oui, je sais. Mais c'est l'horreur, ce truc. Je ne m'occupe même plus du service. On m'a collée aux cuisines à plein temps, maintenant. Et je ne te parle pas de cette piaule sordide où je suis obligée d'habiter... Oui, d'accord. Je tiendrai encore un peu. Plus que quelques jours, tu promets ?... Quand veux-tu que je te rappelle ?

La réponse lui tira un bref sourire.

— Oh ! je t'ai réveillé, chéri ? Désolée, mon cœur, mais je termine à cette heure-là. Si tu avais un boulot, tu comprendrais mieux...

Son interlocuteur répliqua quelque chose qui l'amusa. Cette fois, elle rejeta la tête en arrière et rit à gorge déployée, toute colère oubliée.

— C'est vrai ? murmura-t-elle d'un ton charmeur. Tu me manques aussi, tu sais. Quand nous nous reverrons, je te montrerai à quel point. Dors bien, mon chou.

Clara pénétra dans la chambre emplie de fleurs, serrant contre elle son bloc-notes et deux ou trois dossiers. Lisa était assise dans son lit, adossée à un tas d'oreillers. Elle avait troqué la tunique blanche de l'hôpital contre un peignoir de soie vert jade ; elle avait bien meilleure mine : ses cheveux courts, lavés de frais, bouclaient avec grâce autour de son joli visage. Les meurtrissures qui marquaient sa peau claire s'étaient un peu estompées, et son œil droit n'était presque plus enflé.

Victor était assis près d'elle dans un fauteuil. Quand Clara entra, il se leva avec courtoisie pour lui offrir un siège.

— Merci, Victor.

Elle s'installa et porta aussitôt toute son attention sur sa patiente. Après une semaine de thérapie, elle n'avait plus besoin de demander à qui elle avait affaire. L'expression du visage et le langage corporel de la malade la renseignaient immédiatement sur la personnalité qui dominait en cet instant.

Même affaiblie et déprimée, Meg avait toujours un côté plus humain et plus doux que Lisa. Contrairement à cette dernière, elle était capable de gentillesse et témoignait d'un sens de l'humour que Clara n'avait jamais décelé chez la rayonnante jeune femme qu'elle avait reçue au printemps.

Aujourd'hui, pourtant, quelque chose avait changé. Si la femme assise dans le lit arborait bien l'apparence tendre et vulnérable de Meg, il y avait dans ses yeux bleus un peu de cette hostilité coutumière à Lisa, surtout lors des dernières séances.

— Bonjour, Meg, lui dit-elle. Vous semblez plus forte, aujourd'hui.

Victor changea brusquement de position. Clara savait ce qui l'irritait : l'aisance avec laquelle elle employait ce prénom. Cependant, même s'il crispa les mâchoires, il retint tout commentaire.

Lisa, pour sa part, contempla Clara avec froideur, puis elle ferma les paupières et détourna son visage.

Clara interrogea Victor du regard.

— C'est vrai, elle va mieux, déclara-t-il en hochant la tête. Saul dit qu'elle pourra rentrer à la maison dans quelques jours, mais elle devra garder le lit encore une semaine ou deux. Filomena prendra soin d'elle.

Là-dessus, le bel homme d'affaires se pencha vers Clara avec une expression implorante qui surprenait chez un être aussi sûr de lui.

— Il faut que vous lui parliez, Clara, chuchota-t-il d'un ton pressant. Elle persiste à dire...

— Je n'irai nulle part avec cet homme ! coupa Lisa, les yeux toujours clos. Je ne le connais pas.

— C'est votre mari, affirma Clara avec calme. Dans l'immédiat, j'ai certaines choses à vous expliquer à tous les deux. Hier soir...

— Ce n'est pas mon mari ! coupa de nouveau la jeune femme, au désespoir. Pourquoi personne ne veut m'écouter ?

Elle rouvrit les yeux.

— Je ne cesse de vous le répéter : mon nom est Meg Howell. J'habite à Las Vegas et je travaille dans les cuisines du Willows. *Je ne suis pas Lisa !*

Les poings serrés, elle se redressa pour donner plus de force à ses affirmations. Sous le coup de l'émotion, ses yeux bleus étaient presque violets. Et puis, soudain, son visage se crispa, et elle se laissa retomber en arrière, les mains sur le front.

Clara lui prit gentiment le bras.

— Ecoutez, Meg, commença-t-elle d'une voix douce. Je dois vous révéler une chose très importante, qui risque de vous bouleverser…

Victor jeta un coup d'œil soucieux à son épouse. Il se leva, murmurant qu'il allait les laisser seules, mais Clara lui fit signe de se rasseoir.

— Cela vous concerne aussi, Victor. Nous avons tous besoin de comprendre.

Elle baissa les yeux vers sa patiente, recroquevillée sous le drap et la couverture.

— Hier soir, j'ai appelé les cuisines du Willows, à Las Vegas. J'ai demandé à parler à une employée nommée Megan Howell.

Tendu, Victor se pencha en avant.

— Et alors ? Que vous a-t-on répondu ?

— Megan Howell travaillait justement à cette heure. On l'a appelée, et je lui ai parlé un long moment au téléphone. Elle habite la ville et fait partie de l'équipe de nuit du Willows. Elle m'a dit que ses parents s'appelaient Hank et Gloria Howell.

Sa patiente tourna vers elle des yeux écarquillés, emplis d'horreur. Son visage se vida de tout son sang, faisant ressortir violemment ses hématomes.

— C'est impossible ! affirma-t-elle dans un souffle. Qu'est-ce que vous racontez ? Je *suis* Meg Howell !

Clara voulut lui reprendre le bras, mais elle se dégagea d'un mouvement vif.

— Vous vous trompez ! s'écria-t-elle. Pourquoi me torturez-vous ainsi ? Que cherchez-vous ?

— Calmez-vous, mon petit. Je vous en prie. Calmez-vous et écoutez-moi.

Après avoir feuilleté son bloc pour consulter ses notes, Clara se concentra un instant.

— A mon avis, dit-elle enfin, il est encore un peu tôt pour établir un diagnostic définitif. Surtout dans un cas aussi exceptionnel que celui-ci. A ce stade, la plupart de mes conclusions ne sont en fait que de simples spéculations. Néanmoins, je peux vous faire part de mon point de vue sur ce qui se passe — en espérant que les prochaines séances viendront le confirmer.

Les deux autres l'observaient en silence. Une terrible tension régnait dans la pièce, presque palpable.

— D'après moi, voici ce qui s'est passé, reprit Clara. Vous avez eu, Lisa, une enfance traumatisante qui vous a laissé de grands manques affectifs. Défaut de modèle paternel, conflits avec votre mère, craintes à propos de votre adoption — craintes que votre mère n'a rien fait pour apaiser — et profondes inquiétudes concernant votre image corporelle — que ces histoires de concours de beauté n'ont fait qu'intensifier. A un moment donné, très tôt je pense, vous vous êtes créé sous la forme de Meg un double qui vous rassurait et vous permettait de fuir une réalité extrêmement conflictuelle.

Le temps d'une courte pause, Clara regarda tour à tour ses deux interlocuteurs, qui la dévisageaient avec une stupeur sans bornes.

— Ce double, ce serait moi ? demanda Meg au bout d'un moment. Mais comment aurais-je pu créer de toutes pièces une personne qui *existe* réellement ? Si une Meg

Howell vit et travaille à Las Vegas, elle ne peut être le fruit de mon imagination ! Tout cela est absurde. Complètement absurde.

— Il s'agit d'un cas peu commun, reconnut Clara. Ce que je crois, c'est que vous avez inventé une autre petite fille avec qui parler, une sorte d'amie imaginaire, sans lui donner de nom — ou plutôt en la baptisant de noms différents au gré de vos humeurs et du rôle qu'elle avait à jouer dans votre vie. Toutefois, à défaut d'une identité reconnue, elle était dotée d'une personnalité bien distincte. Au fil des années, elle a grandi avec vous.

Victor secoua la tête, visiblement déconcerté et mal à l'aise. Clara se tourna vers lui.

— Victor, vous avez vécu plusieurs années avec Lisa. Vous a-t-elle semblé différente, à certaines périodes ? Plus douce, plus affectueuse ? Plus drôle, même ?

Victor la regarda, puis regarda sa femme.

— Oui, c'est arrivé, répondit-il enfin. D'ordinaire, elle est assez... susceptible. Mais il y a eu des moments où elle paraissait... différente, en effet. Elle était beaucoup plus gentille et aimante.

— Comme si vous aviez affaire à une autre femme ?

— Absolument.

Clara opina d'un signe de tête.

— Il s'agissait sans doute de périodes où Meg prenait le dessus — même si Lisa, la personnalité première, ne l'avait pas encore nommée ni reconnue de façon consciente. D'ailleurs, cette absence de reconnaissance explique peut-être le fait que « Meg » n'ait aucun souvenir de cette époque. Pour Lisa, elle n'existait pas, ou plus exactement elle n'existait *plus*. Car auparavant, à plusieurs reprises, Lisa avait pressenti l'existence de ce « double » qu'elle détestait, de son propre aveu.

Elle s'interrompit un instant pour réfléchir.

— Ce qui est ici très surprenant, je vous l'ai déjà dit, c'est qu'en général le syndrome de personnalité multiple se présente de façon inverse : ce sont les doubles qui ont conscience de la personnalité « hôtesse », et non le contraire. Actuellement, c'est un fait, Meg semble tout ignorer de Lisa et de sa vie ; mais je persiste à penser qu'elle a dû avoir connaissance de l'existence de Lisa par le passé, bien qu'elle revendique aujourd'hui une vie à elle, dans un contexte presque opposé.

Même expliquée de la sorte, la situation semblait toujours dépasser Victor.

— Je veux bien, bougonna-t-il. Mais enfin… comment cette femme de Las Vegas s'est-elle introduite dans la vie de Lisa ? Qu'a-t-elle à voir avec tout ça ?

— C'est le point le plus fascinant. Il semble que Lisa l'ait rencontrée par hasard au printemps dernier, et qu'elles aient bavardé assez longtemps. Quand Lisa a découvert que Megan Howell avait été adoptée, comme elle, elle s'est identifiée à elle de façon si forte qu'elle est revenue la voir plusieurs fois.

Victor eut un sourire amer.

— Pour ça, je peux confirmer que Lisa a passé pas mal de temps à Las Vegas au printemps.

Il jeta un coup d'œil à sa femme, qui paraissait toujours aussi troublée et indécise.

— Elle n'était pratiquement jamais à la maison, ajouta-t-il.

— Elle était occupée à voir Megan et à tout apprendre de sa vie, expliqua Clara. D'une certaine façon, cette femme devait correspondre étroitement au double que Lisa s'était créé. Au bout d'un moment, les deux personnalités ont fini par se fondre et ne faire plus qu'une dans son esprit. A présent, sa personnalité seconde possédait un nom et une histoire ; elle pouvait commencer de s'affirmer. Après le choc causé par l'accident, c'est elle qui a émergé quand Lisa a repris conscience.

Clara se tourna vers sa patiente qui la dévisageait, les yeux écarquillés.

— Etes-vous en train de dire... que je *n'existe pas* ? murmura-t-elle.

L'air perdu, elle contempla ses mains ; puis elle tâta ses bras d'un geste hésitant, comme si elle s'attendait à voir son corps se volatiliser.

— Je ne serais donc que la copie de quelqu'un d'autre ?

Victor se pencha vers elle pour l'enlacer.

— Lisa, ma chérie, ne...

Elle se dégagea, les yeux fixés sur Clara.

— Je ne comprends pas, reprit-elle dans un souffle. A quoi rime cette mascarade ? Je *sais* que je suis Megan Howell. Où voulez-vous en venir, à la fin ?

— La personnalité est une matière très complexe, lui répondit Clara d'un ton apaisant. Est-ce que nous ne tentons pas tous de nous inventer nous-mêmes, d'une certaine façon ? J'irai même plus loin : en fait, quelle partie de notre être est-elle vraiment réelle, tangible, visible, en dehors de notre corps ?

— Mais… j'ai des souvenirs ! protesta la jeune femme. Je me souviens avec précision de Hank, de Glory, des chevaux, du pain que l'on cuisait dans la caravane… Vous n'espérez tout de même pas me faire croire que tout cela n'a pas *existé* ?

— Bien sûr, que cela a existé. Mais dans la vie de quelqu'un d'autre. Essayez de le voir sous cet angle : à un moment donné, vous avez tout simplement emprunté les souvenirs d'une autre personne, parce que les vôtres sont trop douloureux.

— Alors… alors vous pensez que je suis vraiment Lisa, et que je fais semblant d'être une autre ? En d'autres termes, vous me croyez folle ?

— Ce qui vous arrive n'a rien à voir avec la santé mentale, affirma Clara. Et il n'est pas question non plus de « faire semblant ». Dans les cas de SPM, les sujets ne jouent absolument pas la comédie. Chaque personnalité existe bel et bien, elle est un être distinct. Meg existe, c'est certain. En ce moment, vous *êtes* Meg.

— Et Lisa, où est-elle ?

— Elle est passée au second plan, comme vous l'étiez vous-même durant des années, sans toutefois pouvoir vous exprimer.

Lisa-Meg scruta le visage de Clara, l'air las.

— En admettant que vous disiez vrai, qui va exister, désormais ? demanda-t-elle enfin d'un ton sceptique. Il faudra bien que quelqu'un l'emporte, puisque je n'ai qu'un corps !

— C'est ce que la thérapie devra déterminer.

Clara jeta un coup d'œil à Victor.

— Il nous faudra encore un grand nombre de séances pour arriver à découvrir qui est la personnalité dominante. Il arrive que la personnalité finale se révèle comme une fusion de toutes les autres ; elle constitue alors un individu à part entière, complètement distinct des précédents.

— Avec un autre nom ? s'enquit Victor.

— Cela peut arriver.

Au désespoir, il se tourna de nouveau vers la fenêtre. Clara revint à sa patiente.

— Je *sais* que je suis Meg, répéta la jeune femme.

Elle avait les traits tirés ; de la sueur perlait sur son front et au-dessus de sa lèvre supérieure.

— Je n'ai aucun souvenir d'avoir été une autre.

— Dans ce cas, nous vous appellerons Meg et partirons de là, conclut Clara.

Elle ferma son bloc et se leva.

— Dans quelques jours, Victor vous ramènera chez vous et veillera à ce qu'on prenne soin de vous. Pour ma part, je vais reprendre contact avec Mme Howell et voir ce qu'elle peut nous apprendre de plus.

Se tournant vers le mari de Lisa, elle ajouta :

— J'aimerais voir Meg au moins deux fois par semaine, Victor. A mon cabinet, si possible, ou chez vous si elle est trop faible pour se rendre en ville. Etes-vous d'accord ?

— Bien entendu.

Clara gagna la porte. Au moment de franchir le seuil, elle s'arrêta pour contempler le couple qu'elle laissait derrière elle. Victor était en train de mouiller un linge dans une cuvette posée sur la table de nuit ; il le plaça sur le front de sa femme tandis que celle-ci, les yeux fermés, crispait nerveusement les mains sur sa couverture.

5.

Le soleil d'août écrasait de sa lumière l'agglomération de Salt Lake City, étalée entre la luxuriance des Wasatch Mountains et le désert blanc qui s'étendait à l'opposé. Dans les collines qui surplombaient la ville à l'est, de coûteuses propriétés brillaient comme des joyaux, blotties dans un écrin de cèdres et de genévriers.

Meg les contempla un moment à travers les vitres fumées de la limousine, puis tourna son regard vers Victor. Les yeux dissimulés derrière des lunettes noires, il se frayait agressivement un chemin à travers la circulation matinale.

Elle examina ses mains crispées sur le volant. Elles étaient larges et carrées, avec des phalanges parsemées de poils bruns. Cet homme était censé être son mari ; et pourtant, elle ne parvenait pas à imaginer ces mains-là posées sur elle, la caressant, l'attirant dans la plus intime des étreintes…

Il la regarda à son tour, les sourcils levés, et Meg sentit son visage s'enflammer. Vivement, elle détourna les yeux.

— Est-ce que tu te souviens de certaines choses ? demanda-t-il. Elle secoua la tête.

— Non. Rien.

— Tu as dû faire ce trajet un bon millier de fois. Je n'arrive pas à croire que tu aies tout oublié.

Impassible, Meg continua de fixer les maisons et les voitures qu'ils dépassaient. Victor changea de position sur le siège de cuir. Il semblait si mal à l'aise qu'elle éprouva pour lui une pointe de sympathie. C'était un homme direct, sans complications, que cette histoire pour le moins bizarre devait déstabiliser.

— Je… je suis vraiment désolée, murmura-t-elle.

— A quel propos ? Ta maladie ? Je suppose que tu n'y peux rien, n'est-ce pas ?

— A propos de tout. Je sais que je ne devrais pas vous accompagner chez vous, mais je ne vois pas d'autre solution.

— Et pourquoi ne devrais-tu pas rentrer à la maison avec moi ?

— Parce que je ne vous connais pas. Je n'ai aucun droit de vivre sous votre toit.

— Pour l'amour du ciel, Lisa…

— Je vous en prie, coupa-t-elle. Pourriez-vous m'appeler Meg ? Je ne suis pas… Je n'aime pas qu'on m'appelle Lisa.

Victor soupira et se concentra sur sa conduite.

Meg s'adossa au siège, les yeux fermés. Elle se sentait faible et très nerveuse. Avec nostalgie, elle repensa à son lit d'hôpital, à la fraîcheur des draps immaculés. Là-bas, au moins, elle était en sécurité. A l'abri de cet inconnu, de sa maison et de toutes les situations angoissantes qui l'attendaient.

Mais il avait bien fallu qu'elle se décide à sortir. Elle ne pouvait rester éternellement terrée dans un hôpital. Il était temps pour elle de se remettre à vivre, même si cette existence dont elle ignorait tout la plongeait dans des abîmes de terreur et de confusion. De toute façon, tant qu'elle ne se sentirait pas plus forte, cela semblait la seule issue pour elle.

— Quel effet ça te fait ? demanda Victor. Je veux dire… est-ce une sorte d'amnésie ? Te souviens-tu par exemple de tes plats préférés, de ce que tu aimes regarder à la télévision, de choses de ce genre ?

Le front de Meg se plissa. Elle garda les yeux fermés.

— J'ai beaucoup de souvenirs concernant mon enfance, répondit-elle enfin. Mais je ne me rappelle pratiquement rien des deux ou trois dernières années.

— C'est ce que j'ai le plus de mal à admettre, marmonna Victor. Bon Dieu ! Il n'y a pas dix jours, tu as bavardé avec moi au petit déjeuner, puis tu es sortie de la maison, tu as pris ta voiture et tu es partie passer quelques jours à Las Vegas. Et voilà qu'aujourd'hui je me retrouve avec une personne complètement différente, qui porte un autre nom et n'a soi-disant rien de commun avec ma femme. Il n'y a rien à faire, je ne comprends pas comment une chose pareille a pu se produire.

— Moi non plus.

Meg regarda de nouveau par la fenêtre. Les maisons devenaient de plus en plus grandes, de plus en plus distantes les unes des autres. Environnées d'arbustes et d'immenses pelouses, elles étaient disséminées le long du canyon dans lequel ils s'étaient engagés.

— Le Dr Wassermann m'a prêté des livres et des articles concernant les dissociations de la personnalité, dit-elle. J'ai commencé à les lire. En outre, ces derniers jours, nous avons beaucoup parlé de mes souvenirs, de ce que je ressens… et de Lisa.

— Et alors ?

Victor se tourna vers elle, le regard indéchiffrable derrière ses lunettes noires.

— Je commence à comprendre certaines choses, je crois, reprit Meg. Comment, par exemple, deux personnalités différentes peuvent coexister dans le même corps, chacune d'elles étant bien réelle.

— Ah oui ? Eh bien moi, ça me dépasse. Au début, j'ai même cru que tu nous menais en bateau. Que c'était encore un de tes numéros, quoi. Mais je vois bien qu'il n'en est rien. Tes talents d'actrice ne vont pas jusque-là.

Meg lui jeta un bref coup d'œil, surprise par une franchise aussi abrupte. Elle ne répondit pas.

— Clara semble saisir ce qui se passe, poursuivit Victor. Comme elle est l'un des meilleurs psychiatres à la ronde, je suppose que nous devons accepter son diagnostic.

Un instant, Meg étudia son profil, avant de reporter une fois de plus son attention sur le paysage qu'ils traversaient. Pensive, elle songea aux ouvrages dans lesquels elle s'était plongée. De fait, elle commençait à avoir sa propre théorie sur les événements déconcertants dont elle était le centre. Et elle n'était pas convaincue que l'interprétation du Dr Wassermann fût la bonne.

Mais les choses demeuraient encore très confuses, et elle était trop faible pour se faire une idée vraiment claire.

Dès qu'elle irait mieux, elle se rendrait à Las Vegas pour mener sa propre enquête. D'ici là…

La voix de Victor s'immisça dans ses réflexions.

— Tu es d'accord, chérie ? Tu penses aussi que nous devons suivre les indications du Dr Wassermann ?

— Oui, sans doute… Mais je me demande si je ne ferais pas mieux de partir quelque temps. M'isoler un peu. Je crois que j'ai besoin de rester seule, afin de découvrir qui je suis vraiment et pourquoi cette histoire incroyable m'est arrivée.

Victor s'engagea sur une route secondaire et roula en direction de la rivière qui coulait au fond du canyon. Les propriétés devenaient encore plus luxueuses, et les jardins proprement fabuleux.

— Qu'est-ce que tu suggères ? Tu aimerais prendre un appartement en ville ?

— Je ne sais pas encore. Je n'ai aucun souvenir de cette ville. Pour tout dire, j'ai l'impression de n'y être jamais venue.

— Clara t'a conseillé du repos. Il me semble que tu devrais rester à la maison le temps de te remettre. Après, nous aviserons. Qui sait ? Peut-être que ça va passer comme c'est venu ! ajouta Victor d'un ton plein d'espoir. Il se peut qu'un beau matin tu te réveilles et découvres que tu es redevenue Lisa…

Meg réfléchit à ce qu'il venait de dire, ainsi qu'à la fragilité de l'existence. Le médecin lui avait exposé de nombreux cas semblables au sien, dans lesquels des destins, brusquement, avaient basculé à cause d'un simple glissement de conscience — comme cela lui était arrivé après son accident. Dire que la vie entière d'une personne pouvait être effacée de la sorte, en un clin d'œil, et cette personne elle-même remplacée par une autre — avec des sentiments, des souvenirs, des comportements et des talents différents ! Cela semblait incroyable.

Perdue dans ses pensées, Meg fixait sans le voir un champ qui s'étendait au pied d'une vaste maison de bois peinte en blanc, avec des volets verts. Puis elle remarqua deux chevaux en train de paître, et ce tableau, sans qu'elle sût pourquoi, l'apaisa étrangement. Aussitôt, elle se sentit plus forte.

— Regardez ! dit-elle à son compagnon. Ils sont superbes, non ?

— Cette propriété est celle de notre voisin. Tu te souviens de Jim Leggatt, tout de même ?

Meg secoua la tête. Victor donna quelques coups de pouce irrités sur le volant, puis il soupira.

— Jim est une sorte de cow-boy à temps partiel, expliqua-t-il d'un ton patient. Il dirige une importante affaire de construction, et passe ses week-ends dans des rodéos.

Meg examinait toujours les chevaux.

— Quelles épreuves ? demanda-t-elle.

— Pardon ?

— Quelles sont ses spécialités ? Au rodéo, je veux dire. Il attrape des taureaux au lasso ?

Victor éclata de rire.

— Tu m'en demandes trop ! Oui, il doit s'agir d'histoires de lasso, je suppose. Mais c'est bien la première fois que je t'entends parler de rodéo, Lisa ! Tu disais toujours que Jim Leggatt était une vraie brute, et tu ne pouvais pas le sentir.

Alors qu'elle jetait un dernier coup d'œil mélancolique aux chevaux, Meg sursauta quand elle se rendit compte que la voiture s'arrêtait devant un triple garage au fronton de pierre rose. Au-delà, elle découvrit une imposante villa de deux étages, très massive, édifiée dans le même genre de grès ou de granite rosâtre. Une immense pelouse l'entourait, émaillée de massifs de fleurs tirés au cordeau et de buissons ornementaux. La rivière passait au fond de la propriété, bordée de grands arbres qui conféraient à l'ensemble un cachet intime et paisible.

— C'est magnifique, murmura-t-elle.

— Ah ! enfin quelque chose qui n'a pas changé ! lança Victor en sortant de la voiture.

Tandis que Meg l'imitait, il prit sa valise à l'arrière.

— Que voulez-vous dire ? demanda-t-elle.

Debout sous le soleil de plomb, elle contemplait avec hésitation le décor qui l'entourait. Soudain, elle ressentit des élancements au niveau du crâne. Prise d'une sorte de vertige, elle dut se retenir à la voiture.

Victor ne parut pas s'en rendre compte. Il lui décocha un petit sourire très sec. L'espace d'un instant, son visage devint glacial — presque brutal.

— Tu as toujours aimé ma maison, n'est-ce pas, Lisa ? lança-t-il d'un ton tranquille tandis qu'il empruntait l'allée dallée d'ardoises qui menait au manoir rose.

Bien que la propriété de Victor fût isolée, quelqu'un assista à l'arrivée du couple Cantalini.

Jim Leggatt était assis en compagnie de son frère sous la véranda qui courait le long de sa maison et qui, de ce côté, était protégée par des stores. Les deux hommes prenaient leur café en lisant les journaux du matin. Lorsqu'ils entendirent la Lincoln qui s'arrêtait dans l'allée voisine, ils levèrent les yeux avec intérêt.

Dean Leggatt haussa les sourcils, puis lâcha un sifflement admiratif quand Lisa Cantalini émergea de la limousine. Elle était vêtue d'un pantalon blanc, d'une tunique cerise, et ses boucles de jais resplendissaient au soleil.

— Superbe, murmura-t-il d'un ton appréciateur. Vraiment superbe.

Il posa sa tasse afin de mieux étudier les voisins tandis que Jim l'observait d'un air pensif. Ils avaient tous deux à peine dépassé la trentaine. Aussi grands et musclés l'un que l'autre, ils avaient les mêmes yeux bleus — mais la ressemblance s'arrêtait là. Dean, l'aîné, était aussi brun qu'ambitieux, rapide et impatient ; Jim, en revanche, possédait un tempérament calme et solide qui seyait à ses cheveux blonds.

Quand des femmes se trouvaient dans les parages, Dean jouait volontiers les jolis cœurs alors que Jim, comme à présent, se tenait en retrait, silencieux. Pourtant, là encore, les apparences étaient trompeuses : Dean Leggatt était un père de famille affectueux, fou de ses trois filles et fidèle à sa femme depuis douze ans ; Jim, lui, avait réussi jusque-là à éviter le mariage et les responsabilités — même s'il les avait souvent frôlés de près.

— Dis donc, Dean, est-ce que tu serais en train de reluquer ma voisine, par hasard ? demanda-t-il en abaissant son journal. Un type aussi heureux en mariage que toi ?

Son frère lui décocha un grand sourire.

— Il y a une différence entre reluquer et admirer, mon gars. Et *ça*, crois-moi, c'est une femme hautement admirable.

— Possible, répondit Jim d'un ton neutre.

Il regarda néanmoins à travers les lamelles du store et aperçut Lisa Cantalini qui frissonnait dans la brise matinale, ses bras serrés autour d'elle. Elle suivit ensuite son mari le long de l'allée, l'air tendu et la démarche mal assurée.

— Victor la ramène de l'hôpital, expliqua Jim à son frère. Elle y est restée près de deux semaines.

— Elle a eu un bébé ? demanda Dean en plissant les paupières comme s'il s'attendait à voir un landau se matérialiser au milieu de la pelouse.

Jim eut un rire bref.

— Lisa Cantalini n'est pas vraiment du genre maternel. Elle a eu un accident avec sa voiture, expliqua-t-il en même temps qu'il tendait le bras pour attraper la cafetière. Elle a quitté l'autoroute près de Cedar City et s'est encastrée dans un poteau, à mi-hauteur de la falaise. Elle est restée suspendue là une bonne partie de la nuit, à ce qu'il paraît, jusqu'à ce qu'un camionneur s'arrête par hasard à cet endroit-là et la découvre au petit matin.

— Elle a été grièvement blessée ?

Jim fit signe que non et s'empara du sucrier.

— Elle n'en a pas l'air, tu le vois bien. En fait, c'est un miracle qu'elle s'en soit tirée. Elle conduit toujours comme une folle, au volant de la petite Thunderbird modèle 1957 que son mari a fait retaper pour elle. Une vraie bombe, cette voiture.

— La même que dans *American graffiti* ?

— Exactement.

Songeur, Jim remua le sucre qu'il venait de laisser tomber dans son café.

Il portait des santiags poussiéreuses, un jean, un T-shirt jaune à la gloire d'un grand hôtel de Salt Lake City, le Caesar's Palace, et une casquette de base-ball plantée avec décontraction sur ses cheveux blonds. Dean, dont la tenue se composait d'un pantalon en velours marron et d'un polo bleu ciel, jeta un coup d'œil intéressé à son frère.

— Raconte, dit-il.

— Quoi ?

— Oh ! ça va, Jim ! Quand tu as cette lueur au fond des yeux, je sais très bien ce que ça signifie. Il y a eu quelque chose entre cette « dame » et toi, pas vrai ?

Jim secoua la tête et s'adossa à sa chaise, passant un bras derrière le dossier. Il sourit avec malice.

— Je me demande pourquoi tu t'intéresses tant à ma vie amoureuse.

— Parce que je n'en ai pas, tout simplement ! rétorqua Dean avec entrain. La seule façon de mettre un peu de piment dans mes fantasmes d'homme marié, c'est de vivre des aventures par personne interposée — toi, en l'occurrence.

— Si elle t'entendait, Annie te tuerait.

— Ça, c'est sûr.

Dean tourna la page des sports et s'intéressa à des dessins humoristiques.

— Mais Annie sait bien que je l'aime, ajouta-t-il. A mon avis, elle préfère certainement que je vive des aventures virtuelles au lieu de mettre la main à la pâte…

— Mouais. Désolé de te décevoir, vieux, mais je n'ai pas grand-chose à raconter à propos de Lisa Cantalini. Je n'aime pas cette femme. Elle ne m'a jamais plu.

— Tu rigoles ! Comment peux-tu rester froid devant une créature aussi divine ? Elle vote républicain, elle maltraite tes chevaux, ou quoi ?

Jim porta son regard vers la pelouse immaculée de ses voisins.

— Pour commencer, répondit-il avec calme, j'aimais beaucoup Pauline.

— Pauline ?

— La première femme de Victor. C'était une femme adorable. Dès l'instant où je me suis installé ici, elle a été une vraie mère pour moi, et nous sommes restés amis pendant plus de dix ans. J'ai vraiment été bouleversé, quand elle est morte. Et voilà que quelques semaines à peine après son décès, Victor a annoncé qu'il épousait une certaine Lisa Bauer — « ancienne reine de beauté », comme il disait. Avant qu'on ait pu se retourner, cette Lisa avait investi la maison de Pauline et tout redécoré de fond en comble, sans parler du fait qu'elle se comportait vraiment comme la reine du canyon.

— Elle est… beaucoup plus jeune que lui, non ? demanda Dean, les yeux fixés sur la lourde porte en chêne massif derrière laquelle le couple avait disparu.

Jim haussa un sourcil.

— Environ trente ans de moins. Mais nous sommes mal placés pour critiquer, n'est-ce pas ?

Dean acquiesça et se pencha sur sa tasse de café, l'air sombre.

— Tu sais, Jimmy… Parfois, je me demande si nous parviendrons un jour à nous libérer de l'influence de papa.

A son tour, Jim orienta ses pensées vers leur père.

Dean et lui étaient les deux seuls rejetons d'Ezra Leggatt, un promoteur de la première heure, connu à travers tout l'Utah et le Nevada pour son arrogance et sa voracité, aussi bien en affaires qu'en amour. Aucune de ses trois premières femmes n'avait pu survivre assez longtemps à ses côtés pour lui donner un héritier, malgré bon nombre de fausses couches et d'enfants mort-nés.

La quatrième, Amelia, avait dix-neuf ans quand elle l'avait épousé ; il en avait soixante-sept. En dépit du demi-siècle qui les séparait, Ezra avait réussi à lui survivre près de vingt ans. La douce, l'infortunée Amelia était morte alors que Dean avait quatre ans et que Jim marchait à peine. Le vieillard, lui, était encore en vie quand Jim avait quitté la maison pour suivre le circuit des rodéos, Dean allant faire des études de droit à Harvard. A sa disparition, les deux frères avaient hérité d'une immense fortune, que chacun avait gérée à sa manière, selon sa personnalité.

Jim avait abandonné le circuit et créé une entreprise de construction, bien décidé à bâtir de ses mains une fortune aussi considérable que celle qu'Ezra lui avait laissée. Il était en bonne voie d'y arriver. Pourtant, les demi-sang au pelage lustré qui paissaient dans son pré et les rodéos auxquels il participait chaque week-end demeuraient la passion de sa vie.

Dean, lui, avait terminé ses études de droit et obtenu son diplôme d'avocat. Il était parti s'établir en Californie, où il possédait trois maisons : sa résidence principale à Los Angeles, un bungalow en bord de mer, près de Topanga, et un chalet d'hiver dans les monts San Gabriel.

C'était un homme occupé et prospère, heureux en mariage et dans sa carrière. Mais il n'avait jamais oublié ses racines ; chaque fois qu'il en avait l'occasion, il revenait dans l'Utah et passait un jour ou deux à Salt Lake City, chez son frère, histoire de se plonger avec un soupçon de nostalgie dans cette existence si différente de la sienne.

— Donc, « pour commencer », tu trouves qu'elle remplace assez mal la première épouse de Victor, reprit Dean. Et ensuite ?

Jim s'extirpa de ses souvenirs pour répondre à son frère. Il baissa les yeux sur sa tasse de café.

— Dès que Lisa est arrivée, l'ambiance a changé chez les Cantalini. Comme si quelque chose ne tournait pas rond. Et elle n'était pas mariée depuis six mois qu'elle a commencé à ne plus tenir en place.

— Comment ça ?

— Elle s'est mise à venir ici pour un oui ou pour un non, expliqua Jim en haussant les épaules. En voisine, disait-elle. Elle traînait autour de l'écurie en prétendant qu'elle adorait mes chevaux. Ce n'était qu'un prétexte. Non seulement elle ne connaît strictement rien aux chevaux, mais en plus elle en a une peur bleue.

— En résumé, le seul étalon qui l'intéressait, c'était toi..., déclara Dean.

Il adressa un sourire complice à Jim, qui ne le lui retourna pas.

— Apparemment, oui. Je lui ai fait comprendre que je n'étais pas partant, et cela n'a pas eu l'heur de lui plaire.

— Bon sang, tu es dingue, ou quoi ? Laisser passer une beauté pareille !

— Hé, il s'agit quand même de la femme de mon voisin ! se récria Jim. Victor Cantalini n'est peut-être pas irréprochable, mais je n'ai rien contre lui. Sauter sur sa femme dès qu'il a le dos tourné n'est pas mon genre.

Dean soupira.

— Je suppose qu'elle est allée voir ailleurs, après ça...

— C'est possible, répondit Jim d'un ton neutre. Il semble qu'elle reçoive quelques visiteurs masculins quand Victor n'est pas là. J'ignore de qui il s'agit.

— Je parie que Trudy le sait...

— Sans doute. Mais si je me mettais à cancaner sur les voisins avec Trudy, je ne travaillerais jamais.

— Parlerait-on de moi, par hasard ?

La gouvernante de Jim parut à la porte de la véranda. C'était une petite femme rondelette, vêtue d'un jean, d'un sweat-shirt et d'un tablier de toile. Ses cheveux gris étaient négligemment ramassés en chignon au sommet de sa tête, et son maquillage aux tons vifs faisait ressembler son visage à un biscuit décoré.

— Bienvenue, Trudy, répondit Jim en agitant la cafetière vide. Nous sommes en panne de café.

— Déjà ? Je viens de le faire passer !

Jim lui décocha un sourire charmeur.

— C'est vrai, mais votre café est irrésistible. La preuve !

Trudy lui appliqua une tape sur le bras avec le magazine plié en deux qu'elle tenait à la main, puis adressa un sourire rayonnant à leur invité.

— Puis-je vous préparer quelque chose, monsieur Dean ? Des scones, peut-être, ou quelques toasts de plus ? A moins que vous ne préfériez des fruits et du fromage…

— Vous le chouchoutez d'une façon éhontée, Trudy ! protesta Jim. Si c'était moi, vous m'expédieriez vite fait dans la cuisine en me disant de me débrouiller seul !

— Votre frère est notre invité, rétorqua la gouvernante d'un air sévère, avant d'adresser un nouveau sourire à Dean. Et regardez-le : il n'a que la peau sur les os. Les gens ne savent pas manger, en Californie. Je suis sûre qu'il n'avale que du poisson cru et des germes de je ne sais quoi.

Jim grogna, puis jeta à Trudy un coup d'œil faussement candide.

— Comment s'est passé le bal, Trudy ? Vous êtes-vous bien amusée ?

— Un bal ? demanda Dean.

— Trudy est allée hier soir à une soirée dansante pour célibataires. Elle fait partie d'un club de cœurs solitaires…

La gouvernante prit place dans l'un des fauteuils de rotin à coussins capitonnés et se tourna vers Dean.

— Ça n'était pas mal. Mais ils ont beau essayer d'enjoliver les choses, ces soirées de célibataires n'en ressemblent pas moins à un marché à bestiaux. Chacun vient pour acheter sa viande, et rien d'autre.

— Si vous étiez un morceau de viande, Trudy, j'opterais pour un délicieux filet mignon, déclara Dean avec galanterie. Et je vous placerais en tête du menu.

Les joues rondes de la gouvernante virèrent au rose vif sous son maquillage.

— Vous êtes un sacré phénomène, vous ! rétorqua-t-elle en minaudant. Pas vrai, Jim ?

— Oui, sans le moindre doute, répondit ce dernier d'un ton bref. Trudy, où est donc passé le supplément économique du journal ?

— Il est dans la cuisine. Il y avait de bonnes recettes, derrière...

— Vous ne les avez pas découpées, j'espère !

Trudy adressa un clin d'œil à Dean.

— Il est toujours furieux, quand je découpe des recettes dans son journal, confia-t-elle à mi-voix. Comme si le même canard n'arrivait pas chaque matin !

Jim se leva et toisa la gouvernante d'un air menaçant qui la fit s'esclaffer.

— S'il n'était pas si difficile de trouver des domestiques, gémit-il à l'adresse de son frère, cette créature disparaîtrait sur-le-champ — avec ses chèvres galeuses et ses montagnes de conserves à la noix !

Les deux autres ne réagirent pas. S'efforçant de garder son sérieux, Jim tourna les talons et partit en quête des pages manquantes.

Dean déplaça sa chaise pour être au soleil. Il ferma les yeux pour mieux savourer la chaleur des rayons.

— Qu'est-ce que vous préparez de bon pour cet automne, Trudy ? demanda-t-il.

— La rhubarbe va être superbe, répondit Trudy avec passion. Et j'ai concocté un de ces petits vins de pissenlits... Je ne vous dis que ça. Manny était furieux !

Elle baissa les yeux vers le jardinier, qui taillait tranquillement une haie du côté de l'écurie.

— Pourquoi ? s'enquit Dean, que la joyeuse animation qui régnait chez son frère avait toujours amusé.

— Parce que lorsque j'ai dit à Jim que je voulais faire du vin de pissenlits, il a interdit à Manny de sulfater durant tout l'été. Ensuite, il a dû m'aider à les cueillir : nous en avons ramassé des milliers à la main ! Jim nous aidait quand il ne rentrait pas trop tard, le soir.

Dean s'imagina son cow-boy de frère à quatre pattes dans le pré, récoltant des pissenlits en compagnie de sa gouvernante et de son jardinier mexicain. Il secoua la tête.

— Vous me surprendrez toujours, Trudy.

Elle sourit, placide, tandis que Jim revenait avec les pages économiques de son journal et un autre pot de café.

— Qu'est-ce qu'elle a de si surprenant ? demanda-t-il.

— Tout. Trudy, pourrai-je vous regarder traire vos chèvres, ce soir ?

— Pourquoi ne pas les traire vous-même, si ça vous plaît tant ? Crystal ne donne presque plus de coups de tête.

Jim éclata de rire, puis recouvra son sérieux quand la gouvernante se tourna vers lui, la mine grave.

— Jim, avez-vous vu Victor et Lisa arriver, tout à l'heure ?

— Oui. Nous les avons même espionnés à travers les stores. Lisa m'a paru assez bien, quoique peu assurée sur ses jambes.

— Elle est encore faible, c'est vrai. Mais il y a autre chose, ajouta Trudy d'un ton mystérieux.

Les deux hommes la dévisagèrent, intrigués.

— Quoi ? demanda son patron.

— J'ai discuté avec Filomena ce matin, avant qu'ils rentrent. Elle était venue chercher un peu de sucre roux.

— Filomena est l'intendante de Victor, expliqua Jim à son frère. Elle ne parle à personnne, sauf à Trudy. Une vraie porte de prison. Jamais un sourire.

— Qu'est-ce que vous chantez là ? protesta Trudy. Quand on la connaît, Filomena est une fille adorable, qui s'occupe à merveille de son petit garçon. Elle est réservée, voilà tout.

Jim leva les sourcils et se replongea dans son journal.

— Et je le serais aussi, marmonna la gouvernante en jetant un regard noir à la villa voisine, si je vivais dans une baraque pareille !

Dean jubilait.

— Eh bien, que vous a dit Filomena ? demanda-t-il. Lisa a-t-elle gardé des séquelles de son accident ?

Sans répondre, Trudy se pencha en avant et se tapota le front d'un geste expressif.

— Elle souffre de troubles mentaux ? traduisit l'avocat.

Abandonnant sa lecture, Jim dut se résoudre à suivre la conversation. Trudy se rengorgea.

— Elle ne sait plus qui elle est, révéla-t-elle d'un ton solennel.

— Elle est amnésique, c'est ça ?

— C'est ce que j'ai pensé aussi, mais d'après Filomena c'est plus compliqué. Victor n'a pas réussi à lui expliquer. Il faut dire que la patience et lui… Et puis, ces deux-là ne se parlent que lorsqu'ils ne peuvent pas faire autrement.

Jim leva les yeux au ciel et soupira.

— Une gouvernante qui fait son travail en silence ! J'ai du mal à imaginer ça.

Dean, lui, semblait fasciné par l'histoire.

— Qu'est-ce qu'elle entend par « plus compliqué » qu'une amnésie ? Elle a des hallucinations ?

— Quelque chose comme ça. Elle se prend pour quelqu'un d'autre.

— Marie-Antoinette, sans doute, lança Jim avec cynisme. A moins que ce soit Cléopâtre ou Scarlett O'Hara…

— Je vous trouve bien peu compatissant, objecta Trudy.

Jim posa le journal sur ses genoux et regarda ses compagnons.

— Il y a deux ou trois mois, raconta-t-il, je suis allé faire un tour à cheval le long de la rivière. Je suivais la piste qui descend des collines, là-bas. Quand je suis passé derrière la propriété des Cantalini, j'ai aperçu Lisa en train de prendre le soleil au bord de la piscine. Les arbres l'empêchaient de me voir.

— Qu'est-ce qu'elle portait ? demanda Dean, les yeux brillants.

— Pas grand-chose. Le bas d'un Bikini blanc.

— Sans haut ? s'exclama son frère dans un souffle.

Jim acquiesça d'un signe de tête.

— Soudain, elle s'est assise pour s'enduire d'huile solaire. Ça valait le coup d'œil, crois-moi. Cette femme a beau me déplaire, je reconnais que j'ai ralenti le pas. Et puis, je me suis dit que j'étais ridicule, à l'espionner de la sorte, comme un adolescent. Au moment où j'allais éperonner mon cheval, le gamin de Filomena est arrivé.

— Un amour ! intervint Trudy. Il s'appelle Domingo, mais sa mère l'appelle Dommie.

— Quel âge a-t-il ? s'enquit Dean.

Trudy plissa le front.

— Attendez… Il est né juste avant la mort de Pauline, au printemps. Cela fait donc à peu près deux ans et demi.

Elle se tourna vers Jim.

— Vous vous souvenez de la joie de Pauline, quand elle a su que ce bébé allait naître ? Et de toutes les affaires qu'elle a achetées pour lui ?

Jim acquiesça avec un sourire mêlé de tristesse.

— Elle était si heureuse. On aurait juré que c'était son propre fils. Il faut dire que Victor et elle n'avaient jamais pu avoir d'enfant.

— Elle n'a profité de lui que deux mois…, reprit Trudy, mélancolique. Pauvre chou. Enfin ! quoi qu'il en soit, c'est bien ce que je disais : Dommie a environ deux ans et demi.

— Continue, demanda Dean à son frère.

— Je ne sais pas pourquoi, mais la vue de ce petit bout de chou qui s'approchait de la piscine pour montrer quelque chose à Lisa m'a inquiété. Il lui tapotait le bras et lui parlait pour attirer son attention. Et elle l'ignorait totalement.

Jim se tut un instant, les traits durs.

— Et alors ? insista Trudy.

— Alors, elle l'a frappé. D'un seul coup, elle s'est dégagée et lui a donné une telle bourrade qu'il en est tombé sur le derrière, le pauvre gosse. Juste au bord de l'eau. Lisa a ramassé sa serviette et ses affaires, et elle l'a laissé là, en train de pleurer. Elle a regagné la maison sans même se retourner une fois.

Dean avait l'air horrifié.

— Elle a laissé un gamin de deux ans seul au bord d'une piscine ?

— Comme je te le dis. Je m'apprêtais déjà à descendre de cheval et à traverser la rivière pour aller le chercher, quand Filomena est arrivée en courant. Elle a relevé son fils et l'a serré dans ses bras, puis elle l'a emporté.

— Crois-tu que Filomena a vu Lisa le frapper ?

— Je ne pense pas. A mon avis, Lisa n'aurait pas fait une chose pareille si elle avait su qu'on pouvait la surprendre. Voilà quel genre de femme elle est.

Jim reprit son journal tandis que les deux autres ne le quittaient pas des yeux.

— Vous savez tout, à présent. Et vous comprendrez pourquoi il m'est difficile d'éprouver de la pitié pour Lisa Cantalini, quels que soient ses problèmes.

6.

Dès qu'elle eut franchi la porte d'entrée, Meg s'arrêta. Elle savait que Victor l'observait et guettait sa réaction. Enfin, il ôta ses lunettes noires et les rangea dans la poche de sa chemise. Elle en conçut un immense soulagement ; avec les verres fumés, l'étrange impression de menace disparut. Son « mari » redevint l'homme sympathique et chaleureux qu'il lui avait toujours semblé être à l'hôpital.

— Eh bien, Lisa ? C'est bon, de rentrer chez soi, non ?

Elle jeta un coup d'œil hésitant autour d'elle. De vastes pièces en enfilade ouvraient directement sur le vestibule, claires, paisibles, superbes, avec des plantes vertes à profusion et des parquets étincelants. La décoration raffinée jouait sur des tons très doux, un dégradé de beiges, de crème, d'ivoire, rehaussé çà et là de touches or, rouille et turquoise.

Une bouffée de panique l'envahit. Sa tête la lançait horriblement ; l'impression de vivre un cauchemar s'accentuait de seconde en seconde. Elle n'avait aucun souvenir de cet endroit. Et pourtant, tout lui donnait une étrange impression de familiarité. Soudain, elle songea que si on lui avait confié la décoration de cette maison, sans limitation de budget, c'était *exactement* ce qu'elle en aurait fait. Où qu'elle se tournât, elle reconnaissait ses propres goûts, dans les tentures, les meubles, les épais tapis ou les tableaux encadrés de chêne sombre.

Victor la dévisageait en silence.

— Tu reconnais la maison, n'est-ce pas ? demanda-t-il, avant d'ajouter au bout d'un moment : tu t'en souviens, cela se voit.

— Je… Non, pas vraiment, murmura Meg. Mais elle est… très belle.

— Elle peut l'être ! Tu as dépensé assez d'argent pour ça, Lisa.

Elle aurait voulu le reprendre, lui demander une nouvelle fois de l'appeler Meg, mais elle se sentait trop lasse pour fournir cet effort.

— Hé, Dommie ! Comment vas-tu ? lança soudain Victor avec un grand sourire.

La personne à laquelle il s'adressait se trouvait juste au-delà de l'arche voûtée qui donnait sur le salon. Baissant les yeux, Meg découvrit un petit garçon vêtu d'une salopette rayée et d'un T-shirt bleu. Il avait environ deux ans, des cheveux d'un noir de jais et d'immenses yeux sombres. Planté au milieu des dalles immaculées, il serrait sur son cœur un camion en plastique rouge.

— Tu as un nouveau camion ? s'enquit gentiment Victor en se dirigeant vers lui. Dommie a un camion neuf ?

L'enfant, qui le contemplait avec une sorte de confiance tranquille, hocha la tête et lui tendit son jouet.

Victor posa la valise qu'il portait et prit le camion. Il l'étudia avec attention.

— Il est superbe, ce camion. Il a quatre roues motrices, pas vrai ?

Souriant toujours, il ébouriffa les boucles du gamin et se tourna vers Meg.

— Regarde le camion de Dommie, chérie.

Meg observait l'enfant, émerveillée par sa beauté. Son petit visage lisse évoquait une fleur délicate, parfaitement ciselée, et ses grands yeux bruns avaient des reflets dorés derrière ses épais cils noirs. On devait bien s'en occuper, pensa-t-elle. Il était propre comme un sou neuf, depuis ses boucles lustrées jusqu'à ses petites tennis bleues.

Elle s'approcha à son tour.

— Bonjour, bonhomme, murmura-t-elle en s'agenouillant devant le petit garçon, la main tendue pour le toucher. Comment vas-tu ?

Une lueur de panique s'alluma dans les prunelles sombres de l'enfant. Il se cacha derrière la jambe de Victor, prêt à fondre en larmes. Son protecteur se pencha pour lui rendre son camion, puis s'éclaircit la gorge.

— J'ai l'impression que Dommie ne te reconnaît pas, Lisa. Tu as été absente un bon moment, tu sais.

Meg scruta le petit visage, confondue par la terreur qu'il exprimait. Alors qu'elle levait les yeux, troublée, une femme traversa le vestibule en courant et se jeta sur l'enfant, qu'elle saisit dans ses bras.

La nouvelle venue, petite et menue, devait avoir vingt-huit ou vingt-neuf ans. Son uniforme anthracite et son tablier blanc accentuaient l'apparence sévère que lui donnaient ses yeux et ses cheveux aussi noirs que ceux de l'enfant.

— Excusez-moi, marmonna-t-elle à l'adresse de Victor. Dommie, tu sais parfaitement que tu ne devrais pas être là ! Maman t'avait dit de rester dans la cuisine.

— Ce n'est rien, Filomena. Il ne fait pas de mal. Dites bonjour à Mme Cantalini.

Par-dessus la tête brune de son fils, la domestique gratifia sa maîtresse d'un coup d'œil aussi bref que réticent.

— Bonjour, madame, lâcha-t-elle entre ses dents.

— Bonjour, Filomena. Comment allez-vous ?

— Bien.

— Le médecin de Mme Cantalini souhaite qu'elle garde le lit quelques jours encore, déclara Victor. Elle ne pourra pas prendre ses repas en bas.

— Je lui monterai un plateau, répondit Filomena d'un ton sec. Je suis navrée de vous avoir importunés, ajouta-t-elle en repartant d'où elle était venue. Cela ne se reproduira pas.

— Filomena ! appela Meg.

L'intendante s'arrêta et se détourna à moitié, les yeux baissés.

— Oui, madame ?

— Je... je n'ai pas très faim. Surtout, ne vous donnez pas de peine pour mon déjeuner. Une assiette de potage suffira.

— Je comptais faire une omelette.

— Ce sera parfait, approuva Meg d'une voix mal assurée.

Elle hésita, gênée à l'idée que cette femme allait s'occuper d'elle, préparer ses repas et les lui apporter. En outre, la tension qu'elle ressentait l'emplissait d'un profond malaise.

Elle chercha un moyen de détendre l'atmosphère — et la domestique.

— Dommie est un petit garçon merveilleux, dit-elle enfin en souriant à l'enfant qui se blottissait contre l'épaule de sa mère. Vous pouvez être fière de lui, Filomena.

Celle-ci leva les yeux, surprise, et dévisagea Meg avec un mélange de haine et d'arrogance. Meg en fut si choquée qu'elle se sentit faiblir et dut se retenir au mur. Tandis qu'un désagréable frisson la parcourait, elle se passa une main sur le front, bouleversée. Puis, toujours sous le coup de cette scène insensée, elle suivit Victor dans l'escalier.

Pourquoi la gouvernante lui en voulait-elle à ce point ?

Qu'avait-elle fait pour mériter une haine aussi glaciale, aussi implacable ?

Sa confusion s'accrut encore quand Victor l'introduisit dans une grande chambre carrée et posa sa valise sur la moquette claire, devant une rangée de portes couvertes de miroirs.

Elle se laissa choir dans un fauteuil capitonné et regarda autour d'elle, fascinée, abasourdie. Cette pièce était aussi richement décorée que le reste de la maison avec, en plus, un cachet très féminin. D'où elle se trouvait, elle apercevait la tête d'un lit logé dans une alcôve, ainsi qu'une salle de bains carrelée révélée par une porte entrouverte. Mais surtout, partout, sur chaque mur et chaque meuble, dans des cadres anciens ou sur de petits chevalets, s'étalaient des portraits d'elle.

Elle était entourée de tous côtés par des reproductions de *son* sourire, de *son* visage, de *ses* yeux, de *ses* cheveux, de *son* corps, comme autant de reflets éclatés dans une pièce pleine de miroirs. Sur la cloison qui dominait le lit, une grande toile la représentait assise dans l'herbe, sous les branches d'un saule pleureur. Elle portait une robe blanche aux lignes douces qui dénudait une de ses épaules ; sa longue chevelure bouclée auréolait son visage d'une nuée vaporeuse.

Victor suivit son regard.

— J'aimais bien, quand tu te coiffais ainsi, dit-il. Tu devrais laisser repousser tes cheveux, Lisa.

Les yeux fixés sur la toile, Meg porta une main à ses boucles. Elles étaient coupées très court, à la garçonne, dégageant avec grâce ses oreilles et sa nuque. Elle ne se souvenait pas d'avoir eu les cheveux longs.

— Quand… quand les ai-je fait couper ? demanda-t-elle avec nervosité.

— Il n'y a pas longtemps. En juillet, je crois. Tu prétendais que tu en avais assez de les entretenir et qu'ils te tenaient trop chaud. Tu ne te souviens pas ?

Elle fit signe que non. Elle entendait à peine Victor, le regard toujours rivé à son propre visage, qui lui souriait.

— Peux-tu te débrouiller seule ? lui demanda Victor. As-tu besoin d'aide pour te mettre au lit, par exemple ? Je peux demander à Filomena de monter.

Meg revit le coup d'œil que lui avait lancé l'intendante et frissonna.

— Non, merci, murmura-t-elle. Je… Ça ira. Merci, Victor.

Elle était impatiente qu'il s'en aille, et de se retrouver seule. Mais lorsqu'il fut sorti et eut fermé la porte derrière lui, elle dut rassembler toutes ses forces pour s'arracher au fauteuil, ôter ses vêtements et enfiler une nuisette de soie qu'elle trouva dans l'immense penderie ornée de miroirs.

Alors, elle monta dans le lit, rabattit les draps et les couvertures sur elle, et se laissa emporter avec gratitude dans un monde de fraîcheur, de silence et de paix.

Durant les jours qui suivirent son retour, Meg ne cessa de dériver entre veille et sommeil, luttant en vain pour se raccrocher à un semblant de réalité. En dépit de ses efforts, elle se sentait entraînée toujours plus loin dans l'inconnu et l'étrange tandis qu'un désarroi croissant l'habitait.

La fièvre reprit. Le Dr Bartlett vint la voir, apporta des médicaments et donna des instructions. Pour Meg, le monde était comme noyé dans un épais brouillard ; elle avait du mal à suivre les conversations. Comme à l'hôpital, elle oscillait en permanence entre conscience et inconscience.

Plusieurs fois par jour, Filomena allait et venait en silence dans la chambre. Elle changeait les draps, pliait des vêtements, apportait d'appétissants plateaux et les remportait, tout cela sans un regard pour Meg.

Celle-ci changeait de chemise de nuit chaque matin. Non sans mal, elle se rendait dans la salle de bains pour faire sa toilette. De temps en temps, lorsqu'elle s'en sentait la force, elle s'asseyait un moment dans l'embrasure de la fenêtre et regardait au-dehors. Parfois, les chevaux du voisin paissaient dans le champ situé au-dessous d'elle. Leur spectacle lui apportait une fugace sensation de paix.

Un après-midi qu'elle se trouvait là, les yeux distraitement posés sur les deux magnifiques bêtes, elle essaya une fois de plus — non sans lassitude — d'y voir clair dans le chaos qu'était devenue sa vie.

Elle avait très bien compris ce que Clara Wassermann lui avait expliqué sur les cas de personnalité multiple. Toutefois, dans un coin de son esprit, elle était persuadée que la psychiatre prenait le problème à l'envers.

Pour elle, Lisa n'était pas la personnalité dominante. C'était tout simplement impossible, tant les souvenirs d'enfance de Meg étaient réels, bien trop réels pour avoir été empruntés à quelqu'un d'autre.

Ce qu'elle croyait, elle, c'était qu'elle avait vraiment vécu l'enfance dont elle se souvenait. Elle avait grandi avec Hank et Glory, dans la ferme qu'ils louaient, elle avait joué au base-ball, elle avait fait du cheval, se comportant comme un vrai garçon manqué. Et puis, à un moment donné, au cours des années confuses qu'elle ne parvenait pas à se rappeler, elle était devenue Lisa.

Tout de suite après, elle avait dû débarquer à Salt Lake City avec une histoire fabriquée de toutes pièces — cette enfance passée à gagner des concours de beauté et à être admirée et jalousée par tous. Tout le contraire de l'enfance dont elle se souvenait… Elle avait épousé Victor et s'était installée dans cette maison pour y mener une existence aussi luxueuse que confortable.

En parallèle, elle avait de toute évidence continué à avoir des sortes de « retours en arrière », de brèves périodes durant lesquelles la personnalité de Meg redevenait dominante. Alors, elle retournait à Las Vegas, y travaillait même comme employée de cuisine dans ce casino…

Cette théorie se tenait. Mais ce qui lui arrivait était si bouleversant, si terrifiant !

Au début, ses peurs étaient restées vagues, insaisissables, comme une simple continuation de ses cauchemars. Puis, à mesure que le temps passait et que son esprit recouvrait un peu de clarté, Meg avait commencé de comprendre ce qui l'effrayait le plus.

D'abord, et par-dessus tout, il y avait le fait de savoir que la personnalité de Lisa pouvait resurgir à tout instant et l'arracher de nouveau à sa propre existence. Ensuite, même si elle était moins angoissante, il y avait cette évidence, troublante : il existait à Las Vegas une femme qui se faisait passer pour elle… Manifestement, cette personne avait dû la connaître par le passé, et usurper son identité lorsqu'elle avait disparu. Mais Meg n'en avait aucun souvenir. Qui était cette femme, et pourquoi prétendait-elle être Megan Howell ?

Les raisons pour lesquelles quelqu'un pouvait avoir envie de changer de nom ne manquaient pas, bien sûr. Problèmes de dettes, ennuis avec la police, ou encore une relation sentimentale devenue pesante… Tout cela était possible.

Ce qui terrifiait Meg, dans cette histoire, c'était l'idée qu'elle avait sans doute participé à son insu à cette imposture. L'usurpatrice l'avait vraisemblablement revue alors qu'elle se faisait appeler Lisa Cantalini, et avait décidé de tirer profit pour elle-même de cette dissociation de personnalité... D'après le Dr Wassermann, la prétendue Meg Howell aurait bavardé avec Lisa comme si elle venait de la rencontrer pour la première fois. Elles étaient sorties ensemble, avaient mangé au restaurant et parlé de l'enfance de Meg *comme si c'était la sienne.*

Tant de cynisme donnait froid dans le dos.

Meg porta les mains à ses tempes. Devait-elle exposer sa théorie à la psychiatre ? Non. Le danger était trop grand. Elle mesurait sans peine le pouvoir que le médecin avait sur sa vie. Il ne fallait pas que Clara ait vent de ses soupçons, du moins pas avant qu'elle-même se soit forgé une idée plus précise de ce qui lui était arrivé.

Si seulement elle pouvait recouvrer ses forces, et se rendre à Las Vegas...

On frappa à la porte de la chambre. Meg sursauta, se demandant de qui il pouvait s'agir. Victor n'était jamais à la maison dans la journée, et Filomena ne montait qu'à l'heure des repas.

— Entrez..., dit-elle dans un souffle.

Elle humecta ses lèvres sèches et reprit, avec plus de force :

— Entrez !

La porte s'ouvrit sur un inconnu.

— Salut, ma belle ! lança-t-il en s'avançant vers elle avec un grand sourire. J'arrive juste de Las Vegas et je viens d'apprendre ton accident. Comment te sens-tu ?

Meg le fixa sans mot dire, ahurie. Son malaise s'accrut quand elle le vit attraper une chaise capitonnée, l'approcher de la fenêtre et s'installer dessus à califourchon, les bras appuyés sur le dossier. Il l'observait intensément.

C'était le plus bel homme qu'elle ait jamais vu. Il possédait un tel charme qu'elle en avait le souffle coupé.

Grand et mince, doté d'une grâce féline qui laissait deviner un caractère en acier trempé, il avait des cheveux bruns coupés court, un visage superbe et des yeux d'un gris très clair qui étincelaient entre ses cils sombres. Le regard qu'il fixait sur Meg était aussi direct et spontané que celui du petit Dommie.

— Eh bien, tu as perdu ta langue ? reprit-il sans se départir de son sourire. C'est la première fois que je te revois depuis que tu t'es trouvée aux portes de la mort, mon chou. Je pensais que tu aurais des tonnes de choses à me raconter !

Meg changea de position, gênée, et resserra autour d'elle son peignoir molletonné. Jouant nerveusement avec le lien qui serrait sa taille, elle inspira à fond.

— Je… je ne sais pas qui vous êtes, murmura-t-elle. Je suis désolée. Depuis l'accident…

L'inconnu partit d'un éclat de rire incrédule, puis son beau visage se rembrunit. Il prit une expression à la fois choquée et blessée.

— Tu ne sais pas qui je suis ? *Moi*, ton propre cousin ? Bon sang, Lisa, qu'est-ce que tu me chantes ?

— Mon nom est Meg, déclara-t-elle, les yeux baissés sur sa ceinture. Je... je ne me souviens pas d'avoir été Lisa.

L'homme lâcha un juron étouffé, puis se détourna et regarda les chevaux par la fenêtre.

— Bonté divine... Je suis rentré de Las Vegas mardi, avec l'intention de venir te voir dès que possible. Quand je suis passé au bar, hier soir, Smitty m'a dit que tu avais eu un accident de voiture et que personne ne t'avait revue depuis. Mais comme il avait entendu dire que tu étais sortie de l'hôpital, j'ai décidé de tenter ma chance. Qu'est-ce qui t'arrive, petite ?

Meg chercha ce qu'elle pouvait bien lui répondre.

— Je me souviens de l'accident, murmura-t-elle. Pas du moment où il s'est produit ni des causes, rien de tout ça. Je me suis réveillée dans la voiture et je me suis demandé où j'étais. Puis l'ambulance est arrivée, avec les infirmiers. C'est tout ce que je sais.

— Mais tu ne te souviens réellement pas de moi, Lisa ? Tu ne te rappelles vraiment rien ?

— Je vous l'ai dit, je ne sais plus rien de Lisa, répondit Meg avec lassitude.

— Tu es devenue amnésique, alors ? Quelque chose comme ça ?

Meg secoua la tête.

— C'est ce que Victor soutient. En fait, il ne s'agit pas d'amnésie. Il s'agit d'un autre problème, une histoire de personnalité « multiple ». Je comprends que cela peut paraître fou, mais c'est ainsi.

— Pas si fou que ça, déclara l'inconnu en étendant ses jambes devant lui.

Il portait un pantalon à pinces vert olive, de très bonne coupe, et un polo jaune qui tombait à la perfection sur ses épaules larges. Ces tons s'accordaient bien à son teint hâlé et à ses cheveux bruns.

— J'ai toujours eu l'impression qu'il y avait plusieurs femmes en toi, Lisa, affirma-t-il. Tu es beaucoup trop compliquée pour une seule personne.

Meg écarquilla les yeux.

— Vous vous doutiez…

— Je n'ai rien d'un expert en psychologie. Mais parfois, il m'arrivait de me poser des questions quand je t'écoutais parler… enfin, quand je *vous* écoutais parler, Lisa ou je ne sais qui d'autre.

Il esquissa un sourire désarmant.

— Bonté divine, il y a de quoi s'y perdre !

Meg baissa les yeux sur ses mains, muette.

— Donc, vous êtes l'une des charmantes personnes qui cohabitaient avec ma cousine, reprit-il d'un ton affable. Dans ce cas, il conviendrait de faire les présentations. Je suis Clay Malone, le cousin germain de Lisa. Lisa et moi avons grandi ensemble à Provo. Nos mères étaient sœurs.

Comme Meg continuait de le dévisager en silence, médusée, il se pencha vers elle.

— Et vous ? insista-t-il. Comment vous appelez-vous ?

— Je m'appelle… Meg.

— Bonjour, Meg.

Il lui prit la main et la pressa avec tendresse ; puis il la porta à ses lèvres pour embrasser ses doigts et sa paume.

— Enchanté de vous connaître. Si vous me disiez à quoi vous ressemblez ?

— A quoi je ressemble ?

— Oui ! J'aimerais savoir si vous êtes calme ou agitée, timide ou téméraire, raffinée ou vulgaire, par exemple. Quel genre de personne êtes-vous ?

— Je suis...

Meg hésita, bien en peine de trouver les mots pour se décrire. Cela lui était d'autant plus difficile que sa personnalité semblait disparaître peu à peu, s'enfonçant chaque jour un peu plus loin dans le brouillard de la maladie et de la confusion. En outre, s'il lui restait quelques vestiges d'elle-même, ils étaient brouillés par les sourires éclatants qui fleurissaient partout autour d'elle, images d'une femme qui était elle, et qui pourtant lui semblait si différente.

Clay se pencha pour lui caresser les cheveux d'une main apaisante.

— Alors, petite ? Faites-moi donc votre portrait.

— Je crois que je suis plutôt calme, répondit enfin Meg. J'aime travailler, même dur, et... être seule. J'aime les enfants et les animaux. J'adore lire. Je suis assez sportive, pas vraiment portée sur la mode et les produits de beauté.

Clay hocha la tête, l'air fasciné. Puis il se leva de sa chaise et se mit à arpenter la chambre.

— Je pense vous avoir déjà rencontrée, déclara-t-il.

Il se saisit d'un presse-papiers ancien, le soupesa un instant et le reposa.

— A deux ou trois reprises, alors que j'étais avec... Lisa, je l'ai vue changer du tout au tout. Brusquement, c'était comme si une autre femme regardait à travers ses yeux, s'exprimait par sa bouche. Elle était la même d'un point de vue physique, bien sûr, mais son... âme semblait différente. Je suppose qu'il devait s'agir de vous. Vous ne vous rappelez rien ?

— Non. Encore une fois, je ne me souviens pas d'avoir partagé le même corps que Lisa. J'ai mes propres souvenirs. Je me revois à Las Vegas, dans la ferme où j'ai grandi, en train de jouer au base-ball, ou d'aider mon père à soigner les chevaux. Il me revient même des détails futiles, tels que le nom d'un hamster que j'avais, Abigail...

Tandis qu'elle s'efforçait de sourire, Clay fronça les sourcils.

— Avez-vous un nom de famille, aussi ?

— Mon nom est Megan Howell.

Son « cousin » ouvrit de grands yeux et la dévisagea fixement.

— *Megan Howell ?* Cette petite maigrichonne qui travaille dans les cuisines du Willows ? Bon sang, Lisa ! Tu m'as parlé de cette femme pendant des mois ! Et maintenant, tu te prends pour elle ?

Meg s'empourpra, la tête soudain douloureuse. Elle vivait un calvaire ! Les mains crispées sur ses genoux, elle jeta un regard plein de convoitise vers l'asile calme et frais que constituait son lit.

— Excuse-moi, lui dit Clay, qui s'était remis à la tutoyer. Je n'avais pas l'intention de te bouleverser. Tu te sens fatiguée ? Tu veux te recoucher ?

Elle acquiesça d'un signe de la tête. Alors, il revint vers elle, la cueillit dans ses bras musclés et la transporta sans effort jusqu'au grand lit blanc. Là, il l'aida à quitter son peignoir et à glisser les jambes sous les draps, après quoi il remonta la courtepointe de satin jusqu'à ses épaules.

— Tu veux des oreillers, pour te redresser ?

Meg acquiesça de nouveau, le suivant des yeux sans mot dire.

Clay attrapa deux oreillers bordés de dentelle et les arrangea derrière elle. Puis il approcha une chaise, s'assit et se remit à l'observer, l'air soucieux.

— Je suppose que tu as parlé de tout ça à ta psy... Comment s'appelle-t-elle, déjà ?

— Le Dr Wassermann.

Il éclata de rire.

— Ah ! oui, c'est vrai. Tu te souviens de la façon dont tu parlais d'elle, au printemps dernier, quand tu allais la voir pour des conseils « conjugaux » ? Tu t'amusais à l'imiter.

Comme Meg secouait la tête, le sourire de Clay se figea.

— Non, bien sûr... Tu ne t'en souviens pas non plus.

— Elle vient me voir ici deux ou trois fois par semaine, expliqua Meg. Elle me demande de lui dire ce que je me rappelle et elle... elle me parle de Lisa.

— Sait-elle que Megan Howell existe réellement, au moins ? Que tu l'as rencontrée au printemps dernier et que tu as fait une espèce de fixation sur elle ?

Meg répondit par l'affirmative.

— Le Dr Wassermann a appelé les cuisines du Willows... Elle a pu lui parler. Megan... lui a raconté ce qui s'était passé avec Lisa. Clara pense que Lisa... s'est tout de suite identifiée à elle parce qu'elle avait été adoptée, elle aussi. Et quand elle a découvert que l'adoption de... Meg s'était beaucoup mieux passée que la sienne, qu'elle avait eu l'enfance heureuse dont elle, Lisa, avait toujours rêvé, dans sa tête elle est devenue Meg, tout simplement.

Parler elle-même de cette façon, comme si elle se référait à deux femmes qui lui étaient étrangères, alors que l'une portait son nom et que, pour tout le monde, elle était l'autre, constituait un véritable supplice pour Meg.

— Si je comprends bien, résuma Clay, Lisa aurait envoyé promener sa propre vie et emprunté celle de quelqu'un d'autre pour quelque temps. Et le résultat, c'est toi.

— C'est l'opinion de mon médecin.

De nouveau, Clay se mit à rire, d'un rire si spontané que Meg en resta coite.

— C'est bien de toi, ça ! affirma-t-il avec un sourire plein d'affection. De Lisa, je veux dire. Quand ma chère cousine trouvait quelque chose à son goût, elle le prenait — sans se préoccuper de savoir si la chose en question appartenait déjà à quelqu'un.

Devant l'expression sérieuse de Meg, il se reprit, l'air contrit.

— Pardon. Pour en revenir au médecin, quel est son pronostic ? Qui vas-tu être, à la fin de la thérapie ?

— Je ne sais pas. Peut-être une sorte de… mélange des deux personnalités. D'après elle, c'est ce qui se produit la plupart du temps.

— Moitié Lisa, moitié Meg ?

Se mordant la lèvre, Meg détourna le visage tandis que Clay lui demandait :

— Cette perspective t'effraie ?

Meg fit signe que oui.

— N'aie pas peur, petite. Quoi qu'il advienne, je serai avec toi. Mets-toi bien ça dans la tête, d'accord ? Tu as peut-être tout oublié pour l'instant, mais toi et moi nous sommes copains depuis le berceau. Tu pourras toujours compter sur moi.

Il se leva. Du revers de la main, il lui caressa tendrement le front et la joue.

— Il faut que j'y aille, murmura-t-il. Tu es fatiguée. Mais j'ai encore une chose à te dire…

— Laquelle ?

— Ecoute… Puisque tu ne te souviens plus de rien, je dois te rafraîchir un peu la mémoire.

— A quel sujet ?

Clay se pencha sur elle. Son regard gris était plus intense que jamais.

— Tu ne dois pas dire à Victor que je suis venu te voir.

— Pourquoi ? demanda Meg, surprise.

— Ton mari ne m'a jamais vu, répondit Clay avec un petit sourire bref, et je ne pense pas qu'il en ait envie.

Il a toujours été jaloux de moi, parce qu'il sait que nous sommes très proches et qu'il ne pourra jamais partager le même genre d'intimité avec toi. Depuis ton mariage, nous nous sommes toujours rencontrés en cachette. Si Victor le découvrait, il pourrait me causer de gros ennuis. Tu comprends pourquoi je te demande de continuer à garder notre petit secret...

— De toute façon, je ne lui parle pratiquement jamais, déclara Meg d'une voix atone. Depuis quelque temps, il ne monte même plus me voir.

— Mon pauvre poussin.

Clay embrassa Meg sur la joue, gardant un instant son visage contre le sien. Meg perçut de façon diffuse le contact d'une peau lisse et fraîche, rasée de près, les effluves épicés d'une eau de toilette très masculine, ainsi qu'une impression de force et de douceur mêlées. Puis, son visiteur s'écarta et se dirigea vers la porte d'une démarche élastique, s'arrêtant avant de franchir le seuil pour lui adresser un dernier sourire.

Lorsqu'il eut disparu, Meg sentit monter en elle un étrange malaise. Les paroles et l'attitude de Clay n'avaient rien eu que de très rassurant, et pourtant elles lui laissaient une impression bizarre. C'était comme si sa chambre avait reçu la visite d'un animal aussi superbe que dangereux, un loup ou un lynx qui serait retourné se tapir sans bruit dans un fourré et la guetterait dans l'ombre, les yeux brillants.

Les doigts crispés sur la courtepointe, elle fixa les corniches ouvragées qui ornaient le plafond, essayant de se calmer et de réfléchir posément.

Le plus effrayant, bien sûr, c'était le naturel avec lequel Clay parlait de leur enfance commune… ou plutôt de son enfance avec Lisa. S'il disait la vérité, cela signifiait que le Dr Wassermann avait raison : Lisa avait bien été la personnalité dominante durant vingt-trois ans ; et Meg n'était que le pur produit de son imagination.

7.

Attablé dans son solarium, Jim Leggatt savourait un moment de détente devant une deuxième tasse de café et les journaux du matin. Quand sa gouvernante entra pour débarrasser la table, il lui sourit.

— J'adore les dimanches, dit-il.

— Vous travaillez trop.

D'un geste vif, Trudy ôta les miettes qui parsemaient la nappe.

— Je ne comprends vraiment pas pourquoi vous devez toujours être sur vos satanés chantiers, marmonna-t-elle. Vous êtes le patron, après tout.

— Il se trouve que les choses vont beaucoup mieux quand le patron se montre de temps à autre, répondit Jim avec une pointe d'ironie.

— Je vois que vous avez reçu des nouvelles de Dean et d'Annie...

— Oui. La lettre est arrivée hier.

— Il me semble qu'il vient à peine de partir.

Jim prit la lettre dépliée et la tendit à sa gouvernante.

— Cela fait déjà quinze jours, Trudy. Le temps passe vite. Tenez... Annie commence déjà à parler de Noël.

Elle dit qu'ils monteront tous au chalet, cette année, et que je devrais aller y passer quelques jours.

— Elle a bien raison. Vous irez ?

Jim laissa courir son regard sur le décor paisible qui s'étendait sous ses yeux. Septembre était l'un de ses mois favoris. Le soleil matinal était clair et tiède ; l'herbe sèche brillait comme de l'or repoussé. Ses chevaux paissaient au bout du champ, près de la rivière, tandis que deux des petites chèvres brunes de Trudy s'affrontaient et mêlaient leurs cornes en un simulacre de combat.

— Je ne sais pas, répondit-il enfin. Peut-être.

— Je suis sûre que vous seriez ravi de retrouver les petites. Vous les adorez.

Il hocha la tête, pensif et légèrement nostalgique. Ses nièces formaient un adorable trio plein de rires et de gaieté. Toutes trois devenaient aussi jolies et chaleureuses que leur mère. Elles étaient folles du beau cow-boy qui leur servait d'oncle, et chaque fois qu'il allait passer des vacances chez Dean, elles lui réservaient un accueil incroyable.

— C'est vrai, je les adore, reconnut-il avec un soupir. D'après Annie, elles commencent à vouloir abandonner leurs skis pour faire de la planche. Et à l'en croire, Kate sera sans doute championne de Californie d'ici à quelques années.

— Kate a toujours été un vrai petit diable, observa la gouvernante d'un ton affectueux. Alors ? Vous passerez Noël avec eux ?

— Oui, je pense que j'irai, en fin de compte. Voulez-vous m'accompagner ? Dean a ajouté un post-scriptum, pour préciser que vous êtes cordialement invitée.

— C'est très aimable à lui, mais pas cette année.

— Pourquoi ? Vous allez vous trouver bien seule, ici. Je vous paierai votre billet d'avion. Disons que ce sera votre prime de Noël.

— C'est très aimable, répéta Trudy, mais qui vous dit que je n'ai pas d'autres projets ?

Elle se tenait sur le pas de la porte, un plateau dans les mains. Elle avait l'air presque intimidé.

— D'autres projets ?

— Je… j'ai rencontré quelqu'un à ce bal, il y a quinze jours. Un homme très bien. Il possédait un salon de coiffure pour hommes à Salt Lake. A présent qu'il est retraité, il passe son temps à voyager.

Jim la contemplait, muet de stupeur. Trudy baissa les yeux vers ses chèvres, dans le champ.

— Il a l'intention de partir faire une croisière dans les Caraïbes, pour les fêtes. Il… il m'a demandé si je ne voudrais pas l'accompagner, acheva-t-elle, les joues rose vif.

— Trudy ! s'exclama Jim, aussi ravi qu'incrédule. Vous avez un amoureux ?

La gouvernante rougit de plus belle.

— Et alors ? Qu'est-ce que ça a de si surprenant ? répliqua-t-elle. Parce que je suis vieille et grosse, vous croyez qu'on ne peut plus tomber amoureux de moi ? C'est ce que vous pensez, hein ?

Jim se rendit compte qu'il l'avait blessée sans le vouloir, et il se reprocha son manque de délicatesse.

— Mais non, Trudy ! Je ne pense rien de pareil ! protesta-t-il. Je ne m'y attendais pas, c'est tout. Pour moi, vous êtes une femme remarquable, et je comprends très bien qu'un homme ait envie de faire une croisière sous les tropiques avec vous.

Elle hocha la tête. Si sa colère avait disparu, elle semblait plus gênée que jamais.

— C'est la première fois que ce genre de chose m'arrive, murmura-t-elle. La première ! Et si vous voulez tout savoir, je me sens un peu nerveuse.

— Pourquoi ? Il n'y a aucune raison. Vous allez passer des vacances merveilleuses.

Se levant, Jim alla chercher la cafetière en argent posée sur le buffet.

— Asseyez-vous et prenez une tasse de café avec moi, proposa-t-il. J'aimerais que vous me racontiez ce qui se passe à côté.

Trudy revint dans la pièce, posa son plateau et s'installa en face de lui, la mine grave. D'un ton confidentiel, elle déclara à mi-voix :

— Vous savez que Lisa est rentrée depuis deux semaines, à présent… Eh bien, d'après Filomena, son état ne s'est pas du tout amélioré, au contraire. Si vous voulez mon avis, Victor avait essayé d'avertir Filomena, mais elle n'avait pas vraiment compris de quoi il s'agissait. Il paraît que Lisa est très bizarre.

— Bizarre ?

La gouvernante décocha à Jim un regard lourd de sous-entendus.

— Folle, si vous préférez. Je vous l'avais déjà dit. Elle a perdu l'esprit.

Jim but une gorgée de café, pensif.

— En plus, poursuivit Trudy, elle a attrapé cette mauvaise fièvre à l'hôpital. Un staphylocoque, ou quelque chose comme ça, qui n'arrête pas de revenir. Et ce n'est pas le pire : Filomena prétend qu'elle est devenue… une autre personne.

— Comment ça ?

— Elle parle autrement, agit autrement…

Trudy baissa encore la voix, dramatique.

— Elle s'appelle même par un autre nom.

Sidéré, Jim posa sa tasse.

— Vous plaisantez ?

— Pas du tout. Elle dit qu'elle s'appelle Meg.

— C'est bizarre, en effet.

— A ce qu'il paraît, Victor est si remué par toute cette histoire qu'il ne lui parle plus, ou presque. Et Filomena ne peut pas la sentir. Elle reste assise des heures dans sa chambre, à rien faire, près de la fenêtre.

— Je sais, dit Jim. Je l'ai aperçue.

Il hésita, puis se laissa aller à exprimer ce qu'il ressentait :

— Ça ne doit pas être très drôle pour elle de rester enfermée dans cette grande maison, toute seule, avec un mari qui ne lui parle pas et une domestique qui la déteste.

— Oh ! elle n'est pas seule tout le temps, précisa Trudy avec une autre œillade appuyée. Il lui arrive d'avoir de la compagnie…

— Qui donc ?

— Ce type qui est *soi-disant* son cousin.

Jim n'avait pas pour habitude de prêter l'oreille à ce genre de ragots, surtout lorsqu'ils concernaient des voisins. Il n'avait soulevé le sujet que pour se faire pardonner auprès de Trudy son manque de tact. A présent, toutefois, malgré lui, il avait envie d'en savoir plus.

— Soi-disant ? répéta-t-il.

— Je l'ai rencontré une fois, cet été, un jour où Filomena était chez le docteur et où je gardais Dommie. Lisa me l'a présenté comme son cousin.

— Et vous ne l'avez pas crue ?

— Pas une seconde. D'abord, il ne vient jamais quand Victor est dans les parages. Ensuite, ils se conduisaient d'une manière un peu trop câline pour des cousins, si vous voulez mon avis.

Amusé, Jim sourit.

— Il y a des cousins qui sont très proches, Trudy.

— Peuh !

La gouvernante avala une gorgée de café.

— Et Filomena, interrogea Jim, qu'en pense-t-elle ?

— Elle n'en parle pas. Muette comme une carpe. Si je fais allusion à lui, elle pince les lèvres et change de sujet. Je sais bien qu'elle n'est pas très bavarde, mais quand même…

Trudy se rembrunit. Jim songea au couple qui vivait non loin de lui, se remémorant les tentatives de séduction de Lisa à son égard et ce jour d'été où il l'avait surprise, presque nue, près de la piscine. L'image de la jeune femme en train de bousculer Dommie s'imposa à lui, brutale, insupportable. Il repoussa sa chaise d'un geste brusque et se leva.

— Bien. Après tout, ces histoires ne nous regardent pas, déclara-t-il. Je ne rentrerai pas de bonne heure, Trudy. Ne m'attendez pas pour dîner.

— Où partez-vous, encore ?

— J'emmène Cochise à Provo, pour un rodéo par équipes.

La gouvernante lui sourit avec affection.

— Quand donc vous déciderez-vous à grandir et à cesser de jouer au cow-boy ?

Jim lui rendit son sourire.

— Pas avant longtemps, j'espère.

Il alla prendre son blouson et sa casquette, puis sortit par la porte de derrière et gagna l'écurie à grandes enjambées. Là, il versa un peu d'avoine dans un seau, prit une bride accrochée au mur et retourna dans le pré en sifflotant doucement.

Les deux chevaux levèrent la tête, les oreilles dressées, avant de trotter vers lui avec des hennissements de bienvenue. Jim leur tendit le seau tour à tour, caressant leur cou lustré. Ensuite, il passa la bride à Cochise, son hongre roux, et le ramena vers l'écurie. L'autre cheval, une fine jument nommée Ambre, les suivit d'un air attristé. Jim s'arrêta, tira sur son toupet d'un geste taquin et caressa ses oreilles veloutées.

— La semaine prochaine, ma fille, lui dit-il. Dimanche prochain, ce sera ton tour.

Soudain, sans savoir pourquoi, il se figea et tourna les yeux vers la maison rose. Une fois de plus, Lisa Cantalini était assise derrière une fenêtre du premier étage et le regardait. A travers le panneau vitré travaillé comme un vitrail, il pouvait distinguer son visage pâle, son peignoir de soie bleue et ses cheveux noirs.

Une tristesse indicible émanait de son attitude. Les épaules basses, l'air mélancolique, elle observait sans bouger le tableau que Jim formait avec ses chevaux. Il frissonna et pivota sur ses talons, regagnant l'écurie sans un regard en arrière.

— Lisa est-elle ici ? demanda Clara en plongeant dans les yeux de Meg son regard sombre et intense. Pourrais-je parler à Lisa, aujourd'hui ?

Meg se raidit sur son siège.

— Non ! répondit-elle. Non !

Le médecin ne la lâcha pas des yeux.

— Etes-vous sûre de vous sentir assez forte pour quitter votre lit ?

— Je vais très bien, affirma Meg, les mains crispées sur les bras du fauteuil. Je suis tellement lasse d'être toujours couchée… Parfois, je me lève et je passe des heures à la fenêtre, à admirer les chevaux du voisin.

— Aimez-vous les chevaux, Meg ?

— Oui, beaucoup. Les siens sont magnifiques. Ce sont deux rouans, un hongre et une petite jument. Il s'en occupe très bien.

— Avez-vous déjà rencontré ce voisin ?

— Non. Je l'ai seulement aperçu en bas, avec les chevaux. Il est grand, blond, assez jeune. Et excellent cavalier. Victor m'a dit qu'il prenait part à des rodéos.

Nerveuse, Meg changea de position. A chaque visite de la psychiatre, elle se sentait plus tendue, redoutant davantage chaque fois que Clara ne parvînt d'une manière ou d'une autre à s'immiscer dans son esprit et à en extraire Lisa, malgré elle.

— Meg, pourquoi refusez-vous que j'essaie de parler à Lisa ? s'enquit la thérapeute d'une voix douce.

Après un long silence, Meg se décida à répondre.

— Parce que j'ai peur.

— Peur de quoi ?

— Si vous faites resurgir Lisa, j'ai peur qu'elle reste et que… que moi, je n'existe plus.

— Et si je vous promets que cela n'arrivera pas, si je vous donne ma parole que vous pourrez revenir après ? Me laisserez-vous lui parler ?

Meg secoua la tête.

— Je n'ai pas envie. Je ne veux pas penser à Lisa.

— Très bien, acquiesça le médecin. J'aimerais procéder à une petite séance d'hypnose, aujourd'hui, ajouta-t-elle d'un ton naturel. Je pense que cela vous permettrait de revivre certains souvenirs.

— De l'hypnose ? répéta Meg, soudain alarmée.

— Faites-moi confiance. Je ne m'adresserai qu'à Meg. Nous parlerons uniquement des souvenirs de Meg. Nous essaierons de revoir Meg lorsqu'elle était petite, une toute petite fille…

Clara Wassermann tenait toujours Meg sous l'emprise de son regard sombre, fixe et intense. Elle parlait d'un ton monotone, et le fait de répéter sans cesse son prénom berçait Meg, l'envoûtait peu à peu à la manière d'une incantation magique à laquelle elle ne pouvait se soustraire.

Elle se sentait dériver, quitter ce lieu et cet instant, flotter inexorablement vers un pays lointain et familier.

— Vous faites marche arrière, Meg, insistait la voix. Vous retournez loin derrière vous, toujours plus loin, dans votre enfance...

Et Meg, en effet, avait l'impression de remonter malgré elle le fil du temps. Le fil de sa propre vie. La voix obsédante et calme l'entraînait toujours plus profondément dans les brumes de son passé, lui laissant entrevoir au passage des bribes d'images et quelques émotions morcelées.

— Encore, encore... On continue encore un peu... Maintenant, Meg, vous avez trois ans. Où vous trouvez-vous ?

— Je suis dans la cuisine. Je suis assise sur les genoux de maman.

— Etes-vous heureuse ?

— Oui. J'aime beaucoup maman.

— Que fait-elle, Meg ? Qu'est-ce que votre maman est en train de faire ?

— Elle me raconte une histoire...

Cette histoire, Meg savait qu'elle l'avait déjà entendue maintes et maintes fois. Que c'était son histoire préférée, répétée inlassablement pour son plus grand bonheur. Elle sentait autour d'elle les bras ronds de Glory, goûtait avec plaisir la douceur moelleuse de sa poitrine et de ses cuisses. Lovée dans cette étreinte maternelle, elle se sentait toute petite, et légère comme une plume. Autour d'elle, flottaient des odeurs rassurantes. Des odeurs de cuisine, le pain qui cuisait, le rôti qui dorait dans le four, et aussi le parfum si particulier de l'huile dont Hank se servait pour ramollir les lanières de cuir destinées aux chevaux.

— Raconte, commanda Meg.

Elle se blottit avec délice dans les formes généreuses de sa mère, suçant son pouce.

— Que je te raconte quoi, poupette ?

Meg sortit son pouce de sa bouche.

— Tu sais bien ! L'histoire-de-quand-j'ai-été-adop-tée.

— Tu as déjà entendu cette histoire des millions de fois, mon cœur. Si je te racontais Cendrillon ?

— Non !

Glory rit doucement.

— Comme tu voudras. C'était en octobre, mais il faisait encore très chaud. Hank et moi habitions déjà dans cette caravane, sauf qu'à l'époque elle n'était pas ici, à la ferme. Elle était installée sur un terrain prévu pour ça, au sud de la ville. Hank ferrait des chevaux pour les courses, et moi j'avais un très bon travail au Flamingo, où je m'occupais de la table de black-jack. Chaque centime que nous pouvions épargner, nous le mettions de côté, parce que nous savions qu'un jour… un jour…

Glory s'interrompit pour serrer encore plus fort Meg contre elle. Meg se tortilla en riant.

— Un jour, continua-t-elle, je devais arriver !

— Oui. Tu devais arriver, mais nous ne savions pas quand. Et puis, un dimanche matin, le téléphone a sonné. C'était un monsieur, qui a demandé : « Je suis bien chez Gloria Howell ? Mme Henry Howell ? » J'ai répondu : « Oui, monsieur. C'est bien moi. Je peux faire quelque chose pour

vous ? » Alors il a dit : « Eh bien… il se pourrait qu'un petit paquet vous attende ici, à Reno. Mais il faudrait que votre mari et vous veniez le chercher d'ici à demain. » Dieu du ciel… J'ai failli mourir d'émotion.

— Parce que tu savais que c'était moi ! coupa Meg, triomphante.

Glory l'étreignit de nouveau.

— Non, je ne le savais pas encore. Je l'ai su quand je t'ai vue. Et avant ça… Sais-tu combien de kilomètres il y a entre Las Vegas et Reno, ma poule ? Plus de six cents ! Crois-moi, Hank et moi on a dû voler. Je suis presque sûre que notre vieux camion n'a pas touché la route une seule fois durant tout le trajet.

Meg adorait cette image : Hank et Glory traversant le ciel dans leur vieux camion rouillé pour venir la chercher. Comme sa mère se taisait, les yeux perdus dans le vague, elle tendit la main et tira impatiemment sur le col de sa robe. Glory sourit, puis se pencha pour l'embrasser sur la joue.

— L'adresse qu'on nous avait donnée était celle du cabinet d'un avocat, reprit-elle. Si tu avais vu ces bureaux ! Des peintures à l'huile partout, du bois sur les murs… Hank et moi on a donné notre nom, et moins d'une minute après une dame est arrivée d'une autre pièce. Elle portait quelque chose dans les bras, un paquet enveloppé dans une couverture rose. Elle est venue vers moi, m'a mis le paquet dans les bras, et alors…

Comme chaque fois à ce moment du récit, la voix de Glory s'enroua.

— C'était moi ! cria Meg, sautant comme un cabri sur les genoux de sa mère. C'était moi, et tu m'as aimée tout de suite !

— Oh ! oui, mon trésor, je t'ai aimée tout de suite, confirma Glory.

Elle enfouit son visage rond dans les cheveux de Meg.

— Je t'ai aimée si fort que ce pauvre Hank a dû me soutenir, sans quoi je serais tombée à la renverse, avec toi dans mes bras !

— Et après, vous m'avez ramenée à la maison.

— Bien sûr. A partir de cette seconde, je n'ai plus voulu que personne d'autre que moi s'occupe de toi. Personne n'avait le droit de te toucher, de changer tes couches ou de te donner le biberon. Tu n'étais pas plus grande que ça…

Glory écarta les mains d'une trentaine de centimètres.

— C'est normal, j'étais un bébé.

— Oui, tu n'avais que six jours. Hank et moi, nous avons signé tous les papiers en un clin d'œil. Puis nous sommes allés dépenser cent dollars pour acheter tout ce qu'il te fallait, et ensuite nous t'avons ramenée ici. Nous t'avons appelée Megan, en souvenir de la mère de Hank. Je trouvais ce prénom superbe, mais il n'a pas fallu une semaine à Hank pour te surnommer Meg. Et à partir de ce moment-là, tout le monde t'a appelée comme ça.

Meg aurait bien voulu rester dans cette cuisine où il faisait si bon, blottie dans les bras de Glory. Mais une voix l'appelait sans cesse d'ailleurs, de très loin, et il fallait qu'elle aille la rejoindre.

Docilement, elle la suivit.

— Maintenant, Meg, vous êtes plus grande. Vous avez onze ans. Qu'éprouvez-vous pour vos parents, à présent ? Votre famille est-elle toujours heureuse ?

— Oui, mais papa doit partir souvent, et ça rend maman un peu triste.

— Et vous, que faites-vous ?

— Cet été-là, je joue au base-ball. Je...

Meg fronça les sourcils.

— Que se passe-t-il ? demanda la voix.

— Il y a un garçon...

— Parlez-moi de lui. Il joue au base-ball, lui aussi ?

— Non. Pas encore.

— Est-ce le jour ? Est-ce que le soleil brille ?

— Non. C'est le soir, après le dîner. Papa et maman ne peuvent pas venir assister à mon match, parce que papa n'est pas là. Il est à Laughlin, pour ferrer des chevaux.

— Et vous, Meg, où êtes-vous ?

— Je me rends au match. Je suis sur mon vélo.

— Très bien. Avançons un peu. Etes-vous en train de jouer, maintenant ?

— Oui. Il y a du vent, de la poussière. Nous sommes en train de gagner. Mais après...

— Dites-moi, Meg.

Elle rangeait son gant et ses protections dans un vieux sac de toile. Alors, le lanceur de l'équipe adverse est arrivé et s'est planté devant elle. C'était un garçon de treize ans, grand et musclé, avec des manières d'homme et des yeux noirs qui n'avaient peur de rien.

— Tu as fait deux ou trois bonnes frappes, dit-il avec un grand sourire. Tu n'es pas mauvaise, pour une fille.

C'était le genre de choses que Meg entendait sans arrêt. Elle l'ignora, enfonça sa casquette sur ses yeux et se dirigea vers son vélo, qui était enchaîné à un poteau. Le garçon la suivit et l'observa pendant qu'elle attachait son sac sur son porte-bagages.

— Et tu sais quoi, en plus ? lança-t-il d'une voix qui muait encore, contredisant l'attitude virile et décontractée qu'il s'efforçait de prendre. Tu es super-mignonne. Tu es la fille la plus jolie que je connaisse.

Surprise et choquée à la fois, Meg se retourna pour lui jeter un bref coup d'œil. Puis elle se pencha afin de défaire le cadenas de son vélo. Mais le garçon, sans prévenir, s'abattit sur elle, l'empoigna par les épaules et l'embrassa à pleine bouche.

Meg poussa un cri offusqué, avant de lui décocher un tel coup de pied dans le tibia qu'il se plia de douleur. Autour d'eux, ce fut une explosion de rires. Meg arracha sa bicyclette à la palissade, sauta sur la selle et partit à toute vitesse, courbée sur le guidon.

Le vent s'engouffrait dans ses vêtements, le désert tourbillonnait autour d'elle tandis qu'elle avalait la route qui menait à la ferme. Et les paroles du garçon résonnaient à ses oreilles. « Super-mignonne… La fille la plus jolie… »

— Je le hais ! cria-t-elle.

Le vent s'empara de sa voix et l'emporta loin d'elle. Elle se mit à pleurer ; les larmes séchaient sur ses joues dès qu'elles tombaient.

Glory tricotait dans la cuisine. Près d'elle, le bébé de la voisine dormait dans son couffin. Meg fit irruption dans la pièce, si bruyamment que sa mère, surprise, lui désigna le berceau et posa un doigt sur ses lèvres. Meg se calma, rangea son sac dans un coin et alla prendre un verre de lait. Posant son tricot sur ses genoux, Glory la contempla d'un air soucieux.

— Qu'y a-t-il, poupette ? Vous avez perdu ?

— Non, on a gagné !

Meg s'assit à la table. Elle coinça ses pieds entre les barreaux de sa chaise et s'essuya la bouche.

— Il y avait un garçon complètement dingue, maman. Le lanceur de l'autre équipe. Après le match, il… il m'a…

— Quoi ?

— Il m'a embrassée ! avoua Meg, le visage en feu. Avant même que j'aie le temps de me rendre compte de ce qui arrivait. Et puis, il a dit… que j'étais jolie.

Soulagée, Glory se détendit et reprit son tricot.

— Et alors ? C'est la vérité, non ? Pourquoi te mets-tu dans cet état ?

— Mais je ne veux pas être jolie ! se récria Meg avec une telle passion que sa mère jeta un nouveau coup d'œil inquiet vers le couffin. Je déteste ce genre de truc, maman ! Ça… ça me rend malade !

Glory la regarda, stupéfaite. Alors qu'elle allait protester, Meg repoussa violemment sa chaise et courut se réfugier dans sa chambre, où elle se jeta sur son lit. Elle resta allongée là, ivre de rage, les yeux fixés au plafond.

Au bout d'un moment, elle se leva et alla se planter devant le miroir de sa coiffeuse. Elle arracha sa casquette de base-ball et examina son reflet.

Glory lui coupait les cheveux une fois par mois, environ, l'obligeant à se percher sur un tabouret de la cuisine et à se tenir tranquille. Meg les portait très courts, avec une raie à la garçonne sur le côté ; ils n'en étaient pas moins superbes. Ses boucles drues, d'un noir de jais, offraient un contraste frappant avec sa peau très blanche. Car Meg ne bronzait jamais, bien qu'elle passât le plus clair de son temps au grand air.

Meg détestait son apparence. A mesure que les années passaient et que son image se modifiait, dans le miroir, elle avait été de plus en plus déstabilisée par la différence criante qui la distinguait de ses parents.

Hank était trapu, musclé, placide et posé. Il avait les yeux gris et des cheveux blonds, broussailleux. Pour sa part, Glory était petite et ronde, avec des yeux noisette, des taches de son et un déluge de boucles rousses.

Meg aurait donné n'importe quoi pour leur ressembler. Combien elle se serait sentie rassurée si elle avait eu un corps bien en chair, des cheveux clairs et un visage ordinaire. Parfois, elle surprenait son image au hasard d'un miroir ou de la vitrine d'un magasin. Un frisson glacé lui parcourait alors le dos.

Mais elle n'avait aucune idée de ce qui la terrorisait à ce point…

— Meg ? Avançons un peu.

De nouveau cette voix, qui venait de très loin.

— Vous avez quatorze ans, maintenant. Nous sommes au mois de septembre, vous assistez à une course de voitures. Dites-moi ce qui se passe.

Meg recula, épouvantée.

— Non ! dit-elle dans un souffle. Non, je ne veux pas.

— Vous n'avez rien à craindre, Meg, reprit la voix, douce et apaisante. Vous êtes juste « en visite » dans votre passé ; vous pourrez revenir dès que vous ne vous sentirez pas bien. A présent, dites-moi qui se trouve avec vous.

— Maman et papa, répondit Meg à contrecœur. Nous sommes en vacances.

— Que faites-vous ?

— Je regarde les voitures avec papa. Maman est en haut, dans les tribunes.

— Parlez-moi des voitures. Vous aimez ça ?

— Moins que les chevaux. Mais papa les adore, alors qu'il passe sa vie avec des chevaux. C'est drôle, non ?

— En effet. Décrivez-moi les voitures.

— Ce sont des voitures de stock-car. Il y en a beaucoup, partout. Il fait chaud, le soleil brille, les gens sont très excités…

Meg suivait son père à travers les stands, se sentant merveilleusement ordinaire avec son jean, ses tennis et sa casquette de base-ball. Ils examinaient les moteurs, écoutaient les conversations des pilotes et des mécaniciens, qui discutaient direction, suspensions, puissance et état de la piste.

Glory les attendait dans les tribunes. La mère de Meg n'éprouvait pas le moindre intérêt pour les voitures ou les moteurs, mais elle aimait se trouver au milieu d'une foule détendue, venue là pour s'amuser. Quand le premier départ fut donné, Hank et Meg montèrent la rejoindre. Le père et la fille étaient un peu agacés par son enthousiasme débordant, sans parler des raisons saugrenues qui la faisaient miser sur une voiture — parce que le casque du pilote était d'une couleur qui lui plaisait, ou parce que son nom lui semblait synonyme de chance.

Puis elle finit par se lasser et décida d'aller chercher une glace à la buvette. Elle demanda à Hank et à Meg ce qu'ils désiraient, refusant que sa fille l'accompagne.

— Reste avec papa, dit-elle. Ce tintouin vous intéresse plus que moi. Tiens, poulette, parie donc un dollar pour moi sur cette voiture à rayures roses, là-bas. J'adore ce rose.

Meg suivit sa mère d'un regard affectueux tandis qu'elle se frayait un chemin vers le bas des tribunes.

Glory portait une robe bain-de-soleil en coton bleu vif, et les pendants d'oreilles en turquoise que Hank lui avait achetés des années plus tôt à Virginia City. Avec sa crinière rousse, elle faisait une tache de couleur très gaie dans la foule.

La course suivante commença avant son retour. Les moteurs des voitures vrombissaient sur la piste. Les véhicules roulaient à des vitesses vertigineuses, étincelant sous le soleil cru du désert. Meg et son père hurlaient, debout dans les gradins. Soudain, l'un des bolides échappa au contrôle de son pilote. Il sortit à toute allure de la piste, désintégra une barrière de protection dans un nuage de poussière et continua sa trajectoire dans la foule, projetant des spectateurs de tous les côtés.

Meg et Hank poussèrent un cri d'horreur, les yeux fixés sur la carcasse du bolide, alors que des sirènes mêlaient déjà leur plainte aux hurlements. Quand la foule s'écarta pour livrer passage aux secours, Meg aperçut les corps éparpillés sur le sol, désarticulés, disloqués, pareils à des poupées de chiffon qu'on aurait piétinées. Et non loin de là, recroquevillée dans la poussière, une masse de coton bleu vif souillée de sang.

Meg se mit à hurler. Hank lui tapota l'épaule, la bouche serrée, le visage figé. Puis il se leva et dévala les marches en direction de la piste.

Meg resta assise, seule au milieu des gens qui la contemplaient avec une sympathie horrifiée. Elle ne les voyait pas. Elle ne voyait rien, hormis le soleil éblouissant et les nuages de poussière qui retombaient sur le désert ; elle ne sentait rien à part la caresse du vent chaud sur son visage…

Des larmes coulaient sur ses joues. Meg les essuya avec la manche de son peignoir. Clara, assise en face d'elle, l'observait en silence.

— Pourquoi pleurez-vous, Meg ? Etes-vous triste à cause de votre mère ?

— En partie, murmura Meg, les yeux tournés vers la fenêtre et les chevaux.

— Qu'y a-t-il d'autre ?

Meg ne répondit pas tout de suite. Au bout d'un moment, enfin, elle expliqua :

— Tout paraît tellement *réel*, quand vous me ramenez en arrière de la sorte… C'est beaucoup plus réel que le présent. Il me semble que je suis avalée par mon passé.

Comme si... comme si je n'existais que là-bas, et que tout ça, cette chambre, ce qui m'arrive ici en ce moment, n'avait pas de vraie consistance.

— Maintenant que vous êtes réveillée, vous souvenez-vous encore du match de base-ball et du garçon qui vous a embrassée ?

Meg hocha la tête.

— C'est très intéressant, déclara le médecin en fixant ses notes d'un air concentré.

— Pourquoi ?

— Parce que, dans ce souvenir, nous voyons Meg exprimer la conscience qu'elle a de son propre pouvoir de séduction, ainsi que les inquiétudes que lui cause son adoption. Ces deux éléments sont nouveaux.

Brusquement sur ses gardes, Meg leva les yeux vers elle.

— Jamais encore vous n'aviez exprimé ces émotions, poursuivit Clara avec calme. Et Megan Howell, de son propre aveu, m'a dit au téléphone qu'elle ne s'était jamais jugée très séduisante. Je suis sûre que c'est l'une des choses qui ont attiré Lisa vers elle, lorsqu'elles se sont rencontrées : elle ne possédait pas cette beauté que Lisa considérait comme une menace. Si seulement je pouvais lui parler de nouveau...

— Pourquoi ne le pouvez-vous pas ?

— Parce que Megan Howell semble avoir disparu. Il paraît qu'elle a quitté son travail quelques jours seulement après mon appel ; et depuis personne ne sait où la trouver. Elle n'a pas le téléphone chez elle. Sa responsable était furieuse.

D'un haussement d'épaules, Meg écarta ce détail ; elle n'avait pas envie de penser à la « vraie » Megan Howell.

— Pourquoi ce souvenir est-il si important ? reprit-elle. Cette histoire de base-ball.

— Parce que jusqu'à présent, hormis la mort de Glory, tous les souvenirs de Meg étaient heureux et positifs.

— Et maintenant ?

— Maintenant, outre la terreur que lui inspire son charme physique — dont elle est très consciente —, Meg semble aussi éprouver des réticences assez fortes vis-à-vis de l'adoption. C'est la première fois qu'un souvenir de ce genre resurgit.

— Et alors ? Que signifie-t-il ?

— Apparemment, le comportement de Lisa commence à colorer la mémoire de Meg — et ce, bien que vous ne me laissiez jamais la ramener à la surface, même sous hypnose. Pour moi, il est évident que Lisa exerce toujours une influence sur la personnalité de base, même si elle n'est pas présente.

Meg lui jeta un coup d'œil méfiant.

— Je comprends que cela vous trouble, Meg, lui dit aussitôt Clara, mais vous ne devriez pas être inquiète. Il pourrait au contraire s'agir de la première étape du processus qui vous mènera vers une personnalité pleinement intégrée.

— Cela signifie tout de même que Lisa restera la personnalité dominante, non ?

— Vous n'avez aucune raison de la redouter à ce point, Meg. Lisa n'est qu'une autre partie de vous-même, rien de plus. Vous êtes les deux faces d'une même médaille.

Deux aspects d'une même personne. Si vous parvenez à l'admettre, votre vie cessera d'être aussi fragmentée et confuse. Vous pourrez commencer à remplacer ces souvenirs d'emprunt par quelque chose qui sera plus proche de la réalité ; et peu à peu, vos deux identités séparées se fondront l'une dans l'autre.

— Attendez ! dit Meg. N'avez-vous jamais envisagé...

Elle s'interrompit et baissa les yeux sur ses mains, crispées sur ses genoux.

— Quoi, Meg ? Qu'alliez-vous me dire ?

— Rien. Je n'allais rien dire du tout.

De nouveau, elle regarda par la fenêtre, détournant ainsi le visage afin que Clara Wassermann ne pût lire dans ses pensées.

8.

Septembre avançait, se rapprochait en douceur de l'automne. A présent, le soleil matinal prenait son temps pour gravir les pentes des monts Wasatch, et il tardait un peu plus à inonder la plaine de ses rayons.

Son petit déjeuner terminé, Jim sortit dans la cour pour se mettre au volant de son camion. Les abords de la maison se trouvaient encore dans l'ombre, même si la lumière gris perle de l'aube nimbait déjà le pré et le jardin voisin. Au fond, les arbres et leur feuillage couleur de feu se noyaient dans la brume épaisse qui montait de la rivière.

Jim s'arrêta un instant près du véhicule, songeant aux problèmes qu'il avait à résoudre avant midi. Son gros chantier du moment, la construction d'un ensemble d'entrepôts à la limite nord de la ville, se heurtait à des retards en tout genre. L'un des principaux syndicats d'électriciens était de nouveau en grève ; quant au matériel de plomberie commandé des semaines plus tôt, il demeurait inexplicablement bloqué quelque part au Kansas...

Il ouvrit la portière et rangea ses bouteilles Thermos près du siège, après quoi, relevant le col de sa veste, il se dirigea vers le petit enclos où ses chevaux passaient la nuit, derrière l'écurie.

Cochise et Ambre se tenaient le long de la barrière, près de l'abreuvoir. Alors que Jim poussait le portillon pour aller les rejoindre, il s'immobilisa soudain, interloqué : une mince silhouette, à peine visible dans la pénombre, se coulait entre les deux bêtes.

Intrigué, il s'approcha à pas lents. Il ne lui fallut pas longtemps pour reconnaître sa voisine, Lisa Cantalini. La jeune femme était vêtue d'une veste en duvet gris clair, d'un jean et de chaussures de sport. A cet instant, l'intruse émergea de derrière Cochise ; elle se figea à son tour, les yeux fixés sur Jim, visiblement aussi surprise qu'il l'était.

Tout de suite, Jim la trouva différente du souvenir qu'il en gardait. Elle lui parut frêle, presque fragile, le teint très pâle. Mais il y avait eu l'accident, bien sûr, la maladie et cette fièvre tenace dont Trudy lui avait parlé. Il pensa aux nombreuses fois où il l'avait entrevue derrière la vitre de sa chambre, les yeux tristes et les traits tirés.

Pourtant, en dépit de sa faiblesse physique, elle était encore plus belle qu'il ne l'aurait cru. Peut-être parce qu'elle n'était pas maquillée, ce qui lui conférait quelque chose de jeune et de vulnérable. Ses yeux en amande, si particuliers, brillaient d'un bleu très sombre dans la grisaille de l'aube, et la brise soulevait doucement ses cheveux noirs.

Toutefois, la différence la plus importante venait de son attitude, ainsi que de l'étrange expression qu'arborait son visage au teint si clair. L'air timide, presque craintif, elle n'avait plus rien de la jeune femme charmeuse et sûre d'elle qu'il connaissait.

La trouver dans son enclos à une heure pareille, seule avec ses chevaux, était si stupéfiant qu'il avait du mal à le croire. Il plongea son regard dans ses grands yeux craintifs — et fut effleuré un court instant par une sorte de peur glacée, celle que l'on éprouve parfois face à la folie.

— Bonjour, Lisa ! lança-t-il d'un ton qu'il voulait naturel. C'est une surprise de vous trouver ici.

— Je... je vous croyais parti, murmura-t-elle en baissant les yeux sur le sol poussiéreux. D'habitude, à cette heure-là, vous avez quitté la maison.

— Je m'en vais. Je voulais juste jeter un coup d'œil aux chevaux. Puis-je quelque chose pour vous ?

— J'ai remarqué...

Elle parlait d'une voix si basse que Jim dut s'avancer pour l'entendre. La jeune femme le considéra avec méfiance, tel un petit animal sauvage, puis recula vers les chevaux.

— Hier, de ma fenêtre, j'ai remarqué que le hongre boitait, reprit-elle.

Elle se pencha et souleva l'une des pattes arrière du grand cheval roux, promenant sa main libre le long du canon.

— Il y a une belle enflure, au-dessus du boulet.

Jim la dévisageait, bouche bée. La stupeur le rendait muet, mais aussi une émotion étrange, difficile à définir. La présence de Lisa Cantalini, femme frivole entre toutes, dans cet enclos était déjà incroyable ; mais qu'elle se préoccupe en plus de la santé de Cochise était proprement renversant. En même temps, la voir devant lui avec le sabot de son cheval dans la main lui faisait un effet bizarre, comme si cette scène ravivait en lui un souvenir fugace, lointain et très vague.

Il ne parvint pas à retrouver l'image qui lui échappait. Pourtant, dans le passé, il était sûr d'avoir vu un jour une jeune femme aux cheveux courts et noirs, comme elle, debout près d'un cheval et tenant de la même façon un sabot. Elle disait...

— Excusez-moi, déclara-t-il soudain, mais j'ignorais que vous connaissiez si bien les chevaux.

Elle se détourna aussitôt, reposa le pied de Cochise sur le sol et lui donna une tape affectueuse sur la cuisse. Jim, mal à l'aise, s'éclaircit la gorge.

— Lisa... Victor sait-il que vous vous trouvez ici ?

Elle secoua la tête, la main toujours posée à plat sur le pelage lustré du hongre.

— Victor assiste à un congrès de concessionnaires de voitures à Las Vegas. Je pense qu'il sera absent toute la semaine.

— Je vois.

Jim s'avança encore et s'agenouilla pour passer les doigts sur le membre enflé. Cochise s'écarta légèrement, au début, puis il se laissa faire.

— Je l'ai emmené à Provo pour un rodéo, dimanche, expliqua Jim sur le ton de la conversation. Je ne saurais dire à quel moment il s'est blessé, si c'était dans l'arène ou dans la remorque, mais le boulet est à vif, c'est certain.

— Comment le soignez-vous ? Avec un onguent ?

De nouveau, Jim se sentit les nerfs à fleur de peau. Cette situation avait quelque chose d'étrangement perturbant, un peu comme un rêve éveillé. Jusqu'alors, Lisa Cantalini et lui n'avaient jamais eu grand-chose à se dire. Leurs rares échanges — tentatives de séduction appuyées de la part de la jeune femme — lui laissaient d'elle une impression peu flatteuse. Et jamais, à son souvenir, elle n'avait touché l'un des chevaux. Comment expliquer alors qu'elle se trouvât soudain là, à l'interroger sur ses techniques vétérinaires ?

Il jeta un coup d'œil vers la grande maison de grès rose, silencieuse dans la brume matinale.

— Oui, répondit-il enfin. J'essaie de lui passer de l'onguent et de lui mettre des cataplasmes deux fois par jour. Mais je reconnais que je n'ai pas vraiment le temps, le matin.

Il consulta sa montre et se redressa.

— Il est l'heure que je m'en aille. Je vais être en retard.

Le visage de sa compagne s'illumina brusquement.

— Et si je le soignais, moi ? Le matin, je veux dire.

Jim la fixa, sidéré. Décidément, Filomena avait raison : elle n'était plus la même… Jusque-là, l'épouse de son voisin ne lui avait pas fait beaucoup d'effet — même s'il reconnaissait qu'elle était très belle, même si, de temps à autre, le souvenir de ses ravissants seins nus venait hanter ses rêves. Lisa Cantalini était fort loin de son idéal féminin. Il n'avait aucun goût pour les petites poupées maquillées, pomponnées et habillées par les derniers stylistes en vogue.

Et pourtant, ce matin, elle le fascinait.

Le silence s'éternisa. Lisa s'empourpra, gênée, et baissa de nouveau les yeux vers le sol qu'elle grattait nerveusement du bout de sa chaussure.

— Enfin… si cela ne vous ennuie pas, murmura-t-elle. Je n'ai rien à faire de la journée. Il me serait facile de venir lui faire des enveloppements chauds, et… ça me ferait grand plaisir.

Enfin, Jim recouvra l'usage de la parole.

— Bon sang, Lisa, je n'arrive pas à croire que vous sachiez soigner un cheval blessé ! Il y a plus de deux ans que vous êtes ma voisine, et jamais vous ne vous êtes intéressée à mes chevaux. Ils semblaient plutôt vous effrayer !

— En fait, j'ai pas mal d'expérience dans ce domaine. C'était… avant que j'arrive à Salt Lake, il y a longtemps.

Elle continuait d'éviter son regard, caressant le hongre d'un geste machinal. Tandis qu'il contemplait ses boucles brillantes, Jim se remémora tout à coup les propos de Trudy, et ces histoires de personnalités « différentes ». Une fois encore, il en fut glacé jusqu'à la moelle.

— Vous savez vraiment faire des enveloppements ?

— J'en ai fait des centaines.

— Très bien. Si vous vous y connaissez réellement et si vous souhaitez soigner Cochise, j'avoue que votre aide sera la bienvenue. Je vais vous montrer où je range le matériel.

— Je trouverai toute seule. On peut prendre de l'eau chaude dans l'écurie, n'est-ce pas ?

— Si vous voulez être mon vétérinaire, vous devez savoir où sont les affaires, insista Jim d'un ton sec. Suivez-moi.

Tranquillement, la jeune femme l'accompagna jusqu'au bâtiment. Pour sa part, Jim était aussi troublé par cette présence féminine, à son côté, qu'inquiet au sujet de la décision qu'il venait de prendre. Etant donné l'« état » de Lisa, pouvait-il vraiment accepter de la laisser seule avec ses chevaux et jouer au vétérinaire ?

Cette expérience dont elle se targuait, il n'y croyait pas. Toutefois, si elle avait envie de s'occuper de Cochise, elle pouvait fort bien lui appliquer des enveloppements chauds. La tâche n'avait rien de difficile, et il y avait peu de chance qu'elle blesse le hongre. En outre, elle semblait animée d'un tel désir de se rendre utile…

De nouveau, cette vague réminiscence lui traversa l'esprit, pour disparaître tout aussi vite qu'elle était apparue.

Lorsqu'ils pénétrèrent dans l'écurie, Lisa regarda autour d'elle avec un plaisir évident. Ses yeux bleus se posèrent tour à tour sur les stalles impeccables, les selles et les brides accrochées aux murs, les sacs d'aliments, les ballots de foin, les étagères sur lesquelles s'alignaient les produits vétérinaires.

— Mmm… ça sent tellement bon ! s'exclama-t-elle. J'avais presque oublié cette merveilleuse odeur d'écurie.

Jim l'observa tandis qu'elle s'approchait d'une longe tressée, suspendue à un crochet, pour mieux l'admirer.

— Quand l'avez-vous sentie pour la dernière fois, Lisa ?

Elle se tourna vers lui ; son sourire s'était évanoui.

— Je ne sais plus, répondit-elle d'un ton sec. Où rangez-vous l'onguent ?

— Ici, sur cette étagère.

Elle prit le flacon, lut l'étiquette, puis hocha la tête et le remit à sa place.

— D'accord. Et le tissu pour les enveloppements ?

— Il y a des bandes de toile propres dans cette stalle, là-bas. Quand elles ont servi, je les fais toujours sécher sur le muret.

La jeune femme alla chercher une brassée de bandes, puis les posa près de l'évier avec des gestes de professionnelle. Jim la contemplait sans bouger, médusé. Il se reprit lorsqu'elle lui jeta un coup d'œil par-dessus son épaule, lui lançant d'un air affairé :

— C'est bon. Si vous avez du travail, vous pouvez partir.

Jim hésita un instant.

— Vous êtes sûre de pouvoir y arriver, Lisa ?

Elle leva un bras pour attraper une bride suspendue près de la porte.

— Mais oui. Il n'y aura aucun problème.

Tandis qu'elle gagnait la porte du fond pour retourner chercher Cochise dans l'enclos, Jim se décida enfin à s'en aller — non sans appréhension. Une fois au volant de son camion, il secoua la tête avec une expression incrédule.

Qu'était-il donc arrivé à Lisa Cantalini ?

Meg mit toute son application à s'occuper du grand hongre. Elle posa les bandes brûlantes sur sa patte, puis entreprit de faire pénétrer le baume dans la région ainsi réchauffée. Au début, nerveux, Cochise ne cessait de lever son sabot et de le reposer avec un claquement sur le sol en planches. A force de murmures et de caresses, Meg parvint à le calmer — et même à l'apprivoiser au point qu'il tourna la tête pour lui donner de petits coups de naseaux dans l'épaule.

Une fois le traitement achevé, elle prit une brosse et une étrille et cura l'animal à fond. Puis elle alla chercher la petite jument, la ramena à l'intérieur et lui fit subir le même traitement. Elle n'avait aucune envie de quitter la chaleur réconfortante de l'écurie pour retrouver sa luxueuse demeure et sa chambre solitaire.

Pourtant, au bout d'une heure, elle se rendit compte que ses forces faiblissaient. Elle n'avait plus l'habitude de ce genre d'exercice. Son front était moite, ses mains tremblaient. Elle conduisit les chevaux dans le pré, rangea l'écurie et se traîna jusque chez elle, épuisée. Elle se sentait à peine le courage de monter l'escalier.

Dès qu'elle fut dans sa chambre, Meg se déshabilla, enfila une chemise de nuit et se hissa sur son lit. Là, allongée sur le dos, elle contempla le plafond avec morosité. Recouvrerait-elle un jour assez d'énergie pour se rendre à Las Vegas et chercher la vérité sur son passé ? Si elle était aussi lasse après une malheureuse sortie de deux ou trois heures, comment pouvait-elle espérer faire plus de six cents kilomètres toute seule ?

Agacée, elle roula sur le côté et se glissa entre les draps. Mais une foule de pensées, confuses et embrouillées, s'agitaient dans son esprit ; et elle ne put s'endormir avant longtemps.

Lorsqu'elle s'éveilla, la chambre était noyée de soleil. Meg se tourna vers la fenêtre, l'esprit confus, se demandant où elle était. Une ombre noire, au même moment, se dessina sur le lit. Terrifiée, elle sursauta. Ce n'était que Filomena, debout à son chevet avec des draps propres dans les bras.

D'un geste, l'intendante lui désigna un plateau posé sur la table, près de la baie. Meg se souleva sur un coude et aperçut des sandwichs enveloppés dans un film plastique, une assiette de soupe fumante, un verre de lait et des fruits.

— C'est mon déjeuner ? demanda-t-elle, peu sûre de l'heure qu'il était.

Filomena acquiesça d'un hochement de tête, sans la regarder. Toujours silencieuse, elle posa les draps sur une commode.

— Je me lève, lui dit Meg. Il faut que j'aille dans la salle de bains, de toute façon. Comme cela, vous pourrez changer les draps.

Impassible, la domestique la regarda se débattre pour s'asseoir, puis se couler hors du lit et enfiler tant bien que mal son peignoir. Elle ne fit pas un geste pour l'aider. Dès que sa maîtresse se fut levée, elle ôta vivement les draps usagés et les jeta sur le sol. Meg attendit un instant, le temps de recouvrer son équilibre, puis se dirigea d'un pas lent vers la salle de bains.

Devant la porte, elle manqua de trébucher sur Dommie, qui jouait par terre avec deux poupées de chiffon aux couleurs vives. Meg reconnut Bert et Ernie, le célèbre duo de *Rue Sésame.* Elle s'agenouilla près du petit garçon, les idées un peu plus claires.

Dommie leva les yeux vers elle et recula contre le mur d'un air effrayé, se mettant deux doigts dans sa bouche. Meg chercha à le rassurer d'un sourire.

— Bonjour, Dommie, murmura-t-elle en s'installant plus confortablement sur la moquette. Tu me montres tes poupées ?

L'enfant hésita, puis lui en tendit une. C'était Bert. Meg prit le petit personnage, contempla un instant son toupet de cheveux noirs et son sourire impudent.

— Tu sais que ce sont des marionnettes ? demanda-t-elle. Regarde.

Elle enfila Bert sur sa main, l'approcha du visage de Dommie et le fit parler.

— Salut, Dommie ! lança le pantin en agitant les bras. Comment vas-tu ? Moi, je m'appelle Bert.

Dommie considéra la marionnette avec stupeur, puis leva de nouveau les yeux vers Meg.

— Hé, Dommie, tu m'entends ? reprit le petit bonhomme. C'est moi, Bert ! Tu ne veux pas me dire bonjour ?

— Bonjour, lâcha le petit garçon.

Sa voix un peu rauque surprit Meg, qui ne l'avait jamais entendu parler.

— Dis donc, petit, tu veux bien dire à Ernie que je suis là ? caqueta de nouveau le pantin.

Meg aida Dommie à enfiler l'autre marionnette sur sa petite main. Elle ne put s'empêcher de sourire quand l'enfant déclara d'une voix qu'il s'efforçait de rendre la plus grave possible :

— Bonjour, Bert.

— Ernie, mon ami ! s'exclama Meg.

Elle poussa sa marionnette vers celle de Dommie, et Bert embrassa Ernie avec fougue. Ravi, Dommie éclata de rire. Meg allait continuer la conversation, tout heureuse, quand elle s'aperçut que Filomena les observait.

La gouvernante la fusillait du regard, les doigts crispés sur une taie d'oreiller. Son visage mince exprimait une telle colère que Meg se leva d'un bond, rendit la marionnette à Dommie, qui était visiblement déçu, et disparut dans la salle de bains, bouleversée.

Lorsqu'elle en sortit, le lit était fait et Filomena essuyait la poussière. La domestique se déplaçait d'un pas rapide dans la pièce, soulevant objets et bibelots pour les reposer aussitôt après avoir donné un coup de chiffon. Meg repassa près de Dommie, qui tenait Ernie à bout de bras et le faisait saluer d'un air solennel.

— Salut ! marmonna-t-il.

— Salut, Ernie ! répondit-elle à mi-voix.

Elle hésita un instant, tentée, puis jeta un coup d'œil nerveux du côté de Filomena. Elle alla s'asseoir près de la fenêtre. Attirant le plateau à elle, elle commença à manger.

— Cette soupe est un vrai délice, Filomena ! dit-elle en posant sa cuillère pour boire une gorgée de lait. Comment la faites-vous ? Vous y mettez des épices, n'est-ce pas ?

A son habitude, Filomena ignora ses questions. Elle ne s'adressait jamais à sa maîtresse, sauf pour lui demander des instructions ou lui parler de la marche de la maison. Chacune des timides tentatives de Meg était rejetée, comme si elle n'avait pas existé. Cette fois pourtant, écrasée par la solitude, elle décida d'insister.

— Je ne sais pas très bien cuisiner, poursuivit-elle. J'adorerais apprendre, surtout pour faire des gâteaux.

N'obtenant pas de réponse, elle tourna les yeux vers la fenêtre, et vers la splendeur des arbres qui bordaient la rivière.

— Ma mère en faisant souvent, murmura-t-elle, en même temps qu'elle se remémorait sa dernière séance de thérapie et les souvenirs si vivaces que Clara Wassermann avait réussi à faire resurgir.

Depuis quelque temps, elle avait l'impression de ne plus pouvoir se rappeler Glory autrement que sous hypnose. A son réveil, l'image de sa mère lui semblait de plus en plus floue, comme si elle se fondait peu à peu dans l'espèce de marécage embrumé qu'était devenue sa mémoire. Tout se mélangeait dans une confusion et un désordre d'images tronquées, de visages à moitié entrevus.

Filomena continuait son travail comme si de rien n'était. Au bout d'un moment, elle disparut dans la salle de bains avec les draps sales. Meg entendit le couvercle du panier à linge qui se refermait, puis l'eau qui coulait.

Elle prit une banane, la pela et jeta un coup d'œil prudent vers Dommie, qui jouait toujours par terre avec ses marionnettes.

— Tu en veux un peu ? chuchota-t-elle en lui montrant le fruit.

L'air intéressé, le petit garçon se leva et s'approcha. Meg cassa un bout de la banane et le lui tendit. Il l'enfourna goulûment dans sa bouche, immobile, fixant Meg de ses grands yeux sombres. Alors, Meg se sentit soudain submergée par un besoin éperdu de chaleur et de tendresse. Elle dut se faire violence pour ne pas attirer l'enfant dans ses bras et le serrer contre elle.

— Tu sais quoi, Dommie ? lui demanda-t-elle. Je ne me souviens pas de la dernière fois où quelqu'un m'a tenue dans ses bras. J'ai beau chercher, je ne parviens pas à m'en souvenir.

L'enfant s'avança un peu plus près ; il la dévisageait avec curiosité. Meg regarda vers la salle de bains, puis elle tendit la main d'un geste hésitant et la posa sur la tête brune. Les cheveux de Dommie étaient si doux, si chauds… On aurait dit de la soie.

— Trésor, murmura-t-elle en contemplant avec un sourire attendri la petite silhouette vêtue d'un jean et d'une chemisette. Tu es tellement adorable…

— Hé ! Qu'est-ce qui se passe, ici ? lança soudain une voix forte, qui les fit sursauter tous les deux.

Meg leva les yeux et découvrit Clay Malone, appuyé au chambranle de la porte, souriant, et toujours aussi beau dans son blouson de cuir noir et son jean délavé. Il tenait un paquet entouré d'un superbe ruban rouge et une gerbe de roses jaunes, enveloppées dans de la Cellophane.

9.

Clay s'avança d'un pas nonchalant vers le groupe que formaient Meg et l'enfant. Arrivé près d'eux, il les couva d'un regard ironique.

— Hé, Lisa… Je sais que tu aimes les hommes, mais tu ne penses pas que celui-ci est un peu jeune pour toi ?

Il posa la main sur la tête de Dommie et lui sourit. Alors que Meg cherchait une réplique, tout en se demandant ce qu'elle devait penser de cette apostrophe pour le moins cavalière, Filomena émergea de la salle de bains et aperçut le visiteur. Immédiatement, elle se figea ; son visage devint livide. Puis elle se rua en avant, saisit l'enfant dans ses bras et quitta la pièce d'un pas vif, abandonnant les marionnettes de Dommie sur le sol.

— Merci de votre accueil, Filomena, et bonne journée à vous aussi ! lança Clay avec un grand sourire. Cette femme est délicieuse, n'est-ce pas ? Je suis sûr que ses bavardages te donnent la migraine, chérie.

A l'évidence, il avait oublié qu'il avait affaire à Meg. Celle-ci, toutefois, ne prit pas la peine de le corriger.

— J'ai un mal fou à lui tirer un mot, admit-elle. Elle m'ignore, purement et simplement. Les plantes vertes ont sans doute droit à plus d'attention que moi.

— Elle ne t'a jamais beaucoup aimée. Et en y réfléchissant, je me demande si elle a jamais aimé quelqu'un. A part son fils et « sainte » Pauline, évidemment.

— Sainte Pauline ? répéta Meg, intriguée.

Clay la laissa un instant pour aller mettre de l'eau dans un vase. Il sortit les roses de leur emballage, les disposa sur la commode et revint s'asseoir en face de Meg.

— Merci, elles sont très jolies, déclara-t-elle. Mais vous ne m'avez pas répondu : qui est sainte Pauline ?

Son compagnon la considéra avec tristesse.

— C'est de l'amnésie, il n'y a pas de doute. Tu ne te souviens vraiment de rien, hein ?

— Oh ! si, je me souviens de nombreuses choses ! répliqua Meg d'un ton empreint d'amertume. Le problème, c'est que personne ne veut prendre ces souvenirs au sérieux.

— Que dit ta psy ? Quand pense-t-elle pouvoir te ramener à la réalité ?

— D'après elle, le processus a déjà commencé. Elle estime que mes souvenirs « d'emprunt », comme elle dit, sont déjà modifiés et influencés par la personnalité de Lisa, et que tout finira par se fondre en une autre sorte de réalité.

— Quelle histoire ! Je trouve tout ça fascinant.

Clay étendit ses longues jambes devant lui et passa un bras sur le dossier de son siège. Son regard tomba sur les sandwichs auxquels Meg n'avait pas encore touché.

— Salade et œufs durs ! s'exclama-t-il. Pour ça, au moins, tu n'as pas changé : les sandwichs salade-œufs durs ont toujours fait tes délices. Mange, mon cœur. Tu as besoin de recouvrer tes forces.

— Comment savez-vous que c'est mon plat préféré ? demanda Meg, de nouveau sur ses gardes.

Clay soupira.

— Je te connais depuis toujours, Lisa. Il est normal que je connaisse tes goûts, non ? Allez, avale ça.

Il sortit lui-même les tranches de pain de mie de leur emballage et les lui tendit. Meg mordit dedans, tout en observant son « cousin » avec circonspection.

Clay Malone arrivait à moto tous les trois ou quatre jours, toujours dans l'après-midi, et restait environ une heure. En fait, à part Clara Wassermann, il était le seul être humain à lui *parler*. Et la psychiatre ne comptait pas vraiment, puisqu'elle était payée pour cela.

Soudain, Meg se rendit compte qu'elle se restaurait devant lui sans même s'être inquiétée de savoir s'il avait déjeuné. Confuse, elle sentit son visage s'embraser.

— Désirez-vous quelque chose ? demanda-t-elle. Je pourrais demander à Filomena…

— … de me préparer une omelette à sa façon ? Non, merci ! coupa Clay, moqueur. J'aurais trop peur qu'elle ne la saupoudre d'arsenic.

— Dans ce cas, je ne peux rien vous offrir. Je ne sais même plus où se trouve la cuisine.

— Ne te tracasse pas, petite. D'ailleurs, tu n'as jamais su où elle se trouvait.

Une fois encore, cette observation mi-amusée, mi-indulgente troubla Meg. Quelle drôle d'opinion il semblait avoir de Lisa ! Etait-elle vraiment aussi futile qu'il le laissait entendre ?

— Le Dr Wassermann pense que je devrais parler du passé avec vous, dit-elle. A son avis, cela m'aiderait peut-être à réveiller le souvenir de Lisa.

L'espace d'un instant, Clay parut contrarié.

— Tu lui as parlé de moi ?

— Bien sûr ! Pourquoi lui aurais-je caché vos visites ? Elle est très intéressée par tous les contacts que je peux avoir, et a fortiori par quelqu'un qui a connu Lisa enfant.

— Oui, évidemment…

Il changea de position, toujours aussi mal à l'aise.

— Il ne faudrait pas qu'elle parle de mes visites à Victor, c'est tout. Ton mari est persuadé que je n'ai jamais mis les pieds dans l'Utah, et il vaudrait mieux que cela continue, si tu vois ce que je veux dire…

De nouveau, Meg se sentit troublée. Ces secrets qu'elle ne comprenait pas accroissaient sa confusion. Elle termina son sandwich et prit sa serviette pour s'essuyer la bouche.

— Il en reste un, remarqua Clay. Allez, finis-le.

— Je n'ai plus faim. Je n'ai pas beaucoup d'appétit, ces derniers temps.

— On dirait que tu vas mieux, pourtant. Aujourd'hui, en particulier, tu parais beaucoup plus forte. Tu es moins pâle, moins nerveuse.

— Je suis sortie un bon moment, ce matin. Etre dehors m'a fait un bien fou. J'ai l'impression d'avoir passé ma vie entière confinée dans cette maison.

— A propos de ta vie, justement, et des *vrais* souvenirs qui commencent à te revenir…, reprit Clay sur le ton de la conversation. Je ne parle pas de ces histoires de Las

Vegas, évidemment. Est-ce que tu revois certaines choses de notre enfance ? Des trucs que nous faisions quand nous étions gosses, par exemple ?

Meg réfléchit un moment.

— Il me semble, répondit-elle enfin. Mais cela me paraît très vague, très lointain. J'ai l'impression de distinguer des ombres, des séries d'images assez floues, en noir et blanc... Un peu comme dans un film muet, si vous voulez.

— C'est normal, d'après ta psy ?

— Normal... Comment savoir ? A l'en croire, les vrais cas de dissociation de la personnalité sont très rares, et mon cas ne ressemble paraît-il à aucun autre.

— Mais elle a bien une idée, quand même ?

— Oui, reprit Meg, s'efforçant de se remémorer les termes exacts employés par Clara. D'après elle, il est normal que les souvenirs de Lisa ne soient pas très clairs dans mon esprit, puisque je suis une personnalité totalement distincte. Pendant un certain temps, je continuerai à les voir comme quelque chose d'extérieur à moi, à la façon d'une étrangère. Même si je réussis à me rappeler certains actes ou certaines paroles de Lisa, j'aurai encore l'impression que ces actes et ces paroles ne me concernent pas.

— Je comprends. Un peu comme si une moitié de toi-même se tenait à l'arrière-plan, complètement détachée, et observait l'autre moitié ?

— C'est ce qu'elle dit. Elle prétend aussi que ce genre de phénomène — à ce niveau-là — n'a rien d'exceptionnel. Il arrive à tout le monde de se « dédoubler » ainsi, de temps à autre, car chaque être humain possède une personnalité plus ou moins fragmentée. Mais comme les gens n'ont jamais entendu parler de cette question, ils n'en ont pas conscience. Et puis, ce n'est pas aussi net et durable que chez moi.

— D'accord. Seulement, qu'est-ce qui a pu faire que, dans ton cas, tes deux personnalités se soient scindées de la sorte, tout à coup, et que l'une d'elles disparaisse complètement ?

Meg haussa les épaules.

— Je l'ignore. J'ai lu tous les livres et articles que Clara m'a prêtés sur ce sujet, et aucun ne décrit une situation telle que la mienne. A mon avis, j'ai dû me réfugier dans cette espèce d'amnésie parce que mon esprit cherchait à échapper à un stress quelconque, qu'il ne pouvait supporter… Mais comme je n'ai aucun souvenir de moi-même à ce moment-là, j'ignore de quel stress il s'agissait. D'après Clara, pour que je parvienne à intégrer les deux personnalités, il faut que je commence par accepter la souffrance de Lisa et que j'éprouve un réel désir de l'aider.

— Et tu y arrives ?

Meg se garda bien de révéler qu'elle ne partageait pas la théorie du médecin. Pour elle, Lisa n'était qu'un double inquiétant, doté d'une personnalité totalement opposée à la sienne, auquel son esprit avait donné naissance elle ne savait comment. Soit. Mais dans ce cas, comment expliquer que Clay l'ait connue enfant ?

Un frisson glacé la parcourut.

— Je n'en sais rien, murmura-t-elle. Parfois, j'ai l'impression d'y arriver. Et la plupart du temps, je déteste Lisa. Il me semble qu'elle est là, tapie quelque part, et qu'elle attend… de revenir.

Clay se pencha vers elle et lui tapota l'épaule d'un geste apaisant.

— Allons, petite, il n'y a pas de quoi en faire une tragédie ! Lisa n'est pas si mal, tu sais. Elle a toujours compté parmi les gens que j'aime le plus au monde. En fait, c'est vraiment dur pour moi de t'appeler Meg. J'aimerais bien que tu sois simplement Lisa, comme avant, et que tout rentre dans l'ordre. A vrai dire, cette histoire commence à me fatiguer.

Meg prit peur. Paniquée à l'idée que cet homme l'abandonne à son tour, comme Victor, elle décida de jouer le jeu à fond et de se jeter à l'eau.

— Bon, très bien, déclara-t-elle d'une voix oppressée. Si tu veux que les choses redeviennent normales, il faut que tu m'aides, Clay. Faisons ce que le médecin a dit : tu vas me fournir des détails qui rempliront les blancs de ma mémoire. D'accord ?

— D'accord. Que veux-tu savoir ? Pose-moi des questions.

Meg réfléchit un instant.

— Nous avons donc grandi à Provo ?

— Oui, confirma Clay. Nos mères étaient deux sœurs originaires de Caroline du Nord. Terry et Gerry — Teresa et Geraldine — le duo de choc ! Mignon, pas vrai ? Ta mère a été mariée quelque temps, mais son mari est parti quand tu avais environ quatre ans et il n'est jamais revenu. Moi, précisa Clay d'un ton amer, je n'ai même pas eu cette chance avec mon vieux. Il n'est pas resté du tout, et il ne s'est pas soucié d'épouser ma mère. Elle portait une alliance et prétendait que son mari était mort au

Viêtnam. Tu parles ! Enfin… elle doit se sentir sacrément soulagée, maintenant qu'elle a tourné la page.

— Ta mère vit encore ? J'ai une tante ?

— Bien sûr ! répondit Clay, surpris. Elle a épousé un courtier en assurances il y a environ dix ans, et nous sommes partis nous installer en Floride avec lui. Je suppose que Victor me croit encore là-bas… En Floride, travaillant pour la police de Miami.

— Tu es policier ?

— Je l'étais. Je me suis engagé il y a six ans, et je suis parti au bout de deux ans pour devenir détective privé. Mais nous ne l'avons jamais révélé à ton mari, petite. Il préfère penser que je suis loin, à des milliers de kilomètres de toi. Je suppose que tu ne t'en souviens pas, mais il t'a dit un jour que si je franchissais la frontière de cet Etat, je le regretterais.

— Pourquoi ?

— Je te l'ai dit : il est fou de jalousie. Une fois, il a menacé d'engager un homme de main pour me régler mon compte si jamais j'osais me montrer. Victor cache bien son jeu, tu sais. Au fond, c'est un sacré dur.

— Dans ce cas, pourquoi viens-tu me voir quand même ? Que se passera-t-il s'il l'apprend ?

— Comment veux-tu qu'il le sache ? Par Filomena ? Elle est muette comme une carpe.

— Et s'il rentrait dans l'après-midi, un jour, et nous trouvait ensemble ?

Clay se mit à rire.

— Pourquoi rentrerait-il ? Pour venir te baiser entre deux rendez-vous ? Excuse-moi, mais je ne pense pas que Victor et toi soyez en assez bons termes pour ça, en ce moment.

Meg rougit violemment et se détourna.

— Alors, qu'est-ce que tu veux savoir d'autre ? lui demanda son compagnon.

Sans lui répondre tout de suite, Meg baissa les yeux vers la table. Que devait-elle penser ? Elle en revenait toujours au même point : si sa propre théorie était correcte, Clay Malone ne pouvait être qu'un menteur et un charlatan de la pire espèce. Il semblait pourtant si convaincant…

Et s'il disait la vérité, alors elle était bel et bien engluée dans un cauchemar effroyable dont le sens lui échappait totalement.

— Etais-tu avec moi, quand j'ai participé à tous ces concours de beauté ? lui demanda-t-elle enfin. Je ne peux pas croire que j'aie vraiment fait une chose pareille. Le médecin affirme que j'ai concouru soixante-dix-neuf fois, en commençant alors que je n'avais pas trois ans. Il paraît que je gagnais presque tout le temps. Et je ne me souviens de rien, d'absolument rien…

— Bon sang, Lisa, tu étais superbe ! murmura Clay, un sourire lointain aux lèvres. Il n'empêche que ma mère a toujours pensé que Terry dépassait les bornes, avec ces histoires de concours. C'est pour cela que Greg est parti, tu sais.

— Greg ?

— Ton père. Le mari de Terry. Il ne pouvait supporter qu'elle ne pense qu'à ça et ne s'occupe que de toi. Pour Terry, il n'y avait que toi qui comptais. Dès l'instant où tu es arrivée chez eux, elle n'a plus rêvé que de jolies robes, de chaussons de danse, de fleurs, de diadèmes…

Il s'interrompit et jeta un regard prudent à Meg.

— Tu te souviens de ça, au moins ? L'adoption ?

Meg fit signe que oui.

— C'est même le seul souvenir vraiment réel qui me reste. Clara pense que c'est l'une des clés de ma maladie.

— Tant mieux ! lança Clay avec soulagement. Je me disais que tu avais peut-être bloqué ça, aussi. Ça a toujours été un point sensible, chez toi. Tu as été bouleversée quand tu l'as appris, d'autant plus que ce n'est pas Terry qui te l'a dit. Ça t'a fait un sacré choc, je crois.

Meg songea aux souvenirs qu'elle gardait, elle, et qui demeuraient si vivaces dans son esprit : Glory avec ses boucles rousses et ses bras potelés parsemés de farine ; Glory qui la prenait sur ses genoux dans la minuscule cuisine d'une caravane et lui répétait sans se lasser combien elle était aimée…

— Qui est Pauline ? demanda-t-elle soudain.

Clay lui décocha un coup d'œil acéré.

— Hein ? Qu'est-ce qui te fait penser à ça ?

— Tout à l'heure, tu as dit que cette « sainte » Pauline était la seule personne que Filomena ait jamais aimée, avec son fils. J'ai envie de savoir de qui il s'agit, c'est tout.

Se détournant légèrement, Clay caressa du bout du doigt une feuille du bouquet.

— C'était la première femme de Victor, répondit-il enfin.

— Que lui est-il arrivé ?

— Elle est morte.

Meg se redressa dans son fauteuil et reposa le sandwich qu'elle venait de prendre.

— Morte ? Comment ? Il y a longtemps ?

Avec un soupir, Clay se réinstalla confortablement. Une fois de plus, Meg fut sensible au charme et à la puissance qui émanaient de lui. Une puissance contrôlée avec la plus grande fermeté.

— Pas très longtemps, répondit-il. Il y a deux ou trois ans, je ne sais plus très bien. C'était au printemps, peu de temps avant ton mariage avec Victor.

— Comment est-elle morte ?

— Elle est tombée dans l'escalier.

— *Ici ?* s'écria Meg, horrifiée. Dans le grand escalier de l'entrée ?

Clay hocha la tête.

— Elle a marché sur l'ourlet de son peignoir et a plongé en avant… Apparemment, elle avait bu. Filomena a été témoin de la scène ; elle a raconté lors de l'enquête comment elle avait vu sa patronne trébucher et perdre l'équilibre. On a trouvé une bonne dose d'alcool dans son sang.

— Elle était ivre ? Tu l'as traitée de sainte, tout à l'heure !

— On peut être saint et avoir un problème avec l'alcool, souligna Clay avec un large sourire. Je pense que Pauline buvait en cachette. La femme au foyer alcoolique, qui noyait son chagrin dans une bouteille de gin quand elle était seule… Remarque, ajouta-t-il d'un air songeur, la vie avec Victor ne devait pas être drôle tous les jours. Surtout à partir du moment où…

Il se tut brusquement.

— Quoi ? demanda Meg. Qu'allais-tu dire ?

— Rien. Finis donc ce sandwich.

— Je n'ai plus faim.

Meg se tourna vers la fenêtre et contempla les chevaux.

— Comment était-elle ? Pauline, je veux dire. Si Filomena l'aimait tant, c'était sûrement quelqu'un de bien.

Clay eut un geste irrité.

— Que veux-tu que j'en sache ? Je ne l'ai jamais vue. J'étais à Miami, quand tout ça est arrivé.

— Comment se fait-il que tu connaisses tous les détails, alors ?

De nouveau, il sourit.

— Parce que tu m'as tout dit, Lisa, murmura-t-il d'une voix douce. Tu m'as tout raconté…

Meg fut prise de sueurs froides. Une peur indicible menaçait de la submerger. Elle lutta pour recouvrer le contrôle d'elle-même.

— Est-ce que… est-ce qu'elle était beaucoup plus jeune que Victor, elle aussi ? interrogea-t-elle. Comme moi ?

— Tu plaisantes ! s'exclama Clay en éclatant de rire. Victor et elle s'étaient connus sur les bancs du lycée. D'après ce que je sais, la pauvre femme avait moins bien vieilli que son mari.

A son tour, il regarda au-dehors. Puis, alors que sa bouche bien dessinée esquissait un sourire, il ramena ses yeux brillants sur Meg.

— Tu me racontais souvent une histoire amusante, à son sujet. Cela remontait au jour où tu l'as rencontrée pour la première fois. Tu l'as rendue folle de jalousie en lui laissant entendre que Victor et toi aviez une liaison, alors qu'il n'y avait encore rien eu entre vous.

— Cela n'a rien de drôle, répliqua Meg avec froideur. Vraiment rien.

Clay haussa les épaules et s'étala dans son fauteuil, jouant d'un geste négligent avec les fleurs.

— Mais est-ce qu'elle était...

— Ça suffit ! coupa-t-il. Laisse donc cette histoire.

— Pourquoi ?

Il planta ses yeux gris dans les siens.

— Parce que si tu continues à poser des questions, tu pourrais bien tomber sur certains détails que tu t'es donné tant de mal à oublier.

Il se leva et se mit à arpenter la chambre, examinant les produits de beauté, saisissant des bibelots pour mieux les voir, étudiant enfin la grande toile accrochée au-dessus du lit.

— Bon Dieu, ce que tu étais belle...

Les yeux toujours fixés sur le tableau, il soupira.

— Vas-tu laisser repousser tes cheveux, Lisa ?

— Je ne sais pas. Est-ce que Pauline... Pourquoi Filomena l'aimait-elle autant ?

Il lui fit de nouveau face, les lèvres serrées, les mâchoires crispées.

— Tu ne peux pas arrêter, avec ça ?

— Je voulais juste savoir si...

— Bon, puisque tu insistes : oui, c'était quelqu'un de bien. Elle recueillait les chats abandonnés et donnait de l'argent pour les orphelins. Elle était grosse, ordinaire, ennuyeuse, mais les gens l'adoraient. Quand Filomena s'est retrouvée enceinte, Pauline l'a aidée. Elle lui a fait apprendre un peu d'anglais, lui a obtenu des papiers en règle et l'a obligée à consulter régulièrement un médecin. Et puis, elle l'a encore aidée après la naissance du bébé. Filomena lui vouait une gratitude sans bornes. Ça y est ? Tu es satisfaite ?

Sa colère était si intense que Meg, effrayée, demeura un moment muette. Puis elle recouvra assez de nerfs pour poser une question qui la tracassait depuis plusieurs jours.

— Clay... qui est le père de Dommie ?

— Le père de Dommie ? répéta Clay, d'un air ahuri. Le gosse de Filomena ? Pourquoi me demandes-tu ça, maintenant ?

— Est-ce... Est-ce Victor ?

Clay rejeta la tête en arrière et rit aux éclats, sincèrement amusé.

— Non, répondit-il quand il eut recouvré son souffle. Non, petite... Je ne pense vraiment pas qu'il s'agisse de Victor.

Meg songea à son « mari », cet homme vigoureux et séduisant qui partageait de temps à autre ses repas et dont l'attitude à son égard oscillait entre le détachement, l'indifférence, et des tentatives un peu maladroites pour se montrer aimable. Les seuls moments où il paraissait vraiment heureux et détendu, c'était lorsqu'il jouait avec Dommie.

— Il adore cet enfant, murmura-t-elle. A le voir, on pourrait se demander...

— Tes doutes ne sont pas fondés, ma chère, l'interrompit Clay. Quand la mémoire commencera de te revenir, tu te rendras compte que cette idée ne tient pas debout.

— Pourquoi ?

Son « cousin » poussa un soupir lassé.

— Parce qu'à ce que j'ai cru comprendre, Filomena n'intéressait absolument pas Victor à ce moment-là. Dans les mois qui ont précédé la mort de Pauline, il n'avait qu'une femme en tête ; et s'il brûlait de coucher avec quelqu'un, ce n'était pas avec sa gouvernante.

— Avec qui, alors ?

— Toi, ma douce.

Meg noua nerveusement les mains sur ses genoux ; elle se sentait fatiguée, désemparée.

— Allez, courage, lui glissa Clay en lui tapotant l'épaule. Ça va s'arranger, tu verras.

Il prit le paquet qu'il avait posé près des fleurs.

— Tiens. Je t'ai apporté un cadeau.

Meg contempla le papier doré, les rubans satinés.

— En quel honneur ?

— Réfléchis. Quelle raison pourrais-je avoir de t'offrir un présent aujourd'hui ?

Sidérée, Meg leva les yeux vers lui.

— C'est… c'est mon anniversaire ?

— Exactement ! Le 15 septembre. Tu vois, tu te souviens encore de certaines choses ! souligna Clay en souriant. Te rappelles-tu un peu les fêtes que Terry organisait, ce jour-là ? Elle faisait les choses en grand, comme si elle célébrait une reine. Bon sang ! quand je pense à l'argent qu'elle dépensait pour le gâteau, les décorations, et pour les cadeaux hors de prix qu'elle t'offrait toujours...

Le regard de Meg s'assombrit. Elle caressa un instant l'emballage luxueux, avant de le défaire avec lenteur. Il contenait un écrin en satin, au creux duquel se nichait un flacon de parfum.

— C'est ton préféré, dit Clay. Il m'a coûté une petite fortune.

— Merci, murmura Meg.

En même temps, elle se demanda comment elle pouvait se rappeler qu'elle adorait les sandwichs aux œufs durs et n'avoir aucun souvenir de son parfum favori.

Clay se pencha vers elle pour la prendre dans ses bras et la serrer tendrement contre lui. De nouveau, malgré elle, Meg fut sensible à la force et à la chaleur de ce corps masculin, à la musculature qu'elle devinait sous le cuir souple du blouson, à la barbe naissante qui frottait contre sa joue.

Soudain, Clay s'écarta et la dévisagea avec surprise.

— Hé ! s'exclama-t-il. A propos de parfum, quelle est donc cette odeur ?

— Je... je ne sais pas, répondit Meg. Je n'ai rien mis de spécial...

— Attends.

Clay renifla.

— Ma parole, mais tu sens le cheval !

Embarrassée, Meg se tortilla sur son siège.

— Je... je suis allée chez le voisin, ce matin. L'un de ses chevaux s'est blessé et je lui ai proposé de le soigner pour lui faire gagner du temps.

— Faire gagner du temps à *qui* ?

— Au voisin. Il s'appelle Jim Leggatt.

— Je connais son nom, merci ! déclara froidement Clay. Mais depuis quand aimes-tu autant les chevaux, Lisa ? N'est-ce pas plutôt leur propriétaire, qui t'intéresse ?

— Je ne comprends pas ce que tu veux dire, se défendit Meg. J'ai juste remarqué par la fenêtre que l'une des bêtes boitait, et je suis descendue voir ce qu'elle avait. Le… enfin, Jim est arrivé à ce moment-là, et comme il était trop pressé pour s'occuper de Cochise je lui ai offert mes services. C'est tout.

— Je n'en crois pas mes oreilles ! s'exclama Clay d'une voix blanche. Je suis prêt à parier que tu n'avais jamais touché un cheval de ta vie, Lisa. Tu en as toujours eu une peur bleue.

— Lisa en a peut-être peur. Pas moi. Je m'appelle Meg et j'adore les animaux.

Clay haussa les épaules, avant de détourner les yeux.

— D'accord…, marmonna-t-il enfin. Si tu tiens à continuer dans cette voie, à ta guise. Je te conseille simplement une chose : sois très prudente avec ce type.

— Jim ? releva Meg avec surprise. Pourquoi ?

Elle n'avait vu qu'un beau garçon sympathique, au visage ouvert et au sourire chaleureux. Rien de bien inquiétant, en apparence.

Clay, qui avait ramassé papier et rubans, se dirigeait vers la salle de bains pour aller les jeter.

— A ta place, je m'en méfierais, lança-t-il par-dessus son épaule. L'an dernier, il a presque tué une femme dans une chambre d'hôtel de Salt Lake.

Meg écarquilla des yeux incrédules. Comment était-ce possible ? Jim lui avait semblé si calme, si gentil, avec ses manières décontractées de cow-boy !

— Que s'est-il passé ? demanda-t-elle.

— Je ne sais pas au juste, répondit Clay en revenant dans la pièce. Une dispute, je crois.

Il rejoignit Meg et se tint debout près d'elle, la toisant d'un regard sombre.

— Ce garçon peut se montrer très violent, parfois. On a l'habitude de ce genre de type, dans mon métier. Les nerveux rentrés. Occupe-toi de ses chevaux si tu veux, mais arrange-toi pour ne pas rester seule avec lui et lui parler le moins possible. Promis ?

Bouleversée, Meg ne put que hocher la tête.

— Lisa ? insista son cousin. Promets-moi de ne pas prendre de risque inutile. J'y tiens.

— D'accord, murmura-t-elle.

Et elle posa les yeux sur les chevaux qui paissaient tranquillement dans la prairie.

10.

Le matin suivant, Meg s'éveilla de bonne heure ; aussitôt, elle se souvint du hongre rouan qui l'attendait dans l'enclos de son voisin, et un élan de joie et d'impatience la traversa. En dépit des avertissements de Clay, elle brûlait de retourner dans l'écurie de Jim Leggatt.

Elle quitta son lit, emplie d'un sentiment de force comme elle n'en avait pas connu depuis l'accident. Elle enfila en hâte un jean délavé et un sweat-shirt, brossa ses cheveux courts et gagna le rez-de-chaussée. Lorsqu'elle atteignit le vestibule, elle s'arrêta un instant, les yeux levés vers le haut du grand escalier ; elle ne put s'empêcher de frissonner. Il était terrible d'imaginer la première femme de Victor dévalant les marches de chêne pour trouver la mort ici même, sur ces dalles de terre cuite.

Pauline Cantalini s'était-elle rendu compte de ce qui lui arrivait ? Durant sa chute, avait-elle eu le temps de comprendre qu'elle allait mourir ?

Probablement pas, pensa Meg en crispant les paupières pour tenter d'échapper à cette vision d'horreur. Si elle s'en référait à sa propre expérience, elle ne se rappelait rien des instants où sa voiture avait quitté la route et glissé le long de la pente, avant de s'encastrer dans ce pylône. En fait, elle ne se souvenait même pas d'avoir pris le volant, ce soir-là.

Malgré elle, avec un mélange de répulsion et de fascination, elle scruta le tapis qui s'étendait à ses pieds, cherchant une trace quelconque du drame qui s'était produit là, afin de mieux se convaincre de sa réalité. Mais tout était net, lisse, impeccable. Nulle souillure ne venait entacher cet univers paisible et luxueux, où une telle tragédie n'avait visiblement pas sa place.

D'ailleurs, comment aurait-il pu rester quelque témoignage de la mort de Pauline ? Aux dires de Victor et de Clay, qui le lui avaient répété à plusieurs reprises, Lisa avait complètement redécoré la maison après son mariage. Une maison qui reflétait sans aucun doute ses goûts à elle, Meg. Avait-elle vraiment choisi ces tissus, ces couleurs ? Elle n'en gardait pas le moindre souvenir.

Soudain, en plus de ce désarroi auquel elle finissait par s'accoutumer, Meg eut conscience d'une autre sensation, qu'elle n'avait plus éprouvée depuis des semaines : elle avait faim. Il fallait absolument qu'elle mange quelque chose avant d'aller s'occuper des enveloppements de Cochise.

Après une courte hésitation, elle emprunta le couloir qui menait vers le fond de la maison, se laissant guider par une délicieuse odeur de bacon et de café fraîchement passé. Arrivée devant une porte fermée, elle frappa et ouvrit ; elle découvrit ainsi une immense cuisine, étincelante, et très claire avec son décor de céramique blanche et de chêne blond. Meg se figea devant le seuil, confrontée à trois paires d'yeux sombres qui la fixaient avec stupeur.

Victor était attablé devant une grande assiette de bacon et d'œufs brouillés, près de Dommie, installé pour sa part sur une chaise haute. Une serviette jaune nouée autour du cou, le petit garçon ne semblait guère disposé à manger ses céréales. Quant à Filomena, en train d'empiler de la vaisselle dans l'un des éviers, elle s'était immobilisée, comme les deux autres, afin de dévisager en silence l'arrivante.

Ce fut le maître de maison qui recouvra le premier l'usage de la parole.

— Eh bien, eh bien ! lança-t-il avec une cordialité forcée. Regardez donc qui est là de bon matin ! Dis bonjour à Mme Cantalini, Dommie.

Le visage de l'enfant s'illumina. Aussitôt, il plongea une main derrière lui et tira l'une de ses marionnettes, qu'il brandit pour la montrer à Meg.

— Salut, Bert ! dit-elle en souriant. Bonjour, Dommie.

Puis elle s'assit à la table tandis que la gouvernante plaçait devant elle un napperon et une tasse de café.

— Merci, Filomena. Ne vous dérangez pas pour moi, je vais me faire griller quelques toasts. Si vous voulez bien me montrer où se trouve le pain de mie…

— Je vous prépare des œufs brouillés, répondit la domestique sans la regarder. Et il reste du bacon.

— Très bien.

Meg, qui avait commencé de se lever, se rassit.

— C'est très aimable à vous, mais je ne voudrais pas vous occasionner du travail supplémentaire.

Victor s'adossa tranquillement à sa chaise et caressa la tête brune de Dommie.

— Filomena est là pour ça, chérie. Mais elle n'a pas l'habitude de te voir au petit déjeuner, tu sais. A vrai dire, tu n'as jamais été très matinale.

Depuis son retour, Meg n'avait pas échangé plus de quelques phrases avec celui qui se considérait comme son mari. Il vivait de son côté dans la grande villa, et semblait répugner à venir la voir dans sa chambre, comme si elle se trouvait encore à l'hôpital. Aussi, durant de longues périodes, Meg oubliait-elle totalement qu'elle était « mariée » ; et ces rencontres inopinées avec Victor Cantalini lui causaient chaque fois un petit choc.

Elle observa à la dérobée cet homme qui n'était pour elle qu'un étranger. Comme toujours, elle le trouva séduisant et très bien habillé, même s'il continuait de lui paraître assez dur et plutôt réservé. En dépit de leur différence d'âge, et bien qu'elle n'eût aucun souvenir de leur relation, elle comprenait ce qui avait pu l'attirer en lui, quelque part dans les brumes de ce passé disparu.

Son mari arborait des qualités des plus masculines — son assurance, l'impression de force et de solidité qui se dégageait de son physique, cet air compétent qui rassurait et intimidait à la fois Meg. En même temps, il témoignait d'une vraie tendresse à l'égard du petit garçon assis près de lui. Sans doute s'était-il montré aussi tendre et protecteur avec elle, autrefois, avant de se trouver déstabilisé par l'étrange aventure dans laquelle elle l'avait entraîné...

Elle lui adressa un sourire timide.

— Je croyais que vous... que tu devais passer toute la semaine à Las Vegas, déclara-t-elle d'une voix un peu sourde.

Victor, qui était en train de faire manger Dommie, se tourna vers elle avec un air surpris.

— Pourquoi ? T'aurais-je manqué, Lisa ?

Meg esquiva la question, baissant les yeux sur l'assiette que Filomena venait de poser devant elle.

— Merci, Filomena. Ces œufs ont l'air délicieux.

La gouvernante avait déjà tourné le dos, très raide dans son uniforme gris. Victor se leva pour se servir une nouvelle tasse de café, puis se rassit.

— Je suis fatigué du tapage inutile qui entoure ces conventions, répondit-il en souriant à Meg. Et trop vieux pour apprécier les blagues un peu lourdes dont raffolent mes jeunes confrères.

Meg attaqua ses œufs avec appétit.

— Détester la vulgarité n'est pas une question d'âge, je pense, observa-t-elle.

Victor haussa un sourcil, mais ne fit pas de commentaire.

— Je vois que tu es devenue très amie avec Dommie, remarqua-t-il comme le petit garçon brandissait de nouveau sa poupée, les yeux brillants.

— Dommie et moi sommes tous les deux des fans de marionnettes, répondit Meg.

Quoique gênée par le regard glacial que lui jetait Filomena, elle ajouta :

— Je suis Bert, et lui Ernie.

Victor se pencha vers l'enfant.

— Alors, comme ça, tu es Ernie, toi. Peux-tu me montrer Bert ?

Dommie leva la marionnette aux cheveux noirs.

— D'accord, j'ai vu, acquiesça Victor en souriant. Maintenant, mange vite tes céréales.

Il se tourna vers la gouvernante.

— Etes-vous sûre que ce pauvre gosse n'en a pas trop, Filomena ? Ce bol est énorme.

— Si on le laisse tranquille, il mangera tout, rétorqua la domestique d'un ton sec.

Victor et Meg échangèrent un sourire complice. Et celle-ci, tout à coup, se sentit beaucoup plus proche de son mari.

— Finis vite, Dommie, murmura-t-elle. Nous jouerons aux marionnettes après, quand tu auras terminé ton bol.

Dommie prit un air boudeur, mais il obéit. Meg en finit avec le contenu de son assiette et poussa un soupir d'aise.

— C'était exquis, vraiment. J'aimerais bien que Filomena accepte de me révéler certains de ses secrets...

De nouveau, Victor parut stupéfait.

— Tu ne t'es jamais intéressée à la cuisine, Lisa !

— Peut-être, mais à présent je suis différente, lui répondit Meg d'un ton tranquille. Je suis une autre personne.

Son mari changea de position, contrarié par ce brusque rappel à la réalité. Un silence gêné tomba entre eux.

— Quel est ton programme aujourd'hui, ma chérie ? demanda-t-il au bout d'un moment. Te sens-tu assez forte pour rester debout, ce matin ?

— Je n'oserais pas l'affirmer. Je l'ai cru, hier, mais j'ai dû me remettre au lit avant le déjeuner.

— Tu as eu des coups de fil ou des visites, pendant mon absence ?

Meg jeta un coup d'œil à Filomena, qui se détourna, le visage impassible.

— Rien d'important, marmonna-t-elle, le regard baissé sur son assiette vide. Les journées me paraissent longues. Mais hier, toutefois, j'ai rencontré quelqu'un qui habite à côté, dans la grande maison blanche.

— Trudy ? demanda Victor.

Meg le regarda sans comprendre.

— La gouvernante de Jim, notre voisin, expliqua-t-il. Tu ne te souviens pas de Trudy ? Une petite bonne femme bien en chair, avec des cheveux gris. Elle est très sympathique... et un peu excentrique. Elle élève deux chèvres pour leur lait, dans le pré.

— Non, ce n'est pas elle que j'ai vue, précisa Meg en secouant la tête. C'était Jim Leggatt. De ma fenêtre, j'avais remarqué que l'un de ses chevaux boitait. Je suis descendue voir, hier matin, et Jim se trouvait là.

Victor hocha la tête et vida sa tasse, l'air songeur.

— Tu ne te souviens vraiment de rien, n'est-ce pas ? Les choses, les gens, les endroits... Tout a disparu.

— Pas tout, rectifia Meg. Je me rappelle très bien une foule d'autres choses.

— Oui... Ce qui concerne cette autre femme, à Las Vegas.

— Non. Des détails qui remontent à mon enfance.

Victor n'insista pas.

— Et Jim ? Est-ce que tu t'es mieux entendue avec lui ? Tu ne pouvais pas le sentir, autrefois.

— Je n'ai rien remarqué. Il m'a semblé plutôt sympathique. Mais je ne lui ai pas parlé très longtemps, il partait travailler ; il m'a juste montré où se trouvent l'onguent et les enveloppements.

— L'onguent ? Les enveloppements ? répéta Victor, incrédule.

Les joues de Meg s'enflammèrent.

— Je lui ai proposé de soigner son cheval à sa place le matin, pour lui rendre service. Je vais d'ailleurs y retourner dès que j'aurai fini de manger.

Cette fois, son mari en resta bouche bée. Il paraissait secoué.

— Bon sang, Lisa ! Tu n'as jamais touché un cheval de ta vie !

Meg inspira profondément et s'obligea à le regarder dans les yeux.

— Je ne suis pas Lisa. Je suis Meg.

D'un mouvement brusque, Victor repoussa sa chaise.

— Bon. Il est temps que j'y aille, déclara-t-il avec un enjouement factice. Tu seras sage, Dommie, hein ?

A l'intention de Filomena, il ajouta :

— Je rentrerai tard, ce soir. J'ai un dîner en ville.

La gouvernante acquiesça sans détourner la tête. Silencieuse, Meg regarda son mari prendre son porte-documents et se diriger vers la porte. Alors, elle posa sa tasse, se leva et le suivit dans le vestibule.

Victor était en train de sortir un sac de sport noir d'un placard. Il sursauta quand il se rendit compte qu'elle se trouvait derrière lui et l'observait.

— Une partie de squash à midi, expliqua-t-il en lui désignant le sac. Je joue avec deux ou trois vendeurs de la concession du centre-ville.

— Tu es bon ?

Pour répondre, il lui adressa un sourire carnassier.

— Pas trop mauvais, pour un vieillard.

Meg considéra ses épaules larges, son torse athlétique, son ventre plat.

— Et l'instinct du tueur, tu l'as ?

Victor se figea, les paupières plissées.

— Pardon ?

— L'instinct du tueur, répéta Meg. C'est essentiel au squash, non ? J'ai entendu dire que ce jeu était féroce.

Son mari se détendit et sourit.

— Bien sûr, que je l'ai ! Dis donc, chérie... je suis un vendeur de voitures, non ?

Meg lui rendit son sourire, puis hésita.

— Victor... A propos de notre voisin, Jim Leggatt, je voulais te demander...

Il fouillait dans ses poches d'un geste impatient. Au bout d'un moment, il jura à mi-voix et cria :

— Filomena ! Avez-vous vu mes clés de voiture ?

La gouvernante parut aussitôt. Elle se dirigea vers une console, ouvrit le tiroir et tendit le trousseau sans un mot. Puis elle tourna les talons et regagna la cuisine. Victor mit les clés dans la poche de sa veste en marmonnant.

— Jim Leggatt ? reprit-il. Qu'est-ce que tu veux savoir à son sujet ?

— Eh bien… je ne sais pas trop, au juste. Il me semble avoir entendu dire par quelqu'un que… qu'il fallait se méfier de lui. Qu'il avait un caractère violent…

Victor la dévisageait fixement.

— Je me demande bien qui a pu te dire une chose pareille. Ce n'est pas Filomena ? Ni Clara ? Tu ne parles à personne d'autre, n'est-ce pas ?

Au supplice, Meg secoua la tête.

— Ce… ce n'est pas grave, balbutia-t-elle. Je ne sais plus très bien. J'ai dû surprendre une conversation, un jour. Sans doute ai-je mal compris. En tout cas, il ne m'a pas semblé dangereux.

Victor s'avança vers elle et la prit brusquement dans ses bras, la faisant sursauter. A part les rares fois où il lui prenait le coude pour l'aider, ou bien les baisers polis qu'il lui arrivait de déposer sur sa joue, il ne la touchait jamais.

— Tous les hommes sont dangereux, mon cœur, chuchota-t-il au creux de son cou. Tu devrais le savoir…

Meg frémit, troublée par la fermeté de son corps et le parfum poivré de son eau de toilette. Elle s'écarta et leva les yeux vers lui.

— Je n'ai donc rien…

Victor se pencha de nouveau et l'embrassa sur la bouche, puis il la serra farouchement contre lui.

— Dieu, que tu es belle, Lisa ! murmura-t-il. Davantage qu'avant. Si tu veux mon avis, tu es encore plus séduisante sans maquillage. Peu de femmes peuvent se vanter d'une telle chose.

Meg tremblait. Elle rassemblait toute sa volonté pour ne pas le repousser et hurler. Après tout, il avait le droit de la serrer dans ses bras. C'était son mari, pas un étranger qui cherchait à abuser d'elle ! Si seulement elle pouvait *se souvenir...*

— Tous les hommes sont dangereux, chérie, répéta Victor en s'écartant pour la contempler. Si ton instinct te met en garde contre Jim Leggatt, écoute-le. Je te le répète, tu ne l'aimais pas du tout. Peut-être avais-tu une bonne raison pour cela, qui sait ?

— Mais est-ce qu'il a...

Un léger bruit en provenance de la cuisine les fit se retourner. Dommie arrivait en courant, poursuivi par sa mère qui ne semblait pas avoir envie de s'amuser. Victor attrapa l'enfant, l'embrassa sur la joue et le souleva dans les airs. Dommie poussa des glapissements ravis tandis que Filomena, très droite, les mains crispées sur son tablier blanc, observait la scène sans un mot.

— Cette fois, j'y vais ! déclara Victor. Au revoir, tout le monde.

Il décocha un sourire complice à Meg.

— C'est bon, tu sais... Oui, ça me plaît beaucoup de partir travailler accompagné jusqu'à la porte par ma femme et un petit enfant...

Là-dessus, il tourna les talons et s'engagea à grands pas dans l'allée.

Meg ferma la lourde porte. Filomena se tenait au bas de l'escalier de chêne, immobile. Peut-être se trouvait-elle au même endroit, le jour où Pauline s'était tuée...

Réprimant un frisson, Meg caressa les cheveux soyeux de Dommie, qui lui tendait sa marionnette.

— Plus tard, chéri.

Elle leva les yeux vers sa mère.

— Est-ce que Dommie aimerait voir les chevaux ? demanda-t-elle.

— Non, répondit Filomena.

Alors qu'elle regagnait la cuisine, Meg la suivit ; elle était bien décidée à briser la glace.

— La petite jument est très douce, insista-t-elle. Quand j'aurai terminé les enveloppements chauds et les soins, je pourrais venir vous chercher. Je suis sûre que Dommie adorerait s'asseoir sur le dos d'Ambre. Je la ferai tourner autour de l'enclos avec le licou et, si vous le voulez, vous pourrez le tenir.

— Oui, maman ! s'écria le petit garçon en trépignant de joie. Dommie monter ceval ! Monter ceval !

Meg était aussi stupéfaite que ravie par cette exubérance inhabituelle chez lui. D'ordinaire, l'enfant se montrait aussi grave et silencieux que sa mère ; jamais il n'exprimait le moindre enthousiasme.

Filomena l'observait aussi. Elle lança à Meg une œillade pleine de rancœur.

— Qu'est-ce que vous cherchez à faire ? demanda-t-elle d'une voix sourde.

Face à la haine évidente que lui vouait cette femme, Meg pâlit.

— Je… je pensais simplement que monter sur un cheval lui ferait peut-être plaisir, balbutia-t-elle. Mais si vous…

— Maman, maman ! lança le petit garçon, qui avait saisi l'enjeu de la conversation. Dommie monter ceval !

Filomena leva les mains au ciel et pénétra d'un pas furieux dans la cuisine. Meg s'arrêta devant le seuil.

— Alors, Filomena ?

— D'accord, grommela la domestique, l'air sombre. Mais je viendrai, c'est sûr. Pas question que je vous laisse l'emmener là-bas tout seul.

— Naturellement, répondit Meg. Je vous l'ai dit, vous pourrez même le tenir en selle.

Dommie se rua sur elle et lui enlaça une jambe, poussant des cris de joie et sautant comme un cabri. Meg le détacha gentiment, l'embrassa et retourna dans l'entrée. Après avoir pris son blouson dans la penderie, elle sortit dans le frais matin d'automne et se dirigea d'un pas allègre vers l'écurie.

Manifestement, Jim Leggatt avait prévu sa visite : tout ce dont Meg avait besoin l'attendait, propre et disposé en bon ordre. Quant aux chevaux, ils l'accueillirent avec un enthousiasme presque égal à celui de Dommie.

Tandis qu'elle s'activait dans l'atmosphère chaude et parfumée de l'écurie, environnée de poussière dorée, elle songea avec un étonnement mêlé d'admiration aux mystères de l'esprit humain. A en croire sa thérapeute et les gens qui l'entouraient, elle n'avait jamais fait ce genre de chose. Pourtant, ces gestes avaient pour elle un caractère familier qui la comblait.

Ses mains reconnaissaient le contact, la densité d'un corps de cheval. Lorsqu'elle se penchait pour attraper un pied et le soulever, elle savait d'instinct puiser dans son dos les réserves de forces nécessaires. Quant à ces odeurs puissantes et douces à la fois, celle du foin, celle du pelage qu'elle brossait, ses narines les retrouvaient avec joie. Non. Il était impossible qu'elle n'ait jamais approché un cheval auparavant.

Peut-être s'était-elle occupée de chevaux pendant l'une de ces « absences » auxquelles le Dr Wassermann avait fait allusion plusieurs fois. La psychiatre l'avait interrogée avec insistance à ce sujet. Mais comme Meg ne se rappelait nullement Lisa, ni la vie qu'elle avait menée sous ce nom, elle était incapable de savoir si elle avait souffert de ce genre de « parenthèses », tellement révélatrices aux dires de son médecin.

— Pourquoi révélatrices ? lui avait-elle demandé.

— Parce que, si nous pouvions avoir la preuve de leur existence, cela signifierait qu'à différentes reprises par le passé il vous était déjà arrivé de prendre le dessus sur Lisa. Il est fort possible que Meg, avant l'accident, ait existé durant des périodes assez longues et que Lisa n'en ait jamais eu conscience — puisqu'elle refusait d'admettre votre présence en elle. En fait, nous rejoindrions alors un cas plus classique de dissociation de la personnalité.

— Ainsi, pendant que Lisa aurait été en quarantaine quelque part, j'aurais purement et simplement pris sa place ? J'aurais été Meg, m'occupant de chevaux et faisant toutes ces choses qui me plaisent aujourd'hui ?

— Peut-être. Toutefois, cette théorie pose un problème, vous ne pensez pas ?

Meg avait réfléchi un moment.

— Oui… On s'en serait rendu compte autour de moi. Si Lisa, soudain, s'était mise à se comporter d'une façon aussi différente, Victor et les autres l'auraient vu !

— Sauf…, avait suggéré la psychiatre.

Comme un professeur l'aurait fait avec un élève brillant, elle avait attendu la suite du raisonnement.

— Sauf si cela s'était passé pendant ces séjours à Las Vegas, avait enchaîné Meg. C'est ce que vous pensez, n'est-ce pas ? Lisa s'y rendait très souvent, surtout au cours des six derniers mois. Elle y restait assez longtemps, parfois, et personne ne savait ce qu'elle y faisait. Pas même Victor.

— Pas même Victor, avait répété Clara.

Revenant au présent, Meg tordit la bande de toile plongée dans l'eau brûlante et secoua la tête, agacée par le souvenir de cette séance. La possibilité évoquée par la psychiatre la troublait profondément.

Elle détestait cette distorsion qui brouillait son passé et rendait tout si confus. Il était déjà assez ennuyeux pour elle de ne pouvoir se souvenir des événements récents. Mais supposer qu'elle avait pu être deux personnes distinctes durant plusieurs années, et tiraillée à son insu dans des directions aussi différentes, était beaucoup plus angoissant encore.

Elle porta le seau fumant dans la stalle de Cochise et s'agenouilla près du hongre. Quand elle eut longuement ramolli la chair tendue par l'enflure, elle prit le flacon d'onguent et commença ses massages, murmurant des paroles apaisantes à l'animal qui s'agitait avec nervosité entre les planches du box.

Peut-être devrait-elle demander à Victor de mettre un terme à cette thérapie, après tout. Autour d'elle, chacun semblait avoir sa propre théorie sur ce qui lui était arrivé, et elle-même se sentait bloquée par ses propres convictions, qu'elle jugeait plus prudent de garder pour elle. Où cela la conduirait-il ?

En vérité, elle ne savait plus où elle en était. Les séances avec le Dr Wassermann ne lui apportaient aucune lumière sur son passé récent — le seul qui, à son avis, recelait la clé de cette horrible énigme.

En même temps, elle vivait dans une peur constante, redoutant chaque fois un peu plus ce qu'elle risquait d'apprendre. Et surtout, elle était terrifiée à l'idée que Lisa pût à tout moment décider de réapparaître, la privant ainsi de sa propre existence.

Soudain, une ombre noire se dessina sur le sol, devant elle. Meg poussa un petit cri et se retourna, affolée, le cœur battant à coups sourds dans sa poitrine.

11.

Filomena se tenait dans l'entrée de la stalle, un vieux manteau vert enfilé sur son uniforme. Son fils, dans ses bras, portait une veste rouge et un bonnet assorti. Les yeux écarquillés, il fixait le hongre d'un air stupéfait.

— Ceval ! cria-t-il en se tortillant comme un ver. Descendre, maman ! Descendre.

Meg se redressa, brossa les genoux de son jean et alla prendre l'enfant.

— Il s'appelle Cochise, lui dit-elle. Répète : Cochise.

Dommie trébucha sur les syllabes, donnant ainsi l'impression d'éternuer. Meg se mit à rire et l'embrassa sur la joue tandis que Filomena, les bras croisés sur sa poitrine, les observait d'un air sévère.

— C'est presque ça, dit Meg, sans cesser de sourire. Tu vois, Cochise a mal à la jambe, là. Je lui mets des pansements.

Prudemment, elle posa Dommie près du grand hongre et le tint par la main pendant qu'il se penchait pour examiner la blessure ; son regard sombre était plus sérieux que jamais.

— Ceval a bobo pied ?

Meg fit signe que oui.

— Il s'est cogné très fort, mais ça commence à aller mieux. Attends : je vais te soulever. Ainsi, tu pourras le toucher.

Elle hissa le petit garçon à hauteur de la tête du hongre, lui montrant comment caresser le front large et gratter la base des oreilles veloutées qui s'agitaient en tout sens. Quand Cochise hennit doucement et donna un petit coup de tête contre la main de l'enfant, celui-ci bondit de joie dans les bras de Meg, riant avec bonheur.

— Aime Dommie ! lança-t-il à sa mère. Le ceval, il aime Dommie !

Sans un mot, Filomena se contenta de hocher la tête.

Meg reposa l'enfant près de sa mère et attrapa une longe de cuir accrochée au mur.

— Je vais chercher Ambre, annonça-t-elle. C'est la petite jument qui est dehors ; elle est très gentille. Tu veux toujours monter dessus, Dommie ?

Le petit garçon était trop excité pour répondre, mais il tira la main de Filomena jusqu'à ce que cette dernière, de mauvais gré, le suive au-dehors. Dans l'enclos, Meg passa la longe au cou de la jument ; puis elle lui murmura quelques mots, tout en lui caressant les naseaux, avant de la ramener vers l'écurie.

— Tu es prêt ? demanda-t-elle à Dommie qui dansait d'un pied sur l'autre, impatient.

Filomena le retint. Elle contemplait le cheval d'un air inquiet.

— Ça ne craint rien ? demanda-t-elle.

— Absolument rien ! affirma Meg. Venez, Filomena. Je vais asseoir Dommie sur le dos d'Ambre, et vous pourrez marcher près de lui pendant que je tiendrai la longe.

La domestique s'approcha. Meg installa sur le large dos lustré le petit garçon, qui se cramponna à la crinière et inspira à fond.

— Il ne faut pas donner de coups de pied, trésor, lui précisa-t-elle. Sinon, Ambre croirait que tu veux qu'elle aille plus vite.

Filomena empoigna le petit pied chaussé de rouge qui se trouvait de son côté et plaça une main sur les reins de son fils. Meg, lentement, guida la jument vers l'enclos. Puis elle lui fit faire demi-tour et la ramena jusqu'à l'écurie. Les joues rouges de plaisir, Dommie riait aux éclats. Tout à coup, une sorte de flash traversa l'esprit de Meg — un souvenir si vif qu'elle dut s'arrêter un instant, les yeux perdus dans le ciel d'automne.

« J'ai déjà vécu cette scène, se dit-elle. Il n'y a pas très longtemps. J'ai mené un cheval semblable à celui-ci, avec un petit garçon assis dessus et sa mère marchant à côté. C'était à l'automne, comme aujourd'hui, mais dans un autre endroit... »

Sortant de sa torpeur, troublée, elle se remit à marcher. Au bout d'un moment, alors qu'ils décrivaient un cercle pour regagner l'enclos, elle s'adressa à Dommie.

— Bon, la promenade a été assez longue, tu ne crois pas ?

Le petit garçon allait protester, quand une voix enjouée les fit tous sursauter et se tourner vers l'entrée de la grange.

— Domingo Xavier Morales ! Je n'en crois pas mes yeux ! Comment es-tu monté sur ce grand cheval ?

La nouvelle venue était une petite femme bien en chair. Les poings sur ses hanches rondes, elle arborait un large sourire. Meg fut conquise sur-le-champ. Avec son sympathique embonpoint, son visage ouvert et ses yeux brillants, l'inconnue lui rappelait sa mère adoptive, mis à part ses cheveux gris, empilés n'importe comment au sommet de sa tête, et qui différaient des boucles rousses de Glory.

Auprès d'elle, une petite chèvre noire tachetée de blanc ruait et tentait de lui échapper. Dommie s'adressa à l'animal comme il l'aurait fait avec un autre enfant :

— Rega'de, Crystal ! cria-t-il. Dommie, il est sur le ceval !

La femme donna un coup sec sur la bride de la chèvre.

— Tiens-toi tranquille, Crystal. Tu ne vois pas que nous avons de la compagnie ?

Meg souleva le petit garçon et le posa doucement près de la chèvre, qui se calma aussitôt pour le dévisager avec curiosité. Sa maîtresse, elle, se tourna vers Meg.

— Bonjour, Lisa, dit-elle. Vous vous êtes prise d'amitié pour les chevaux de Jim, à ce qu'il paraît.

— Etes-vous… Trudy ? demanda Meg.

Son interlocutrice lui décocha un coup d'œil acéré.

— C'est bien moi, Trudy Westerby. Alors, comment vous sentez-vous ?

— Bien, merci. Mes forces reviennent un peu plus chaque jour.

— Voilà une bonne nouvelle, surtout si vous devez jouer les vétérinaires pour Jim. Où avez-vous appris à soigner les chevaux de la sorte ?

— Je ne sais pas, murmura Meg.

Filomena et Trudy échangèrent un regard, après quoi celle-ci sourit avec un entrain forcé.

— Dites-moi, est-ce que vous vous y connaîtriez aussi en chèvres, par hasard ? Depuis quelques jours, celle-ci ne tient pas en place ; elle me rend folle.

Meg s'agenouilla près de la petite bête et passa la main sur son pelage soyeux. De nouveau, des bribes de souvenirs l'assaillirent. Glory avait acheté une chèvre pour son lait, elle aussi, mais Hank s'était vite plaint des dégâts causés par l'animal. Comment s'appelait cette chèvre, déjà ? Impossible de retrouver son nom... Tout cela semblait lointain, presque irréel. La scène entrevue un instant lui échappait, s'évanouissait comme un rêve.

Pendant ce temps, Crystal s'agitait sous ses caresses, bêlant de plaisir et quêtant le contact de sa main. Meg leva les yeux vers Trudy.

— Ne serait-elle pas en chaleur, tout simplement ?

Trudy fronça les sourcils.

— Ce n'est pourtant pas le moment ! Attendez, que je réfléchisse...

Tandis que son visage rond se plissait sous l'effet de la concentration, Meg se redressa pour débarrasser la jument de sa longe et la renvoyer dans l'enclos.

— Vous savez ce que cette petite sotte a encore fait ? reprit Trudy en s'adressant aux deux autres. Elle a attrapé le jean préféré de Jim qui séchait sur la corde, hier, et elle l'a mangé. Je ne vous dis pas dans quelle fureur ça l'a mis !

— Tu es une vilaine fille, Crystal ! lança Meg à la chèvre.

Celle-ci lui répondit par un coup d'œil intrépide, avant de bondir avec agilité sur le côté.

— Avez-vous le temps de venir prendre un café, tous les trois ? demanda alors la gouvernante de Jim Leggatt.

Filomena jeta un bref coup d'œil à Meg et secoua la tête.

— Pas aujourd'hui.

Une fois de plus, Meg mesura à quel point la domestique la détestait. Elle en était d'autant plus frappée aujourd'hui, après avoir vu Filomena et son fils en compagnie de Trudy. Visiblement, ces trois-là étaient en bons termes. Jamais, auparavant, elle n'aurait pensé qu'il arrivait à la sévère Mexicaine de se détendre devant une tasse de café et de papoter comme n'importe quelle autre femme. Que pouvait-elle en conclure, sinon que la domestique réservait sa hargne aux gens qui vivaient sous le même toit qu'elle ?

— Allez ! insista Trudy. J'ai fait cuire une fournée entière de petits pains à la cannelle. Tu en voudrais bien un, hein, Dommie ? Dis à ta maman de venir. Vous êtes invitée aussi, Lisa, si vous ne vous sentez pas trop fatiguée. Filomena m'a dit que vous n'étiez pas encore très solide sur vos jambes.

— Je suis sortie hier pour la première fois depuis une éternité, répondit Meg. Et je crois que j'en ai un peu trop fait. Quand je suis rentrée, j'ai été obligée de me recoucher.

— Pour quelqu'un qui est resté longtemps alité, c'est normal. Etes-vous en meilleure forme, aujourd'hui ?

— Bien meilleure.

— Parfait. Dans ce cas, venez prendre une tasse de café et grignoter un morceau. Filomena, ne faites pas d'histoires et amenez cet enfant avec vous. Il n'y a aucune raison que vous alliez manger seuls dans cette grande maison quand j'ai tout ce qu'il faut chez moi.

Dommie tira sur la main de sa mère, qui le suivit à contrecœur.

— Je dois finir de soigner Cochise et le remettre dehors, indiqua Meg. Je vous rejoins dans un instant.

— Ne traînez pas ! rétorqua Trudy du même ton autoritaire qu'elle employait avec sa chèvre. Mes petits pains refroidissent.

— J'arrive tout de suite, assura Meg.

Cette générosité lui rappelait celle de Glory et l'emplissait d'une agréable chaleur. Pour la première fois depuis des semaines, elle éprouva même une bouffée d'optimisme, qui ressemblait à s'y méprendre à du bonheur.

Quand elle eut achevé son massage et installé le couple de chevaux dans le pré, elle se dirigea vers la grande maison blanche. Après quelques secondes d'hésitation, elle gravit les marches qui menaient à la véranda. Une conversation joyeuse lui parvint d'une porte grillagée, sur le côté. Elle s'en approcha et frappa.

Ce fut Dommie qui lui ouvrit, révélant une cuisine peuplée d'arômes semblables à ceux qu'elle avait connus dans son enfance. Meg s'arrêta un instant devant le seuil pour humer avec délice ces odeurs familières. Puis elle découvrit Jim Leggatt en train de rire de bon cœur, attablé à côté de Filomena. Elle en éprouva un choc.

Non seulement elle ne s'attendait pas à le voir là, mais elle remarqua pour la première fois à quel point il était séduisant. Elle ne l'avait jamais vu tête nue. Sous la lumière de la lampe, ses cheveux blonds, lisses et brillants, avaient l'éclat du blé mur. Ses yeux étaient d'un bleu presque aussi foncé que les siens, et lorsqu'il riait deux profonds sillons creusaient ses joues hâlées. Il émanait de lui une telle chaleur, une telle bonne humeur que Filomena elle-même paraissait plus détendue en sa présence.

— Salut, Lisa ! lança-t-il d'un ton enjoué.

— Bonjour, murmura Meg, prise d'un soudain accès de timidité.

Jim leva sa tasse en guise de bienvenue.

— J'avais cru comprendre qu'il y aurait peut-être des petits pains à la cannelle, à midi, alors j'ai décidé de venir déjeuner à la maison. Comment se porte mon cheval ?

— Mieux qu'hier. L'enflure a déjà beaucoup diminué.

— Grâce à vous. Je vous en remercie, Lisa, déclara Jim avec naturel.

Meg sentit que ses joues s'embrasaient.

— Crystal a encore fait une bêtise ! intervint Dommie de sa petite voix rauque. Elle a mangé une tarte, et maintenant elle a mal au ventre !

— Je n'aurais jamais cru que quelque chose puisse rendre cette chèvre malade, commenta Trudy, tout en faisant signe à Meg de s'asseoir. C'est bien fait pour elle. Le seul problème, c'est qu'avec ses crampes d'estomac elle ne va pas me donner une goutte de lait pendant deux ou trois jours !

Meg s'installa en face de Jim, consciente qu'il l'étudiait d'un air pensif, intrigué. Elle se crispa légèrement en se remémorant la mise en garde de Clay, même si elle avait du mal à y croire. Pouvait-il vraiment se montrer violent, ce grand garçon décontracté qui s'amusait de si bon cœur dans cette pièce chaleureuse, entouré de trois femmes et d'un petit garçon ?

Comment le savoir ? Tant de gens dissimulaient aux autres de sombres secrets, ainsi que certaines facettes insoupçonnées de leur personnalité… Personne n'était mieux placé qu'elle pour le savoir !

Jim travailla tard dans son bureau, ce soir-là. Il devait étudier un tas de notes et de factures relatives au nouveau contrat qu'il venait de décrocher. Au bout d'un moment, il repoussa ses papiers et s'adossa à son fauteuil, un verre empli de whisky et de glaçons à la main ; son regard se porta au-delà de la fenêtre, vers la prairie argentée par la lune, vers la silhouette sombre de ses chevaux qui se découpait le long de la clôture.

Puis il se pencha pour attraper un dossier posé sur une pile de livres, près de l'ordinateur, en déchiffra l'index et chercha la page qui l'intéressait. Très vite, il s'absorba dans sa lecture. Quand il eut terminé, il demeura quelques minutes immobile, plongé dans ses pensées ; après quoi, il se leva et traversa la maison pour se rendre dans la cuisine, l'ouvrage sous le bras.

Trudy était en train de faire du beurre avec le lait de ses chèvres. Attablée devant sa petite baratte métallique, elle tournait la manivelle d'un geste régulier, tout en suivant un jeu à la télévision.

— Les Andes ! cria-t-elle.

— Je vous trouve bien affirmative, observa Jim en s'installant en face d'elle. Les candidats ne doivent-ils pas formuler leur réponse sous forme de question, comme s'ils craignaient de se tromper ?

Trudy haussa les épaules.

— Peuh ! Pour quoi faire, quand on sait ? Salvador Dali ! ajouta-t-elle avec assurance.

— Bravo ! Vous n'êtes pas qu'une poupée sans cervelle, Trudy. J'espère que votre petit ami vous apprécie à votre juste valeur...

— Evidemment ! répondit sa gouvernante d'un ton placide.

Elle souleva le couvercle de la baratte afin d'en examiner le contenu.

— Ça commence à prendre. Il n'y en a plus pour longtemps.

Jetant un coup d'œil à l'ouvrage que Jim avait apporté, elle haussa un sourcil interrogateur.

— Je suis passé à la bibliothèque, cet après-midi, lui expliqua-t-il, et j'ai pris un peu de documentation sur les troubles psychiques.

Trudy s'était remise à tourner la manivelle avec vigueur.

— Est-ce que vous songeriez à changer de métier ?

— Pourquoi pas ? murmura Jim avec le sourire. Je pourrais faire un bon psy, non ? Il suffirait que je me mette à fumer la pipe, que j'achète quelques-unes de ces vestes en tweed destructurées, avec des pièces de cuir aux coudes…

A son tour, Trudy se mit à sourire.

— C'est drôle, mais je ne vous y vois pas vraiment.

Elle se leva pour aller prendre un récipient en plastique dans un placard, et commença de le remplir de grosses cuillerées de beurre jaune.

— Vous pensez à Lisa ? demanda-t-elle.

Jim la regardait aplanir le beurre, puis le sculpter en une belle motte luisante. Il lui répondit par une autre question :

— Vous ne trouvez pas cette histoire très bizarre, vous ?

— Et comment ! On ne dirait plus la même personne. Il paraît même qu'elle s'est donné un autre nom.

— Dans ce cas, pourquoi les gens qui l'entourent se comportent-ils comme s'ils acceptaient purement et simplement cette situation ?

— Que voulez-vous dire ?

— Eh bien… personne ne semble étonné ou troublé par cette métamorphose. Apparemment, tout le monde admet qu'elle ait pu être il y a encore un mois une créature frivole et égoïste, capable de frapper un gamin, qui passait son temps à rouler par monts et par vaux au volant d'une voiture de collection… et qu'elle nous revienne aujourd'hui, transformée en une jeune femme naturelle, toujours vêtue d'un jean et pull-over, qui joue avec son ancienne victime et affectionne les chevaux. Si j'étais son mari…

Trudy leva les yeux de sa motte de beurre.

— Eh bien ? Que feriez-vous, si vous étiez Victor ?

— Je ne sais pas, mais…

— Allez, dites-moi. Vous l'enfermeriez dans sa chambre ? Vous la placeriez dans une institution spécialisée ?

Embarrassé, Jim changea de position.

— Non, il ne s'agit pas de ça. Simplement, il me semble… que je m'intéresserais davantage à elle, voilà. Et que j'essaierais de trouver des explications.

— L'explication, tout le monde la connaît. Elle a plusieurs personnalités. Et on ne peut pas dire que Victor l'abandonne : il l'a confiée à une psychiatre qui la suit régulièrement et le tient au courant de ce qui se passe.

— Votre calme me sidère, Trudy. Le cas de Lisa est rarissime, vous savez !

Sans se démonter, sa gouvernante intégra quelques cuillerées de sel au beurre frais, qu'elle entreprit ensuite de diviser en plusieurs blocs. Jim suivait les mouvements lestes de ses mains, impressionné comme toujours par la multiplicité de ses talents.

— Rare, rare… pas tant que ça, grommela-t-elle. Pourquoi voulez-vous qu'on tombe des nues, alors que ce genre de choses se voit tous les jours à la télévision ? La dissociation de personnalité est même utilisée comme argument de défense dans des procès pour meurtre, maintenant.

— Vraiment ?

— Bien sûr ! La semaine dernière encore, dans un talk-show, une femme prétendait que c'était l'une de ses autres personnalités qui avait tué sa victime, alors qu'elle-même s'était momentanément éclipsée. Les jurés l'ont acquittée.

Peu convaincu, Jim la regarda aligner les briques jaune pâle sur une feuille de papier paraffiné, puis commencer de les envelopper.

— La télévision est avide de sensationnel, c'est connu, observa-t-il. Pour autant, cela ne m'empêche pas de continuer à trouver cette histoire étrange. D'une certaine façon, je n'arrive pas à y croire.

— Qu'est-ce que vous n'arrivez pas à croire ?

— Je ne sais pas.

Jim se leva, arpenta la cuisine d'un pas nerveux et revint se poster devant la fenêtre, le regard fixe.

— Pensez-vous que Lisa joue la comédie ? insista Trudy. Qu'elle a monté cette affaire de toutes pièces ?

— Je n'en serais pas surpris. Lisa Cantalini est assez machiavélique pour cela.

La gouvernante porta les pelotes de beurre jusqu'au réfrigérateur.

— Moi j'ai du mal à trancher, avoua-t-elle. Lisa est si… excentrique que ce genre de maladie lui ressemblerait tout à fait. Mais Filomena n'est pas de cet avis : elle est persuadée qu'il s'agit d'une supercherie. Elle n'y croit pas du tout.

Intéressé, Jim se tourna vers elle.

— Quel serait son mobile ? A quoi cela lui servirait-il de se transformer brusquement en une fille saine et naturelle, aimant les enfants et les chevaux ?

— D'après Filomena, ce serait un moyen pour elle de rentrer dans les bonnes grâces de Victor. A ce que j'ai cru comprendre, leur couple battait sérieusement de l'aile, avant l'accident. Mais à présent, en la voyant si différente, il paraît qu'il redevient beaucoup plus gentil avec elle.

Jim réfléchit à cette hypothèse, les yeux fixés sur la prairie baignée de lune.

— Vous voulez un verre de petit-lait tout frais ? lui proposa Trudy.

— Non, merci. J'ai un verre de whisky entamé dans mon bureau. C'était grave ? ajouta-t-il. Cette crise entre Lisa et Victor...

— Je n'en sais trop rien. Filomena en dit le moins possible sur ce qui se passe là-bas. Ce qui est sûr, c'est qu'elle hait à sa maîtresse.

— Elle vous en confie déjà beaucoup, je trouve. Pour quelqu'un qui n'ouvre pratiquement jamais la bouche...

— Oh ! je crois qu'elle aimerait se confier davantage, en fait. Mais elle a toujours l'air... je ne sais pas.

— L'air de quoi ? insista Jim.

— Eh bien... on dirait qu'elle a peur. Mais j'ignore de quoi ou de qui. Peut-être est-ce simplement de Lisa, ajouta Trudy, pensive. Telle qu'elle était, il ne devait pas être drôle tous les jours de travailler pour elle, croyez-moi.

Jim prit le dossier médical et le feuilleta, à la recherche d'une page précise.

— Le SPM, syndrome de la personnalité multiple, est toujours provoqué par un grave traumatisme infantile, lut-il à voix haute. La personnalité se fragmente, afin qu'un ou plusieurs individus « seconds » puissent venir en aide à la personnalité première quand celle-ci se trouve confrontée à un conflit trop dur à supporter. Les malades dotés d'une personnalité multiple possèdent souvent des dons artistiques et un Q.I. supérieur à la moyenne. Au départ, la personnalité hôtesse ne semble pas avoir conscience de l'existence de ce ou de ces doubles ; ceux-ci, en revanche, connaissent généralement fort bien la personne qui les abrite ainsi que ses activités. Il arrive que ces différentes personnalités puissent paraître complètement distinctes les unes des autres au premier abord, et qu'elles présentent des goûts, un passé et des souvenirs extrêmement divergents.

— Des *souvenirs* différents ? répéta Trudy, ahurie. C'est une blague, ou quoi ?

— Pas du tout. L'un de ces documents décrit le cas d'une jeune fille qui était danseuse dans un ballet à New York. Elle avait grandi en Pennsylvanie, n'avait jamais pensé qu'à la danse et avait arrêté ses études au niveau du lycée. Or, elle possédait six doubles. L'un d'eux était une Anglaise qui s'exprimait avec l'accent de la haute société britannique, se souvenait parfaitement de son enfance à Londres et prétendait avoir fait ses études à Oxford.

— C'est impossible, voyons !

— Pourtant, le cas a été authentifié par toute une brochette de psychiatres.

Trudy fronça les sourcils d'un air sceptique.

— Où est-elle allée la pêcher, son éducation anglaise ? Vous n'allez quand même pas me faire croire que l'une de ses personnalités a passé plusieurs années en Angleterre sans que l'autre n'en sache rien !

— Apparemment, elle s'est forgé ce double en puisant dans des ouvrages de bibliothèque, pendant que sa personnalité première, la danseuse, était victime de « trous noirs » de longue durée. Ce sont ces trous noirs qui l'ont d'ailleurs amenée à consulter.

Jim reposa le dossier et alla se servir un verre d'eau glacée.

— Mais il y a autre chose…, reprit-il, les yeux fixés sur son verre.

— Quoi donc ? demanda Trudy.

Il posa sur elle un regard troublé.

— Il vous est déjà arrivé de vous souvenir vaguement de quelque chose et de ne pas réussir à mettre le doigt dessus, je suppose ?

— Pour ça oui ! Et je ne connais rien de plus agaçant.

— Eh bien… la première fois que j'ai aperçu Lisa avec mes chevaux, j'ai eu cette impression. J'aurais pu jurer que je l'avais déjà vue. Mais j'ai beau chercher, je ne parviens pas à savoir où ni quand.

Trudy haussa les épaules.

— Bien sûr, que vous l'avez déjà vue ! Elle vit ici depuis plus de deux ans !

— C'était ailleurs, affirma Jim en secouant la tête. J'en suis sûr. Il y a assez longtemps, et elle était avec des chevaux.

Cette fois, Trudy écarquilla les yeux.

— Lisa Cantalini, avec des chevaux ? C'était avant qu'elle se marie avec Victor, alors ?

— Je suppose... Bonté divine, si seulement cela pouvait me revenir !

— C'est sûrement une de ces impressions de déjà-vu, affirma Trudy. Ils en ont parlé dans *Les mystères de la mémoire*, l'autre jour. Tout à coup, on a l'impression de s'être déjà trouvé dans une situation identique ; en fait, il s'agit d'une sorte d'illusion.

Jim rinça son verre et le posa dans l'évier.

— Je crois que vous regardez trop la télévision, Trudy, dit-il en allant récupérer son dossier. Vous devriez vous calmer un peu.

La gouvernante s'installait justement dans son fauteuil à bascule capitonné, la télécommande en main.

— Laissez-moi tranquille, marmonna-t-elle. C'est l'heure de mon émission préférée.

Jim quitta la cuisine en souriant. Dans le vestibule, il s'arrêta pour ouvrir la porte et respirer un moment l'air du soir. Il inhala profondément. La nuit d'automne fleurait bon le feu de bois et la terre humide. Puis son regard se porta vers la maison voisine, dont quelques fenêtres étaient éclairées ; il songea à Lisa Cantalini, si belle avec son visage d'ange, ses yeux en amande et sa peau laiteuse.

Il la revit dans l'enclos, tenant à deux mains le sabot de Cochise, avec aux lèvres ce petit sourire timide, gentil, qui contrastait tellement avec sa dure sophistication d'autrefois.

Alors, avec une certitude aveuglante, il sut où il avait déjà vu la jeune femme.

12.

Victor consulta sa montre, puis il s'éclaircit la gorge et se pencha vers Meg, séparée de lui par la longueur de la table à laquelle ils étaient en train de dîner.

— Presque 20 heures, déclara-t-il. Je vais aller dire bonsoir à Dommie avant que nous passions au dessert, d'accord ?

Meg acquiesça d'un signe de tête et l'observa tandis qu'il quittait la pièce de ses longues foulées souples. Il portait la veste et le pantalon bien coupés qu'elle lui avait vus le matin. Une fois de plus, elle admira sa carrure athlétique et son élégance très masculine.

Filomena, debout près du buffet, disposait sur des assiettes des parts de tarte aux fraises qu'elle recouvrait de crème fouettée. Elle jeta un bref coup d'œil à sa maîtresse, puis s'empressa de détourner le regard.

— Victor adore cet enfant, n'est-ce pas ? demanda Meg.

La domestique se contenta de hocher le menton, les paupières baissées.

— Voulez-vous un peu plus de crème, madame ?

— Non, c'est suffisant. Merci, Filomena.

Meg but en silence quelques gorgées de café ; elle fut soulagée quand son mari revint s'asseoir en bout de table.

La lumière du chandelier, qui se reflétait sur ses cheveux argentés, adoucissait ses traits autoritaires. Un instant, Meg se demanda à quoi avait ressemblé sa jeunesse. S'était-il battu avec des camarades ? Avait-il eu le nez cassé, à un moment ou à un autre ?

A son tour, Victor remercia Filomena. Sans un mot, celle-ci posa le plat de crème sur la table et disparut.

Restée seule avec Victor, Meg picora dans son assiette, embarrassée. Elle avait revêtu ce soir-là une tunique de jersey bleu pâle, très souple, avec un col boule et une longue jupe drapée. C'était la première fois qu'elle dînait dans la salle à manger avec son mari. Non sans hésitation, elle avait renoncé à sa tenue favorite, jean et pull-over, estimant que ce style convenait mal au luxe de la pièce où se prenaient les repas.

Toutefois, il ne lui avait pas été facile d'opérer un choix parmi l'imposante garde-robe rangée dans les placards recouverts de miroirs. Nombre de tenues lui semblaient bien trop sophistiquées, et trop coûteuses, pour qu'elle pût s'y sentir à l'aise, même si elle les trouvait superbes. Finalement, elle avait arrêté son choix sur cette robe, qui lui plaisait beaucoup et lui allait à ravir. Seul problème : elle ne se souvenait pas de l'avoir achetée ni portée auparavant.

— C'est délicieux, non ? lui lança son compagnon. Pour les tartes aux fraises, Filomena est imbattable.

— Oui, murmura Meg. C'est excellent.

— Tu sembles en bien meilleure forme, ma chérie.

— Je crois que je vais mieux, en effet. J'ai la tête qui tourne encore un peu si je reste debout trop longtemps, mais il y a un net progrès.

Galamment, Victor leva son verre de vin dans sa direction.

— J'ai toujours aimé cette tenue. Tu as l'air d'une reine, avec. Quelle silhouette !

Sous le regard franchement admiratif dont il la couvait, Meg sentit ses joues s'empourprer, et elle baissa les yeux sur son assiette.

— Dommie m'a dit qu'il avait fait une promenade à cheval, aujourd'hui. Son récit était plutôt embrouillé, mais j'ai cru comprendre qu'il y avait une vraie foule pour l'accompagner. C'est un effet de son imagination ?

Meg secoua la tête.

— Non. Il y avait Filomena et Trudy. Plus tard, nous avons rejoint Jim dans sa cuisine… J'aurais voulu que tu voies Dommie, Victor. Il était fou de joie !

— Mais comment vous êtes-vous tous retrouvés là-bas ?

Meg prit son verre afin de se donner une contenance.

— Je te l'ai dit ce matin. Comme je n'ai rien d'autre à faire, j'ai proposé à Jim de soigner son cheval. Ça lui rend service, et moi…

— C'est donc vrai ? coupa Victor. Je croyais que tu plaisantais !

Il la contemplait d'un air sidéré.

— Tu… tu n'y vois pas d'inconvénient, j'espère ? lui demanda Meg en songeant aux sévères mises en garde de son cousin.

— Pas le moindre. Je suis un peu surpris, c'est tout. Si l'on considère que tu détestais Jim et que tu ne t'es jamais intéressée à ses chevaux…

Sans mot dire, Meg avala une gorgée de vin tandis que son mari se rembrunissait soudain.

— C'est toujours cette histoire de personnalité multiple, n'est-ce pas ? demanda-t-il d'une voix sourde. Tu vas encore me dire que tu n'es plus Lisa, mais une autre femme, complètement différente, qui aime les chevaux. Excuse-moi, je ne cesse de l'oublier…

— J'ignore à quel point je suis différente, puisque je n'ai aucun souvenir de celle que j'étais.

— Vraiment aucun ? Tu ne te rappelles même pas comment nous nous sommes rencontrés, par exemple ? Ni notre mariage ?

Meg secoua la tête.

— Non. Tout me paraît très vague, comme dans une sorte de brouillard. Un peu… un peu comme si c'était arrivé à quelqu'un d'autre et qu'on me l'avait raconté.

— Et ces histoires concernant Las Vegas, tu t'en souviens, en revanche ?

— Oui. Si ce n'est que certains détails commencent de s'estomper aussi. Ma vie là-bas ne me semble plus tout à fait aussi réelle qu'avant.

Victor la scrutait avec attention.

— Cela signifie-t-il que ta propre vie est en train de reprendre le dessus ?

— Je ne sais pas. Clara pense que c'est possible.

— Dans ce cas, essaie de me dire ce que tu as fait cet été. Juste avant l'accident. Si tu ne te souviens pas de t'être trouvée ici, te souviens-tu d'avoir été serveuse à Las Vegas ?

— Il me semble, oui.

— Je me suis toujours demandé ce que tu fabriquais là-bas pendant des semaines entières, reconnut Victor avec un petit sourire crispé. Mais je n'aurais certainement jamais imaginé que tu travaillais dans les cuisines d'un casino ! A quoi ressemblaient tes journées ?

— En fait, bien que je sois sûre d'avoir été employée là-bas, je ne me souviens plus du travail en lui-même...

Mal à l'aise, Meg contemplait les restes de tarte, sur son assiette. Soudain, ces traces rouges et blanches lui évoquèrent du sang sur de la peau. Elle frissonna et regarda ailleurs.

— J'ai présentes à l'esprit une foule de choses remontant à mon enfance, reprit-elle. Ou à l'enfance de Megan Howell... Pour ce qui est des deux ou trois dernières années, elles sont complètement brouillées. Je ne me souviens de presque rien.

— Et s'il y avait une troisième personnalité ? suggéra Victor. Peut-être vivait-elle de son côté, cet été, sans que les deux autres le sachent. Cela expliquerait ton trou de mémoire...

Meg leva brusquement la tête et le dévisagea avec un mélange de surprise et d'horreur. Il changea de position, mal à l'aise, puis attrapa la bouteille de vin et se resservit.

— J'ai parlé avec Clara, ce matin. Elle pense que ce n'est pas impossible.

Meg crispa les doigts sur sa fourchette.

— Clara pense que nous pourrions être *trois* ? lança-t-elle. Elle ne m'en a jamais rien dit.

Elle garda les yeux rivés au visage de son mari, mesurant peu à peu les implications d'une telle hypothèse. Au bout d'un moment, affolée, elle prit sa tête entre ses mains et gémit.

— Oh ! mon Dieu..., murmura-t-elle. Je n'en peux plus ! Je ne veux plus entendre parler de tout ça !

Victor se leva et contourna la table. Il posa une main sur l'épaule de Meg.

— Du calme, mon cœur. Ne t'affole pas. Viens avec moi, je voudrais te montrer quelque chose.

A bout de nerfs, Meg se leva et le suivit. Ils longèrent une série de couloirs au sol couvert de moquette, jusqu'à une porte qui donnait sur le vaste garage situé à l'arrière de la maison. Victor actionna un interrupteur, et la lumière jaillit.

— Regarde, dit-il.

Meg contempla sans réagir les véhicules rangés côte à côte. Elle reconnut le 4x4 noir que son mari utilisait parfois le week-end, et s'aperçut que la limousine bleu nuit n'était pas là. A la place se trouvait une petite Thunderbird blanche de collection, un coupé dont la capote baissée laissait voir l'intérieur, dominé par le cuir rouge. La carrosserie fraîchement repeinte étincelait sous la lumière crue des néons.

Meg leva les yeux vers son compagnon, qui l'observait avec une impatience de petit garçon. Devant son air perplexe, le visage de Victor s'assombrit. Avec un geste agacé, il tourna les talons et ferma la porte.

— Tu ne te souviens même pas de ta voiture ? bougonna-t-il. Bon sang ! Le carrossier et ses gars ont travaillé dessus plusieurs semaines. Ils ont fini la peinture hier.

— Je suis désolée, Victor. Est-ce que… Je suppose que cette réparation a dû te coûter une fortune.

Tandis qu'ils retournaient vers la salle à manger, Meg observa à la dérobée le profil fermé de son mari.

— Ce n'est pas ce qui compte, répondit-il. L'atelier de carrosserie m'appartient, et c'est loin d'être le seul.

— Mais cette voiture est un modèle authentique, n'est-ce pas ? Une vraie Thunderbird de 1957. Et elle est tellement bien conservée ! On n'en voit presque plus.

Victor se figea alors qu'il franchissait le seuil de la salle à manger et dévisagea Meg.

— Tu te souviens de la marque et de l'année de ta voiture ?

— C'est…

Meg s'interrompit, hésita, puis esquissa un faible sourire.

— On dirait, oui… Merci, Victor.

Le visage de son mari s'était illuminé. Tout heureux, il fouilla dans sa poche et tendit un trousseau de clés.

— Voilà. Utilise-la quand tu voudras, mon chou. Mais il vaudrait peut-être mieux attendre la permission du médecin pour te remettre au volant.

Meg soupesa les clés dans sa main. Elles ne lui rappelaient rien. Strictement rien.

— Si seulement quelqu'un pouvait me rendre ainsi les clés de ma mémoire…, murmura-t-elle.

Victor sourit de nouveau. Il posa un bras sur ses épaules pour la réconforter. Puis, sans doute pris d'une envie plus précise, il attira Meg contre lui. Elle s'écarta vivement et pénétra dans la pièce.

— Nous devrions terminer notre dessert, dit-elle sans le regarder. Sinon, Filomena va penser que sa tarte ne nous plaît pas.

Ils reprirent leur place, chacun à un bout de la table, et se remirent à manger en silence. Pendant un moment, on n'entendit plus que le frottement d'une branche contre la fenêtre et le hululement aigu d'une chouette, quelque part dans les grands cèdres noirs qui bordaient la rivière.

Une heure plus tard, debout dans sa salle de bains, Meg brossait ses boucles brunes en contemplant son reflet dans le miroir. Elle était encore bouleversée par la suggestion de Victor. Se pouvait-il vraiment qu'une troisième personnalité ait usurpé la place des deux autres durant l'été, à l'insu de Meg et de Lisa, qui ignoraient toutes les deux son existence ?

Un gémissement désespéré lui échappa. Nul ne savait à quel point il était terrifiant de se perdre ainsi. D'être dans l'ignorance totale de ce qui arrivait à son propre esprit, ainsi que des errances de son propre corps. Ils avaient tant de chance, ceux qui étaient sûrs d'eux comme Trudy, Clay, le Dr Wassermann, Jim Leggatt ou Victor…

Filomena elle-même, malgré son caractère ombrageux et tourmenté, savait au moins qui elle était et ce qu'avait été sa vie !

Elle seule vivait ce martyre. Elle avait l'impression d'errer au milieu d'un brouillard impénétrable, étrangère à elle-même, égarée dans un paysage inconnu. Pire encore, elle se sentait à la merci de forces terribles, mystérieuses, qui l'habitaient sans qu'elle en sût rien, qu'elle ne pouvait contrôler et qui risquaient à tout instant de la trahir.

Meg passa un peignoir, puis retourna dans sa chambre et contempla cette pièce luxueuse qui lui devenait peu à peu familière. Les tons doux l'apaisaient, les meubles la charmaient et la réconfortaient.

Alors, brusquement, elle éprouva une intense curiosité à l'égard de cette période de sa vie — celle qui avait été contrôlée par Lisa. C'était la première fois que cela lui arrivait. Jusque-là, elle s'était toujours interdit de penser à cette autre femme, sa « rivale », comme si le fait de se pencher sur son histoire risquait de la faire resurgir.

A présent, les choses étaient différentes. Si Victor et le Dr Wassermann avaient raison à propos de cette troisième personnalité, c'étaient Meg *et Lisa* qui se trouvaient en danger.

L'heure était donc venue de s'intéresser de plus près à celle que Meg considérait maintenant comme son alliée.

Depuis son arrivée dans la maison, le secrétaire et l'armoire étaient toujours restés fermés à clé. Meg examina le trousseau que lui avait remis Victor et trouva vite ce qu'elle cherchait. Le cœur battant, elle ouvrit les deux meubles, qui révélèrent des tonnes de papiers en désordre.

Apparemment, Lisa était moins soigneuse et moins organisée que Meg. Elle avait entassé pêle-mêle des reçus, des coupures de journaux, des photos, ainsi que des pages arrachées à des magazines, avec des modèles de coiffures ou de maquillages qui devaient lui plaire.

Meg se plongea dans ce fatras avec un sentiment de confusion grandissant. Si au moins elle savait ce qu'elle cherchait ! Qu'espérait-elle trouver ? Des traces d'une enfance commune ? Des détails susceptibles de réveiller sa mémoire et de l'aider à se souvenir ?

En tout cas, une chose semblait certaine : elles avaient bel et bien existé toutes les deux durant toutes ces années, l'une se cachant pendant que l'autre grandissait au vu et au su de tout le monde. Mais laquelle avait existé la première, durant combien de temps ?

Le Dr Wassermann n'avait pas changé d'avis. Pour elle, c'était Meg qui observait Lisa au cours de leur enfance, sans que cette dernière lui permette d'apparaître au grand jour. Poursuivant les séances d'hypnose, la psychiatre cherchait à faire resurgir les souvenirs enfouis de Lisa ; et elle estimait arriver à certains résultats.

Meg était obligée d'admettre que sa thérapeute pouvait avoir raison, de même que Clay pouvait dire la vérité au sujet de son enfance avec Lisa. Si tel était le cas, il fallait absolument qu'elle trouve une photo de Creg et de Terry, ou de leur maison, ou encore un cliché la représentant avec Clay enfant.

Mais il n'y avait apparemment aucune trace des premières années de Lisa — pas plus que de celles dont Meg se souvenait. Plus elle fouillait dans les tiroirs en désordre, plus il lui fallait se rendre à l'évidence : il n'y avait là pas le moindre souvenir pour rappeler la petite fille qu'elle avait été. Elle élargit encore ses recherches aux tiroirs de la commode, aux boîtes empilées au fond des placards, à des piles d'albums reliés de cuir.

Si tous contenaient des photos de Lisa et des témoignages de son existence, ceux-ci concernaient uniquement les dernières années. On la voyait en vacances dans les Caraïbes avec Victor, jouant sur une plage, levant un verre en direction de l'objectif. Quelques clichés la montraient en train de bronzer sur une plage, les seins nus ; d'autres, beaucoup plus explicites, avaient dû être pris par Victor dans leur chambre d'hôtel.

Meg rougit jusqu'à la racine des cheveux en contemplant ces nus impudiques qui exposaient son corps mince dans des positions alanguies ou provocantes, pour ne pas dire lascives, tandis qu'elle fixait le photographe d'un regard lourd de désir, à la sensualité brûlante.

Gênée, elle cacha les photos au fond d'une boîte et ouvrit les albums. Il s'agissait pour la plupart de sortes de blocs-notes témoignant des diverses transformations apportées à la maison. Lisa avait accumulé des échantillons de tissu et de papier peint, des plans, des devis qui allaient de la plomberie jusqu'aux doubles rideaux. Meg éprouva un nouveau choc en essayant de calculer sommairement le montant des travaux. Quand Victor ou Clay parlaient d'une fortune, ils n'avaient pas tort !

Au fond d'une autre boîte cachée derrière le meuble à chaussures, elle découvrit plusieurs coupures de journaux qui n'avaient trait ni à Lisa ni à la maison. « L'épouse d'un riche homme d'affaires meurt brutalement à 53 ans », titrait l'un des articles, qui donnait ensuite la description de l'accident dont Pauline Cantalini avait été victime. La gouvernante des Cantalini, Filomena Morales, avait appelé le 911 afin de signaler le décès de sa maîtresse, dont le corps gisait au bas de l'escalier de la maison familiale. Bien qu'on ne suspectât aucun acte de malveillance, une enquête avait été ordonnée.

Meg feuilleta les coupures avec un sentiment de malaise proche de la nausée. « Cantalini accablé par la mort de sa femme », annonçait un autre titre. L'article était illustré d'un portrait de Pauline Cantalini, une femme au visage rond et sympathique, qui souriait d'un air affable. Il relatait les trente années d'union sans nuage de ce couple connu, dont le seul chagrin avait été de ne pas avoir eu d'enfant.

Mais Pauline, apparemment, avait trouvé d'autres exutoires à ses instincts maternels. « Les enfants des foyers locaux pleurent leur bienfaitrice, Pauline Cantalini, dont la générosité et l'ardeur à la tâche seront vivement regrettées », titrait un autre journal.

La dernière coupure mentionnait brièvement l'enquête, au terme de laquelle le décès avait été reconnu comme accidentel. Aucune autre action ne devait être intentée, concluait le journaliste. L'affaire était classée.

Meg s'accroupit sur ses talons, profondément troublée. Pourquoi Lisa avait-elle conservé ces coupures jaunies ? Quelle sorte de mobile pouvait pousser une femme à collectionner les articles relatant la mort de celle qui l'avait précédée ?

Elle s'interrogea un long moment.

Lisa devait déjà être la maîtresse de Victor au moment de l'enquête, en tout cas. Leur mariage avait eu lieu deux ou trois mois plus tard.

— Quel genre de personne es-tu ? murmura-t-elle en s'adressant aux obscurs replis de son esprit où Lisa était tapie. *Qui es-tu ?*

Mais il n'y eut pas de réponse.

En dépit des progrès qu'elle enregistrait, le Dr Wassermann n'arrivait toujours pas à faire resurgir Lisa, même sous hypnose. Elle mettait cet échec sur le compte des craintes de Meg et de son refus de coopérer. A présent, si Meg avait elle aussi envie de savoir, peut-être obtiendraient-elles certains résultats… Sentir Lisa si proche — mais murée dans son silence et son étrangeté — lui donnait l'impression d'être enfermée dans le noir avec un animal dangereux.

Elle rangea les coupures concernant la mort de Pauline et regarda encore autour d'elle, en quête d'une trace, d'un indice capables de jeter un peu de lumière sur cette enfance évanouie.

Lisa avait bien dû conserver les diadèmes et les écharpes qu'elle avait gagnés dans tous ces concours de beauté ! Elle devait tenir aux trophées qu'elle avait remportés en chantant ou en s'exprimant en public, aux coupures de presse qui relataient ses triomphes… Pourtant, ici, son histoire ne semblait pas s'étendre au-delà des deux ou trois dernières années.

Finalement, Meg remit tout en place, ferma les portes et les tiroirs des meubles. Mais elle hésita encore près de la commode, et prit le cadre qui contenait une photo représentant Lisa et Victor le jour de leur mariage. Elle pouvait s'y voir, vêtue d'un superbe ensemble blanc, qui devait venir de chez un grand couturier et se composait d'une longue jupe moulante, d'une veste épaulée, festonnée de galons et de brandebourgs, d'une toque et d'une voilette. Victor, en habit noir, rayonnait de bonheur.

Meg étudia son propre visage, tentant de déchiffrer son expression. Etait-elle heureuse d'épouser Victor, ce jour-là ? L'aimait-elle sincèrement, ou ne représentait-il pour elle que chaleur et sécurité ?

La ravissante inconnue ne lui livra aucune réponse. Elle offrait une image calme, satisfaite, indéchiffrable. Elle avait l'air d'un mannequin posant dans un costume de mariée dernier cri, avec ses épaules fièrement rejetées en arrière et son menton dressé. Quant à son sourire, il paraissait amusé, un rien condescendant comparé à la joie éclatante de Victor.

Meg posa le cadre, ôta son peignoir et se mit au lit. Elle éteignit la lampe de chevet et s'étendit dans la fraîcheur des draps de soie. Elle se sentait soudain terriblement fatiguée.

Le sommeil tarda pourtant à venir. Il s'insinuait dans son esprit pour refluer aussitôt, charriant des bribes d'images confuses où se mêlaient des chevaux, le rire de Dommie, Trudy et son espiègle petite chèvre, le sourire étincelant de Jim Leggatt… et ces photos d'un érotisme torride qui la montraient nue, provocante, tellement différente de ce qu'elle était…

Soudain, elle se redressa en sursaut, bien réveillée, et poussa un cri de terreur. Un homme entrait dans son lit.

Le souffle court, la respiration oppressée, il cherchait à l'enlacer dans le noir.

Meg se débattit et lutta pour se dégager.

— Voyons, chérie ! chuchota Victor en s'emparant de ses poignets. Calme-toi. C'est moi. Je n'avais pas l'intention de te faire peur…

Meg se tourna vers lui, épouvantée. Comme sa vision s'habituait peu à peu à l'obscurité, elle put bientôt distinguer ses boucles argentées, la ligne ferme de sa mâchoire et de son nez, la courbe de ses lèvres. Il était nu, apparemment. Ses larges épaules luisaient dans la faible lumière du clair de lune.

— Victor…, murmura-t-elle, je t'en prie, je…

— Si tu n'as pas envie, ce n'est pas grave. J'aimerais juste te tenir un moment contre moi. Viens ici, mon cœur.

Que faire ? Meg cherchait frénétiquement une solution. L'homme qui se trouvait dans son lit n'était qu'un étranger pour elle… et pourtant, il était son mari ! A sa façon, elle n'en doutait pas, il cherchait à se montrer gentil. Repousser ses avances, même si elles étaient maladroites, lui paraissait aussi inconvenant que cruel.

A contrecœur, emplie de dégoût, elle le laissa l'attirer contre lui et l'enlacer. Il lui parut d'une force incroyable. Malgré leur différence d'âge, son corps était ferme, musclé. Et très velu, de son torse puissant jusqu'à ses mollets.

Victor soupira de bonheur, puis il se mit à la caresser. Ses mains larges couraient sur elle, la palpaient ; il lui fit remonter sa chemise de nuit pour lui toucher les cuisses et les reins.

— Tu es merveilleuse, ma chérie, lui murmura-t-il à l'oreille. Si douce… Je te retrouve enfin. Je ne t'ai pas oubliée, tu sais. Aucune femme n'a un corps pareil au tien.

Une main contourna la taille de Meg et remonta jusqu'à un sein, qu'il recouvrit. Victor écarta le décolleté de sa chemise et se pencha sur elle, avide d'en saisir la pointe entre ses lèvres.

Cette fois, Meg se mit à trembler et s'écarta, révulsée. Une chose informe, horrible, se réveillait dans les profondeurs de sa mémoire ; elle poussait pour venir au jour ; elle lui donnait mal à la tête.

— S'il te plaît, Victor ! supplia-t-elle. Ne m'en veux pas. Je… je ne me sens pas prête.

— Tu parles ! Tu es toujours prête, ma jolie. Tu as toujours été si chaude que je ne pouvais pas te garder à la maison. Il est peut-être temps que ton mari goûte un peu à tout ça, qu'est-ce que tu en penses ? Tu refuserais de partager tes trésors avec moi, maintenant que tu te montres si douce et si câline avec tout le monde ?

Sans prévenir, il lui remonta encore sa chemise de nuit et plongea une main entre les cuisses de Meg. Elle hurla, le frappa de ses poings serrés.

Victor se mit à rire.

— Ah ! tu veux qu'on s'amuse un peu, Lisa ? C'est vrai qu'on a passé de bons moments à se bagarrer, tous les deux. Nos petits matchs de catch étaient diablement excitants…

Il était même si excité que Meg en eut la nausée. Il se redressa au-dessus d'elle, à genoux, et la cloua au lit en la maintenant par les épaules.

— Arrêtez ! supplia Meg, qui sanglotait et tentait en vain de se libérer. Allez-vous-en ! Laissez-moi ou je vous tue. Je jure que je vais vous tuer, Trapper !

Victor se figea et s'écarta.

— Qui est ce Trapper ? demanda-t-il en la fixant avec intensité.

— Je... je ne sais pas...

Meg vit son mari quitter le lit, nu, les traits déformés par le dégoût en dépit du désir manifeste qu'il éprouvait encore.

— Tu n'as pas changé ! maugréa-t-il, les mâchoires serrées. Tu parais douce comme un agneau, depuis ton retour, mais en réalité tu es toujours la même petite garce. Une menteuse et une comédienne.

Meg leva les yeux vers lui. A mesure que sa terreur s'estompait, elle recouvrait un peu de vigueur.

— Ne m'insulte pas ! lui lança-t-elle avec froideur. Tu n'obtiendras rien en me brutalisant. Je ne me souviens pas de toi. Et tant qu'il en sera ainsi, je ne veux pas de toi dans mon lit.

Avec un geste de colère, Victor attrapa le peignoir qu'il avait jeté sur une chaise et quitta la pièce.

13.

Il y avait près d'une semaine que Jim n'avait pas revu la femme de son voisin ; et depuis ce moment, ou presque, il se demandait ce qu'il devait faire du troublant souvenir qui lui était revenu.

D'un côté, il n'avait pas la moindre envie d'être mêlé à cette histoire. Pourtant, chaque fois qu'il repensait au sourire timide de la jeune femme, à sa douceur, à la compétence avec laquelle elle s'était occupée de son cheval, sa détermination pliait sous la gêne et la confusion.

Dès qu'il en eut fini avec son petit déjeuner, il prit sa veste et sa casquette de base-ball et sortit pour se rendre à l'écurie. Cette matinée d'automne, claire et ensoleillée, embaumait l'odeur chaude des cèdres. Jim regarda les collines, à l'est. Avait-il le temps de seller Cochise et de l'emmener galoper un moment ? Le hongre allait beaucoup mieux ; mais après deux semaines d'inactivité, il commençait à s'empâter et à devenir paresseux. Une bonne promenade ne leur ferait de mal ni à l'un ni à l'autre.

Alors qu'il pénétrait dans la grange, Jim vit une mince silhouette disparaître à l'autre bout du bâtiment, par la porte du fond.

— Qui est là ? lança-t-il d'une voix forte.

Lisa Cantalini revint en arrière, d'un pas hésitant.

— Je… j'étais juste venue voir les chevaux, murmura-t-elle. J'allais rentrer.

Jim l'examina avec une inquiétude croissante. Elle était pâle et semblait apathique ; ses yeux cernés trahissaient une grande lassitude. En outre, elle avait une expression perdue et désorientée qui lui serra le cœur.

— Comment se porte mon cheval ? demanda-t-il en la rejoignant.

Cochise et Ambre se tenaient derrière elle, dans l'enclos ; visiblement, ils avaient hâte d'entrer se restaurer.

— Il va bien, répondit Lisa. L'enflure a complètement disparu.

— Je crois qu'il a besoin de se dégourdir les pattes, à présent. En fait, j'envisageais de prendre ma matinée pour aller galoper deux ou trois heures dans les collines. Vous venez avec moi ?

Jim avait posé la question d'un ton naturel, comme s'ils avaient l'habitude de monter ensemble tous les matins.

Stupéfaite, Lisa écarquilla les yeux.

— A cheval, vous voulez dire ?

— Bien sûr ! Vous savez monter, n'est-ce pas ?

— Oui, je sais. Avant, je…

Elle s'interrompit et contempla les chevaux avec nostalgie. Jim tourna les talons, alla chercher deux brides et lui en tendit une. La jeune femme hésita un instant, la bride à la main, puis sortit attraper la petite jument.

— Quelle selle puis-je prendre ? demanda-t-elle.

— Il y a une selle de rodéo, là-bas au fond. Vous n'aurez qu'à ajuster les étriers.

Tandis qu'il équipait Cochise, Jim observa discrètement sa compagne. Il la vit prendre un coussinet, une couverture, puis installer la selle sur le dos de sa monture avec l'aisance que confère l'habitude. Elle jeta ensuite les étriers par-dessus, attacha les sangles et vérifia leur tension sans cesser de parler à la jument d'une voix douce.

Jim faillit faire un commentaire. Mais il se ravisa et décida d'attendre un peu ; il voulait d'abord la voir en selle. N'importe qui, avec un bon manuel, pouvait apprendre à panser un cheval, à le seller ou à le sangler. Savoir monter, en revanche, ne s'acquérait qu'avec l'expérience.

Il sauta sur le dos de son cheval, sans quitter Lisa des yeux alors qu'elle raccourcissait légèrement les étriers, prenait la bride dans une main et montait à son tour.

Dès qu'elle fut en place, très droite, ses boucles noires jouant dans la brise légère qui soufflait, elle se tourna vers lui. Les yeux brillants, elle lui sourit. Un sourire si lumineux que Jim sentit son cœur s'emballer.

— C'est merveilleux, dit-elle. Il y avait si longtemps…

A cet instant, Ambre baissa la tête et fit un pas de côté, craintive dans l'air frais du matin. Lisa la rassura d'un murmure. Parfaitement à l'aise, elle gardait les poignets souples, les mains détendues sur la bride.

Jim, admiratif, la regarda s'éloigner au petit trot dans l'enclos, son corps mince épousant avec grâce le rythme de sa monture. Il la suivit et trotta vers le portillon qui donnait sur la prairie. Lisa décrivit un cercle, puis revint à sa hauteur. Avec attention, elle examina les jambes du hongre.

— Il a l'air en forme, déclara-t-elle. Il ne boite plus du tout.

Jim acquiesça. Il se pencha en avant pour ouvrir le portillon, la laissa passer et ferma derrière eux. Pendant un moment, ils chevauchèrent en silence. Il ne pouvait s'empêcher de jeter de brefs coups d'œil à la jeune femme, fasciné par sa beauté et la joie enfantine que lui procurait cette promenade.

— Quel est votre nom ? demanda-t-il tout à coup.

Elle rougit et détourna les yeux.

— Meg, répondit-elle d'une voix sourde. Je m'appelle Meg.

— Mais vous étiez Lisa, avant ?

Elle hocha la tête. En même temps, Jim sentit combien elle était embarrassée. Douloureusement embarrassée.

— C'est… je souffre d'un trouble de la personnalité, murmura-t-elle. Une histoire de personnalité multiple. Ce n'est pas très clair, pour moi.

— Ça l'est pour fort peu de gens, à mon avis. J'ai lu certaines choses à ce sujet.

Surprise, elle le regarda.

— C'est vrai ?

Jim acquiesça. Les paupières plissées sous la visière de sa casquette, il fixait le sentier sablonneux qui montait vers les collines désertiques, au-dessus de la rivière, déroulant ses courbes tortueuses entre les touffes de sauge, les buissons de genévrier et les amas de rochers.

— Il s'agit d'un phénomène assez rare, ajouta-t-il. Et très déroutant.

— Je sais. Si j'en crois ce que l'on me dit, j'ai vécu une vie entière sans en garder le moindre souvenir. Cette Lisa, que je suis censée être, n'est pour moi qu'une étrangère.

— Et Victor ? Vous souvenez-vous un peu de lui ?

A la façon dont ses mains fines se crispèrent sur la bride, il éprouva pour la jeune femme un nouvel élan de compassion.

— Non. Je ne me souviens de personne. Ici, en tout cas.

Jim fronça les sourcils.

— Et ailleurs ? demanda-t-il. Est-ce que vous vous rappelez autre chose, une vie différente ?

— Il me semble, mais tout est si compliqué... D'après ma psychiatre, Lisa aurait rencontré une femme qui travaille dans un casino de Las Vegas. Elle se serait intéressée à elle, aurait tout appris de sa vie... et se serait approprié son passé et son identité.

— Qui est cette femme ?

— Elle s'appelle Megan Howell. Meg, comme moi... Le Dr Wassermann prétend que j'existais dans l'esprit de Lisa depuis des années. Depuis son enfance, en fait. Lorsqu'elle a rencontré cette femme, je... je me serais identifiée à elle de manière si forte que j'aurais fini par prendre la place de Lisa, m'emparant du nom et de l'histoire de cette Megan.

— Quel genre d'histoire ?

— Une histoire complètement différente de celle de Lisa. Moi, je me souviens d'avoir grandi dans une petite ferme du Nevada, au milieu des chevaux. J'étais toujours dehors, je jouais au base-ball...

— Pas de concours de beauté, alors ? Pas de jolies robes ni de contrats à la télévision ?

Meg eut un sourire amer.

— Non. Rien de tel.

— Et à quel moment êtes-vous apparue au grand jour ?

— A la suite de l'accident. Lisa était blessée, affaiblie... J'en aurais profité pour émerger. C'est ce que pense le médecin.

— Et vous ? Le pensez-vous aussi ?

Elle secoua la tête.

— Je ne sais pas.

Jim lui jeta un regard acéré. Devait-il lui révéler ce qu'il savait ? Ou ne ferait-il pas mieux d'en parler à Victor ou à sa psychiatre, et de les laisser prendre les choses en main...

Indécis, il écouta un moment le grincement des selles de cuir, le bruit étouffé des sabots dans le sable, le cri perçant d'un faucon à queue rouge en train de chasser des musaraignes dans les buissons.

— Meg, reprit-il doucement, où Lisa aurait-elle appris à monter ?

La jeune femme le dévisagea, sur ses gardes.

— Regardez-vous ! lança-t-il en la désignant de la main. Vous êtes la meilleure cavalière que j'aie jamais vue. Et vous savez tout des chevaux : comment les soigner, les nourrir, les seller... Lisa savait-elle tout cela ?

— Je ne crois pas. Nous sommes des personnalités complètement distinctes.

— D'accord. Pourtant, il faut bien que vous, vous ayez appris à monter de la sorte. Ce genre de chose ne s'invente pas.

Meg parut hésiter.

— Le médecin pense… que Lisa devait avoir des absences, parfois. Des espèces de trous noirs… pendant lesquels je prenais sa place. Mais je ne m'en souviens pas.

— Il faut des années, pour apprendre à monter comme vous le faites. Des centaines d'heures.

— Que cherchez-vous à me dire ?

Jim inspira profondément.

— Que vous existez depuis longtemps, Meg. Il se trouve que j'en ai la preuve, ajouta-t-il avec douceur, afin de ne pas effrayer la jeune femme. Je vous ai vue, vous, il y a des années. Cela ne m'a pas effleuré un instant à l'époque… à l'époque où vous étiez Lisa. Mais quand je vous ai aperçue pour la première fois avec mes chevaux, l'autre jour, j'ai eu comme un déclic. Je suis certain de vous avoir déjà vue dans une situation analogue. Il m'a fallu deux jours entiers pour retrouver ce souvenir.

Meg attendait, silencieuse, toute raide sur sa jument. Jim laissa courir son regard sur les quelques arbres qui poussaient le long du sentier.

— C'était il y a six ou sept ans, déclara-t-il. Je participais à un rodéo dans l'Arizona. L'endroit s'appelait Parker, une petite bourgade située au bord du Colorado, au sud de Las Vegas.

— Je connais.

— Dans ce rodéo, il y avait un type qui ferrait les chevaux. Un grand bonhomme sympathique, qui ne se pressait jamais. Un artiste dans son métier.

La jeune femme pâlit. Elle se tourna pour dévisager Jim, sans rien dire. Il lui sourit.

— Il avait sa fille avec lui. Et quelle fille ! Je n'avais jamais vu un numéro pareil. Elle ne devait pas avoir plus de seize ans, elle était fluette et jolie comme un cœur, mais elle ferrait les chevaux en vraie professionnelle. Je me souviens d'avoir passé une bonne partie de l'après-midi à la regarder.

— Et… alors ? demanda Meg dans un souffle.

— Alors, c'était vous. J'en suis certain. Maintenant que la mémoire m'est revenue, je vous reconnaîtrais n'importe où. Cela ne s'est pas produit quand vous vous êtes installée à côté en tant que nouvelle épouse de Victor, parce que vous étiez trop différente. Mais en vous voyant ainsi…

Il désigna son jean, son cheval, le paysage sauvage qui les entourait.

— … tout me revient.

D'un geste brusque, Meg tira sur la bride de sa jument ; elle tremblait comme une feuille. Jim s'empressa de sauter à terre et de la saisir par la taille pour la soulever de sa selle.

L'espace d'un instant, elle se tint près de lui dans le grand soleil. De tout son corps, de toute son âme, il brûlait de la serrer dans ses bras. Elle était si belle, si douce, mais aussi tellement vulnérable et tellement perturbée…

Elle était aussi la femme de son voisin.

Il inspira à fond et se détourna pour lui indiquer une grosse roche plate non loin du sentier. Puis il guida les chevaux jusque-là et s'assit, tenant les brides d'une main lâche. Meg l'imita.

— C'était *moi* ? s'enquit-elle. Vous en êtes sûr ?

— J'en donnerais ma main à couper. Les femmes de votre genre ne sont pas légion. Je dirais même que vous êtes plutôt unique.

— Alors, j'avais raison, déclara-t-elle lentement, les yeux fixés sur une rangée de cèdres qui se découpaient sur le ciel. J'avais raison depuis le début.

— A quel sujet ?

— Au fond de moi, j'ai toujours pensé que je suis *vraiment* Meg, et que c'est moi qui ai existé la première. Je suis convaincue d'avoir réellement vécu l'enfance dont je me souviens et que Lisa, au contraire, n'est apparue que ces dernières années.

— Qu'en dit le psychiatre ?

— Je ne lui en ai jamais parlé. D'ailleurs, je ne suis même pas sûre qu'elle m'écouterait, tant elle semble déterminée à prouver sa propre théorie…

— Laquelle ?

— Je vous l'ai dit tout à l'heure : cette idée selon laquelle Lisa serait la personnalité première et moi un double qu'elle aurait abrité en elle depuis son enfance. Un double qui aurait sauté sur l'occasion de se donner un nom et une identité lorsqu'elle a rencontré cette femme à Las Vegas.

— Ça me paraît un peu tiré par les cheveux, remarqua Jim. A-t-elle des raisons de se cramponner à ce point à cette version ? Existe-t-il des photos de Lisa petite, par exemple ? Des preuves tangibles de tous ces concours de beauté auxquels elle aurait participé ?

Meg secoua la tête.

— Non, justement. J'ai cherché, l'autre jour. Il n'y a rien qui concerne son enfance ou son adolescence. Aucune photo de sa mère, aucune coupure de presse relatant ces concours, rien du tout.

— Je me souviens que Trudy m'a dit la même chose, il y a de cela un an environ. Elle vous avait demandé si vous pouviez lui montrer quelques-uns de vos trophées, ou des articles. Vous lui aviez répondu que vous n'aviez jamais rien gardé. Trudy avait trouvé cela étrange. Avez-vous parlé de cette découverte au médecin ?

— Je lui ai dit hier qu'il ne semblait exister aucune trace du passé de Lisa. D'après elle, c'est normal. Lisa éprouvait une telle rancœur envers sa mère qu'elle a dû tout détruire, mue par un désir inconscient d'effacer son enfance. A son avis, ce serait cette haine de son passé qui m'aurait en fin de compte permis d'apparaître.

Jim s'adossa au rocher, étendant ses longues jambes devant lui.

— Eh bien… à mon avis à moi, c'est *vous* qui avez raison, et votre psychiatre qui prend le problème à l'envers. Mais je ne comprends vraiment pas pourquoi elle s'entête de la sorte et ne cherche même pas à envisager d'autres possibilités.

— Mon cas est sans doute plus intéressant pour elle sous cet angle, déclara Meg d'un ton tranquille. Parfois, j'ai l'impression qu'elle est obsédée par la perspective de découvrir quelque chose de jamais vu.

Jim haussa un sourcil.

— Plus que par le désir de vous aider ?

— Peut-être… Mais il faut dire qu'il y a cette femme, aussi. Le Dr Wassermann lui a réellement parlé.

— Quelle femme ?

— Celle qui dit s'appeler Megan Howell. Après l'accident, j'ai expliqué au médecin que je n'étais pas Lisa Cantalini ; je lui ai donné mon nom et le numéro de téléphone d'un casino de Las Vegas. Elle a appelé… et Meg Howell lui a répondu. Je suppose que c'est cela qui l'a convaincue qu'elle ne se trompait pas. Il existait bel et bien une Meg Howell qui travaillait dans les cuisines du Willows.

Stupéfait, Jim la contempla avec des yeux ronds.

— Une autre Meg Howell ? Savez-vous qui elle est ? La connaissez-vous ?

— Non, je ne crois pas. De toutes mes forces, j'ai essayé de me souvenir, mais rien ne me revient. Les dernières années sont si confuses dans ma tête… Il doit s'agir de quelqu'un qui me connaissait, et qui s'est emparé de mon nom, de mon identité quand j'ai quitté Las Vegas. Mais ce qui me terrorise, ajouta la jeune femme, c'est qu'elle prétend m'avoir revue récemment. Quand j'étais Lisa, je veux dire. D'après elle, nous avons parlé ensemble, et elle m'a tout raconté de sa vie. Il paraît qu'elle m'intéressait beaucoup.

— Quoi d'étonnant ? rétorqua Jim d'un ton sec. Si elle s'était approprié votre ancien nom et votre ancienne identité, il est normal qu'elle vous ait attirée !

— Oui, mais je ne vois pas du tout qui elle peut être. Je ne me souviens pas de l'avoir rencontrée.

Jim réfléchit un moment.

— En tout cas, si tout cela est arrivé, cette femme n'est pas seulement une criminelle. Elle est aussi d'une témérité incroyable ! J'en arrive presque à comprendre votre médecin, à présent.

— Moi aussi. Surtout qu'il y a encore ce…

— Quoi ?

— Rien.

La jeune femme redressa les épaules et leva vers Jim ses yeux couleur de saphir.

— C'est si merveilleux, pour moi, de savoir que vous m'avez vue avec mon père. Cela signifie que je suis réelle. Que j'existe pour de bon.

Emu, Jim lui sourit.

— Si je faisais un effort, je pense que je pourrais même me souvenir de son nom.

— Hank, murmura Meg. Il s'appelle Hank Howell.

— Hank Howell…, répéta Jim, les sourcils froncés. Oui, ça me dit quelque chose, en effet. Où est-il, maintenant ?

Le regard de Meg s'assombrit. Elle était redevenue triste et inquiète, tout à coup.

— Je l'ignore. Il me semble qu'il lui est arrivé quelque chose, mais je ne parviens pas à m'en souvenir. C'est terrible.

Elle tourna son visage vers le ciel, immense et bleu au-dessus de leur tête. Jim l'observait à la dérobée ; il était incapable de s'arracher à la fascination qu'elle exerçait sur lui.

— Je suis heureuse que vous m'ayez parlé, dit-elle enfin. Depuis quelque temps, c'est comme si tout le monde s'acharnait à m'arracher ma vie ; vous, vous venez de me la rendre.

— Je n'ai rien fait, sauf me rappeler que je vous avais vue dans l'Arizona.

De nouveau, Meg parut troublée.

— Il y a quand même quelque chose… Si je menais le genre d'existence dont je me souviens, et qui devait me plaire, pourquoi Lisa serait-elle apparue, d'un seul coup ? Je n'ai aucun souvenir de ce qui a pu se passer.

— A une certaine époque, votre mémoire a dû brusquement cesser de fonctionner. Peut-être à cause d'un choc, ou de problèmes auxquels il vous fallait échapper à tout prix ?

Elle opina, le front plissé par la concentration.

— Je me souviens avec une grande netteté de mon enfance. Et même d'après, quand maman est morte et que mon père et moi avons commencé de voyager sans arrêt. Mais pour la suite, tout s'estompe et devient flou.

Elle dévisagea Jim.

— Les derniers mois, en particulier, me paraissent très confus. Je ne me souviens plus de rien, ou presque. Je crois que nous sommes restés un certain temps dans un ranch-hôtel, où nous nous occupions des chevaux… Après, je me rappelle vaguement avoir travaillé dans les cuisines de ce casino, mais rien n'est très clair.

— Ces impressions semblent correspondre à ce que j'ai lu, déclara Jim. La plupart des patients à personnalité multiple souffrent de troubles de la mémoire. En général, ces défaillances sont dues au fait qu'ils n'ont pas conscience des périodes où une autre personnalité prend le dessus ; ils ne s'en rendent compte qu'au terme d'une thérapie assez longue.

— Alors, d'après vous, mes deux personnalités ont existé tour à tour au cours des dernières années ?

— C'est ce qui est présenté comme le processus classique, non ?

— Mais quand je suis venue vivre à Salt Lake City, que j'ai épousé Victor et emménagé dans cette maison… je n'ai sans doute été que Lisa pendant toute cette période, puisque je ne me souviens de rien !

— Cela signifierait que votre vie s'est interrompue tout d'un coup. Qu'un beau jour, vous avez cessé d'être Meg, purement et simplement. Est-ce l'impression que vous avez ?

— Pas tout à fait. Je dirais plutôt…

La jeune femme baissa les yeux sur ses mains, qu'elle tordait avec nervosité. Puis elle fixa de nouveau Jim.

— La coupure ne me paraît pas aussi nette. C'est plutôt comme si quelqu'un avait abaissé un rideau au milieu de ma vie, un jour, et que tout était devenu flou des deux côtés. Avant… et après.

— Avant votre accident, vous vous rendiez souvent à Las Vegas. Toute seule. Pensez-vous que Lisa ait pu disparaître pendant ces périodes ? Peut-être redeveniez-vous Meg chaque fois que vous alliez là-bas, ce qui expliquerait les souvenirs embrouillés que vous gardez.

Pensive, Meg hocha la tête, tout en contemplant les chevaux qui broutaient l'herbe rare.

— C'est possible, dit-elle. Néanmoins, il reste encore un mystère.

— Lequel ?

— J'ai un cousin qui vient me rendre visite assez souvent. Il s'appelle Clay Malone.

— Et alors ?

— C'est le cousin de Lisa, en fait. Moi, je ne le connaissais pas. Il se souvient de nombreux détails concernant notre enfance à Provo… Or, si tout ce que nous venons de dire est vrai, Lisa n'a jamais eu d'enfance, n'est-ce pas ?

— Non, sans quoi je n'aurais pas pu vous voir de mes propres yeux en train de ferrer des chevaux dans l'Arizona alors que vous aviez seize ans.

— Je ne comprends pas. Pourquoi Clay aurait-il inventé une histoire pareille ?

— Je l'ignore, répondit Jim. Que savez-vous au juste de cet homme ?

— Simplement…

Meg leva les mains, afin d'exprimer son impuissance, puis elle les laissa retomber.

— Clay dit que nos mères étaient sœurs, et que nous avons grandi ensemble. Ensuite, il est parti pour Miami, où il travaillait dans la police. A présent, il est détective privé. Il… il ne veut pas que je parle à Victor de ses visites, précisa Meg en jetant un bref coup d'œil à Jim.

— Pourquoi ?

— D'après lui, Victor est jaloux parce que nous avons toujours été très proches.

— Mais vous ne vous souvenez pas de lui ?

— Pas du tout.

Jim hocha la tête. Puis il ôta sa casquette et passa une main dans ses mèches blondes. Devait-il révéler à la jeune femme ce qu'il savait ?

— Ce type vient vous voir depuis longtemps, Meg, avoua-t-il enfin.

— Depuis que je suis sortie de l'hôpital, oui.

Jim prit une profonde inspiration.

— Non. Ce que je veux dire, c'est qu'il venait déjà avant. Quand vous étiez Lisa.

— Je sais.

— Et Trudy n'a jamais cru à cette histoire de cousin...

Meg se figea, les yeux fixés sur lui.

— Que voulez-vous dire ?

Très mal à l'aise, Jim haussa les épaules.

— Eh bien, Trudy a toujours pensé... qu'il y avait quelque chose entre vous.

Les joues de Meg s'enflammèrent.

— Taisez-vous ! Je ne veux pas en entendre davantage.

Elle se leva pour rejoindre les chevaux.

— D'accord, soupira Jim en la suivant. Mais n'oubliez pas qu'il a peut-être des intentions cachées, dont vous ignorez tout. Surtout s'il ment à propos du passé.

— Parfois, j'ai l'impression que tout le monde ment ! répliqua Meg d'un ton amer.

Jim lui passa un bras sur les épaules, cherchant ainsi à la réconforter. Mais elle se raidit et s'écarta.

— Je vais aller à Las Vegas, annonça-t-elle.

— Pour quoi faire ?

— Il faut que je sache ce qui a ou non existé. Je veux retrouver la ferme où j'ai grandi, et voir si je la reconnais. J'ai besoin de rencontrer des gens qui ont connu mes parents, de leur demander s'ils se souviennent de moi.

— Je ne sais pas si c'est une bonne idée, objecta Jim, tenant Cochise par la bride. Vous oubliez la femme qui a usurpé votre identité. Elle ne sera peut-être pas très heureuse de vous voir resurgir…

— Elle n'est plus là. Quand le Dr Wassermann a voulu la rappeler, elle avait disparu. Je suppose qu'elle a pris peur quand elle a compris que quelqu'un avait découvert son manège.

Meg sauta en selle.

— Je dois découvrir ce qui se passe. Je ne peux pas continuer à vivre ce cauchemar.

Jim, qui avait enfourché son cheval, la toisa de sa hauteur.

— Quand pensez-vous y aller ? demanda-t-il.

— Le plus tôt possible. Dès demain, si je me sens assez forte pour conduire.

— Que va en penser Victor ?

Le visage de Meg se durcit. Un instant, Jim crut revoir la Lisa qu'il avait connue.

— Je m'en moque.

— Et la psychiatre ?

— Je ne dois pas la revoir avant la semaine prochaine. D'ici là, je serai de retour.

Elle le regarda en face. Toute la dureté qui l'habitait un instant plus tôt s'était évanouie. Comme par magie, elle était redevenue Meg, cette jeune femme tendre et fragile qui touchait Jim jusqu'au fond de lui-même.

— Je vous en prie, Jim, ne parlez à personne de tout cela, lui demanda-t-elle instamment. Laissez-moi aller là-bas et voir si je peux retrouver mes souvenirs. Il faut que ma vie redevienne supportable.

Il acquiesça, fit tourner bride à son cheval et commença de descendre vers le fond du canyon.

— Je ne dévoilerai rien de vos projets, promit-il. Et de votre côté, vous allez me faire une promesse.

— Laquelle ?

— Ne prenez aucun risque, Meg. Ne restez jamais seule avec personne et rappelez-vous qu'il demeure encore de nombreuses brèches à combler dans votre histoire. Ne croyez surtout pas tout ce que l'on pourra vous dire. D'accord ?

— D'accord.

— Ah ! encore une chose…

— Quoi ?

— Ne dites pas à votre cousin où vous allez.

Elle lui décocha un bref coup d'œil.

— Pourquoi ?

— Je pense que c'est préférable. Pour l'instant, en tout cas.

— Entendu. Je ne dirai rien à Clay.

Jim baissa les yeux sur les oreilles de Cochise, qui s'agitaient impatiemment. Pourquoi éprouvait-il une telle inquiétude ? Meg était douce et vulnérable, certes, mais c'était une personne adulte, intelligente. Et si jamais Lisa resurgissait à Las Vegas, il n'y aurait pas de problème non plus : la séduisante Mme Cantalini était tout à fait capable de veiller sur elle-même.

— Ecoutez..., reprit-il. Je pars après-demain pour trois semaines. Chaque automne, je fais le circuit des rodéos à travers le Nevada et l'Arizona. Ce sont mes vraies grandes vacances...

— Je vous envie, déclara Meg.

— Le week-end prochain, je dois passer par Las Vegas. J'aimerais vous appeler pour m'assurer que tout va bien. Serez-vous à votre appartement ?

Elle lui fit signe que non.

— Je ne sais même pas où il se trouve. J'ai quelques souvenirs de Las Vegas, mais aucun de cet appartement.

— Où pensez-vous loger, alors ?

— Je l'ignore. Je prendrai peut-être une chambre au Willows, suggéra Meg avec un petit sourire ironique. Je me souviens seulement d'avoir lavé des assiettes dans les sous-sols. Ce serait une bonne expérience d'essayer une de leurs superbes suites, pour changer !

— Soyez prudente, surtout. Jurez-moi de faire attention à vous.

Pour toute réponse, Meg éperonna sa jument qui se mit au trot, puis au galop, et détala à toute vitesse le long du sentier poussiéreux.

14.

Meg s'éveilla avant l'aube. Aussitôt, elle s'affaira sans bruit dans sa chambre, empilant vêtements et objets personnels dans deux valises de cuir souple qu'elle avait trouvées au fond de la penderie.

Il lui suffisait de toucher ces sandales délicates, ces robes décolletées, ces chemisiers soyeux, ces pantalons bien coupés qui convenaient si parfaitement à sa silhouette et à son teint, pour sentir son angoisse s'accroître. Elle avait presque l'impression que Lisa se trouvait avec elle dans la pièce, invisible, et l'observait…

Quand elle eut fermé la plus grande des deux valises, elle alla entrouvrir la porte et jeta un coup d'œil dans le couloir. Personne. En bas, en revanche, elle pouvait entendre la voix grave de Victor, ainsi que les éclats de rire de Dommie. Puis la porte d'entrée claqua, et le silence se rétablit.

De retour dans sa chambre, elle écarta légèrement les doubles rideaux. La limousine de Victor sortait du garage. Le véhicule tourna devant la maison, avant de s'engager dans l'allée bordée d'arbres qui menait à la route.

Meg s'obligea à attendre quelques minutes, pour le cas où son mari reviendrait chercher quelque chose.

Enfin, elle attrapa un pull-over dans la penderie, passa la bandoulière de son sac sur son épaule, empoigna les deux valises et descendit l'escalier le plus vite qu'elle put.

Aucun signe de Filomena ni de Dommie. Elle traversa le vestibule, s'enfila dans le couloir qui menait au garage. Arrivée là, elle rangea ses bagages dans le coffre de la Thunderbird et s'arrêta un instant près de la portière du conducteur. Un frisson la parcourut. Puis elle actionna la poignée, ouvrit la portière et se mit au volant.

Tout de suite, elle fut pleinement consciente du luxe qui l'entourait. L'intérieur du cabriolet, tout cuir, faisait ressortir les chromes rutilants des poignées et autres manettes, ainsi que le superbe tableau de bord à l'ancienne, de bois précieux. La voiture possédait un changement de vitesses classique, nota Meg en actionnant le levier. Elle se savait capable de conduire ce véhicule, tout en ignorant absolument où et quand elle avait appris.

Les mains crispées sur le volant, Meg fixa le mur du garage à travers le pare-brise et inspira à fond. Les deux sièges avant avaient été refaits ; ils fleuraient bon le cuir neuf. Prenant le trousseau que Victor lui avait remis, elle chercha la clé de contact.

Ses deux premiers essais se révélèrent infructueux. Elle commença à paniquer. Victor lui aurait-il joué un tour ? Peut-être qu'aucune de ces clés ne marchait, et qu'elle allait devoir rester prisonnière de cet endroit jusqu'à…

Enfin, l'une d'elles s'enfonça dans la serrure et tourna. Meg poussa un soupir de soulagement. Elle laissa tomber le trousseau dans son sac. Sortant de la voiture, elle retourna à pas de loup dans la maison. Une fois dans le vestibule, elle reprit tranquillement la direction de la cuisine.

A l'évidence, Dommie avait terminé son petit déjeuner. Il jouait avec un camion dans un coin de la pièce, pendant que sa mère débarrassait la table et rangeait les assiettes sales dans le lave-vaisselle. Quand Meg franchit le seuil, Filomena leva les yeux, surprise.

— Je vais vous servir dans la salle à manger, annonça-t-elle avec sa sécheresse habituelle. Je croyais que vous dormiez encore.

— Ne vous dérangez pas.

Meg alla prendre une tasse rouge accrochée sous une étagère et la remplit de café.

— Je vais me préparer quelques toasts et manger ici. Bonjour, Dommie. Tu me montres ton camion, trésor ?

Le petit garçon se mit à quatre pattes, se leva et vint tendre son jouet, l'air très sérieux. Meg s'agenouilla sur le carrelage blanc. Elle fit rouler le camion en imitant le bruit du moteur ; après quoi, elle remplit la benne d'une poignée de céréales et fit passer le véhicule sur la chaussure de Dommie, qui poussa des cris de joie.

Meg se redressa avec un sourire et s'adossa au plan de travail pour boire son café.

— Dis donc, toi ! lança-t-elle en se penchant pour ébouriffer la tête brune. Je ne pense pas que le chauffeur d'un camion ait le droit de manger sa cargaison !

Sous l'œil réprobateur de Filomena, elle sortit un pain de mie du réfrigérateur et plaça deux tranches dans le grille-pain.

— Où est le beurre de cacahouète ? demanda Meg.

La gouvernante lui désigna un placard et se remit à sa tâche.

— Filomena…

— Oui ?

— Je pars pour Las Vegas, aujourd'hui. Je ne rentrerai sans doute pas avant une semaine.

Filomena se retourna et la regarda fixement.

— M. Cantalini ne m'en a rien dit.

— Il n'est pas au courant, répondit Meg d'un ton qu'elle voulait naturel. Si je l'avais prévenu, il aurait fait des histoires et se serait inquiété pour ma santé.

— Vous logerez dans l'appartement ?

Meg baissa les yeux sur le grille-pain.

— Je n'en suis pas sûre. J'irai peut-être chez des amis. Surtout, dites à Victor de ne pas s'inquiéter ; je l'appellerai dès mon arrivée. Oh ! une chose, encore…

— Oui ?

— Si mon cousin demande où je suis, ne lui dites rien, d'accord ? Je ne voudrais pas qu'il se fasse du souci et vienne me chercher. Dites-lui simplement que je suis partie deux ou trois jours et que je le verrai à mon retour.

Filomena acquiesça et tourna la tête ; Meg eut le temps d'entrevoir l'expression de dégoût qui lui déformait la bouche.

Elle se remémora le commentaire de Jim. De toute évidence, Filomena croyait elle aussi que Clay était son amant. La gouvernante pensait qu'elle allait le rejoindre à Las Vegas, et qu'elle mentait pour brouiller les pistes.

Avec un soupir, elle posa les toasts grillés sur une assiette et alla se mettre à table. Dommie abandonna son camion pour venir s'appuyer à sa chaise.

— Dommie faire du ceval ? demanda-t-il à mi-voix.

Meg le souleva et l'installa sur son genou pendant qu'elle beurrait ses tartines, le menton appuyé sur ses cheveux brillants.

— Pas aujourd'hui, mon cœur. Je dois partir. Mais dès que je reviendrai, nous ferons une autre promenade, d'accord ?

Filomena traversa la pièce d'un pas raide, prit l'enfant dans ses bras et sortit.

Quelques heures plus tard, alors qu'elle roulait sur l'autoroute, entre Salt Lake City et Las Vegas, Meg commença de recouvrer un peu de sa bonne humeur. Le cabriolet était rapide et nerveux, et le soleil d'automne étincelant. Après un mois d'hôpital et de convalescence chez elle, elle éprouvait l'ivresse de la liberté. Filer ainsi vers le sud, seule, était merveilleux.

Elle envisagea un instant d'abaisser la capote, puis y renonça. Malgré le beau temps, l'air matinal était encore très frais, à cette altitude.

Vers midi, alors qu'elle approchait de Cedar City, une certaine nervosité l'envahit. Quelque part par là, elle le savait, se trouvait l'endroit où sa voiture avait plongé dans le vide un mois plus tôt. Elle ne reconnaissait rien, pourtant. Il lui semblait parcourir cette portion de route pour la première fois de sa vie.

Son estomac criait famine. Mais, vraiment, elle n'avait aucune envie de s'arrêter à Cedar City pour déjeuner. Elle décida donc de continuer en direction du sud ; peut-être irait-elle d'une traite jusqu'à Mesquite, après tout. A cette idée, son cœur palpita d'excitation, et elle appuya plus fort sur la pédale d'accélérateur.

Elle se souvenait très bien de Mesquite. La petite ville proche de la frontière du Nevada organisait des rodéos toute l'année. Quand Hank et elle n'avaient plus beaucoup de travail ailleurs, ils avaient l'habitude de s'y rendre.

Tandis qu'elle fonçait sur l'autoroute, Meg pensa à la façon dont Jim Leggatt avait validé sa théorie. Si elle en était heureuse, dans un sens, la vérité lui paraissait plus glaçante encore que les spéculations du Dr Wassermann.

Quel secret cachait-elle au fond de sa mémoire ? Quel événement terrible, enfoui dans les profondeurs de son passé, avait bien pu provoquer une fracture aussi brutale de sa personnalité ? Quelle partie de son esprit, enfin, avait pu créer un double aussi effrayant que Lisa Cantalini ?

A voir les réactions des gens qui l'entouraient à son égard, Meg n'avait aucun mal à deviner la façon dont Lisa avait dû se conduire avec eux. Comment oublier la haine qui durcissait le regard de Filomena ; le mépris que Victor avait laissé échapper au sujet de leurs rapports en général, et de sa vie sexuelle en particulier ; l'expression terrifiée de Dommie le jour où elle était rentrée de l'hôpital ?

Apparemment, personne n'avait eu beaucoup d'affection pour Lisa. Personne sauf son cousin, Clay Malone.

Meg fronça les sourcils. Non. Elle ne voulait pas penser à Clay, ni à ce que les paroles de Jim Leggatt — et l'attitude de Filomena — laissaient supposer d'une relation trop dérangeante à son gré.

A défaut, elle préféra se pencher sur la nature de la personnalité qui s'était à un moment donné substituée à la sienne. Elle songea aux penderies pleines de toilettes coûteuses, à la chambre au luxe douillet où s'étalaient partout des portraits d'elle.

Il émanait de ces images un narcissisme exacerbé qui la troublait et la mettait mal à l'aise.

Dans ses propres souvenirs, en effet, elle revoyait une enfant timide et embarrassée d'elle-même qui détestait son physique parce qu'il la séparait de ses parents, une petite fille sauvage qui repoussait farouchement toute marque d'admiration et désirait à toute force ressembler à sa mère et à son père.

Cela étant, d'où Lisa avait-elle bien pu sortir ? Ce double vaniteux et sûr de lui s'était-il développé afin de protéger Meg contre les doutes et les incertitudes qu'elle nourrissait à l'encontre d'elle-même ? Dans ce cas, rien ne pouvait empêcher Lisa de resurgir si Meg se sentait de nouveau fragilisée et déstabilisée…

Maintenant qu'elle avait réussi à reprendre sa place, toutefois, Meg était bien décidée à ne plus disparaître. Elle voulait rester, empêcher à tout prix Lisa de revenir. Pour y arriver, elle n'avait qu'un moyen : déterrer les secrets qui habitaient son passé, et composer du mieux qu'elle pourrait avec l'horreur, quelle qu'elle fût, qui avait perturbé son esprit.

Enfin, il y avait Clay Malone. Non sans déplaisir, Meg se résigna à envisager la possibilité qu'il ait pu être son amant pendant que Lisa l'avait remplacée. Si tel était le cas, peut-être avait-il monté toute cette supercherie dans le seul but d'éliminer Meg et de faire resurgir Lisa, la seule qui l'intéressait...

Dans l'affirmative, cet homme était un expert dans l'art de la duperie. Et si cette hypothèse était exacte, s'avisa soudain Meg, cela signifiait qu'il avait pu mentir aussi au sujet de Jim Leggatt.

Au soulagement qu'elle éprouva, elle mesura à quel point les insinuations de Clay concernant son sympathique voisin lui avaient pesé. Elle n'avait nulle envie de voir en Jim un homme violent et instable. Tout lui plaisait, en lui, de son sourire lumineux à la décontraction avec laquelle il montait à cheval. Elle appréciait son calme, son ton tranquille, son intelligence et sa chaleur.

En tout cas, quoique très différents, les deux hommes possédaient chacun à sa manière un charme puissant. Et un seul d'entre eux disait la vérité.

Le problème était de savoir lequel.

A force de se concentrer, Meg commençait à avoir mal à la tête. Elle regarda autour d'elle et s'efforça de penser à la route. La ville de Saint-George venait de disparaître dans son rétroviseur, ainsi que les reliefs escarpés du sud de l'Utah. Durant quelques kilomètres, l'autoroute coupa la corne nord-ouest de l'Arizona, serpentant au fond d'un canyon inondé de soleil. Les parois rocheuses étincelaient, brillantes palettes où se mêlaient toutes les nuances de pourpre, d'or et de brun.

Puis, de façon abrupte, le canyon prit fin, et Meg déboucha dans les plaines désertiques qui annonçaient

Mesquite. Elle quitta l'autoroute. Après avoir pénétré dans la ville, elle s'arrêta dans l'artère principale, très fréquentée, et entra dans un petit restaurant.

Elle connaissait l'endroit pour y être venue avec son père, des années plus tôt. Elle devait être adolescente, à cette époque, mais rien n'avait changé : les banquettes étaient recouvertes du même vinyle rouge fané, des vignettes jaunissantes représentant des scènes de rodéo ornaient toujours les corbeilles en plastique où étaient rangées les serviettes. Comme avant, chaque table était équipée d'un juke-box miniature sur lequel les amateurs de musique country pouvaient choisir leurs chansons préférées.

Ce souvenir-là lui appartenait, Meg en était sûre. En fait, les instants qu'elle avait passés dans cet endroit lui semblaient si réels qu'elle s'attendait presque à voir Hank entrer de son pas nonchalant, au milieu d'un groupe de cow-boys qui bavardaient en mâchant une chique de tabac…

Hank…

De façon automatique, comme elle le faisait d'habitude, elle voulut penser à autre chose. Mais elle se retint, cette fois, et s'obligea à se représenter le visage buriné de Hank, son sourire affable, ses mains calleuses qu'il savait rendre si douces.

Qu'était devenu son père ? Quelqu'un — un médecin, peut-être — lui avait dit qu'il était mort ; Meg, toutefois, ne pouvait le croire. Une appréhension l'habitait, vague, imprécise : la peur, si jamais elle se laissait aller à évoquer plus avant la mémoire de Hank, de découvrir quelque chose de terrifiant.

D'où lui venait cette crainte ? Hank s'était-il trouvé confronté à un danger quelconque ? Son sort était-il, d'une manière ou d'une autre, lié à l'incroyable confusion qui s'était emparée de sa vie ? Avait-il…

— Qu'est-ce que je vous sers ? demanda une voix.

Meg émergea de ses pensées et leva les yeux vers la serveuse, qui tenait son carnet de commandes à la main. C'était une femme d'une cinquantaine d'années à l'abondante chevelure d'un blond cuivré, moulée dans un uniforme trop serré. Une pochette de dentelle s'étalait en éventail sur son sein gauche, et de longs pendants d'oreilles en perles effleuraient presque ses épaules.

— Quel est le menu du jour ? s'enquit Meg.

— Sandwich bacon-tomate, frites maison, potage et boisson, le tout pour quatre dollars.

— Très bien. Avec un thé glacé, s'il vous plaît.

Meg la regarda noter sa commande.

— Est-ce que vous travaillez ici depuis longtemps ? demanda-t-elle.

— Ça fera vingt-deux ans en janvier.

Un moment, Meg garda les yeux rivés à ceux de la serveuse. Elle avait un regard las, placide. Et des questions brûlaient les lèvres de Meg : « Me connaissez-vous ? Vous souvenez-vous de m'avoir vue ici quand j'étais plus jeune, avec mon père ? *Savez-vous où il est ?* »

— Il vous faut autre chose ?

— Non, merci. Ce sera tout.

D'un doigt distrait, Meg fit tourner les plaquettes du juke-box, sans savoir ce qu'elle cherchait.

— Je vous sers tout de suite.

— Attendez !

La serveuse se tourna vers elle.

— Oui ?

— Y a-t-il une séance de rodéo, cet après-midi ?

— En début de soirée, répondit la femme en consultant sa montre-bracelet. Le premier commence à 17 heures. Vous avez tout le temps de manger avant.

— Merci, murmura Meg avec un sourire.

Plus tard, en sortant du restaurant, elle reprit sa voiture pour gagner le terrain de rodéo. Elle y pénétra par le portail réservé aux concurrents et gara la Thunderbird sur un carré d'herbe poussiéreuse. Les abords de la piste étaient envahis de camions et de caravanes, véritable village ambulant qui bourdonnait d'activité sous le soleil de l'après-midi. Des cordes à linge étaient tendues entre les remorques, des jeunes femmes faisaient leur lessive dans des bassines installées sur le capot arrière des voitures pendant que leurs enfants couraient au milieu des chevaux, criant et se chamaillant.

Dans les corrals, les mustangs se déchaînaient, levant sous leurs sabots d'épais nuages de poussière qui montaient dans l'air bleuté du désert. Ailleurs, des taureaux longeaient les barrières et se figeaient de temps à autre pour abaisser leurs cornes épaisses et lancer des mugissements menaçants.

Tout cela paraissait si familier à Meg qu'elle éprouvait la même joie que si elle était rentrée chez elle. Elle sentait son énergie revenir à flot, en même temps qu'une foule de souvenirs. Elle se hâta vers la piste, scrutant avec une curiosité allègre les groupes d'hommes en santiags et

Stetson qui s'affairaient près des barricades. Les cow-boys se préparaient pour les épreuves à venir ; tout en bavardant, ils faisaient tournoyer leurs lassos, s'occupaient des chevaux ou du matériel.

Plusieurs regardèrent Meg approcher avec un mélange de curiosité et de franche admiration, mais aucun ne parut la reconnaître. Brusquement, ces visages impassibles et ces regards lourds de désirs la terrifièrent. Elle se figea, comme paralysée, hésita un instant, puis tourna les talons et détala en direction de sa voiture.

Elle passa près d'une heure à rouler dans Mesquite, échauffée par les souvenirs qui continuaient d'affluer à sa mémoire avec une netteté de plus en plus grande. Pour la première fois depuis son accident, il lui semblait exister de nouveau. Elle redevenait enfin elle-même, une personne *réelle*. Toutefois, à en juger par les regards que ces cow-boys lui avaient opposés, elle savait que ce n'était pas ici, dans cette ville, qu'elle trouverait les réponses à ses questions.

Finalement, à regret, elle reprit l'autoroute et la direction de Las Vegas.

Le soleil était déjà très bas à l'ouest quand Meg, qui roulait dans le désert, comprit qu'elle approchait de la capitale du jeu. Le rayonnement lumineux qui nimbait le sommet de la pyramide noire du Luxor se déployait déjà dans les airs — il était si dense et si brillant que lorsque la nuit était claire on pouvait le voir jusqu'à Los Angeles.

Tout à coup, Meg se sentit glacée de panique — tout en éprouvant une impression de familiarité grandissante.

Elle traversa sans problème les faubourgs de la ville, roula jusqu'au large ruban illuminé du Strip et se coula dans le flot de la circulation.

Les casinos se succédaient, étincelant de tous leurs feux dans le crépuscule. Elle aperçut le Mirage, avec sa cascade gigantesque, et l'impressionnante bataille navale en plein air de l'Ile au Trésor. Elle contempla avec plaisir les énormes oiseaux en néon rose du Flamingo, l'opulence dorée du Caesar's Palace et le spectaculaire lion aux yeux bleus du MGM, grandiose, avec les centaines de touristes qui circulaient entre ses pattes écartées.

Arrivée à la hauteur du Willows, Meg pénétra dans le parking extérieur et leva les yeux vers l'immense saule lumineux qui la dominait, avec ses milliers de feuilles de néon étincelant sur le ciel rouge et noir. Alors, son cœur s'emballa, ses mains se crispèrent sur le volant. Envahie d'une terreur sans fond, elle fut prise d'un désir presque irrépressible de fuir cet endroit, de repartir vers le nord et de rejoindre le plus vite possible le havre, sûr et silencieux, que représentait soudain pour elle la grande villa de grès rose de Salt Lake City.

Au bout d'un moment, elle inspira à fond et s'obligea à sortir de la voiture. Elle verrouilla les portières, prit ses bagages et marcha vers l'entrée de l'hôtel.

15.

Le Willows était le plus récent des casinos-hôtels de Las Vegas ; et même dans une ville où l'opulence et le luxe tapageur constituaient la norme, il demeurait une réalisation impressionnante.

L'édifice lui-même, construit en calcaire brut, occupait une vaste étendue de terrain vers l'extrémité sud du Strip. La nuit, illuminé par le gigantesque saule de trente mètres qui lui donnait son nom, il ruisselait de lumière. Cet arbre fameux, figurant au palmarès des réalisations modernes les plus photographiées, se composait d'une myriade de feuilles électriques, d'une douzaine de verts différents, qui scintillaient sur le ciel noir du Nevada.

Pourtant la caractéristique la plus extraordinaire du Willows — aussi renommée que la promenade roulante du Caesar's Palace, les tigres blancs du Mirage enfermés dans leurs cages de verre ou le dôme du Circus Circus, avec ses impressionnants trapèzes volants —, cette attraction prestigieuse se trouvait à l'intérieur, dans l'immense hall qui desservait à la fois l'hôtel de luxe, les salons, les salles de jeux, les boutiques et les restaurants de grand standing.

Au cœur du Willows serpentait une *vraie rivière*, bordée de grands arbres dans lesquels de vrais oiseaux gazouillaient et voletaient de branche en branche.

Tandis qu'elle attendait devant le comptoir de réservation, Meg écoutait avec ravissement le frais gazouillis de l'eau courante et admirait autour d'elle le décor somptueux. D'immenses fresques murales restituaient dans toute sa splendeur le désert qui entourait la ville ; d'innombrables tapis déclinaient toutes les nuances possibles de verts et de bruns ; et, partout, de discrètes touches dorées faisaient resplendir l'ensemble.

Certes, Meg savait qu'une autre réalité se cachait dans les profondeurs du palace. Quelque part sous ses pieds, une armée d'employés trimait vingt-quatre heures sur vingt-quatre dans les cuisines, récurait des plats, vidait des assiettes, grattait des grils noircis. Elle savait aussi que sa place se trouvait parmi eux, et non au sein des riches clients de l'hôtel. Mais le luxe et le confort qui l'environnaient étaient si fascinants, si tentants qu'elle n'avait aucune envie de penser aux sous-sols sordides où elle se souvenait d'avoir travaillé.

Au bout de quelques minutes, son tour arriva enfin. Elle demanda une chambre à l'étage le plus élevé, savourant sa propre audace.

— Combien de temps pensez-vous rester, madame ? s'enquit le réceptionniste.

— Je ne sais pas encore, répondit Meg. Une semaine environ, je pense.

L'employé enregistra l'information sur son ordinateur.

— Et comment réglerez-vous ?

Les doigts de Meg se crispèrent sur son sac à main. Il contenait plus de cinq cents dollars en espèces, somme qu'elle avait trouvée dans un tiroir de sa chambre et qu'elle souhaitait garder en cas de besoin. Par ailleurs, elle était pratiquement certaine de posséder un compte épargne au nom de Megan Howell, dans une banque du centre-ville. Mais comment avoir accès aux trois mille dollars qu'il contenait sans chéquier ni carte de paiement ?

— Madame ? s'enquit le réceptionniste.

Il dévisageait Meg, les paupières plissées.

— Comment pensez-vous payer ?

— Avec ma carte de crédit, répondit Meg d'un ton légèrement hésitant.

— Puis-je prendre une empreinte du numéro, je vous prie ?

Elle hocha la tête, fouilla dans son sac et en tira la carte Privilège de Lisa Cantalini. Lorsqu'elle la tendit à l'employé, elle fut saisie d'une peur irraisonnée, comme si un policier allait surgir derrière elle, revolver au poing, et l'arrêter pour escroquerie.

Pourtant, dans sa chambre de Salt Lake City, elle avait passé un certain temps à s'exercer pour imiter le mieux possible la signature qui figurait au verso de la carte. Cela s'était révélé assez aisé : l'écriture de Lisa, élancée et penchée sur la droite, avec des empattements affirmés et des espaces entre les lettres, ressemblait beaucoup à la sienne.

— Voulez-vous que je signe tout de suite ? demanda-t-elle en passant la main sous la paroi vitrée.

— Non. L'empreinte suffira pour l'instant. Vous signerez la facture globale à la fin de votre séjour.

Soulagée, Meg sourit.

— Merci, murmura-t-elle.

Ayant pris possession de sa clé, elle transporta ses valises jusqu'aux ascenseurs.

Une fois dans sa chambre, elle regarda autour d'elle en se demandant si tout cela, vraiment, était bien réel. Comment croire qu'elle se trouvait dans l'établissement dont elle gardait un souvenir si différent ? Jusque-là, le Willows s'était résumé pour elle à des entrées de service répugnantes, des couloirs en béton aux murs souillés de taches, des parkings ventés où des rangées de poubelles débordaient des déchets des cuisines…

Le décor qui l'entourait, au contraire, n'était que luxe et raffinement. Meg en fit le tour d'un pas hésitant. Du bout des doigts, elle effleura les bois précieux, l'étoffe somptueuse des doubles rideaux, la fraîcheur immaculée des draps de lin sous la courtepointe de satin ; elle tourna pour les essayer les robinets en laiton de la salle de bains…

Revenue dans la chambre, elle se campa devant la baie vitrée. Tout en contemplant la ville illuminée qui s'étalait sous ses yeux, elle se revit en train de s'échiner dans les cuisines, en bas, rêvant d'avoir un jour assez d'argent pour pouvoir monter dans les étages.

Et pendant tout ce temps-là, elle était…

Meg se ressaisit, mal à l'aise, traversa la pièce et prit le téléphone. Quand elle eut composé le numéro de Salt Lake City, elle attendit.

— Résidence Cantalini, répondit enfin Filomena. Que puis-je pour vous ?

— Bonsoir, Filomena. Ici…

Elle s'interrompit, gênée ; elle ne savait toujours pas sous quel nom se présenter avec la gouvernante. Elle détestait être appelée Mme Cantalini mais Filomena, apparemment, ne l'avait jamais appelée autrement.

— Madame Cantalini ?

— Oui. Je me demandais juste… Pourrais-je parler à Victor, je vous prie ?

— Monsieur n'est pas encore rentré.

Meg n'en fut pas surprise. Son mari rentrait rarement avant 22 ou 23 heures. Elle ignorait s'il travaillait ou s'occupait à d'autres distractions, mais cet emploi du temps n'avait en tout cas rien à voir avec sa vie familiale.

— Pourrez-vous lui dire que je suis bien arrivée à Las Vegas ?

— Peut-il vous rappeler, s'il a besoin de vous parler ?

Les yeux fixés sur les deux toiles accrochées au-dessus du lit, Meg hésita. Révéler où elle se trouvait l'ennuyait. De plus en plus, elle avait l'impression d'avancer sur un terrain miné de mensonges et de manigances en tout genre ; pour l'instant encore, elle n'avait aucun moyen de savoir à qui elle pouvait réellement faire confiance.

— Je suis chez une amie, ainsi que je vous l'avais dit, déclara-t-elle enfin.

Il lui fallait improviser, et vite. Soudain, le visage hautain de la surveillante qui supervisait son travail dans les cuisines du Willows lui revint à la mémoire.

— Elle s'appelle Dana, mais je ne pense pas que Victor la connaisse.

— Quel est son numéro ?

— Un instant, je vous le donne.

Le cerveau de Meg fonctionnait à toute allure. Pas question de donner le numéro du casino, bien sûr ; et elle était incapable de trouver un autre numéro local. Finalement, elle en inventa un au hasard. Si Victor essayait de l'appeler, il penserait qu'elle s'était trompée et attendrait qu'elle reprenne contact avec lui...

Filomena nota le faux numéro et le relut à haute voix. Meg aurait dû raccrocher ; cependant, elle s'avisa qu'elle n'avait pas envie d'interrompre tout de suite la conversation. La belle villa rose, qui lui avait semblé si froide et si hostile à son arrivée, lui apparaissait maintenant comme un endroit familier et presque accueillant, à côté de cette chambre impersonnelle perchée dans la nuit étoilée.

— Comment va Dommie ? demanda-t-elle avec nostalgie. Il est déjà couché ?

— Pas encore.

Meg sourit en imaginant les yeux noirs du petit garçon, si vifs, ainsi que son joli visage.

— Dites-lui que je pense à lui, Filomena. Embrassez-le très fort pour moi, et promettez-lui que nous retournerons faire du cheval dès que je rentrerai.

— Bien, madame.

Filomena semblait surprise, et méfiante.

— Je lui dirai.

— Bonne nuit, Filomena.

— Bonne nuit, madame.

Meg raccrocha et alla se faire couler un bain. Un peu plus tard, perdue dans un océan de bulles parfumées, elle pensa à Jim Leggatt, qui devait être à Las Vegas le week-end suivant.

Langoureusement, elle se remémora ses yeux bleus, ses épaules larges, sa démarche souple et balancée, la tranquille assurance de ses gestes lorsqu'il ajustait une selle ou maniait une étrille.

« Si seulement il pouvait être ici ce soir… », songea-t-elle avec un soupir de regret.

Repoussant les sinistres avertissements de son cousin, elle se laissa aller dans l'eau chaude et ferma les yeux. Ce serait tellement bien, s'il devait passer la prendre dans une heure pour l'emmener dîner…

Le lendemain matin, Meg s'éveilla de bonne heure et se retourna avec appréhension dans son lit, songeant à la journée qui l'attendait.

En toute logique, la première chose à faire était de descendre dans les cuisines et d'essayer de reconnaître d'anciens collègues de travail, bien sûr. Meg, toutefois, ne se sentait pas très encline à tenter cette démarche tant qu'elle n'aurait pas dissipé un peu plus les mystères qui entouraient son passé. Elle fronça les sourcils et considéra gravement les rideaux qui masquaient la baie, essayant de se concentrer.

Enfin, elle se leva et alla se restaurer dans l'une des salles à manger de l'hôtel. Ensuite, elle se rendit sans tarder sur le parking pour y prendre sa voiture. Elle abaissa la capote afin de profiter du grand soleil, puis entreprit de rouler dans la ville.

Quelque part dans le centre, juste après l'artère animée connue sous le nom de Ravin de Lumière, elle fut assaillie par le brusque souvenir d'un petit appartement. Ces réminiscences étaient pour le moins floues et assez déroutantes, mais Meg était presque certaine à présent d'avoir vécu par là très récemment. Elle circula dans le quartier, à l'affût, jusqu'au moment où la vue d'un immeuble la frappa. Elle s'arrêta en face et resta assise au volant, étudiant la façade en brique sale et couverte de graffiti.

Il s'agissait d'un édifice ancien, en mauvais état, dont les fenêtres aux châssis déglingués arboraient des vitres cassées ; à l'arrière, des cordes à linge étaient tendues entre les barreaux métalliques des escaliers de secours.

Meg quitta la voiture, alla jusqu'à l'immeuble, poussa la porte d'entrée à la peinture écaillée et pénétra dans une entrée obscure. Immédiatement, une drôle d'odeur l'assaillit : un mélange de graisse rance, de cire et de détergent. Ces effluves étaient si puissamment évocateurs que des souvenirs précis, aussitôt, lui revinrent en foule.

Elle avait habité là.

Elle le savait. Chaque nuit, après son travail, elle prenait un bus jusqu'au centre-ville et pénétrait dans ce hall en traînant les pieds, épuisée par le travail éreintant des cuisines. Soir après soir, elle avait gravi ces marches branlantes pour monter chez elle. Elle se souvenait parfaitement de l'appartement, à présent, et même de son numéro.

— C'était le 4C, murmura-t-elle. J'habitais le 4C.

Le cœur battant à se rompre, elle s'approcha du tableau qui identifiait les occupants de l'immeuble. Malheureusement, rien n'indiquait qu'une Megan Howell ou une Lisa Cantalini ait jamais habité le 4C. En face de cette case était griffonné un nom illisible.

Alors que Meg hésitait, ne sachant que faire, une femme descendit l'escalier, armée d'un balai et d'un seau plein de produits d'entretien. Elle s'arrêta au bas des marches, posa son matériel, puis se massa les reins en jetant un regard interrogateur à Meg.

— Vous cherchez quelque chose ?

— J'étais juste venue…

La femme, coiffée d'un bandana jaune vif et vêtue d'un jean taché, alluma une cigarette. Elle inhala avidement et s'appuya à la rampe.

— Ouais ? lança-t-elle en soufflant une bouffée de fumée.

— Je me demandais qui habite le 4C, à présent. Je ne parviens pas à déchiffrer le nom.

— Kozinski, répondit la femme en tirant de nouveau sur sa cigarette. Un jeune gars blond aux cheveux longs. Il travaille au Four Queens, à une table de black-jack.

— Est-ce qu'il habite ici depuis longtemps ? interrogea Meg. Savez-vous par hasard qui occupait l'appartement, avant lui ?

— Non. J'ai pris ce poste de concierge au début du mois. Quand je suis arrivée, il était déjà là.

— Je vois.

Meg hésita encore.

— Les locataires précédents... Qu'est-il advenu de leurs affaires ?

— Je suppose qu'ils les ont emportées, rétorqua la femme d'un ton sec. Ça semble logique, non ?

— Oui, bien sûr. Mais si quelqu'un disparaît et ne revient pas vider son appartement, par exemple, que fait-on de ses affaires ?

— On les fout à la décharge. On n'a pas de garde-meubles avec cadenas et tout le tintouin, si c'est ce que vous voulez savoir. Quand quelqu'un s'en va sans laisser d'adresse, son bazar est conservé quinze jours dans la loge du concierge. Après, quelqu'un vient le chercher pour aller le balancer.

— Vous jetez tout ?

— Tout, jusqu'à la dernière miette ! affirma la concierge avec une sorte de satisfaction morbide. Je charge moi-même les cartons dans la benne.

Accablée, Meg hocha la tête.

— Merci, murmura-t-elle.

— Y a pas d'quoi.

La femme laissa tomber son mégot dans le seau, saisit son matériel sur son épaule et se dirigea vers le fond du vestibule.

Une heure plus tard, Meg se tenait devant un guichet de banque.

— Megan Howell, répéta-t-elle au jeune homme assis derrière le comptoir. Le compte est au nom de Megan Howell. C'est l'un de ces comptes qui rapportent des intérêts dès que le solde dépasse mille dollars. Je pense qu'il doit atteindre les trois mille, maintenant.

— Quel est le numéro ?

— Je ne m'en souviens pas.

— Sans numéro, je peux difficilement vous répondre, déclara l'employé. Vous n'avez pas votre livret, ou un chéquier ?

— J'ai eu un accident de voiture le mois dernier, et tous mes papiers ont été détruits. J'espérais que vous pourriez me renseigner quand même…

— Howell, dites-vous ?

Il tapa quelques lettres sur son clavier et scruta l'écran, les paupières plissées.

— Oui… Megan Howell, annonça-t-il enfin. Il y a bien eu un compte à ce nom, mais il a été clos après retrait des fonds.

Meg le dévisagea avec incrédulité.

— *Clos ?* répéta-t-elle. Quand ?

— La date n'est pas mentionnée. Tout ce que j'ai, c'est le nom du titulaire et un code indiquant la clôture.

— Mais… c'est aberrant ! protesta Meg. Qui aurait pu clore mon compte à ma place ?

— Si vous pensez qu'il y a eu une irrégularité, il faut que vous déposiez une plainte. Je peux vous fournir le formulaire.

— Attendez… Vous ne pouvez vraiment pas me dire à quel moment cela a été fait ?

— Ce renseignement ne figure plus dans mon fichier.

Meg inspira profondément.

— Y a-t-il un moyen de le retrouver ?

— Eh bien, oui. Il est stocké dans les fichiers du siège central. Il suffit que j'envoie une note demandant une recherche, et…

— Combien de temps cela prendrait-il ?

L'employé haussa les épaules, l'air agacé.

— Je ne sais pas, moi… Ça peut aller jusqu'à une semaine. Tout dépend de l'engorgement des terminaux. Ecoutez, si vous voulez déposer une plainte…

— Ce n'est pas la peine. Je vais vérifier de mon côté, je reviendrai plus tard.

Quand elle se retrouva sur le trottoir, devant la banque, Meg s'immobilisa ; malgré la chaleur que dispensaient les rayons du soleil, elle était glacée.

Quelqu'un, peu de temps auparavant, avait clos son compte en banque et retiré tout son argent. Les quelques meubles et objets personnels qui se trouvaient dans son appartement avaient été jetés à la décharge. Toute trace de sa vie passée avait été systématiquement effacée, comme si elle n'avait jamais existé.

Lentement, de façon inexorable, Meg sentait un piège se refermer autour d'elle. Qui était derrière tout cela ? Pourquoi ? Elle n'en avait pas la moindre idée ; et l'invisibilité de cette menace la rendait d'autant plus effrayante.

En direction de la banlieue sud de la ville, le scintillement des néons ne tardait pas à s'estomper ; le Strip se changeait en une large autoroute du désert, traçant sa voie à travers de vastes étendues de pierres, de sable et de cactus. Des lotissements neufs, au luxe clinquant, côtoyaient de petites fermes maraîchères mal entretenues et de vieilles caravanes en piteux état. Quelques décors de cinéma émaillaient aussi le paysage.

Meg inspectait les alentours, en quête de repères, mais rien ne lui semblait familier. Puis elle passa le long d'un terrain de base-ball abandonné, et son pouls s'accéléra. C'était là, elle en était sûre.

Elle prit une route secondaire qui l'amena dans une cour de ferme poussiéreuse ; quelques chèvres broutaient près d'un abreuvoir. Lorsque Meg vit la caravane, sa mémoire se réveilla d'un seul coup.

Elle arrêta la voiture devant la caravane et alla frapper à la porte.

Des aboiements furieux éclatèrent, vite réprimés, puis elle perçut un bruit de pas. Une jeune femme parut dans l'encadrement, un bébé perché sur sa hanche. La mère et l'enfant, tous deux roux et bouclés, souriaient avec chaleur.

Meg leur rendit leur sourire.

— Bonjour, dit-elle. Etes-vous... Est-ce que vous habitez ici ?

La femme fit signe que oui.

— Mon mari travaille à la fabrique de marshmallows, là-bas. Je m'appelle Tessa, et voici Ashley.

— Ravie de vous connaître, Tessa. Bonjour, Ashley.

Meg sourit encore à la petite fille potelée qui s'agitait dans les bras de sa mère en produisant un babil inintelligible.

Tessa la fit passer sur son autre hanche.

— Je peux vous aider ?

Meg inspira à fond.

— Je… je vivais ici, autrefois. Et… si cela ne vous ennuie pas, bien sûr, j'aimerais faire un petit tour chez vous.

— Aucun problème ! répondit la jeune femme qui semblait au contraire ravie. La maison est plutôt en désordre, mais entrez, je vous en prie.

Elle fit un pas sur le côté et indiqua le porche.

— Oh ! je ne voulais pas rentrer, s'empressa de préciser Meg. J'avais juste envie de revoir un peu la ferme et le terrain…

— Entrez ! insista Tessa. Je suis coincée ici toute la journée avec mon bébé, et une visite est la bienvenue. Venez, nous allons prendre une tasse de café.

Meg la dévisagea, surprise, puis regarda la petite fille.

— Vous… vous n'avez pas peur des étrangers ?

Sans répondre, Tessa ouvrit la porte de la cuisine, révélant ainsi un pitt-bull blanc à l'air féroce. Son museau rose frémissait tandis qu'il examinait l'intruse.

— Assis, Marshmallow ! ordonna sa maîtresse à mi-voix. Sage…

Meg adressa un sourire prudent à cet animal brutal, apprécié pour ses qualités de gardien. Marshmallow s'assit, mais roula sur les hanches pour la suivre des yeux alors qu'elle s'avançait sous le porche, une étroite plate-forme encombrée de matériel de pêche et d'affaires d'enfant.

— Ron, mon mari, est un vrai dingue de pêche, expliqua Tessa. Quand nous étions dans l'Oregon, il passait tous ses week-ends dehors. Ici, on ne peut pas dire que les conditions soient idéales. Depuis quand êtes-vous partie ?

— Cela fait… Nous sommes partis il y a dix ans environ, après la mort de ma mère.

Meg suivit son hôtesse dans la minuscule cuisine, essayant de raviver ses souvenirs. Mais ce décor ne lui rappelait rien, bien qu'elle ait dû y passer des heures blottie sur les genoux de Glory, à écouter des histoires avant d'aller dormir.

— Je ne me souviens de rien, dit-elle en réponse au coup d'œil interrogateur de sa compagne.

— Attendez, il n'y a pas de quoi s'affoler… Si ça se trouve, ce n'est plus la même caravane.

— Vous croyez ?

Tessa remit sa fille dans sa chaise haute. L'enfant empoigna une cuillère et se mit à tambouriner sur le plateau en plastique.

— Nous ne sommes ici que depuis deux ans. Cette caravane était déjà là, mais elle avait peut-être été changée depuis votre départ.

Meg approuva d'un hochement de tête, tout en essayant de mettre un peu d'ordre dans ses souvenirs embrouillés. Marshmallow s'approcha de sa démarche pataude ; il se laissa choir lourdement à ses pieds, l'observant encore, une oreille dressée.

— Je peux le caresser ? demanda-t-elle.

— A votre place, j'éviterais.

Tessa apporta deux tasses de café et s'assit à son tour. Visiblement, elle était heureuse de parler de son bébé et de la vie qu'elle menait dans ce coin de désert. Tout en bavardant, elles grignotèrent des biscuits au chocolat fourrés aux marshmallows.

— Ron les a gratuitement à la fabrique, expliqua la jeune femme. Il en rapporte des sacs entiers.

Meg sourit au bébé, dont le visage rond était peu à peu envahi par le chocolat. La petite fille riait aux éclats. Sa mère la regarda d'un air sévère.

— Quelle petite sale ! Vous avez bien besoin d'un bain, mademoiselle.

— Je vais vous laisser, déclara Meg à regret. Merci pour le café.

— C'était avec plaisir. Passez quand vous voulez.

Sur le pas de la porte, Meg hésita.

— Est-ce que je pourrais... faire un petit tour de la propriété ? demanda-t-elle. J'aimerais marcher un peu dans le pré, pour voir si je me souviens de quelque chose.

— Bien sûr. Prenez tout votre temps.

Meg sourit encore et sortit, escortée jusqu'aux marches par le pitt-bull, qui ne lui témoigna aucune sorte de sympathie.

Elle lui ferma le portillon au nez et se dirigea vers l'arrière de la caravane, se frayant un chemin parmi les chèvres et les poules. Quand elle arriva à la lisière du pré, elle entrebâilla la porte grillagée et se coula dans l'ouverture, repoussant les chèvres qui voulaient la suivre. Une fois dans la prairie, elle s'arrêta afin d'examiner l'horizon poussiéreux.

C'était bien l'endroit qu'elle cherchait. En même temps, aucun de ses souvenirs n'était assez net pour lui prouver qu'elle avait réellement vécu ici. Peut-être avait-elle simplement vu cette ferme, autrefois ; à moins qu'elle n'y soit venue en visite avec quelqu'un, au cours de ces années si confuses dans sa mémoire.

Si seulement elle pouvait se rappeler quelque chose de précis, un détail qui lui confirmerait de façon certaine sa théorie ! Pour bien faire, il faudrait qu'elle retrouve un objet, un jouet lui ayant appartenu quand elle était enfant, ou encore un secret que la petite Meg n'aurait partagé avec personne...

Le rocher indien !

Son cœur avait bondi dans sa poitrine. Elle partit en courant, trébuchant dans le sable du désert afin d'atteindre au plus vite le ravin rocailleux qui s'ouvrait au bout du champ.

Le « ravin » en question n'était en fait qu'une dépression peu profonde où de l'eau coulait parfois après de fortes pluies. Meg, cependant, s'en souvenait encore comme d'un lieu magique, un refuge où elle aimait aller rêvasser et inventer des histoires de cow-boys et de pirates.

Au fond de la faille, près d'une touffe poussiéreuse de *mesquite*, ces gros haricots mexicains destinés au bétail, elle reconnut le bloc rocheux. De forme arrondie, d'environ un mètre de diamètre, il était couvert de taches couleur de rouille qu'elle s'imaginait autrefois être des peintures indiennes. Emue, elle se pencha vers la pierre et suivit du doigt le contour de ces « dessins », se remémorant les histoires qu'elle forgeait à partir de chacun d'eux.

Puis elle retint son souffle en apercevant une pierre grise et plate enfoncée comme un coin à la base du rocher. Noyée dans le sable et les graviers, elle affleurait à peine.

Le cœur battant, Meg s'agenouilla et gratta la terre pour la dégager. Quand elle eut terminé, le souffle court, elle tira sur la pierre, qui céda et révéla une cavité noire aménagée sous le rocher.

Tout au fond, quelque chose brillait…

Meg glissa la main et sortit un pot de mayonnaise de verre, coiffé d'un couvercle rouillé. Les larmes aux yeux, elle le contempla un instant. Mais lorsqu'elle voulut dévisser le couvercle, il résista. Alors elle reprit la pierre, cassa le bocal, repoussa les éclats de verre dans la cavité. Puis, bouleversée, elle ramassa le petit carnet qui était tombé par terre, l'ouvrit et lut le message inscrit sur la première page d'une écriture enfantine :

« Je m'appelle Megan Elizabeth Howell et j'ai onze ans. Je dépose ce message à l'intention des générations futures, afin qu'elles sachent que ce rocher est un rocher indien très spécial, et que les peintures qui le recouvrent doivent être protégées. N'ôtez jamais ce rocher de cet endroit, sinon les Esprits indiens reviendront vous hanter ! »

Le message était signé Megan Howell, et daté du 3 mars 1982.

16.

Tenant son cheval par la bride, Jim Leggatt quitta la piste de rodéo et traversa le terrain pour regagner son camion. Il débarrassa Cochise de sa selle, puis s'agenouilla afin d'examiner le fanon arrière du hongre.

— Pas mal du tout, murmura-t-il. Cette Mme Cantalini a fait du beau travail. Pas vrai, vieux ?

Il se redressa et flatta l'animal du plat de la main. Puis, sifflotant entre ses dents, il entreprit de le brosser — sans cesser de penser à sa voisine. Il ne savait pas ce qu'il avait : il ne parvenait pas à chasser la jeune femme de son esprit.

D'habitude, Jim profitait de ses vacances pour se couper de tout et ne songer qu'à se distraire. Cette fois, il en allait tout autrement ; il ne parvenait pas à oublier Salt Lake City, et des soucis persistants continuaient de l'accaparer en dépit de l'ambiance décontractée qui régnait sur le circuit et des paysages superbes qui l'entouraient.

Bon gré mal gré, il ne pouvait s'empêcher de songer à la femme de Victor Cantalini. Et, non sans un certain malaise, il songeait à elle en tant que Meg, et plus du tout comme Lisa.

Il se remémora leur dernière conversation et se rappela le bonheur qui avait illuminé les yeux de la jeune femme, quand il lui avait confirmé que ses souvenirs d'enfance étaient vraiment les siens et non ceux d'une inconnue de Las Vegas. Il y avait en elle quelque chose de touchant ; une douceur, une vulnérabilité qui détonnaient complètement avec l'image qu'il gardait de Lisa.

Plissant les paupières, il regarda l'horizon. C'était la fin de l'après-midi. Le soleil, déjà bas, scintillait comme de l'or fondu à travers le léger voile de brume et de poussière qui nimbait l'espace animé où se déployaient les nombreuses attractions de la fête foraine.

Il venait de participer à un petit rodéo à l'ouest de Phoenix, le point le plus au sud de son périple. Dès le lendemain, il allait commencer à remonter vers Las Vegas, Mesquite où il passerait quelques jours, et enfin l'Utah.

Il rangea l'étrille et tira d'épaisses protections de cuir qu'il ajusta sur le train arrière de Cochise. Quand il eut fini, il aperçut deux cow-boys appuyés contre la remorque voisine, qui l'observaient d'un air amusé.

— T'as fait une sacrée bonne course, Jimbo, lança l'un d'eux, un grand blond au visage poupin et à l'expression candide, qui mâchonnait une chique. T'as gagné ta journée, hein ?

Jim lui répondit d'abord par un grand sourire. Il connaissait assez le jeune homme pour savoir que cet air angélique cachait un tempérament aussi dévergondé qu'intrépide.

— Je ne te dirai pas le contraire, Brad. Quel taureau as-tu tiré pour demain ?

Le cow-boy se rembrunit et cracha dans la poussière.

— Je vais monter ce vieux débris de Sauterelle. Il n'est plus bon à grand-chose ; il commence à fatiguer.

— Méfie-toi, petit ! intervint son compagnon, un grand type maigre au visage sombre et au regard las, qui apparemment avait vu bien trop de rodéos dans sa vie. Cette bête est encore capable de te jouer un sale tour. Pas vrai, Jim ?

— C'est possible.

Ayant attrapé une balle de foin, Jim en répandit une partie sur le sol, pour Cochise.

— Dis donc, Mel…

— Ouais ? répondit le plus âgé des deux cow-boys.

— Est-ce que tu te souviens d'un type appelé Hank Howell ? Il avait l'habitude de faire le circuit dans le Nevada et par ici, comme maréchal-ferrant.

— Quand ça ?

— Il y a une dizaine d'années, environ.

Mel secoua la cendre de sa cigarette.

— Grand et costaud, avec des cheveux blonds en bataille ? demanda-t-il.

— C'est ça.

— Ouais, je m'en souviens, à présent. Et alors ?

— Te rappelles-tu la fille qui l'accompagnait les derniers temps ?

Mel hocha la tête.

— Ouais, très bien.

— T'est-il arrivé de lui parler… ou autre chose ?

Le cow-boy ouvrit des yeux ronds.

— Hé, Jimbo, tu te sens bien ? D'abord c'était sa fille, je crois, et puis, elle était pas plus haute que ça !

De la main, il précisa sa pensée.

— Ne t'énerve pas, lui dit Jim. Je voulais juste savoir si tu te souvenais encore de quoi elle avait l'air.

— Je l'ai jamais beaucoup regardée. Mais autant que je me rappelle, elle était plutôt maigrichonne. On ne lui voyait que les yeux et les cheveux, à cette gamine.

— Elle aidait Hank dans son travail, non ?

— Un peu, oui ! Elle était même rudement bonne, à la fin. Le vieux Hank s'était mis à boire pas mal, après la mort de sa femme. La dernière fois que je les ai vus, c'était la petite qui faisait le plus gros du boulot. Elle savait manier un cheval, je te le dis !

— Ça remonte à quand ?

Mel haussa les épaules tandis que ses traits se crispaient sous l'effort de concentration que Jim lui imposait.

— Attends voir… Ça doit faire six ou huit ans, peut-être plus. Après, ils ont arrêté de faire le circuit.

— Tu sais ce qu'ils sont devenus ?

— Ils ont trouvé du travail dans des ranchs, il me semble.

— Dans quel coin ?

— Holà ! Si tu crois que c'est facile, de se rappeler ces trucs-là…

— Creuse-toi un peu la cervelle.

Le cow-boy fixa la grande roue, qui tournait lentement en se découpant sur le ciel.

— Aux dernières nouvelles, reprit-il, ils étaient dans une espèce de ranch-hôtel de l'Amaragosa, je crois. Maintenant que tu m'en parles, je me souviens vaguement d'avoir entendu dire que Hank n'allait pas fort, et qu'il se créait un paquet d'ennuis.

— Quel genre d'ennuis ?

De nouveau, Mel haussa les épaules.

— J'sais plus.

— Et la fille, tu as une idée de ce qu'elle est devenue ?

— Bon sang, Jim, qu'est-ce que tu veux que j'en sache ? Et pourquoi elle t'intéresse autant, cette gamine ?

— Tu as de ces questions ! intervint Brad. Tu connais le goût de Jimmy pour les filles, non ?

Le visage de Mel s'éclaira.

— Pour ça oui, acquiesça-t-il avec malice. Comme joli cœur, on fait pas mieux.

Son compagnon se redressa.

— Justement, Jimbo, tu ferais bien de nous accompagner à la buvette, déclara-t-il d'un ton décidé. Il y a un trio du tonnerre qui nous attend, là-bas, et on manque de bras…

Jim rangea sa selle dans la remorque et commença à enrouler son lasso.

— Quel genre de trio ? demanda-t-il.

— Une belle petite brochette de pouliches, répondit Mel, les yeux brillants. Elles travaillent en ville, à la mairie. C'était leur jour de congé, aujourd'hui, et elles voulaient assister à un rodéo. Elles sont *folles* des cow-boys, ajouta-t-il en abaissant son Stetson sur ses yeux.

Jim secoua la tête.

— Pas pour moi, merci. Les petites secrétaires mignonnes et bien roulées, j'en ai fait le tour, les gars. Et de toute façon, je ne suis pas vraiment d'humeur à m'amuser.

— Oh, allez ! insista Brad avec un sourire enjôleur. T'as pas besoin d'être de l'humeur qu'il faut, pour ça. Toi, il te suffit d'arriver et de décocher une œillade, l'affaire est dans le sac. Viens, je te dis. Les poupées nous attendent.

Après avoir résisté encore un peu, Jim finit par céder et suivit les deux autres à la buvette, un carré de tables dressées sur des tréteaux devant une piste de danse en planches, le tout aussi poussiéreux que le reste. Quelques couples scandaient une marche sur la musique assourdissante qui tombait des haut-parleurs, mais la plupart des gens étaient attablés devant des pintes de bière et discutaient bruyamment.

Brad fit un signe enthousiaste de la main et s'empressa de traverser l'herbe râpée, marchant à grandes enjambées vers une table où trois jeunes femmes attendaient avec une expression qui trahissait impatience et excitation.

Quand il les vit, Jim sentit son moral tomber encore de plusieurs degrés. Toutes trois arboraient de longues crinières frisottées, un maquillage voyant et la tenue qu'elles devaient juger « western » par excellence, un jean moulant et une chemise à carreaux. Visiblement, elles jubilaient à l'idée d'avoir mis la main sur trois *vrais* cow-boys.

Plein de réticence, il prit place à côté de la blonde effrontée que Brad et Mel, apparemment, lui avaient réservée. Aussitôt, elle lui révéla qu'elle l'avait vu attraper un taureau au lasso.

— C'était *fantastique*, minauda-t-elle en posant sur le bras de Jim une main aux ongles écarlates. Vous étiez d'une rapidité ! Et votre cheval est superbe. Une vraie beauté.

Jim sourit, content qu'elle ait tout de même remarqué son cheval. Mais lorsqu'il tourna la tête et rencontra le regard avide de la jeune femme, d'un bleu ordinaire, sa déprime s'accentua. Il se mit à siroter sa bière, tout en s'efforçant de maintenir une conversation polie.

Il n'avait rien de précis à reprocher à cette fille, plutôt jolie et pas désagréable. Simplement, il avait rencontré beaucoup trop de ses semblables au cours de ses années de rodéo, du nord au sud de l'Ouest américain, de Calgary à Corpus Christi. Des filles comme elle, il en avait écouté des dizaines, avant de les faire pirouetter sur une piste comme celle-ci, de leur faire un peu de charme et de les mettre dans son lit.

A présent, ça ne lui disait plus rien, voilà tout.

— Viens, mon cœur ! lança Brad à sa compagne, une brune aguichante moulée dans un bustier noir, et pourvue d'une poitrine généreuse sur laquelle louchaient tous les hommes aux alentours. J'ai envie d'aller guincher un peu, pas toi ?

Il la tira par les mains pour l'obliger à se lever, puis l'entraîna vers la piste. Elle le suivit, collée contre lui et riant aux éclats.

Jim les regarda se fondre dans la foule et entamer le tour du plancher sur le rythme à deux temps. Brad, mince et musclé, gardait les jambes raides ; sa cavalière se pressait contre sa chemise aux tons vifs et levait vers lui des yeux emplis d'adoration. La vue de ses seins rebondis plaqués contre le torse de Brad emplit Jim d'un vague trouble, mais cette bouffée de désir n'avait rien à voir avec les filles qui l'entouraient.

C'était un autre visage qui flottait devant ses yeux dans le crépuscule doré, à travers les volutes de poussière et la fumée de cigarettes. Un visage empreint de douceur, deux grands yeux en amande aux prunelles de saphir, une jolie tête dont les courtes boucles brunes étaient ébouriffées par le vent. La femme qu'il voyait était à cheval. Elle se soulevait avec grâce sur sa selle, en rythme, et sa voix calme disait…

— Pardon ? fit-il, s'avisant soudain que sa compagne venait de lui poser une question.

— Je vous demandais à quoi ressemble votre vie, répéta-t-elle d'un ton sérieux, presque grave. Vous devez mener une existence tellement passionnante…

— Pas tant que ça, répondit Jim sans ambages. Je suis entrepreneur à Salt Lake City. Ma société construit des entrepôts et des bâtiments pour des industriels.

— Mais…

La jeune femme se recula et l'étudia avec méfiance.

— Vous êtes bien un cow-boy, non ?

Jim avala une gorgée de bière.

— Bien sûr. Seulement, on ne peut passer son temps à jouer au cow-boy. Pas quand on a grandi et appris à connaître un peu la vie.

Elle eut un petit sourire indécis. A l'évidence, elle cherchait à déterminer s'il était sérieux ou non.

De nouveau, Jim fut submergé par une vague de dépression et de lassitude.

Il se sentait seul. Il avait terriblement envie d'une femme ; il en voulait une dans son lit, cette nuit. Mais pas celle-là.

La seule qu'il désirait vraiment se trouvait à Las Vegas, cherchant la vérité sur son passé.

Avec horreur, il s'avisa qu'il commençait à nourrir de sérieuses pensées d'adultère avec la femme de son voisin. Pire encore, il redoutait de plus en plus de céder à ces pensées. Dans quelques jours, il serait à Las Vegas. Dès son arrivée, il le savait, il appellerait l'épouse de Victor Cantalini, sans doute esseulée dans sa chambre du Willows. Et là, si elle lui donnait le moindre signe d'encouragement, il serait incapable de se contenir !

Il était sur le point de commettre un acte qu'ils regretteraient tous les deux, à coup sûr.

En même temps, connaissant la vulnérabilité de Meg, Jim se dégoûtait lui-même. Décemment, s'il se sentait incapable de se contrôler, il se devait de rester à l'écart. Mais son envie de la revoir était trop forte.

Son verre de bière entre les mains, il se remit à écouter poliment le bavardage de la femme assise près de lui. Il ne pensait qu'à une chose, toutefois : au moment où il pourrait enfin s'éclipser sans la vexer et traverser la ville pour aller rejoindre, seul, sa chambre de motel.

Meg était blottie dans un fauteuil, environnée de silence, et contemplait à travers la baie vitrée de sa chambre la grande artère qui passait au pied de l'hôtel.

Le crépuscule était tombé, et Las Vegas Boulevard commençait de s'animer. Le flot des voitures grossissait, la foule des joueurs et des touristes se pressait entre les casinos, les néons s'allumaient dans la pénombre. Mais d'où elle se trouvait, tout en haut du Willows, Meg n'entendait que le ronronnement assourdi du climatiseur et le tumulte de ses propres pensées.

Elle se pelotonna, les jambes serrées contre elle, et appuya son menton sur ses genoux pour mieux réfléchir. La meilleure chose à faire, pour commencer, était de répertorier les faits dont elle était absolument sûre. Le reste, les hypothèses et autres spéculations, il valait mieux les oublier pour le moment.

D'abord, elle avait à présent la certitude que Jim Leggatt ne lui avait pas menti, et que leur théorie était la bonne : elle n'avait emprunté à personne le passé de Megan Howell. Elle était Meg, et ce depuis toujours ; et Lisa n'était apparue qu'après. Elle avait bien vécu l'enfance dont elle se souvenait ; elle avait bien grandi dans cette petite ferme poussiéreuse, au sud de la ville ; Glory et Hank avaient bien été ses parents.

Glory était morte alors qu'elle avait quatorze ans, ainsi qu'elle l'avait dit au Dr Wassermann ; après quoi, Hank et elle avaient mené une vie itinérante pendant quelques années. Elle avait terminé ses études secondaires par correspondance et n'était jamais allée à l'université. De cela, elle était sûre aussi. Elle avait toujours rêvé de devenir vétérinaire mais, les dernières années, lorsqu'il s'était mis à boire plus que de raison, Hank ne pouvait se passer d'elle.

Il y avait toujours tant de choses à faire ! A son propre travail, Meg devait la plupart du temps ajouter celui de Hank.

Jusque-là, ses souvenirs étaient clairs.

Ils commençaient de se brouiller et de devenir plus flous après, lorsqu'elle abordait les deux ou trois dernières années. Alors qu'elle revoyait avec précision leur vie sur le circuit des rodéos, elle avait le plus grand mal à se remémorer les ranchs-hôtels dans lesquels ils avaient séjourné par la suite, et l'époque traumatisante où Hank était devenu un véritable ivrogne.

Mais surtout, surtout... elle avait beau chercher, elle ne se rappelait absolument pas la façon dont tout cela s'était terminé.

Les sourcils froncés, elle se balança d'avant en arrière, désespérée par ces trous noirs qui refusaient de se laisser percer. Les premiers dataient sans doute de l'époque où Lisa avait fait son apparition. Mais d'où avait-elle surgi, et pourquoi ? Que s'était-il passé au cours de ce dernier printemps et de ce dernier été où Meg avait vécu à Las Vegas ? Elle avait habité cet immeuble misérable, elle le savait, et elle avait travaillé dans les cuisines de cet hôtel...

A en juger par les souvenirs sans suite qu'elle gardait de cette période, elle avait dû continuer à exister de façon sporadique, remplacée de plus en plus souvent par Lisa. Le fait qu'elle ne se rappelle aucun des moments où elle était une autre paraissait en définitive assez logique. Comment aurait-elle pu se remémorer sa relation avec Victor ou la maison de Salt Lake City, puisqu'elle n'avait pas vécu consciemment cette vie-là ?

En revanche, quelque chose d'elle devait subsister en Lisa, puisque celle-ci, apparemment, avait continué à revenir avec régularité à Las Vegas. Et là, Meg parvenait bel et bien à reprendre le dessus, puisque c'était sous ce nom qu'elle avait trouvé du travail, ouvert un compte en banque et loué un appartement...

Jusque-là, la démonstration tenait à peu près debout. Tout cela était assez bizarre, certes, mais pas impossible. Et d'après ce que Meg avait pu lire sur les troubles de la personnalité multiple, cela pouvait se « comprendre », au moins d'un point de vue intellectuel. Mais là où les choses dérapaient, et se révélaient terrifiantes, c'était quand une autre Megan Howell entrait en jeu, et que le Dr Wassermann pouvait même lui parler au téléphone !

A ce sujet, Meg éprouvait un réel malaise. Car, après tout, elle n'avait eu connaissance de ce double mystérieux que par la psychiatre, et personne d'autre. Cette idée lui donnait froid dans le dos, tant elle pouvait la mener loin. Comment s'expliquer, en effet, que le médecin s'accrochait avec un tel entêtement à sa propre théorie — une théorie qui, à la lumière de la réalité, apparaissait de plus en plus tordue et tirée par les cheveux ? Se pouvait-il que Clara Wassermann ait d'autres moteurs que la simple ambition professionnelle et le désir de découvrir un cas rarissime — choses dont Meg s'était doutée dès le début ?

Et ce n'était pas son seul motif d'inquiétude. Depuis sa visite à la ferme, l'énigme qui entourait le sort de son père la hantait de manière toujours plus pressante. Hank était-il vraiment mort, ainsi que Clara semblait le supposer ? Et s'il vivait encore, où était-il ?

Meg avait l'impression de plus en plus nette que tout tournait autour de ce mystère.

Si elle pouvait découvrir ce qui était arrivé à son père, elle aurait toutes les réponses à ses questions, elle en était sûre. Malheureusement, elle ne se souvenait même pas du dernier endroit où ils avaient travaillé.

Elle se rappelait de façon vague quelques ranchs-hôtels du Nevada et de l'est de la Californie, un hiver dans la Vallée de la Mort, un séjour à Virginia City… mais c'était tout.

Rien d'autre ne lui revenait.

— Papa…, murmura-t-elle en massant ses tempes douloureuses. Papa, où es-tu ? J'ai si peur, tout à coup…

Aussitôt, elle eut honte de sa faiblesse et se leva pour aller se passer de l'eau sur la figure. Elle changea de T-shirt, enfila des chaussures de sport et descendit dans le grand hall, où elle se dissimula derrière les saules qui bordaient la rivière artificielle afin d'étudier les lieux.

Comment se rendre dans les cuisines depuis cet endroit ? Elle n'en avait aucune idée. Il devait bien exister un couloir ou un ascenseur, mais elle ignorait d'où ils partaient. Après un moment d'hésitation, elle sortit et contourna l'énorme bâtiment de façon à gagner l'arrière du casino. Après le parking, un portail était ouvert, qui laissait entrer des camionnettes chargées de linge propre et de denrées pour les cuisines.

Là, au moins, elle était en territoire connu. Meg s'avança avec une confiance accrue, marchant d'un pas résolu vers une rampe d'accès et une porte métallique peinte en blanc, protégée par un digicode. Après s'être concentrée quelques secondes, elle tapa son numéro de service ; la porte s'ouvrit et elle entra.

Elle se retrouva dans le couloir de béton, qu'elle suivit jusqu'à l'horloge pointeuse encadrée de rangées de fiches jaunes. Au-delà, s'ouvrait un domaine où régnait une intense activité.

Des hommes et des femmes en uniforme, coiffés de filets de propreté, s'affairaient devant de longs plans de travail sur lesquels ils préparaient des salades et des desserts. Des cuisiniers officiaient aux fourneaux, emplissant la salle de nuages de vapeur et de fumées diverses. Des aides couraient en tout sens, chargés de provisions, tandis que les plongeurs étaient courbés sur les éviers, les bras enfoncés jusqu'au coude dans la lavasse.

Les sens de Meg étaient assaillis par le bruit, la chaleur, les relents familiers. Elle se tint devant le seuil, hésitante, regardant autour d'elle. La force de l'habitude était telle qu'elle dut se retenir de traverser la salle pour aller décrocher un tablier et un filet, puis prendre sa place parmi les plongeurs.

Quelques personnes levèrent les yeux vers elle et sourirent timidement en la reconnaissant, avant de poursuivre leur tâche.

— Ça alors ! Pour une surprise… Regardez un peu qui est ici ! lança derrière elle une voix moqueuse.

Avec un sursaut, Meg se retourna et découvrit une paire d'yeux sombres fixés sur elle, ouvertement hostiles. La femme la scrutait, immobile, les mains sur ses hanches. Grande et forte, elle avait d'épais sourcils noirs qui se rejoignaient au-dessus de son nez. Son expression était menaçante.

— Dana, murmura Meg en reconnaissant son ancienne surveillante. Je suis… Je passais juste pour…

— Si tu viens chercher un autre chèque, ma fille, tu peux faire une croix dessus. Tu as eu tout ce qui te revenait. Et si c'est une lettre de recommandation que tu voulais, même chose, mon chou. Pas question que je te signe quoi que ce soit. Non mais !

Meg passa nerveusement d'un pied sur l'autre, abasourdie par le fiel de cette femme. Elle ne gardait pas un souvenir très net de Dana ; néanmoins, il lui semblait tout de même qu'elles avaient d'assez bonnes relations de travail, à l'époque...

— J'ai été... souffrante, Dana, reprit-elle avec embarras. J'ai eu un accident de voiture et je n'ai pas pu revenir travailler. Je suis désolée de...

— Un accident de voiture, voyez-vous ça ! persifla Dana. Tu veux peut-être que je te plaigne ?

Elle considéra un moment Meg, la bouche pincée.

— Tu m'as bien eue, tu sais ! ajouta-t-elle d'un ton acide. Au début, j'ai vraiment cru que tu étais une fille bien, gentille et travailleuse. Mais après, tu t'es montrée sous ton vrai jour, pas vrai ? Quand je t'ai enlevée du service en salle pour te mettre à la plonge, tu n'as pas apprécié, hein, Meggie ?

— Que voulez-vous dire ? Beaucoup de choses se sont effacées de ma mémoire, Dana. Honnêtement, je ne comprends pas de quoi vous parlez.

La surveillante eut un rire sarcastique.

— Ah, je vois ! Bien pratique, l'histoire de l'accident... Ainsi, tu as *oublié* les horreurs que tu m'as dites. Tu ne te souviens pas de m'avoir insultée devant tout le monde, avant de prendre tes cliques et tes claques et de nous plaquer en plein samedi soir — le jour le plus dur de la semaine, comme par hasard ?

Meg la dévisageait d'un regard fixe, envahie par une inquiétude grandissante. Elle passa la langue sur ses lèvres sèches.

— Je… Ecoutez, Dana, c'est très important pour moi. Quand ai-je fait ça ? A quelle date est-ce arrivé ?

La grande femme eut un geste irrité et tourna les talons. Meg la retint par le bras.

— Je vous en prie… Il faut que je le sache, Dana. Je vous jure que je ne me souviens de rien. S'il vous plaît, dites-moi à quelle époque j'ai quitté mon travail.

Dana hésita et daigna lui jeter un regard, dans lequel brillait une petite lueur d'incertitude.

— Il y a trois semaines, répondit-elle enfin. Tu es partie vers le 1er septembre.

La main de Meg retomba. Elle contempla la surveillante, livide.

L'accident, qui avait eu lieu vers la mi-août, remontait à largement plus d'un mois. Trois semaines plus tôt, Meg passait ses journées au lit, dans la maison de Salt Lake City, trouvant à peine la force de se lever pour se rendre dans la salle de bains.

Comment aurait-elle pu être à la fois ici et là-bas ?

17.

Le lendemain matin, Meg se leva avant l'aube, mal en point, épuisée par sa nuit blanche. Elle mit quelques affaires dans un sac — sa brosse à dents, sa chemise de nuit, un peu de linge et une tenue de rechange. Puis, laissant tout le reste dans sa chambre, elle quitta l'hôtel. A bord de sa voiture, elle prit la direction du nord, et de Reno.

Le soleil parut au-dessus des montagnes, à l'est, alors qu'elle traversait Indian Springs. Les alignements de peupliers de Virginie qui bordaient les rivières cédèrent bientôt la place à une forêt de grands cactus qui s'étendait à travers la vallée aride. A l'ouest, la chaîne des monts Amaragosa était déjà saupoudrée d'une fine couche de neige ; ses sommets brillaient comme du marbre clair dans la lumière.

Au fur et à mesure qu'elle se rapprochait d'Amaragosa Valley, Meg éprouvait une peur de plus en plus intense. Cette sensation était si forte qu'elle en avait presque la nausée. Et son père, maintenant, lui semblait tout proche.

Quelque chose leur était arrivé dans cette région ; quelque chose dont elle ne se rappelait rien. Son esprit était vide, hormis ce besoin violent et inexpliqué de fuir, de s'échapper. Elle appuya plus fort sur la pédale d'accélérateur, et le petit cabriolet fila plus vite encore vers le nord, laissant derrière lui cette contrée aride pour gagner Scotty's Junction, puis Tonopah.

La journée était fraîche et ventée. Les pics acérés qui s'élevaient de chaque côté de la vallée, dressant à la verticale leurs falaises vertigineuses, se teintaient d'un gris bleuté dans le lointain. Pour Meg, chaque kilomètre était porteur d'une étrange impression de familiarité.

La voix chaude de Glory résonnait à ses oreilles, comme lorsqu'elle était petite : « Il y a plus de sept cents kilomètres entre Las Vegas et Reno, disait-elle. Hank et moi avons dû voler, parce que je ne me souviens pas que les roues de notre vieux camion aient touché terre une seule fois… »

Des larmes brûlantes lui montèrent aux yeux. Elle les chassa et continua de se concentrer sur sa conduite.

La faim la contraignit à s'arrêter à Hawthorne. Elle mangea un sandwich salade-œufs durs dans un relais de camionneurs ; après quoi, elle reprit la route pour traverser la réserve indienne jusqu'à Fallon, où elle obliqua vers l'ouest pour passer par Sparks.

Enfin, tard dans l'après-midi, elle arriva à Reno.

Elle visita avec attention cette curieuse agglomération montagneuse, au luxe tapageur, cherchant des détails susceptibles de lui rappeler quelque chose, mais rien ici ne semblait solliciter sa mémoire. En tout cas, bien moins qu'à Las Vegas. Les commerces, les casinos, les flots de voitures et les néons, s'ils brillaient de tous leurs feux, lui demeuraient étrangers.

Ayant choisi de s'installer au Desert Inn, elle présenta de nouveau la carte de crédit de Lisa. Lorsqu'elle eut déposé son maigre bagage dans sa chambre, elle consulta sa montre et sortit aussitôt. Elle put ainsi arriver au cabinet d'avocats quelques minutes avant sa fermeture.

— Bonjour, dit-elle à la réceptionniste. J'aimerais parler à M. Clifton, s'il vous plaît.

La jeune femme la dévisagea avec stupeur.

— Je vous demande pardon ?

— Je voudrais voir M. Clifton, répéta Meg. Je suis bien au cabinet Clifton, Rhodes et Burkitt, non ?

— Eh bien… oui, effectivement, mais M. Clifton ne travaille plus ici depuis plusieurs années.

— Pourriez-vous m'indiquer comment le joindre ? J'ai besoin de certains renseignements concernant un dossier dont il s'est occupé.

— M. Clifton est décédé l'an dernier à Los Angeles, où il habitait, répondit platement la réceptionniste.

— Oh… Je vous en prie, il faut vraiment que je rencontre quelqu'un. Y a-t-il un autre avocat qui pourrait m'aider ?

— C'est possible. Mais vous devez prendre rendez-vous.

Sur ce, la jeune femme éteignit son ordinateur et prit son sac à main sous son bureau. Meg s'agrippa au comptoir et se pencha vers elle, sans rien cacher de son anxiété.

— S'il vous plaît ! insista-t-elle. J'ai roulé toute la journée, je viens exprès de Las Vegas. N'y a-t-il personne pour me recevoir, juste quelques minutes ? C'est très important.

La réceptionniste lui jeta un nouveau coup d'œil, puis elle se leva et se dirigea vers le couloir.

— Je vais voir si l'un des avocats est encore là, déclara-t-elle par-dessus son épaule. Qui dois-je annoncer ?

— Mlle Howell. Megan Howell. Merci.

Meg se laissa choir dans l'un des fauteuils de cuir de l'entrée et regarda autour d'elle, les mains crispées sur ses genoux. « Si tu avais vu ça..., racontait Glory. Rien que des peintures à l'huile et du bois sombre partout. » Apparemment, le décor n'avait pas changé beaucoup en un quart de siècle. Meg étudia ainsi une scène de chasse éclairée par un spot doré en se demandant si sa mère avait vu ce même tableau.

Enfin la réceptionniste reparut.

— Mademoiselle Howell ? Si vous voulez bien me suivre...

Meg obéit, emboîtant le pas à la jeune femme. Celle-ci la guida jusqu'à une lourde porte en chêne et l'introduisit dans un bureau.

— Me Abrams va s'occuper de vous, annonça-t-elle, avant de s'effacer et de fermer sans bruit derrière elle.

Meg s'avança vers l'avocate, qui lui fit signe de s'asseoir en face d'elle.

— Je vous remercie infiniment de m'avoir reçue sans rendez-vous, dit-elle. C'est très important pour moi.

— Je le suppose, répondit Me Abrams d'un ton sec.

Derrière ses lunettes à monture sombre, son regard était froid. Les yeux rivés sur son visage impassible, Meg inspira pour se donner du courage et entreprit de lui exposer son cas.

— Je m'appelle Meg Howell, mais ce n'est pas mon vrai nom. En fait, je... j'ai été adoptée. Je suis née ici, à Reno, le 15 septembre 1971. Mes parents ont pu réaliser l'adoption grâce à Mᵉ Clifton, de votre cabinet. Ma mère m'a toujours dit que si je voulais en savoir plus sur ma famille naturelle, je devais venir ici.

— Je vois.

L'avocate posa son stylo et considéra un instant Meg en silence.

— Quel genre d'information cherchez-vous exactement ? reprit-elle.

— A vrai dire... tout ce que vous pourrez me fournir, répondit Meg d'une voix altérée.

Elle s'efforça de calmer les battements effrénés de son cœur, et prit une nouvelle inspiration.

— Depuis quelque temps, une foule de choses très étranges se produisent dans ma vie, expliqua-t-elle. Il doit s'agir d'une sorte de crise d'identité... J'ai pensé qu'il pourrait m'être utile de tout reprendre depuis le début — en essayant d'abord de savoir qui je suis vraiment.

— Je comprends.

La voix de Mme Abrams s'était adoucie. Elle se leva, contourna son bureau et vint placer une main amicale sur l'épaule de Meg.

— Je veux bien vous aider, mais cela risque de prendre un moment. Comme nous ne les avons pas tous transférés sur informatique, les vieux dossiers sont encore classés dans nos archives. Voulez-vous attendre, ou préférez-vous revenir demain matin ?

Meg se tourna et leva les yeux vers elle, touchée par cette gentillesse inattendue.

— Je préférerais attendre, murmura-t-elle. Si cela ne vous dérange pas trop…

— Chercher un vieux dossier n'a rien de difficile, souligna l'avocate avec une grimace amusée. C'est simplement assez fastidieux et très salissant.

Elle désigna une cafetière et des tasses posées sur une console.

— Servez-vous. Je vais faire le plus vite possible.

Meg se versa une tasse de café et la but lentement, s'efforçant de contrôler son impatience. Par la fenêtre, elle pouvait apercevoir un parc aux couleurs automnales qui longeait les bords de la Truckee River. Qu'allait-elle apprendre sur elle-même ? Ces instants étaient peut-être les plus importants de sa vie.

Mme Abrams revint au bout d'une dizaine de minutes, un dossier à la main. Elle reprit place derrière son bureau et posa un regard compatissant sur Meg.

— Je crains de ne pouvoir beaucoup vous aider, dit-elle.

— Mon adoption n'a pas été enregistrée ?

— Si, mais les informations sont plutôt limitées.

— N'est-on pas tenu de noter l'identité de toutes les personnes concernées, en cas d'adoption ? Je croyais que c'était la loi…

— Ça l'est, en effet. Mais cette loi n'était pas appliquée avec autant de soin au début des années 70. Pour tout vous dire, il existait un marché noir de l'adoption très florissant à cette époque. Les enfants étaient remis à leurs nouveaux parents par certaines officines spécialisées, dans le cadre d'une adoption privée, en échange de sommes qui pouvaient aller de dix à vingt-cinq mille dollars. Des montants assez considérables pour l'époque.

Meg ne put cacher sa stupeur.

— Ce genre de tractation existait déjà ? Je pensais qu'il s'agissait d'un phénomène beaucoup plus récent.

L'avocate soupira.

— Il n'y a jamais rien de nouveau sous le soleil, vous savez… C'était illégal, bien sûr, et donnait souvent lieu à des situations tragiques. On ne cherchait ni à protéger les familles d'accueil, ni à s'assurer que l'enfant était bien traité ; et les parents adoptifs n'avaient aucun recours si quelque chose n'allait pas, évidemment.

— Vous… Etes-vous en train de me dire que j'étais un de ces bébés ? balbutia Meg.

Mme Abrams la rassura d'un petit sourire.

— Pas tout à fait. Il y avait aussi un marché « gris », qui lui n'avait rien d'illicite. Et il existe toujours, d'ailleurs. Dans ce cas, des médecins, des avocats et autres professionnels de l'enfance peuvent organiser une adoption privée pour de simples honoraires de dossier, et sans intervention de l'Etat. Dans ces années-là, il semble que notre cabinet ait traité quelques affaires de ce genre, pour certains de nos clients qui avaient besoin… de discrétion.

L'avocate s'interrompit, visiblement embarrassée. Meg se pencha en avant, très tendue.

— De discrétion ?

Mme Abrams baissa les yeux sur son bureau.

— Il s'agissait de familles connues, gênées par une grossesse non désirée, et qui cherchaient…

— … à se débarrasser discrètement du bébé, acheva Meg.

— Oui, en quelque sorte.

— C'est donc ce que M. Clifton a fait après ma naissance, si je comprends bien.

— Il n'était pas le seul à rendre ce genre de « service ». Toutefois, le fait qu'il s'en chargeait de temps à autre devait être connu. D'après le dossier, vos parents avaient pris contact avec lui plusieurs années auparavant et s'étaient fait porter sur une liste d'attente.

— Mes parents ?

— Henry et Gloria Howell, de Las Vegas.

— Oui, murmura Meg en fermant les yeux. C'était bien eux. Ils ont été des parents merveilleux.

— Mais ce sont d'autres personnes qui vous intéressent, n'est-ce pas ?

— J'aimerais juste avoir quelques informations sur ma famille naturelle, répondit Meg. Je voudrais savoir qui était ma mère.

— Je vous le dirais volontiers si je le pouvais. Malheureusement, c'est impossible.

— Pourquoi ? Tout enfant adopté a le droit de connaître l'identité de ses vrais parents, non ? Je croyais qu'il suffisait de le demander.

— Le problème, Meg, c'est que je n'ai aucune information à vous donner.

— Mais… vous avez bien ce dossier, là !

L'avocate ferma la chemise et la contempla d'un air sombre.

— Selon toute apparence, il s'agissait dans votre cas d'un très bon client de M. Clifton, qui a eu droit à un traitement privilégié. Mon ancien collègue a fait preuve de la plus extrême discrétion : toute trace de votre famille naturelle a été effacée avec soin de ces documents. Il n'y a plus aucun moyen de la retrouver.

— Comment a-t-il pu faire une chose pareille ? murmura Meg, anéantie. Je ne peux pas le croire...

Sans un mot, Me Abrams lui tendit le dossier.

D'une main tremblante, Meg l'ouvrit et parcourut des yeux la seule feuille qui s'y trouvait. Elle indiquait sa date de naissance, les démarches accomplies par le couple Howell en vue de l'adoption et le procès-verbal de l'arrangement signé par l'avocat. Chaque fois que le nom de sa vraie mère figurait dans le texte, il avait été barré à l'encre bleue, de même que les signatures des autres personnes en cause.

Elle examina un moment le document jauni, puis releva les yeux vers l'avocate.

— Que puis-je faire ? demanda-t-elle dans un souffle.

Abrams ôta ses lunettes et se massa le front d'un geste las.

— D'après ce que j'ai cru comprendre, vous avez eu une enfance heureuse, Meg ?

Celle-ci hocha la tête.

— Oui. Très heureuse.

— Dans ce cas, pourquoi ne pas vous en tenir à cette vérité-là et oublier le reste ? Ne vous torturez pas à chercher quelque chose qui a définitivement disparu. Henry et Gloria Howell ont été vos véritables parents. Ce qui se trouve là-dedans ne signifie rien. Les seules personnes qui doivent compter à vos yeux, ce sont celles qui vous ont aimée toute votre vie.

Meg regarda de nouveau le dossier. Au bout d'un moment, ses épaules s'affaissèrent.

— Oui, vous avez raison, murmura-t-elle en agrippant son sac à main. Merci d'avoir pris toute cette peine. Je… Combien vous dois-je ?

L'avocate esquissa un signe de refus. Meg prit congé et quitta le bureau, consciente du regard apitoyé qui la suivait jusqu'à la porte. Elle regagna d'un pas lent l'entrée déserte, puis sortit dans la rue qui commençait à s'obscurcir.

Quelques heures plus tard, elle se tenait dans le hall d'entrée d'un hôpital et contemplait pensivement les murs peints de tons sable et ocre qui rappelaient ceux du désert.

Elle n'était pas souvent entrée dans un hôpital, si on laissait de côté le séjour de deux semaines qui avait suivi son accident. Et durant cette période, elle était trop malade et trop bouleversée pour s'intéresser au décor qui l'entourait.

Autant qu'elle se souvienne, elle n'avait jamais été malade, ou presque, du temps de son enfance ou de son adolescence. Comme Hank et Glory n'avaient jamais été hospitalisés non plus, et qu'ils n'avaient pas de famille dans le sud-ouest des Etats-Unis, cette visite était pour ainsi dire la première qu'elle effectuait dans un tel endroit.

Alors qu'elle s'attendait à trouver un univers stérile et glacé, elle fut très surprise par la gaieté des coloris, les plantes vertes disposées ici et là, les jouets d'enfants, l'animation provoquée par les visiteurs, les rires et les fleurs. L'hôpital de Reno, qui venait d'être rénové, était vraiment une réussite.

Elle traversa cet espace chaleureux pour se rendre au comptoir d'accueil. Là, une jolie jeune femme environnée de matériel informatique et de dossiers était assise derrière un panneau de verre.

— Vous désirez ? demanda-t-elle quand Meg s'arrêta devant elle.

— Je me demandais si vous... Mais s'il vous plaît, occupez-vous d'abord de ces personnes. Je ne suis pas pressée.

Meg s'écarta pour laisser passer une femme chargée d'un jeune enfant très agité et d'une valise. La réceptionniste donna à la mère quantité d'imprimés roses et jaunes, puis emplit un formulaire d'admission. Quand tout fut réglé, Meg s'approcha de nouveau du comptoir.

— Je suis à la recherche de certains renseignements, dit-elle.

— Si je peux vous aider...

— Voici : j'aimerais retrouver quelqu'un qui a peut-être été soigné ici il y a assez longtemps.

— Combien de temps ?

— Vingt-quatre ans.

La jeune femme écarquilla les yeux.

— Vingt-quatre ans, et vous n'êtes même pas sûre que cette personne ait séjourné ici ?

Meg fit signe que non.

— Je pense qu'elle a pu venir... pour un accouchement.

La réceptionniste lui jeta un regard pensif.

— Je vois. Vous vous adressez à nous à tout hasard, si je comprends bien ?

— Cet hôpital m'a semblé être le plus ancien de Reno. J'ai pensé que c'était une bonne idée de commencer par là.

— Je ne sais pas si je pourrai vous être d'un grand secours. Voyons voir : quelle est la date de la naissance ?

— Le 15 septembre 1971.

— Nous avons eu un important incendie en 1986, expliqua la jeune femme d'un air navré. La majeure partie des bureaux a été détruite, avec tous les vieux dossiers qui n'avaient pas été mis sur informatique.

— Tant pis, ce n'est pas grave. Je ne comptais pas vraiment trouver quelque chose dans des dossiers, avoua Meg avec une pointe de lassitude. De toute manière, les noms avaient dû être changés ou supprimés... J'espérais plutôt pouvoir rencontrer quelqu'un qui travaillait ici à l'époque, un médecin ou une infirmière, par exemple. Je suis née à Reno ce jour-là et j'ai été abandonnée. J'aimerais savoir un peu qui étaient mes vrais parents.

De nouveau, la réceptionniste la considéra un instant en silence.

— Mon mari a été adopté, lui aussi, murmura-t-elle enfin.

Elle baissa les yeux sur son clavier.

— Il a passé tant d'années à s'interroger sur sa véritable identité... Malheureusement, il n'a rien trouvé. Je lui dis qu'il devrait laisser tomber, mais il ne peut pas.

— Je le comprends. C'est très dur, de ne pas savoir, déclara Meg d'un ton calme.

— Je suppose, oui...

La réceptionniste releva les yeux vers elle.

— Je ne suis même pas sûre que quelqu'un soit ici depuis aussi longtemps, reprit-elle. L'an dernier, il y a eu une petite fête au cours de laquelle plusieurs infirmières ont été récompensées pour leur ancienneté ; pour la plupart, il s'agissait au maximum de quinze ou vingt ans.

Elle réfléchit un instant.

— Il y aurait bien le Dr Evans, mais...

— Le Dr Evans ?

— Un obstétricien qui a pris sa retraite il y a une dizaine d'années. C'est un adorable vieux monsieur qui doit avoir autour de quatre-vingts ans. Le problème...

— Il était donc ici en septembre 1971 ? coupa Meg d'une voix pleine d'espoir.

— C'est certain. Le Dr Evans a fait toute sa carrière dans cet hôpital. Mais à votre place, je ne me réjouirais pas trop vite : peut-être n'était-il pas de service ce jour-là, ou s'occupait-il d'une autre patiente...

— C'est déjà un début, affirma Meg avec gratitude. Si lui-même ne sait rien, il pourra peut-être m'orienter vers d'autres personnes susceptibles de me renseigner.

— Effectivement..., murmura la jeune femme, l'air hésitant.

— Pouvez-vous me donner son adresse ?

— Je regrette, je n'ai pas le droit de fournir de telles informations.

— Je peux le trouver dans l'annuaire ?

La réceptionniste sourit.

— Essayez toujours… Mais je dois vous avertir : ce pauvre M. Evans n'a plus toute sa tête. Il souffre de la maladie d'Alzheimer, et sa femme veille sur lui. Il a ses bons et ses mauvais jours…

— Merci ! lança Meg, décidée à ne plus se laisser abattre par ces coups répétés du sort.

Sans attendre, elle partit en quête d'une cabine téléphonique, et des réponses qui l'attendaient peut-être.

Le lendemain matin, Meg se tenait sous la large et belle véranda d'une maison patricienne construite au bord du fleuve.

— Madame Evans ? s'enquit-elle lorsqu'on lui ouvrit. Je suis Meg Howell. C'est moi qui vous ai appelée hier soir de l'hôpital.

— Oh ! oui… Entrez, mademoiselle.

L'épouse du médecin était une petite femme coquette et distinguée de soixante-dix ans environ, qui portait un tablier à carreaux sur un pantalon de coton bleu vif. Elle s'effaça pour laisser entrer sa visiteuse.

— C'est très aimable à vous de me recevoir, dit Meg en s'arrêtant dans le vestibule pour admirer un grand coffre de bois serti de laiton, sur lequel était posé un bouquet de chrysanthèmes jaunes.

— John adore les visites, expliqua Mme Evans. Venez. Il est dans le solarium, en train de regarder son jeu télévisé préféré.

Meg suivit son hôtesse dans une pièce baignée de soleil, et meublée de sièges en rotin garnis de tissu fleuri. Un vieil homme, vêtu d'un pantalon de velours et d'un cardigan beige, était assis dans l'un des fauteuils. Il avait l'air soigné et enjoué, et ses yeux pétillaient de curiosité.

— Mademoiselle Howell..., dit-il en tendant une main ridée. Gladys m'a prévenu que vous alliez passer. Pardonnez-moi de ne pas me lever, mais mon genou gauche me cause pas mal de problèmes, ces jours-ci.

— Je vous en prie, docteur Evans. C'est très gentil à vous de prendre le temps de bavarder avec moi.

Le médecin prit sa main et la serra avec une force surprenante, sans cesser de la dévisager. Soudain, ses yeux s'écarquillèrent.

— Mais je vous ai déjà vue ! s'exclama-t-il. Gladys, j'ai déjà vu cette jeune fille !

Sa femme, qui s'apprêtait à sortir, se retourna et sourit à Meg.

— Non, John, je ne pense pas, répondit-elle avec douceur. Je vais faire du thé et je reviens.

Tandis qu'elle acquiesçait, Meg prit brusquement conscience du téléviseur allumé dans un coin, et qui fonctionnait à plein volume.

Le vieux médecin surprit son regard.

— Vous pouvez l'arrêter, si vous voulez, dit-il en lui désignant la télécommande. Entre une jolie fille et ces stupidités, je choisirai toujours la première, croyez-moi !

— Votre femme m'a dit que c'était votre jeu favori, observa Meg en même temps qu'elle éteignait le poste.

— C'est intéressant, quelquefois. Mais je préfère nettement votre compagnie, précisa le médecin avec un petit sourire courtois. Si seulement je pouvais me rappeler où je vous ai vue... Etiez-vous l'une de mes patientes ?

— Non, pas moi. En revanche, il est possible... que vous vous soyez occupé de ma mère.

Le vieil homme scruta Meg avec une attention soutenue.

— Je suis née à Reno le 15 septembre 1971, poursuivit-elle. J'ai été adoptée tout de suite après ma naissance. Je cherche quelqu'un qui pourrait m'apprendre quelque chose au sujet... de ma famille naturelle.

— Quand êtes-vous née, dites-vous ?

Meg répéta la date. Le Dr Evans s'adossa à son fauteuil et ferma les yeux, silencieux. Ce silence dura si longtemps que Meg finit par se demander s'il s'était assoupi. Puis il rouvrit brusquement les paupières, le regard vague.

— De quoi parlions-nous ?

Meg en eut un coup au cœur.

— De... de ma naissance, lui rappela-t-elle avec patience. Je suis née il y a vingt-quatre ans, le 15 septembre. J'ai pensé que c'était peut-être dans votre service, et que vous pourriez éventuellement vous en souvenir.

Les prunelles si pâles se fixèrent sur son visage avec une expression lointaine.

— Vous étiez enceinte, murmura le médecin. Si jeune, et déjà enceinte... Pauvre petite. Ils n'étaient pas tendres avec vous, n'est-ce pas ?

La gorge de Meg se noua. Elle avait la bouche sèche.

— Je pense que vous voulez parler de ma mère, docteur. C'était elle, j'en suis sûre. Est-ce vous qui l'avez suivie ?

Il secoua la tête, l'air agacé.

— Non, ni moi ni personne ! répondit-il d'un ton furieux. Ils ne l'avaient fait examiner par aucun médecin, ces monstres ! Vous traiter de cette façon, vous une enfant aussi adorable !

Mme Evans revint à ce moment-là, portant un plateau qu'elle posa sur la table basse.

— Il se souvient de quelque chose ? demanda-t-elle à mi-voix.

— Je crois que oui, chuchota Meg. Mais il me prend pour... une autre personne.

La femme du médecin hocha la tête.

— C'est souvent comme ça. Parfois, il est incapable de dire ce qu'il a mangé au petit déjeuner. En revanche, à d'autres moments, il me stupéfie en évoquant des événements datant d'il y a trente ou quarante ans, avec tous les détails... Mais je connais une façon de le stimuler. Attendez.

Elle toucha le bras de son mari.

— John ! John, écoute-moi, chéri.

Le médecin se tourna vers elle, le regard vide. Elle se pencha pour lui susurrer à l'oreille :

— Tu sais, je t'ai apporté du cake. Le cake aux fruits que tu aimes tant.

Aussitôt, l'intérêt de son mari parut se réveiller.

— Avec du beurre ? demanda-t-il avec une expression gourmande.

— Oui, avec du beurre. Je vais t'en donner une tranche. Auparavant, j'aimerais que tu répondes aux questions de notre invitée. D'accord ?

Le vieillard acquiesça, puis posa les yeux sur Meg. Ils avaient recouvré leur éclat et leur intelligence. Visiblement, cet homme avait été plein de bonté et d'humour.

— Cette jeune fille… Ce n'était pas vous, bien sûr. Je suppose qu'il s'agissait de votre mère ?

Meg acquiesça, un peu déstabilisée par ces changements incessants.

— Je pense que c'est possible, en effet. Pouvez-vous me parler d'elle ?

Le Dr Evans jeta un coup d'œil plein de convoitise au cake posé sur le plateau, puis s'appuya de nouveau à son dossier. Il commença alors de parler avec l'aisance et le naturel d'un conteur né.

— C'était une nuit de septembre. Il pleuvait. J'étais le seul médecin de garde, et j'attendais dans la salle des urgences quand une infirmière m'a appelé du bureau des admissions. Je m'en souviens comme si c'était hier…

18.

Une pluie drue tombait sur la Sierra Nevada, cette nuit-là. Une pluie d'automne, froide et serrée, qui cinglait les feuilles jaunies des peupliers de Virginie et enflait les flots tumultueux de la Truckee River, descendant de la montagne pour traverser Reno. A 3 heures du matin, sous ce déluge glacé, la ville était inhabituellement silencieuse. Alors que les néons des casinos se reflétaient, lugubres, sur les trottoirs mouillés, rares étaient les voitures qui remontaient encore Virginia Street pour rejoindre le désert en passant par Sparks.

A l'autre bout de l'agglomération, l'hôpital était lui aussi plus calme que de coutume. Le médecin de garde, épuisé après trois journées de dix-huit heures, s'était allongé sur un divan de la salle de repos pour tenter de grappiller quelques minutes de sommeil. Quand le téléphone sonna près de lui, il marmonna, s'étira, puis chercha le combiné à tâtons.

— Docteur Evans ? demanda l'infirmière des admissions d'une voix tendue. Pouvez-vous descendre, s'il vous plaît ?

— Un problème ?

— Une entrée pour vous. Ils refusent de me donner un nom.

Le médecin soupira, se leva et descendit dans le hall. Trois personnes attendaient, un couple d'âge moyen et une jeune fille recroquevillée dans un fauteuil. Le Dr Evans évalua la situation d'un coup d'œil : la fille n'avait pas plus de seize ou dix-sept ans, et elle était enceinte jusqu'aux yeux.

— Le travail a commencé ? demanda-t-il aux deux autres.

La femme acquiesça d'un air hésitant, tout en lançant un regard timide à l'homme qui l'accompagnait.

— Elle... elle a perdu les eaux il y a de cela une heure environ. Nous pensions qu'elle n'en était qu'à sept mois tout au plus, mais...

L'homme eut un geste irrité, et elle se tut.

— On vous demande seulement de régler ça, lança-t-il au médecin. C'est tout.

— Ils disent qu'elle est leur fille, mais ils refusent de me donner son nom, répéta l'infirmière, assise au bureau.

Le Dr Evans jeta un nouveau coup d'œil au père. C'était un homme grand et fort, riche à en juger par son pardessus en cachemire, sa lourde montre en or, et son assurance pleine d'arrogance.

— Je paierai comptant, déclara ce dernier en tirant d'un portefeuille une liasse de billets. Et nous la ramènerons à la maison dès que ce sera terminé. Vous n'avez nul besoin de connaître notre nom.

— Et l'enfant ?

— Tout est arrangé, répondit l'homme d'un ton bref. Quelqu'un viendra le prendre.

Derrière lui, la femme se raidit et crispa les doigts sur son sac à main. Mais elle ne dit rien. Le médecin s'approcha de la future mère qui se tenait courbée en deux, en proie à une visible souffrance ; ses longs cheveux noirs voilaient son visage. Il plaça une main sur son épaule et attendit que la contraction cesse.

— Combien de temps entre les douleurs ? demanda-t-il alors en se penchant vers elle.

Elle redressa la tête et le regarda d'un air terrifié. Le Dr Evans réprima un juron. Malgré ses traits crispés par la souffrance, cette jeune fille était d'une beauté extraordinaire. Elle avait le teint très clair, un visage à l'ovale délicat et de grands yeux d'un bleu très foncé, légèrement étirés vers les tempes, qui avec ses pommettes hautes lui donnaient une allure exotique. Elle se mordit la lèvre et le dévisagea sans comprendre.

— Les crises, répéta-t-il. Elles reviennent à quel intervalle ?

La jeune fille secoua la tête et regarda ailleurs. Le médecin se redressa.

— Inscrivez-la sous le nom de Jane Bichette, dit-il à l'infirmière. M. Bichette, ici présent, va rester avec vous et vous fournir les renseignements nécessaires, ajouta-t-il avec un petit sourire. Quant à vous, madame, j'aimerais que vous nous accompagniez en salle de travail.

Il tira un fauteuil roulant de derrière le bureau et aida sa jeune patiente à s'y installer. Le visage rougeaud du père se figea. Sa femme lui jeta un regard suppliant. Il finit par céder, non sans lui avoir adressé un froncement de sourcils qui équivalait clairement à un avertissement.

— Il n'est pas comme ça d'habitude, murmura la femme en suivant le médecin dans le couloir. Cette histoire l'a… bouleversé. Terriblement. Tout cela a été très dur pour lui.

Dans le fauteuil roulant, sa fille se plia de nouveau en deux et gémit, en proie à une autre contraction. Le Dr Evans lui tapota l'épaule, d'un geste doux, et la guida jusqu'à un ascenseur. Une fois dans le service d'obstétrique, il la confia à une infirmière, à qui il donna quelques instructions d'un ton bref. Puis il fit signe à la mère de l'accompagner jusqu'à une petite pièce meublée d'un divan et d'un fauteuil.

Elle se percha au bord du divan, son sac sur les genoux, jetant des coups d'œil nerveux en direction de la salle où sa fille avait été emmenée. Le médecin s'installa en face d'elle et l'étudia avec curiosité. C'était une petite femme mince, bien habillée, à l'air discret et réservé ; ses mains crispées sur son sac trahissaient son anxiété.

— Comment s'appelle votre fille, madame ? demanda-t-il avec douceur.

Elle le contempla avec une expression affolée.

— Je vous en prie…, murmura-t-elle. Mon mari m'a interdit de…

— C'est bon. Quel âge a-t-elle ?

— Elle vient d'avoir dix-sept ans.

— Et vous n'êtes pas sûre de la date où elle devait accoucher ?

D'un mouvement de la tête, la femme signifia que non.

— Nous pensions que ce serait… vers le mois de décembre. Elle ne veut rien nous dire.

— Vous devez tout de même avoir une idée de la date de conception.

— Pour nous, cela a dû se produire au début du printemps. Avec son petit ami, elle était allée…

Elle se mordit la lèvre, se tut un moment, puis se força à poursuivre :

— Nous ne nous doutions de rien. Elle a toujours été grande et mince, et jusqu'en juin nous n'avons rien vu. Quand les vacances sont arrivées, elle est partie passer l'été chez une amie, à Tahoe. Les parents de la jeune fille se sont certainement rendu compte de ce qui se passait, mais ils… ils ne nous ont rien dit.

Elle tremblait d'émotion. Le Dr Evans songea à la fureur du père, à sa personnalité autoritaire, et au silence de son adorable fille, murée dans sa beauté délicate.

— Vous avez tout découvert à son retour, c'est ça ?

— Elle n'est pas rentrée. A la fin de l'été, elle… elle s'est enfuie. Avec son amie. Elles sont allées à Las Vegas et ont essayé de louer un appartement. Nous… Mon mari a demandé à la police de les retrouver.

— Je vois, observa le médecin sans s'émouvoir. C'est donc la police qui l'a ramenée chez vous ?

— Non. Nous sommes allés la chercher.

— Et c'est là que vous avez compris qu'elle était enceinte.

De nouveau, la femme hocha la tête, d'un petit mouvement sec.

— Mon mari… Nous sommes des gens pratiquants, docteur. Une chose pareille ne s'était jamais produite dans notre famille. Je vous l'ai dit, c'est terrible pour lui.

— Il a tenu à garder cette grossesse secrète, je suppose.

La femme baissa les yeux sur son sac.

— Nous n'avons dit à personne qu'elle était revenue. Nous… nous avons expliqué qu'elle était inscrite dans une école privée en Californie.

— Et vous l'avez cachée chez vous ?

— Oui. Depuis trois semaines environ.

— L'avez-vous conduite chez un médecin pour une visite prénatale ? demanda soudain le Dr Evans, pris de soupçon.

La femme fit signe que non. Elle continuait à jouer nerveusement avec les brides de son sac.

— Elle n'a donc fait l'objet d'aucun suivi médical, conclut-il.

Son interlocutrice s'humecta les lèvres, avant de lui jeter un regard suppliant.

— Mon mari…

— N'en parlons plus. Il est trop tard pour s'en inquiéter, à présent. Qu'est-ce qui a été prévu pour le bébé ?

— Nous… nous connaissons un avocat, en ville. Il lui arrive de placer des enfants. Il a une liste de gens souhaitant adopter et…

— Je connais ce genre de service. Toutefois, vous devez savoir qu'il y a certaines formalités à accomplir. Votre fille devra signer une déclaration d'abandon quelques jours après la naissance.

— L'avocat nous a tout expliqué. Il apportera les papiers à la maison. Il nous a dit que l'hôpital n'avait plus à intervenir après… après le départ du bébé.

— Si j'ai bien compris, vous comptez ramener votre fille chez vous dès que la délivrance aura eu lieu ?

De nouveau, la femme le supplia du regard. Elle était pitoyable.

— Nous avons engagé une infirmière qui viendra s'occuper d'elle, expliqua-t-elle. Elle s'assurera qu'il n'y a pas de problème.

— Je vois. Vous avez pensé à tout, n'est-ce pas ?

Des larmes emplirent les yeux de la mère et roulèrent sur ses joues.

— Je suis tellement navrée de ce qui arrive…, gémit-elle. Tellement navrée…

Le Dr Evans regretta aussitôt sa dureté. La malheureuse n'avait sans doute pas son mot à dire sous son propre toit. Et de toute évidence, elle souffrait déjà assez de ce qui arrivait à sa fille, sans parler de la perte imminente d'un petit-enfant.

Gêné, il lui tapota l'épaule.

— Docteur ? lança alors l'infirmière du pas de la porte. La dilatation est complète, la tête apparaît déjà. Nous l'avons emmenée en salle d'accouchement.

Le visage de la mère devint d'un gris de cendre. Elle lâcha un cri plaintif et se mit à sangloter. Le médecin, qui s'était levé, la considéra avec sympathie.

— J'y vais. Ce ne sera pas long, murmura-t-il. Je vous préviendrai lorsqu'elle pourra partir.

Le père arrivait, arpentant le couloir à grands pas. Il gratifia l'obstétricien d'un bref signe de tête et alla rejoindre son épouse, qui était recroquevillée sur le divan, le visage dans les mains.

Dans la salle d'accouchement, la jeune fille était allongée sur la table, silencieuse et crispée. Elle gardait ses yeux magnifiques rivés au plafond, l'air absent, complètement étrangère à ce qui se passait autour d'elle.

Par bonheur, la délivrance eut lieu très vite. Le Dr Evans mit au monde une petite fille très menue mais parfaitement formée, au crâne couvert d'un fin duvet noir. Tout de suite, le nouveau-né cria.

— C'est une fille, annonça-t-il. Voulez-vous la voir ?

La parturiente refusa d'un signe. Elle continuait de fixer le plafond. Bien qu'elle fût toujours aussi figée, la souffrance qui assombrissait son regard n'échappa pas au médecin. Soudain, le visage de la jeune fille se crispa de nouveau sous l'effet d'une douleur très vive.

— Elle a une nouvelle contraction, marmonna l'une des sages-femmes, pendant que sa collègue s'occupait du bébé. Très forte.

Le médecin revint en toute hâte à sa patiente.

— Bonté divine ! fit-il entre ses dents.

Une deuxième tête brune apparaissait. Elle fut très vite suivie d'un autre petit corps aussi menu et parfait que le premier.

Son assistante lui jeta un coup d'œil étonné, puis regarda la jeune mère qui détournait son visage, secouée d'un spasme de soulagement.

— Elles sont petites, mais elles ont l'air d'être à terme, n'est-ce pas ? grommela le médecin.

Il souleva le petit corps humide en attendant le premier cri, qui ne tarda pas.

— De vraies jumelles, ajouta-t-il, un accouchement sans le moindre problème et elle n'a même pas vu un seul médecin…

L'infirmière lui prit le second bébé, nettoya sa bouche et ses yeux minuscules, puis l'enveloppa dans une couverture avant de le coucher près du premier, dans un berceau en Plexiglas.

Sur la table, la jeune mère avait fermé les paupières. Son beau visage était pâle et figé. Elle semblait prostrée, enfoncée dans une solitude et un chagrin si profonds que le médecin en eut le cœur serré. Il la suivit des yeux tandis qu'on la roulait hors de la salle. Puis il contempla les deux petits bébés, blottis l'un contre l'autre dans leur nid de coton.

— Jolis petits brins de filles, pas vrai ? murmura-t-il à l'adresse de la sage-femme. Je me demande ce qu'elles vont devenir…

La voix du vieil homme s'éteignit, et il ferma les yeux, appuyant sa tête au dossier du fauteuil.

Meg le dévisageait fixement, épouvantée. Sous le choc, son cerveau fonctionnait à toute allure.

— Des *jumelles* ? répéta-t-elle dans un souffle. J'ai une vraie jumelle ? Personne ne me l'a jamais dit, docteur Evans. Ma mère ne m'en a jamais parlé. Je suis sûre que si elle l'avait su…

Le médecin souleva les paupières et la considéra d'un air égaré. Puis il aperçut sa femme assise sur le canapé, en face de lui, et son visage s'éclaira.

— Qui est cette jeune fille, Gladys ? Que fait-elle ici ?

— Elle est venue nous rendre visite, John. Tu l'as mise au monde à l'hôpital, il y a plus de vingt ans. Tiens : prends ton cake, maintenant.

Le Dr Evans se redressa.

— Il est beurré ?

— Oui, chéri. Il est beurré.

Abasourdie, Meg suivit machinalement la scène des yeux. Elle ne savait plus où elle en était.

— Madame Evans, dit-elle au bout d'un moment, pendant que le vieillard savourait son gâteau avec une joie enfantine. Pensez-vous qu'il pourra me dire autre chose ?

— J'en doute, répondit Gladys Evans. Il est rare qu'il ait d'aussi longues périodes de lucidité, et je suis heureuse que vous ayez pu en bénéficier. La plupart du temps…

Elle haussa les épaules, avec tristesse et lassitude.

— Je suis désolée de le voir ainsi, murmura Meg. Et je m'en veux beaucoup de vous avoir dérangés, néanmoins…

— Votre démarche est tout à fait compréhensible, mon petit.

De nouveau, Gladys Evans se pencha vers son mari.

— John… John, essaie de te souvenir. Sais-tu ce qu'il est advenu de ces petites filles ?

— Quelles petites filles ?

— Les jumelles que tu as mises au monde, cette nuit de septembre. Tu te souviens ? Il pleuvait, la jeune mère n'avait même pas vu un médecin…

Les yeux bleu pâle du vieil homme brillèrent d'indignation.

— Des criminels ! bougonna-t-il. Quand je pense qu'ils ont osé traiter cette pauvre enfant de la sorte, juste parce qu'elle était enceinte… Où sont mes pantoufles, Gladys ? J'ai froid aux pieds.

— Elles sont sous ton fauteuil, chéri. Tu les as quittées tout à l'heure.

L'ancien médecin se pencha et enfila l'un des chaussons de cuir. Lorsqu'il se redressa et que son regard se posa de nouveau sur Meg, son esprit semblait avoir recouvré de sa clarté. Il esquissa un sourire amusé.

— C'est curieux, tout de même…

— Qu'est-ce qui est curieux, docteur ? demanda aussitôt Meg, sur le qui-vive.

— Ces deux petites jumelles… Un individu est venu me voir, il n'y a pas longtemps, et m'a lui aussi interrogé à leur sujet. Il voulait tout savoir sur elles.

— Quoi ?

Le cœur de Meg se mit à battre à toute allure tandis qu'elle fixait le vieil homme avec horreur.

— Quelqu'un vous a questionné sur nous ? Qui était-ce ? insista-t-elle en se levant pour aller se pencher sur lui.

Il ne répondit pas. Baissant les yeux, Meg se rendit compte avec désespoir qu'il était absorbé par ses pantoufles et rien d'autre. Perdu dans ses pensées, une fois de plus, il s'efforçait d'enfiler la première sur la seconde…

— Voyons, John, tu vois bien que tu te trompes, déclara sa femme avec calme.

Elle se pencha pour l'aider. Meg, qui l'observait, se sentait dévastée par une impression de vide, un vide contre lequel elle ne pouvait rien.

— Je crains qu'il ne soit fatigué, maintenant, murmura Gladys Evans d'un ton d'excuse. Il va sans doute dormir un peu.

Meg hocha la tête, s'écarta et s'apprêta à quitter la pièce.

— Je suis navrée qu'il n'ait pu vous aider davantage, lui dit son hôtesse.

Dans le vestibule, Meg s'arrêta ; elle inspira profondément pour tâcher de se calmer.

— Madame Evans… savez-vous qui était cet homme ? Celui qui est venu interroger votre mari à propos… à propos de ma naissance.

— Je sais que John a eu une visite au printemps dernier, c'est vrai. Mais comme elle a eu lieu un mercredi, je ne peux rien vous dire de plus.

— Pourquoi ?

— Tous les mercredis, mon mari va passer la journée à l'hôpital afin que je puisse me reposer un peu et faire ce que j'ai à faire. C'est à cette occasion que cet homme l'a rencontré.

— A votre avis, est-ce que quelqu'un de l'hôpital pourrait me le décrire ?

Gladys fit signe que non.

— J'ai posé la question, moi aussi. Quand John m'en a parlé, cette visite m'a intriguée, c'est normal. Une infirmière se souvenait bien que quelqu'un était venu voir mon mari, mais elle n'a pu me dire qui. Il y a tellement de va-et-vient, dans la salle commune... Des gens entrent et sortent toute la journée.

— Je comprends.

Les doigts tremblants, Meg agrippa le montant de la porte.

— Je suis vraiment désolée, lui répéta l'épouse du médecin. Je souhaite de tout cœur que vous retrouviez votre sœur.

Meg murmura quelques mots de remerciement et s'enfuit jusqu'à sa voiture.

... que vous retrouviez votre sœur.

Meg se retrouva sur l'autoroute, roulant vers Las Vegas, avant de commencer seulement à pouvoir affronter ce qu'elle venait d'apprendre. Il était déjà assez terrible de savoir dans quelle situation familiale traumatisante s'était déroulée sa naissance. Mais découvrir en plus qu'elle avait une vraie jumelle, une sœur identique à elle dont elle n'avait jamais soupçonné l'existence...

Tout en conduisant, elle s'efforça de saisir et d'analyser la portée de ces révélations.

Avant tout, cela signifiait qu'elle n'était ni folle ni déséquilibrée psychiquement. Elle ne souffrait d'aucune dissociation de la personnalité. Elle était bien elle-même, Megan Howell, et l'avait toujours été.

Ensuite, Lisa Cantalini n'était en aucun cas une création de son esprit. C'était une personne à part entière, différente d'elle, quelqu'un qui avait mené sa propre existence, participé à des concours de beauté, épousé un homme riche et plus âgé qu'elle, dont elle dilapidait la fortune.

Lisa était sa sœur.

Cela étant, s'avisa-t-elle, Clay Malone n'apparaissait plus comme un menteur. Il lui avait sans doute dit la vérité à propos de sa relation avec Lisa. Tous les souvenirs qu'il gardait de leur enfance commune avaient bel et bien existé.

Pourtant… Pourtant quelqu'un devait mentir quand même, puisqu'un mystérieux inconnu connaissait la vérité au sujet de Meg et de Lisa. Cet homme avait retrouvé le Dr Evans, remontant probablement pour cela la même filière qu'elle-même. Lui aussi avait entendu le récit de cette double naissance, par une pluvieuse nuit de septembre…

Quel usage avait-il fait de ces révélations ?

Un frisson glacé descendit le long du dos de Meg, en même temps qu'une boule se formait dans son estomac.

Ce qui commençait de lui apparaître était effroyable. De toute évidence, l'accident de voiture qui l'avait brutalement plongée dans la vie de Lisa n'était pas le fruit du hasard. Comment voir une simple coïncidence dans le fait qu'elle, Megan Howell, ait basculé une nuit dans un ravin au volant d'une voiture qui appartenait à cette sœur dont elle ignorait l'existence, sur un tronçon d'autoroute qu'elle ne se souvenait pas d'avoir jamais emprunté ?

Son cerveau travaillait avec lenteur, se débattant au milieu de cette incroyable succession d'événements, tandis qu'elle éprouvait une frustration de plus en plus grande face aux lacunes de sa mémoire.

Comment était-elle montée dans la voiture de sa sœur ? L'avait-on mise à l'intérieur ? Pourquoi ne s'en souvenait-elle pas ? Peut-être avait-elle été droguée, puis conduite sur cette autoroute en direction de l'Utah, placée au volant du cabriolet et poussée dans ce ravin...

Une terreur abominable l'envahissait peu à peu ; elle se cramponnait si fort au volant que les articulations de ses doigts lui faisaient mal.

Si cet accident avait été provoqué, où se trouvait Lisa, en ce moment ? Avait-elle été enlevée, elle aussi ? Etait-elle morte, à ce jour, ou retenue prisonnière quelque part pendant que cette incompréhensible machination suivait son cours, jusqu'à son terme ?

Le souffle presque coupé par la concentration intense qu'elle s'imposait, Meg secoua la tête afin de s'éclaircir les idées.

Le Dr Wassermann, une fois de plus, revenait au premier plan. Pourquoi avait-elle admis si vite la théorie de la personnalité multiple ?

En y réfléchissant, cela pouvait s'expliquer par les défaillances de la mémoire de Meg, le fait qu'elle ait si peu de souvenirs clairs des deux ou trois dernières années. Compte tenu de l'absence d'identité véritable de Meg, il était aisé pour la psychiatre de conclure à une dissociation de la personnalité…

Et c'était là que se trouvait la seconde grande énigme. Quel événement terrible était donc intervenu dans la vie de Meg, capable d'effacer ainsi ses souvenirs les plus récents ? Elle se rappelait encore la façon dont elle avait décrit ce qu'elle ressentait à Jim Leggatt : comme si un rideau était brusquement tombé au milieu de sa vie, plongeant dans l'ombre tout ce qui s'était passé avant et après.

Meg fixait l'autoroute, buttant contre ce mystère qui bloquait le mécanisme de sa mémoire et dont la seule idée l'emplissait de terreur. Si son esprit refusait avec une telle force de revenir en arrière, d'explorer ce passé qui lui échappait, c'était que ce passé contenait quelque chose de trop monstrueux, qu'il se sentait incapable de soutenir…

Une fois de plus, avec un acharnement désespéré, Meg s'obligea à rassembler ses souvenirs. Elle se remémorait parfaitement la mort de Glory, puis les années où Hank et elle avaient voyagé d'un endroit à l'autre, au gré du travail qu'ils trouvaient. De nombreux détails lui revenaient, y compris les ranchs-hôtels dans lesquels ils avaient séjourné à plusieurs reprises — à l'exception du dernier. C'était là que sa mémoire se cabrait, que tout devenait flou, et que le seul fait de chercher l'emplissait d'une angoisse diffuse.

Elle savait que son père buvait beaucoup, à cette époque, qu'elle devait se battre tous les jours pour le protéger de lui-même et des autres. Mais comment, à partir de là, avait-elle décidé un jour de quitter le ranch et d'aller vivre à Las Vegas ? Impossible de s'en souvenir, ni même de préciser si Hank était ou non avec elle. Quant à la vie qu'elle avait menée là-bas, son travail au Willows, il ne lui en restait que des images brouillées.

Qu'avait-il bien pu arriver au cours de ces dernières semaines, au ranch, pour entraîner une amnésie aussi totale ? Etait-ce le choc qu'elle avait subi alors, qui l'avait rendue aussi perméable au cauchemar qui s'était mis en place par la suite ? Si elle se sentait déjà perdue et désorientée, il n'était pas étonnant que le traumatisme supplémentaire de cet accident l'ait conduite à admettre qu'elle souffrait vraiment d'un trouble grave de la personnalité…

Meg agrippait le volant, en proie à un terrible désarroi. Si seulement elle pouvait se rappeler…

Le soleil descendait vers les montagnes, à l'ouest. Quand elle atteignit la vallée d'Amaragosa, le ciel était baigné d'une douce lumière violine. Et de nouveau, comme à l'aller deux jours plus tôt, elle éprouva cette terrible sensation de nausée qu'elle ne pouvait s'expliquer. Puis, d'un seul coup, les digues de sa mémoire cédèrent, libérant un torrent de souvenirs.

Elle savait d'où venait son malaise, à présent.

Ce fut si brutal, si net, si intense qu'elle dut ralentir. C'était ici, dans la chaîne de l'Amaragosa, à quelques kilomètres seulement de cette autoroute, qu'elle avait séjourné pour la dernière fois avec Hank.

Elle arrêta la voiture sur le bas-côté et s'effondra sur le volant, secouée de sanglots, tandis que sa dernière nuit au ranch-hôtel lui revenait dans tous ses détails.

19.

Le printemps était arrivé sur la pointe des pieds dans la vallée de l'Amaragosa, passant presque inaperçu. Au nord, les dernières chutes de neige de mars blanchissaient encore Reno et ses environs alors qu'à une poignée de kilomètres vers l'ouest, au-delà de la Sierra Nevada, la Vallée de la Mort tremblait sous la canicule. Mais ici, dans cette région fraîche et ensoleillée, un léger duvet vert pâle commençait de recouvrir les peupliers de Virginie.

Meg se trouvait dans le corral du ranch, où elle dressait à la longe l'un des poulains de deux ans. Son élève était un beau rouan élancé, dont le pelage soyeux brillait au soleil comme une pièce de monnaie en cuivre toute neuve. La bête hennissait et secouait nerveusement la tête, roulant des yeux, tandis que la jeune fille donnait de petits coups sur la longe pour l'obliger à ralentir, puis à s'arrêter.

Cela fait, Meg enroula la corde autour d'un poteau, sans serrer, et se baissa pour prendre un sac en toile de jute entre ses mains gantées. Lentement, elle revint vers le poulain, tout en lui parlant à mi-voix.

— Tout doux, petit. Tout doux. Tu n'as rien à craindre. Tu vois ce truc, là ? C'est juste un vieux sac. Pas de quoi avoir peur.

Le poulain tremblait sur ses jambes longues et fines, et il tirait sur la longe ; toutefois, il ne chercha pas à s'écarter quand Meg saisit son harnais et commença de lui caresser la tête et le cou.

— Tu vois ? répéta-t-elle sur le même ton apaisant. Il n'y a vraiment rien à craindre. Rien du tout…

Avec des gestes mesurés, elle leva le sac et le posa doucement sur le dos frémissant du jeune animal, sans cesser un instant de le rassurer. Peu à peu, les tremblements diminuèrent, et il finit par se tenir immobile, acceptant le contact de la toile. Alors, Meg fit glisser le sac ; elle flatta le poulain, le complimenta et, pour finir, le détacha. Amusée, elle le regarda s'ébrouer et s'élancer au galop à travers l'enclos, saluant par des ruades sa liberté recouvrée.

— Je n'ai jamais vu personne rompre les chevaux comme tu le fais, lança une voix depuis la barrière.

Meg, qui détachait la longe, se détourna pour jeter un coup d'œil à l'arrivant.

— Je ne les romps pas, je les amadoue, répliqua-t-elle d'un ton sec. Ce n'est pas du tout la même chose.

Avec un grand sourire, Carl Trapper se hissa sur le barreau supérieur de la barrière, et continua de reluquer la jeune fille d'un œil intéressé.

— Ah oui ? fit-il. Et quelle est la différence, d'après toi ?

— Ce n'est pas la peine que je vous explique, Trapper, vous ne comprendriez pas, répondit Meg en passant devant lui pour quitter le corral. Vous ne comprenez que la brutalité.

L'homme s'empourpra et la fusilla du regard. C'était un drôle de type, avec un visage long et rusé qui contrastait étrangement avec sa carrure de lutteur. Il était arrivé au ranch deux mois plus tôt, pour prendre les fonctions de contremaître, mais pas un instant Meg ne s'était sentie impressionnée. Trapper n'était qu'un esbroufeur, ce qu'elle ne supportait pas. En outre, très vite, elle s'était rendu compte qu'il aimait torturer les bêtes — surtout quand il se croyait à l'abri de tout regard. La froideur qu'il lui inspirait s'était alors changée en un dégoût qui la gênait dans son travail.

Le contremaître se laissa glisser à terre et lui emboîta le pas. Arrivé au portillon, il l'ouvrit pour la laisser passer avec une politesse exagérée.

— Je te trouve bien arrogante, pour une fille qui a besoin de gagner sa vie.

— Ce ne sont pas les places qui manquent pour quelqu'un qui s'y connaît en chevaux, Trapper.

— Alors, pourquoi t'incrustes-tu dans ce trou perdu ?

— J'aime cet endroit, surtout en été quand les touristes arrivent. J'adore m'occuper des enfants.

— Depuis quand es-tu ici ? J'ai regardé ton dossier, mais je ne m'en souviens plus.

Meg pénétra dans l'écurie et se dirigea vers les casiers de rangement. Elle était agacée par la remarque de Trapper, qui lui rappelait l'autorité qu'il avait sur elle. Quand il s'agissait d'affermir son pouvoir, Trapper avait la main très lourde.

— Je te parle, Howell ! lança-t-il. Depuis combien de temps es-tu ici ?

— Trois ans.

— Et quel âge ça te fait ?

— Vingt-trois ans. Vous le savez parfaitement.

Le contremaître lui jeta un regard par en dessous.

— Ouais, ça me revient, maintenant. Ça commence à faire vieux, pour une jolie fille qui n'a toujours pas d'homme. Si tu veux mon avis, c'est du gâchis.

— C'est mon affaire, et ça ne vous regarde pas.

Meg accrocha la longe, rangea le sac et prit une mesure pour remplir un seau d'avoine.

— Alors, tu dis que ton père et toi, vous êtes ici depuis trois ans ?

— Oui. Cela fera même quatre ans cet été.

— Et qu'est-ce que vous fabriquiez, avant ?

— Nous avons suivi le circuit des rodéos pendant plusieurs années, ferré des chevaux dans des foires, travaillé dans d'autres ranchs, dressé des poulains pour les courses... Des trucs dans ce genre.

— Ton cher papa ne reste jamais longtemps au même endroit, pas vrai ?

Meg pensa à Hank, à son élocution difficile et à son regard éteint, à cause de l'alcool ; il avait de plus en plus de mal à se passer de boire.

— Papa aime bouger, répondit-elle d'un ton sec.

— Alors, pourquoi traîne-t-il ici ?

Tant bien que mal, Meg parvint à dominer son irritation.

— Nous en avons assez de voyager, maintenant. Nous sommes arrivés ici un été pour ferrer les chevaux ; l'endroit nous a plu et nous sommes restés, c'est tout.

— Pauvre Hank…, commenta le contremaître avec un soupir appuyé. Il n'est plus bon à grand-chose, hein ?

Meg se retourna.

— Ça suffit, Trapper ! Qu'il ait bu ou pas, mon père sait mieux s'y prendre avec les chevaux que vous ne le saurez jamais. Et en plus, il a bon cœur, lui !

Soulevant son seau, elle regagna la porte, consciente que son tourmenteur n'allait sans doute pas la lâcher ainsi.

Pour elle, l'univers de Hank s'était brisé le jour où Glory était morte. Depuis, le malheureux titubait à travers l'existence ; il mangeait, buvait, rendait visite à d'autres cow-boys, mais son âme s'en était allée ailleurs. Sa grande carcasse n'était qu'un pâle reflet de ce qu'il avait été autrefois.

Elle s'arrêta sur le pas de la porte, éblouie par le soleil du dehors.

— Jolie Meg, murmura Trapper, dont le souffle chaud lui effleura la nuque. Tu es vraiment un beau brin de fille, Meggie Howell.

L'instant d'après, il s'empara de la jeune fille, lui ramena les bras dans le dos et saisit ses poignets dans sa main calleuse. Tandis que Meg poussait un cri de surprise et de rage, le contremaître l'adossa au mur d'un geste brusque. Le souffle court, le visage cramoisi par l'excitation, il défit les boutons de sa chemise de toile et en écarta hâtivement les pans. D'un geste brutal, il déchira le soutien-gorge de Meg pour libérer ses seins.

— Bon sang ! marmonna-t-il en la dévorant des yeux, alors qu'elle jurait et se débattait de son mieux. Je n'ai jamais rien vu d'aussi joli…

Meg l'insulta et réussit à lui échapper. Ecarlate, ivre de fureur, elle ramena sa chemise sur sa poitrine d'une main tremblante. Trapper, qui s'était reculé, la contemplait en riant de sa détresse.

— Un vrai petit chat en colère, murmura-t-il d'un ton appréciateur. Quel tempérament ! Tu dois être une sacrée affaire au lit, Meggie Howell. Je ne tiens déjà plus.

Meg le fixa avec une haine féroce. De toutes ses forces, elle retenait les larmes qui lui brûlaient les paupières.

— Si jamais vous posez encore la main sur moi, Trapper, je vous tuerai ! lança-t-elle d'une voix tremblante. Je vous jure que je vous tuerai.

Les prunelles du contremaître étincelèrent.

— Ah oui ? On verra ça, mon chou. On verra ça.

Là-dessus, il sortit et traversa la cour d'un pas nonchalant. Meg, les doigts crispés sur sa chemise, le suivit du regard jusqu'à ce qu'il ait disparu. Alors, elle se sentit prise d'une nausée incontrôlable. Son corps se mit à trembler si violemment qu'elle dut s'appuyer contre le mur, jusqu'à ce que les spasmes cessent. Lorsqu'elle leva enfin les yeux, épuisée, elle vit son père qui se tenait à l'entrée de l'écurie et l'observait en silence. Son visage ridé était livide.

— Papa…, gémit Meg en s'efforçant de reboutonner sa chemise. Ne fais pas cette tête, je t'en prie. Je vais bien. Il ne m'a pas fait de mal.

— Je devrais tuer ce salaud ! déclara Hank d'une voix sourde. Je devrais le tuer, Meggie.

Il s'approcha, et posa une main maladroite sur les cheveux de sa fille.

— Laisse-le tranquille, papa, je t'en supplie ! l'implora-t-elle. Promets-moi de ne pas faire de bêtise. Je vais bien, je te dis. Je te le jure. Il ne recommencera pas.

— … même plus assez bon pour protéger ma propre petite fille ! bougonna Hank, qui avait détourné ses yeux pâles vers l'horizon. Même plus assez bon pour m'occuper d'elle.

— Papa ! se récria Meg, ravagée par sa douleur. S'il te plaît, ne parle pas ainsi. Viens plutôt m'aider avec les poulains. J'ai besoin d'un coup de main.

Hank la suivit sans rien ajouter.

Durant quelques heures, ils travaillèrent de concert, simplement heureux d'être ensemble. C'était un beau souvenir, plein de lumière et de paix. C'était aussi la dernière fois que Meg avait vu son père vivant.

Au bord de la route, dans la petite Thunderbird blanche, Meg enfouit son visage au creux de ses bras posés sur le volant et sanglota comme si ce malheur venait de fondre sur elle à l'instant. Comme si la blessure était encore à vif, toute fraîche.

Puis, à contrecœur, elle continua de se remémorer cette journée terrible, se rapprochant de la chose horrible, tragique, qui devait encore lui arriver quelques heures plus tard, dans la nuit.

*
* *

Dans le mobile home que le ranch avait mis à leur disposition pour éviter à Meg d'avoir à dormir avec les hommes, une attention dont elle était infiniment reconnaissante, elle avait fini de raccommoder un jean de son père. Elle lut un moment dans son lit. Une fois de plus, elle savourait le plaisir de se sentir « chez elle », la petite caravane étant son premier vrai foyer depuis la mort de Glory.

Durant ces années d'errance avec Hank, elle avait connu les tentes et les camping-cars ; elle avait étudié où elle pouvait, et rédigé ses devoirs par correspondance sur des comptoirs de bars, dans des corrals ou des stations-service. A présent, Meg disposait d'une vraie cuisine, minuscule mais pratique, avec une table, des chaises et des livres de recettes. Il y avait aussi deux petites chambres à chaque extrémité, une salle d'eau avec une douche et même un salon confortable, agrémenté d'un téléviseur, de banquettes et de piles de livres. Les branches des arbres s'agitaient au-dessus de leur tête, une rivière coulait devant la porte, et ils avaient même réussi à faire pousser quelques fleurs et quelques légumes sur un carré de terre.

Pour Meg, il ne pouvait exister d'endroit plus agréable au monde.

Elle éteignit sa lampe de chevet et resta allongée sur le dos, songeant à l'agression de Trapper, à ses menaces. Cet incident lui rappelait un épisode oublié depuis longtemps, ce soir d'été où un garçon, après un match de base-ball, l'avait attrapée et embrassée à pleine bouche, lui disant qu'elle était belle…

Avec une grimace de dégoût, Meg se tourna sur le côté et enfouit son visage dans son oreiller.

Les hommes étaient tous les mêmes ! Dès qu'ils apercevaient quelque chose ou quelqu'un qui leur plaisait, il fallait qu'ils s'en emparent et en retirent du plaisir, coûte que coûte. Bizarrement, ils semblaient convaincus d'être dans leur bon droit, pour la simple raison qu'ils étaient des mâles. Trapper, lui, était encore pire. Car un individu aussi fort, aussi brutal et aussi vicieux que lui ne se contenterait pas de la prendre dans ses bras…

De nouveau, elle se mit sur le dos et contempla le plafond.

Ce fut alors que ses yeux s'écarquillèrent et que les poils de ses bras se hérissèrent.

Quelqu'un arrivait. Il approchait de la porte, marchait d'un pas rapide dans l'allée.

Le cœur battant à se rompre, Meg se redressa et chercha des yeux une arme quelconque. Elle ne trouva rien.

Il fallait qu'elle crie…

Mais à quoi bon ? pensa-t-elle aussitôt. Le mobile home était installé à l'écart des autres bâtiments, au cœur d'un bosquet de peupliers. Si elle hurlait, de loin son cri serait pris pour celui d'un oiseau en chasse, ou confondu avec le grondement de la rivière.

Elle se leva, les jambes tremblantes, enfila un vieux pull sur le T-shirt qu'elle portait pour dormir, un pantalon de survêtement et gagna la porte. Prudemment, elle coula un œil à travers l'écran grillagé.

Le directeur du ranch se tenait sous le porche, silencieux. Le clair de lune baignait son visage tendu d'une lumière surnaturelle.

— Monsieur McPhail ? s'écria Meg, alarmée. Qu'y a-t-il ? Que faites-vous ici ?

— Il y a eu un accident, Meg. C'est votre père.

— Quoi ? Qu'est-il arrivé ?

— Il était en ville avec quelques-uns des hommes. Carl Trapper était là aussi.

— Trapper ? Oh ! mon Dieu...

— Trapper avait beaucoup trop bu, et Hank a offert de le raccompagner en voiture.

— Papa ? Raccompagner quelqu'un en voiture ? balbutia Meg, désarçonnée. Mais...

— Apparemment, Hank était sobre. Il n'avait pas bu une seule goutte d'alcool de toute la soirée.

La bouche de Meg devint sèche. Une terreur folle l'habitait.

— Que... que s'est-il passé, monsieur McPhail ?

— Hank est monté dans le camion avec Trapper, ils ont quitté la ville pour rentrer au ranch. Mais ils ne sont pas arrivés jusqu'ici. A un passage à niveau, votre père a traversé la voie juste devant un train de marchandises. Ils ont tous les deux été tués sur le coup.

Meg passa la langue sur ses lèvres, incapable de détacher les yeux de ceux du directeur.

— C'é... c'était un accident, n'est-ce pas ? demanda-t-elle dans un souffle.

— Non, Meg. Le passage à niveau se trouvait dans la direction opposée à celle du ranch. Trois témoins ont vu

Hank quitter la route principale et foncer sur la voie au moment où le train arrivait.

Un chagrin immense envahit Meg, un désespoir si profond et si déchirant qu'elle ne pouvait même pas pleurer.

— Mon Dieu…, murmura-t-elle.

Ses dents se mirent à claquer ; elle dut presser une main sur sa bouche.

— Ecoutez-moi, Meg. Je pense que vous devriez sauter dans votre camion et partir sur-le-champ, déclara McPhail d'une voix altérée. Cette histoire risque d'avoir des conséquences désagréables. Dès demain, la femme et la famille de Trapper vont se déchaîner et crier vengeance, vous pouvez en être sûre. Si vous êtes loin, nous parviendrons peut-être à calmer les esprits.

— Mais… la police ? Est-ce qu'ils ne vont pas…

— La police sait que vous n'y êtes pour rien. Je leur dirai que c'est moi qui vous ai conseillé de fuir. C'est mieux ainsi, croyez-moi. Pour vous et pour la mémoire de votre père. Partez et oubliez tout ça.

— Mais je ne veux pas m'en aller ! Je veux rester ici et continuer à travailler !

— Je suis désolé, Meg, je ne peux pas vous garder, insista le directeur avec gentillesse. Nous ne pouvons nous permettre un scandale comme celui-ci au début de la saison. Il faut que vous ayez quitté le ranch avant l'aube. Voici deux mois de salaire pour vous aider à vous en sortir.

Meg contempla l'enveloppe qu'il lui tendait. Puis elle se tourna vers sa « maison », derrière elle.

— Gardez cet argent, répondit-elle d'une voix étranglée par les sanglots. Je... je vous demande simplement de lui organiser des funérailles décentes. Maman aurait voulu...

Sa voix se brisa.

Après un moment d'hésitation, le directeur hocha la tête et remit l'enveloppe dans sa poche. Meg se rua à l'intérieur pour rassembler quelques vêtements, des livres et des objets personnels. Elle fourra le tout dans un sac de toile, pêle-mêle, et courut jusqu'au vieux camion, sous le regard grave et triste du directeur, qui n'avait pas bougé.

Quelques minutes plus tard, elle roulait sur l'autoroute, en direction du sud, filant droit devant elle dans la nuit noire.

Près du passage à niveau, de la tôle froissée jonchait encore les rails, et quelques policiers en uniforme fouillaient les débris du camion sous le clair de lune qui commençait de pâlir. Meg détourna les yeux. Quelque part au milieu de ces morceaux de métal tordus devait se trouver le corps de son père. En même temps, elle savait que l'esprit de Hank Howell, son âme généreuse et meurtrie, étaient déjà bien loin de cet endroit morbide. Avec Glory.

— Je t'aime, papa, murmura-t-elle à travers ses larmes. Je t'ai toujours aimé...

Scrutant à travers le pare-brise poussiéreux, vers Las Vegas et son océan de lumières, elle aperçut le halo incandescent du rayon géant qui couronnait le Luxor et sa pyramide, et qui, à des dizaines de kilomètres, transperçait la nuit tel un signe du ciel. Quelque part dans cette grande ville sale, bruyante et corrompue, il y aurait peut-être un refuge pour une jeune cow-girl en fuite dont le père venait de commettre un meurtre.

A l'instant où cette pensée traversait Meg, les premières lueurs de l'aube frangèrent de lumière le sommet des montagnes.

20.

Meg resta un long moment assise sans bouger, ébranlée par cet afflux de souvenirs terribles, auquel se mêlaient maintenant d'autres images beaucoup plus douces : les yeux bleus de Hank, si gentils, qui la regardaient en souriant ; la façon dont il la prenait sur ses épaules, quand elle était petite ; ses grandes mains brunes en train de ferrer le sabot d'un cheval. Et puis, de nouveau, sa mort, son sacrifice. Trop abominables pour pouvoir seulement y penser.

Voilà pourquoi elle s'était arrangée pour tout oublier, pendant des mois. Elle avait refoulé ce souvenir chaque fois qu'il cherchait à remonter à la surface, jusqu'au moment où sa mémoire avait cédé et englouti de façon définitive toute réminiscence de cette nuit de cauchemar, ne lui laissant qu'une sorte de douleur sourde et de vague malaise.

Enfin, Meg remit le moteur de la voiture en marche et reprit la direction du sud, roulant vers Las Vegas. Elle éprouvait une impression de vide et de flottement, comme si elle avait reçu un coup sur la tête.

Mais ce qu'elle venait de vivre semblait avoir rouvert toute grande la porte de son passé. Tous les détails manquants lui revenaient, y compris ceux des derniers mois que son père et elle avaient passés au ranch-hôtel.

Jusqu'à son étrange périple vers Las Vegas, à l'aube. Elle se revoyait même en train de s'arrêter dans une station-service, au petit jour, pour se laver le visage et les mains. Elle s'était sentie si seule, quand elle avait atteint la grande ville dans le matin blême... Anesthésiée par le chagrin, elle avait accompli diverses formalités dans un état second — elle avait fait transférer son compte en banque, avait loué un petit appartement dans un immeuble sordide et répondu à une annonce du Willows pour un poste de serveuse et d'aide-cuisinière.

Les jours avaient passé, épuisants, monotones, qui s'enchaînaient dans une confusion totale, et dans une solitude atroce. Meg n'avait jamais réussi à se sentir chez elle dans cette ville sans âme, ni à se faire des amis. Jamais, non plus, elle n'avait eu le courage de reprendre l'autoroute vers le nord.

Et puis, un matin du mois d'août, elle s'était réveillée dans un lit d'hôpital à Salt Lake City, meurtrie, assommée par la fièvre, affublée d'un autre nom. Depuis ce moment, sa vie n'avait plus été qu'un long cauchemar plein de confusion.

Et ce cauchemar n'était pas terminé.

Quand elle eut traversé les interminables banlieues de Las Vegas, elle descendit le Strip jusqu'au Willows et se gara à l'extérieur, laissant le cabriolet sous un réverbère et bien en vue du gardien. Elle ne voulait prendre aucun risque. La ou les personnes qui l'avaient expédiée dans ce ravin pouvaient très bien guetter une autre occasion de saboter sa voiture.

Une fois dans sa chambre, elle ferma la porte et balaya la pièce d'un regard méfiant.

Pour elle, il ne faisait aucun doute que les gens qui l'avaient enlevée dans une rue de Las Vegas et collée dans cette voiture n'avaient pas agi au hasard. Quelqu'un cherchait à la blesser ou à la tuer, et y était presque parvenu. Penser que cette personne allait de nouveau essayer n'était pas déraisonnable.

Mais qu'est-ce que sa disparition pouvait bien apporter à qui que ce soit ? Si c'était de *sa* disparition qu'il s'agissait… Car ses agresseurs, en fait, avaient déployé de grands moyens pour faire croire à la mort de *Lisa*, et non à celle de sa jumelle.

Un instant, Meg envisagea d'aller raconter son histoire à la police — pour rejeter aussitôt cette idée. Tout cela était trop incroyable. On l'écouterait sans nul doute avec scepticisme, sinon avec amusement. Victor Cantalini, son « mari », était un homme d'affaires puissant et respecté. Et si les policiers prenaient des renseignements auprès de sa psychiatre, Clara Wassermann leur expliquerait que sa patiente était en proie à des hallucinations, qu'elle souffrait d'un choc émotionnel et d'une dissociation de la personnalité. Quant à cette étrange histoire de jumelles qui s'ignoraient, quelle preuve Meg en avait-elle, à part le témoignage hésitant et confus d'un vieux médecin qui n'avait plus toute sa tête ?

Si seulement le Dr Evans avait pu se rappeler l'homme qui lui avait rendu visite au printemps…

Elle hésita encore un moment près de la porte. Puis, retenant son souffle, elle entreprit un examen minutieux de la chambre, des placards, de la salle de bains, allant même jusqu'à s'agenouiller pour regarder sous le lit.

Tout était dans l'état où elle l'avait laissé ; ses affaires n'avaient pas été touchées. Rassurée, Meg alla prendre dans le petit réfrigérateur le sac de fruits et le couteau de cuisine qu'elle avait achetés à son arrivée en ville. Elle s'installa dans le fauteuil placé devant la baie vitrée et commença de ruminer ses pensées en contemplant le Strip et en coupant une pomme en quartiers réguliers.

On approchait de la fin de semaine, cela se voyait à l'animation bruyante qui régnait dans la rue, au-dessous d'elle. Meg avait l'impression qu'un monde la séparait de ces gens détendus, en tenues décontractées, qui étaient visiblement là pour s'amuser. Isolée dans sa chambre comme en haut d'un donjon, elle se débattait parmi les méandres d'un complot cauchemardesque dont elle ne saisissait pas l'enjeu ; elle était prisonnière d'un filet invisible auquel elle n'avait aucun moyen d'échapper.

Au bout d'un moment, elle éteignit presque toutes les lumières, alla prendre une douche très chaude, enfila une chemise de nuit et revint dans la chambre — pour s'arrêter de nouveau devant la porte d'entrée. La nuit était noire, sans lune, et les néons extérieurs baignaient les murs et le plafond d'une lumière surnaturelle.

Meg vérifia le bouton de porte et mit en place le verrou de sûreté qui interdisait toute intrusion du dehors, même avec une clé. Puis elle étudia la serrure un bon moment. Après quoi, d'un pas résolu, elle alla chercher son couteau et revint coincer la lame dans la fente qui séparait le cadre de la porte, espérant que cela empêcherait le battant de s'ouvrir.

Ces précautions prises, elle se mit enfin au lit et se pelotonna entre les draps. Sa tête bourdonnait de pensées, de suppositions, de dizaines de questions auxquelles elle ne trouvait pas de réponses.

Et au-dessus de toute cette confusion planait le visage de Lisa, cette sœur qu'elle n'avait jamais vue.

« Qui es-tu ? se demandait-elle. Quel genre de personne ? Où es-tu, en cette minute ? »

Elle songea à la superbe maison de Salt Lake City, décorée dans les tons qu'elle aimait ; à la penderie pleine de vêtements qui lui allaient si bien, et semblaient avoir été coupés pour elle…

Lisa lui ressemblait par tant d'aspects. Elles devaient vraiment être identiques, puisqu'un mari et un cousin — sans parler de la psychiatre qui avait suivi Lisa pendant plusieurs semaines — n'avaient pas vu la différence. Apparemment, rien ne les distinguait : ni leur visage, ni leur silhouette, ni leur coiffure, ni leurs goûts.

Et il y avait les sandwichs à la salade et aux œufs durs, songea Meg, les yeux fixés sur le plafond. Même cette préférence, elles l'avaient en commun.

Soudain, elle éprouva une bouffée de nostalgie à l'égard de cette jumelle inconnue, ainsi qu'une inquiétude croissante pour ce qui lui était arrivé. Incapable de rester en place, elle se leva, s'enroula dans une couverture, alluma l'une des lampes de chevet et retourna s'installer dans le fauteuil, les genoux serrés contre elle.

Victor accepterait sans aucun doute de l'aider, se dit-elle. Il pouvait se montrer rude et assez sec, parfois, mais il n'était pas totalement dénué de compassion. Il suffisait de le voir avec Dommie. Si elle lui racontait cette incroyable histoire, depuis le début, elle était sûre qu'il la prendrait au sérieux et tenterait de retrouver Lisa.

Lisa était sa femme, tout de même, une épouse qu'il paraissait aimer. N'était-il pas venu la voir régulièrement à l'hôpital, alors qu'il détestait cet endroit ? N'avait-il pas cherché à lui faire plaisir en remettant sa voiture en état ?

Et cette nuit, où il avait voulu la rejoindre dans son lit...

Meg changea de position, gênée par ce souvenir. Elle sentait encore le corps puissant de Victor pressé contre le sien, nu et musclé. Elle en avait été si choquée, si horrifiée qu'elle l'avait appelé Trapper !

Elle enfouit son visage entre ses genoux... pour se redresser aussitôt, en proie à une vague de terreur.

Le bouton de porte tournait. Elle le voyait très nettement bouger dans la lumière de la lampe. Les yeux écarquillés, elle suivit son lent déplacement vers la gauche, puis son retour au point de départ.

Glacée, les mains crispées sur ses jambes, Meg resta figée dans son fauteuil, le regard rivé à la porte. Le bouton s'immobilisa. Alors, elle entendit le bruit d'une clé que l'on enfonçait dans la serrure, et que l'on cherchait à faire tourner.

« C'est sûrement quelqu'un qui se trompe de chambre, songea Meg pour se rassurer. Un client de l'hôtel qui a trop bu et qui ne sait plus où il est… »

Au même instant, un déclic se fit entendre.

L'inconnu qui se trouvait devant sa porte possédait *sa* clé. Par bonheur, le verrou de sûreté était en place. Elle ne craignait rien. Personne ne pouvait l'ouvrir de l'extérieur. Il faisait au moins cinq centimètres de large, et coulissait dans une lourde gâche en acier.

Pourtant…

Meg retint son souffle, tendue, guettant le moindre bruit. L'intrus était en train de toucher à ce loquet. Soudain, avec une infinie lenteur, la barre d'acier se mit à pivoter sur son axe. Une nouvelle vague de terreur submergea Meg. L'individu qui essayait d'entrer chez elle avait aussi la clé du verrou de sûreté ! Comment était-ce possible ?

Galvanisée par cette découverte, elle attrapa le téléphone et appuya sur une touche.

— La réception. Que puis-je pour vous ?

— Quelqu'un essaie de s'introduire dans ma chambre, chuchota Meg.

— Avez-vous mis le verrou de sûreté, madame ?

— Oui, mais cette personne a la clé !

— Je ne pense pas que cela soit possible, madame.

— Ecoutez, de l'endroit où je me trouve, je le vois bouger ! Je vous en prie, envoyez-moi quelqu'un, vite !

— Votre numéro de chambre ?

— Le… le 1411, balbutia Meg, hypnotisée par le spectacle du verrou qui continuait de se déplacer. Faites vite, je vous en supplie !

— Je vous envoie la sécurité.

Meg raccrocha, les yeux toujours fixés sur la porte. Soudain, avec un bruit léger, le verrou se releva complètement. Le bouton de la porte tourna de nouveau, lentement, tandis que quelqu'un essayait de pousser la porte. Le couteau coincé dans l'interstice trembla, mais resta en place. Il y eut un frottement, comme si l'intrus changeait de position afin de peser de tout son poids sur le panneau. Le bouton pivota encore, plus sèchement cette fois — sans résultat.

Le couteau tenait toujours.

Meg passa sa langue sur ses lèvres sèches, les nerfs tendus à craquer. Soudain, son regard se posa sur le judas doré creusé dans la porte. Si elle se levait, si elle allait jusque-là, elle pourrait savoir qui en voulait à sa vie ! Mais c'était plus fort qu'elle : malgré l'importance de l'enjeu, elle savait que pour rien au monde elle n'oserait s'approcher de cette porte.

— Vite ! murmura-t-elle avec angoisse en jetant un coup d'œil désespéré vers le téléphone. Dépêchez-vous, je vous en prie !

Le bouton tourna pour la troisième fois. La lame du couteau plia, mais résista encore. Et puis, ce fut le silence, enfin. Meg se roula en boule dans le fauteuil. Elle osait à peine respirer. Au bout de ce qui lui parut une éternité, quelqu'un frappa.

— Madame ? appela une voix d'homme. C'est la sécurité de l'hôtel. Est-ce que ça va ?

Meg se leva d'un bond et gagna la porte en trébuchant. Après une seconde d'hésitation, elle se résolut à regarder par le judas ; elle aperçut un visage inquiet, un uniforme bleu marine et un revolver glissé dans un holster. Avec un sanglot de soulagement, elle retira le couteau et ouvrit.

Le vigile était un homme corpulent, aux cheveux gris, le visage couturé de cicatrices. Quand il vit paraître Meg, tremblante, vêtue de sa fine chemise de nuit et serrant un couteau entre ses doigts crispés, il la dévisagea avec embarras.

— Que se passe-t-il ici, madame ? demanda-t-il.

— Il y avait… Quelqu'un a essayé d'entrer dans ma chambre, répondit Meg d'une voix altérée. On a déverrouillé le bouton, et ensuite le verrou de sûreté.

— Et ce couteau, c'est pour quoi faire ?

Meg baissa les yeux sur la lame.

— C'était… Je… J'avais un peu peur, avant de me coucher. Je l'ai coincé dans le cadre pour qu'on ne puisse pas ouvrir la porte.

Parcourue d'un violent frisson, elle inspira à fond.

— Si je n'avais pas pris cette précaution, ce… cet individu serait entré. Il possédait la clé de la porte, et a réussi à ouvrir le verrou.

Le garde eut un sourire sceptique.

— Voilà qui m'étonnerait, madame. Ce verrou est inviolable. Personne ne peut en venir à bout.

— L'hôtel doit pourtant bien en posséder une clé, non ? Je veux dire… il faut bien que l'on puisse entrer, si quelqu'un a un malaise, une attaque, ou quelque chose de ce genre. Ce n'est pas possible autrement !

— Bien sûr, qu'il y a une clé, répondit l'homme d'un ton patient. Mais elle est conservée à l'intérieur d'un coffre, dans les bureaux, et il faut un visa de la sécurité pour pouvoir la sortir.

— Quelqu'un a peut-être pu la copier, ou prendre une empreinte de la serrure, insista Meg.

Elle se sentait de plus en plus ridicule sous le regard inquisiteur du vigile.

— Il s'agit d'un système très sûr, répéta celui-ci. Ecoutez : je pense que quelqu'un a dû se tromper de chambre et a essayé d'utiliser sa clé dans votre serrure, voilà tout.

Meg s'appuya au montant de la porte et se mordit la lèvre. Elle tremblait toujours autant.

— Pourquoi êtes-vous inquiète à ce point, madame ? lui demanda le garde. Avez-vous des raisons d'avoir peur ? Vous a-t-on récemment adressé des menaces ?

Silencieuse, Meg le considéra un instant, puis elle secoua la tête.

— Non, répondit-elle dans un souffle. Mais j'ai eu un accident de voiture, il y a quelque temps, et depuis... je suis assez nerveuse.

Elle s'efforça de sourire.

— Je suis vraiment navrée de vous avoir dérangé.

— Ce n'est rien.

L'homme lui rendit son sourire et tourna les talons.

— N'hésitez pas à appeler la réception si quelque chose vous inquiète encore, lança-t-il par-dessus son épaule. Je suis de service toute la nuit.

— Merci, murmura Meg.

Elle se tint dans le couloir silencieux, immobile, jusqu'à ce que le vigile eût disparu. Après quoi, elle rentra dans sa chambre, enfonça solidement le couteau dans le cadre de la porte, ferma à clé, poussa le verrou, et se recoucha.

Le lendemain matin, elle mangea les fruits qui lui restaient, fit ses bagages en hâte et descendit à la réception pour payer sa note. Elle se sentait toujours très nerveuse. Lorsqu'elle sortit pour gagner le parking, elle jeta un coup d'œil craintif autour d'elle.

Les rues de Las Vegas, d'ordinaire bondées et animées, étaient silencieuses. Un petit vent froid soulevait çà et là des bouts de papier. Le ciel, d'un gris d'acier, n'annonçait rien de bon : une tempête d'automne se préparait à l'est, du côté des montagnes.

Meg rejoignit sa voiture et l'examina avec hésitation. Et si elle avait été sabotée ? Elle imaginait déjà des explosifs attachés à la colonne de direction, des câbles de freins sectionnés…

C'était absurde ! se dit-elle aussitôt avec fermeté. De la paranoïa pure et simple. Ces choses-là arrivaient au cinéma, pas dans la vie réelle. Le cabriolet blanc était tel qu'elle l'avait laissé la veille. En outre, un gardien était resté là toute la nuit, à quelques mètres à peine.

Finalement, après avoir inspiré à fond, elle ouvrit le coffre, chargea ses bagages, ouvrit sa portière et se mit au volant. Se mordant la lèvre inférieure, elle tourna la clé de contact. Le moteur gronda, puis adopta un ronronnement régulier et rassurant. Meg commença à se sentir mieux.

Elle était soulagée de se retrouver dans sa voiture, prête à rejoindre Victor et la belle demeure de Salt Lake City. Victor saurait que faire, lui. Même si Meg gardait présent à l'esprit le fait qu'elle demeurait une cible, elle avait besoin de se raccrocher à un espoir, aussi infime fût-il, de sortir de ce cauchemar.

En vérité, elle était elle-même étonnée que cette maison soit si vite devenue pour elle une sorte de havre, au lieu d'une prison. Elle songea à Filomena, à Dommie, au jardin magnifique qui entourait la villa de grès rose, à la corpulente et sympathique Trudy, à côté, avec ses chèvres et ses petits pains à la cannelle, à Jim Leggatt et à ses chevaux…

Meg prit l'autoroute juste après le Sahara et continua vers le nord, sur la I-15. Les casinos du centre-ville étaient encore visibles sur sa droite, avec leurs silhouettes qui se découpaient sur le ciel pâle. Elle reconnaissait les énormes enseignes lumineuses du Lady Luck, du Fitzgerald et de l'Union Plaza.

Elle longea à toute allure les ensembles résidentiels, les motels et les zones industrielles qui bordaient la voie rapide. En moins d'un quart d'heure, elle se retrouva en pleine nature, filant vers le nord-ouest, l'Arizona et l'Utah. Salt Lake City était à un peu plus de six cents kilomètres. Si elle ne s'arrêtait pas en route, Meg serait à la maison en milieu d'après-midi, au moment où Dommie se réveillerait de sa sieste.

Chaque fois qu'elle pensait à la villa, cependant, quelque chose la tracassait — un détail qu'elle ne parvenait pas à identifier de manière précise. Ce fut seulement en approchant de Mesquite et en apercevant les terrains de rodéo que la mémoire lui revint brusquement. Terrifiée par l'évidence qui s'imposait à elle, elle fut secouée par un violent haut-le-corps.

Jim Leggatt suivait le circuit des rodéos, en ce moment. Il lui avait dit qu'il devait passer par Las Vegas ce week-end… et il était la seule personne *au monde* à savoir qu'elle avait pris une chambre au Willows.

Meg se souvenait de la promesse qu'il lui avait faite de l'appeler dès son arrivée. Mais s'il avait menti ? S'il était arrivé un jour — ou plutôt une nuit — en avance sur son programme ? Etait-ce lui qui se trouvait dans ce couloir, la veille, et cherchait à pénétrer dans sa chambre ?

Peut-être s'était-elle laissé abuser par son allure décontractée de cow-boy et ses manières chaleureuses… En fin de compte, c'était lui qui l'avait mise sur cette piste. Lui qui l'avait laissée partir pour Las Vegas, loin du refuge que constituait la grande villa rose…

Meg agrippa le volant, les yeux fixés sur l'autoroute tandis qu'elle franchissait la frontière de l'Arizona et que les murailles du canyon se resserraient autour d'elle.

Si Jim Leggatt était l'homme qui la menaçait depuis des mois, quels mobiles le poussaient-ils ? Avait-il développé une sorte de fixation sur sa jolie voisine, Lisa Cantalini, et découvert d'une manière ou d'une autre les détails de sa naissance ? Tout le monde disait que Lisa le détestait. Lui avait-il fait des avances et, vexé par son refus, avait-il imaginé cette machination compliquée afin de se venger ?

Mais dans ce cas, pourquoi…

Meg secoua la tête. Elle était à bout. Elle était fatiguée de remuer sans cesse des hypothèses, des doutes, des questions sans fin qui la confrontaient toujours au même mur. Rien n'avait de sens, dans cette histoire. Tous les gens qui l'entouraient lui présentaient des versions contradictoires. Et elle était incapable de savoir qui disait la vérité.

Cela étant, la maison du canyon lui paraissait beaucoup moins sûre, tout à coup. Et peu à peu, elle revenait sur sa résolution de parler à Victor. Mieux valait attendre, se dit-elle finalement. Elle avait tout intérêt à s'accorder encore un laps de temps afin d'essayer de comprendre ce qui se passait.

Normalement, maintenant qu'elle était certaine de son identité et qu'elle n'avait plus le moindre doute sur sa santé mentale, les choses devraient être plus faciles. Elle avait un avantage sur son persécuteur, lequel ignorait qu'elle connaissait la vérité à propos de Lisa et d'elle-même. En outre, quelque part dans la chambre de Lisa, parmi toutes ces factures, ces coupures de presse et ces photos empilées pêle-mêle dans des boîtes, il devait y avoir des indices susceptibles d'expliquer cette situation abracadabrante.

D'ici là, comprit Meg, il faudrait qu'elle continue à jouer le jeu. Qu'elle feigne d'être toujours cette femme tourmentée par ses problèmes psychiques, faible et dépendante des autres. Et en même temps, elle devrait s'arranger pour découvrir ce qui était arrivé à sa sœur.

Lorsqu'elle aurait réussi à retrouver Lisa, il était probable que tout s'éclairerait de soi. Peut-être que toutes les deux, ensemble, elles parviendraient à mettre un terme à ces manigances qui pesaient sur leur vie. Lisa pourrait alors rentrer chez elle tandis que Meg retournerait à Las Vegas, afin de reprendre le cours de son existence.

Son existence…

Elle pensa à Dana, dans les cuisines du casino, à la fureur de la surveillante qui lui reprochait d'avoir quitté son poste sur un coup de tête.

Apparemment, celui qui avait enlevé les jumelles avait obligé Lisa à prendre la place de Meg durant quelque temps, tout comme elle-même avait été parachutée au beau milieu de la vie de sa sœur. Pas étonnant que Dana ait été furieuse et déçue ! Lisa Cantalini, habituée à vivre dans le luxe, avait dû éprouver les pires difficultés à s'adapter à ces besognes sordides, dans ces cuisines graisseuses. Elle n'avait sans doute pas été une employée modèle…

« Elle devait être perdue et terrifiée, comme moi », pensa Meg avec sympathie.

A cet instant, toutefois, une autre idée l'assaillit, qui lui coupa le souffle. Se pouvait-il que Jim Leggatt ait combiné tout cela dans le seul but d'humilier Lisa, en la plaçant dans une situation qui lui serait insupportable ? De nouveau, le cerveau de Meg se mit à fonctionner à toute allure tandis qu'elle envisageait toutes les implications de cette théorie. En tout cas, conclut-elle, elle tenait au moins une certitude : Lisa était au courant de son existence. Sa sœur n'aurait jamais pu prendre sa place au Willows si elle n'avait pas su qu'elle était la réplique exacte de Megan Howell.

Mais comment l'avait-on contrainte à endosser ce rôle ? Et surtout, à *quoi* rimait tout cela ?

Meg avait beau faire, elle en revenait toujours à la même question : pourquoi ?

Il était clair que quelqu'un, homme ou femme, avait appris l'existence de ces deux jumelles parfaites et décidé d'exploiter cette situation — dans un but qui demeurait mystérieux. Il ou elle était allé jusqu'à des extrémités stupéfiantes pour tramer et mener à bien la substitution des deux sœurs.

En même temps, Meg Howell avait toutes les peines du monde à imaginer qu'elle ait pu susciter l'intérêt de criminels aussi sophistiqués. Une telle hypothèse ne tenait pas debout : elle avait eu une enfance et une adolescence bien trop simples et trop libres.

Cela voulait donc dire que la clé de tout ce mystère devait être cherchée ailleurs.

Dans la vie de *Lisa*, pas dans la sienne…

21.

Le lendemain matin de bonne heure, sous une pluie battante, Jim Leggatt roulait sur l'autoroute qui menait à Las Vegas. Les essuie-glaces luttaient avec peine contre ce déluge. Derrière le camion, la remorque dans laquelle se trouvaient les chevaux se balançait, et son double essieu soulevait des gerbes d'eau boueuse.

Les paupières plissées, Jim distinguait à peine les véhicules qui roulaient devant lui à travers le pare-brise. Finalement, il parvint à reconnaître le rayon lumineux qui coiffait le Luxor, ainsi que les contours irréguliers de la ville qui scintillaient dans la grisaille.

Après une nuit de conduite, il éprouvait un mélange de fatigue et de vide. Il avait terriblement besoin de dormir, de se laver, de se raser et d'avaler un petit déjeuner bien chaud pour recouvrer ses forces. Néanmoins, l'impression de vide qu'il ressentait ne venait pas que du manque de nourriture.

En vérité, il se sentait plus seul de jour en jour.

De plus en plus souvent, il était surpris de ses propres réactions, ainsi que des images nostalgiques qui le hantaient sans cesse. Jusqu'alors, il avait toujours pris la vie du bon côté, sans s'embarrasser de regrets ni de liens inutiles. Il appréciait la compagnie des gens quand il était avec eux, mais tournait la page aussitôt qu'il s'en éloignait. Or, la femme qui vivait près de chez lui l'obligeait à voir les choses autrement. Il ne se souvenait pas d'avoir jamais été habité à ce point par quelqu'un. Elle le fascinait, et l'emplissait en même temps d'un désir très fort de la protéger et de lui prodiguer une grande, très grande tendresse.

Quoique… A la réflexion, peut-être avait-il déjà ressenti ce genre de chose à l'époque de son adolescence, quand il était tombé amoureux de Bonny Harper, qui servait au bar du Dairy Maid…

Il sourit d'un air absent, puis agrippa le volant pendant qu'un semi-remorque le doublait en grondant pour se mêler au flot de voitures qui se dirigeait vers la ville.

Ces toquades de gamin étaient la plupart du temps réduites au statut de rêve, mélanges confus de désirs immatures… Ce que Jim commençait d'éprouver pour l'épouse de son voisin était d'une tout autre nature. Quelque chose de beaucoup plus fort, qui n'avait rien à voir avec l'enfance.

Il désirait cette femme. Il brûlait de la serrer dans ses bras, de l'embrasser, de la dévêtir lentement et de boire des yeux son corps nu. Il aspirait à toucher ses seins, à caresser ses hanches, son ventre…

Lâchant un soupir irrité, il serra le volant plus fort encore, ce qui ne l'empêcha pas de la revoir au bord de la piscine, ce matin de printemps, dans ce Bikini blanc qui laissait sa poitrine nue. Ce souvenir semblait l'obséder et le troubler davantage chaque jour, alors que cette vision ne l'avait pas particulièrement perturbé sur le moment.

Mais maintenant qu'il la connaissait mieux, qu'il lui avait parlé, maintenant qu'il avait découvert ses sentiments et ses problèmes, il avait l'impression de ne plus pouvoir la chasser de son esprit.

Avant d'arriver en ville, il prit une bretelle de sortie et suivit une route secondaire jusqu'à une petite ferme campée au sud de l'agglomération, où il avait prévu de laisser ses chevaux. Une fois dans la cour, il descendit du camion, remonta le col de son ciré jaune, puis s'élança sous les trombes d'eau pour aller inspecter les bâtiments. L'écurie était sèche, propre et aérée ; cela valait bien la pension assez élevée qu'il avait négociée par téléphone.

Cela fait, il se dirigea vers le mobile home du propriétaire, qui se trouva être une grosse femme rousse engoncée dans un treillis vert olive et coiffée d'un chapeau mou jaune vif.

— Un vrai temps de chien, pas vrai ? lança-t-elle d'un ton cordial. Un déluge pareil, on n'en voit qu'une fois tous les dix ans, par ici. Il va y avoir des inondations, si ça continue.

— Les chevaux seront à l'abri ? demanda Jim en ôtant son chapeau dégoulinant.

— Sûr ! Il n'y a jamais eu une goutte d'eau dans cette grange. C'est la plus saine de toute la région.

— Parfait. Vous avez une ferme bien entretenue, c'est clair.

Tandis qu'il versait une avance, une petite fille d'environ dix ans parut et se planta dans l'entrée de la pièce pour les observer. Jim lui sourit. Elle avait des cheveux carotte, elle aussi, des yeux vifs perdus dans un champ de taches de rousseur ; elle était vêtue d'un imperméable trop grand et de bottes en caoutchouc.

Sous son regard, elle rougit, baissa la tête et se tortilla avec timidité.

— Voici Caroline, indiqua sa mère. Je ne sais pas ce qui pourrait l'empêcher d'aller s'occuper des chevaux. C'est elle qui s'occupe de nos pensionnaires. Elle les nourrit, leur fait prendre de l'exercice, et elle joue même au vétérinaire quand le besoin s'en fait sentir.

Jim pensa à Meg, qui suivait le circuit des rodéos avec son père alors qu'elle n'était pas beaucoup plus grande que cette gamine.

— Tu sais quoi, Caroline ? Je te donnerai dix dollars si tu m'aides à sortir mes chevaux et à les installer.

Stupéfaite et ravie, la fillette écarquilla les yeux. Elle jeta un coup d'œil à sa mère, qui donna son accord d'un signe de tête. Alors, Caroline attrapa un chapeau assorti à son ciré, accroché près de la porte, l'enfonça sur sa tête et sortit avec Jim.

Il ne fallut pas longtemps pour que Cochise et Ambre se retrouvent confortablement installés dans leurs stalles. Jim paya sa jeune assistante, prit congé et regagna sa voiture.

Jim prit une chambre au Bally's, son hôtel habituel, qui se trouvait une rue plus haut que le Willows. Avec bonheur, il se débarrassa de son jean et de sa veste trempés et sortit des vêtements propres sur le lit. Et en même temps qu'il se rasait dans la belle salle de bains, il se demanda en contemplant son reflet dans le miroir comment Meg le voyait.

Etait-il pour elle un cow-boy un peu bohème, avide de liberté, qui ne tenait pas en place, comme son père ? Ou simplement un homme d'affaires sérieux et ennuyeux, comme son mari ?

L'évocation de Victor Cantalini eut raison de sa bonne humeur. D'un geste sec, il plongea son rasoir plein de mousse dans l'eau qui emplissait le lavabo de marbre.

Jamais, auparavant, il n'avait eu d'aventure avec une femme mariée. Pour lui, toute femme liée à un autre homme était hors d'atteinte ; cela avait toujours fait partie de son code personnel de l'honneur. Il éprouvait un profond mépris pour ces don Juan sans scrupules qui se faufilaient par les portes de derrière et téléphonaient en cachette.

Dans ce cas, toutefois, c'était différent. D'une certaine façon, Meg n'était pas l'épouse de Victor. Ce n'était pas elle qui avait consenti à ce mariage. Leur union était intervenue alors que la personnalité de Lisa était dominante, qu'elle contrôlait son corps, et Lisa n'avait rien à voir avec Meg. Seule Lisa avait pu choisir délibérément un homme riche, plus âgé qu'elle, susceptible de lui offrir tout le luxe dont elle rêvait.

Alors que Meg…

Bon sang ! Avec un grognement furieux, Jim s'assit sur le bord de la baignoire et se passa les mains sur la figure. Le vrai cauchemar, dans cette histoire, c'était qu'il commençait à l'accepter ! Petit à petit, il s'était fait à l'idée abracadabrante que deux femmes différentes avaient vécu près de chez lui, partageant un seul et même corps. Partant de là, il ne restait qu'un pas à franchir pour admettre qu'il pouvait mépriser l'une de ces femmes, et se sentir attiré par l'autre…

« Dieu du ciel ! songea-t-il, les yeux perdus dans le vague. Je ne suis même pas sûr qu'elle existe ! »

Il se releva et acheva de se raser. Une fois habillé, il chercha le numéro de téléphone du Willows. Tandis qu'il le composait, son cœur battait la chamade, comme celui d'un collégien qui s'apprête à demander un rendez-vous.

La réponse du réceptionniste lui fit l'effet d'une douche froide.

— Mlle Megan Howell ? Je ne pense pas qu'elle soit ici, mais laissez-moi vérifier…

Il y eut un bref silence qui parut insupportable à Jim, puis l'employé revint en ligne.

— Non, nous n'avons personne de ce nom, monsieur.

Jim fronça les sourcils.

— Peut-être est-elle descendue sous un autre… Elle partage peut-être la chambre d'une amie, veux-je dire. Pourriez-vous regarder au nom de Mme Lisa Cantalini ?

— Volontiers, monsieur.

De nouveau, un silence s'établit sur la ligne. Tendu, Jim contemplait la pluie qui battait les vitres.

— Monsieur ? Nous avions bien une Lisa Cantalini, mais elle a quitté l'hôtel hier matin.

— Je vois. Merci, répondit Jim.

Un sentiment d'accablement s'empara de lui. Maintenant qu'il savait qu'elle n'était plus là, il mesurait à quel point il avait désiré la voir.

Quand il eut raccroché, il resta assis sans bouger, fixant la fenêtre sans la voir, et s'efforça de réfléchir.

Pourquoi avait-elle utilisé le nom de Lisa pour s'inscrire à l'hôtel ? Le fait de retrouver Las Vegas avait-il fait resurgir son autre personnalité ? Et si tel était le cas, Meg était-elle définitivement perdue pour lui ?

« C'est de la folie, songea-t-il en secouant la tête. Bonté divine, qu'est-ce que je peux faire ? »

Au bout d'un moment, il reprit le combiné et appela Trudy. Il l'écouta évoquer avec entrain les dernières bêtises de Crystal et vanter la qualité de son vin de pissenlit, qui serait prêt à déguster quand Jim rentrerait.

— Et comment va l'amoureux ? demanda Jim.

— Il serait grand temps que vous cessiez de l'appeler ainsi ! protesta Trudy. Il a un prénom, vous savez !

— J'attends que vous me le disiez…

— Oswald.

Jim esquissa un grand sourire.

— C'est charmant. Pourrai-je l'appeler Ozzie ?

— Sûrement pas ! Et j'ai prévu de l'inviter à dîner dimanche soir, pour votre retour. Vous avez intérêt à vous montrer aimable avec lui, vous m'entendez ?

— Je suis toujours aimable, non ?

— C'est vrai, reconnut la gouvernante d'un ton affectueux. Vous êtes un gentil garçon. Comment s'est passé votre voyage ?

— Pas mal, mais je commence à trouver le temps long. Je serai content de rentrer.

Jim observa une pause.

— Quel temps fait-il, là-haut ? Ici, il tombe des cordes.

— Il a commencé à pleuvoir il y a quelques heures, mais j'ai l'impression que ça va durer.

— Tant mieux, c'est bon pour la prairie.

Nouveau silence.

— Ecoutez, reprit enfin Trudy. Je ne pense pas que vous m'appeliez de si loin pour me parler du temps. Qu'est-ce qui ne va pas ?

— Oh ! rien de grave… Simplement, je me demandais… s'il y a eu du nouveau à côté.

— Du nouveau ? Comme quoi ?

— Je ne sais pas, moi. Quelque chose d'intéressant…

Trudy se mit à rire.

— Ça alors ! Vous prenez goût aux potins de voisinage, maintenant ?

— C'est vous qui m'avez contaminé. Alors, que s'est-il passé, ces derniers temps ?

— Attendez, laissez-moi réfléchir…

Jim entendit sa gouvernante s'installer plus confortablement dans son fauteuil capitonné.

— Filomena a emmené Dommie chez le docteur, l'autre jour, annonça-t-elle enfin. Il était très enrhumé et avait mal aux oreilles.

En même temps qu'il soupirait, Jim fit de son mieux pour paraître intéressé.

— Pauvre gosse. Qu'a dit le médecin ?

— Qu'il faudrait sans doute lui enlever les amygdales. Filomena est dans tous ses états. A la voir, on croirait qu'il s'agit d'une opération du cerveau, ou quelque chose dans ce genre.

— Faire opérer un jeune enfant n'est jamais très drôle, même s'il s'agit d'une intervention bénigne.

— Oui, je suppose que vous avez raison. En tout cas, quand Victor a appelé l'autre soir, il a promis de payer tous les frais et de donner une semaine entière de congé à Filomena au moment de l'opération, quelle qu'en soit la date.

— C'est gentil de sa part. D'où appelait-il ? Il est en déplacement ?

— Ils sont tous par monts et par vaux, à ce qu'il semble. J'ai oublié où se trouve Victor. A un congrès de vendeurs de voitures, je pense. D'après Filomena, il est parti juste après Lisa.

— Ah bon ? fit Jim en s'efforçant de paraître naturel. Lisa s'est absentée ? Où est-elle allée ?

— Elle est partie quelques jours. A Las Vegas, paraît-il, comme elle avait l'habitude de le faire autrefois. Victor n'était même pas au courant.

— J'en conclus qu'elle doit se sentir mieux…

— Oh ! oui, pour ça, elle a l'air d'aller beaucoup mieux, répondit Trudy d'un ton pincé.

Alarmé par les sous-entendus qu'elle laissait planer, Jim demanda aussitôt :

— Que voulez-vous dire, Trudy ? Qu'y a-t-il ?

— Eh bien… le cousin n'a pas donné signe de vie pendant que Lisa était absente. Je parierais qu'il est parti avec elle, ou tout au moins qu'il l'a rencontrée là-bas.

Jim se figea.

— Qu'est-ce qui vous fait penser ça ?

— Une intuition, sans plus. En tout cas, leurs petites vacances sont terminées. La dame est rentrée.

— Vous en êtes sûre ?

— Je l'ai vue rentrer sa voiture dans le garage, hier en fin d'après-midi, pendant que je trayais mes chèvres.

— L'avez-vous revue, depuis ? Lui avez-vous parlé ?

— Non. Je vous l'ai dit, il pleut à verse. Personne n'est sorti de la maison depuis que je suis debout, ce matin. En revanche, ajouta la gouvernante avec jubilation, quelqu'un est arrivé…

— Qui ?

— Le cousin, pardi ! Grand, costaud, superbe, à son habitude. Il vient de se garer là, devant, il y a quelques minutes à peine, dans sa jolie petite voiture de sport rouge.

— Je croyais qu'il venait toujours à moto.

— Je vous ai dit *trois fois*…

— … qu'il tombe des cordes, je sais ! acheva Jim, dont le moral était au plus bas. Donc il est dans la maison, en ce moment ?

— Evidemment. Un peu tôt pour une visite de famille, non ? fit observer Trudy. Mais je suppose que cela peut se faire quand il s'agit de parents vraiment très *proches*…

Jim ne réagit pas. Il fixait les rues désertes, au-dessous de lui, et le reflet lugubre des néons dans les flaques.

— Serez-vous ici le week-end prochain, comme prévu ? s'enquit Trudy.

— Probablement. Peut-être même avant. Je suis inscrit dans deux rodéos par ici, dans le sud du Nevada, lundi et mardi. Ensuite, je remonterai jusqu'à Mesquite, et je rentrerai. A moins que je décide…

— Quoi ? releva Trudy.

— Je ne sais pas. Il se peut que je modifie mon programme et que je rentre plus tôt.

— Jim, est-ce que tout va bien ?

— Mais oui ! J'ai roulé toute la nuit et je suis crevé, voilà tout.

— Alors, j'espère que vous allez dormir, et prendre un bon repas chaud après ça, déclara la gouvernante avec fermeté. Vous m'entendez ?

Jim acquiesça, la remercia et raccrocha. Puis il s'allongea sur son lit et contempla le plafond, recru de fatigue. Il avait l'impression d'avoir un poids sur les yeux ; son corps lui semblait plus lourd que du plomb.

Il s'imaginait la grande villa rose de Salt Lake, silencieuse sous la pluie battante. Avec, à l'intérieur, Meg et son séduisant visiteur.

Trudy et Filomena continuaient de faire des gorges chaudes à leur sujet, mais Meg lui avait affirmé qu'elle n'avait aucun souvenir de ce prétendu cousin…

Soudain, mû par une impulsion, Jim se leva et traversa la chambre pour aller prendre une de ses valises dans le placard. Il fouilla à l'intérieur, en tira un petit calepin de cuir et le feuilleta jusqu'à ce qu'il trouve le numéro de téléphone des Cantalini.

Il le composa en hâte. Puis, il attendit, écoutant la sonnerie qui retentissait à Salt Lake City et le ruissellement de la pluie contre la baie.

— Résidence Cantalini, répondit une voix.

— Filomena ? Ici Jim Leggatt, votre voisin. J'appelle de Las Vegas.

— Oui, monsieur Leggatt ?

— Mme Cantalini est-elle chez elle ?

— Un instant, répondit la domestique d'un ton neutre. Je vais la prévenir.

Au bout d'un moment assez long, une autre voix s'éleva à l'autre bout de la ligne, douce et hésitante.

— Allô ?

Le seul fait d'entendre la jeune femme toucha Jim à un point tel qu'il frissonna violemment. Sa main se crispa sur le combiné.

— Meg ? demanda-t-il. Meg, c'est vous ?

Il retint son souffle, très nerveux.

— Oui, dit-elle enfin. C'est moi-même.

— Ici Jim Leggatt.

— Je sais, Filomena vous a annoncé.

Jim hésita. Que lui dire ? L'homme était-il assis près d'elle, pendant qu'elle parlait ?

— Où êtes-vous ? s'enquit-il de façon abrupte.

— Pardon ? rétorqua Meg, avec un mélange de surprise et de méfiance.

— Dans quelle pièce ? précisa-t-il.

— Dans ma chambre. J'étais en train de regarder de vieilles photos et des archives. Pourquoi ?

— Etes-vous seule ?

— Non, répondit la jeune femme d'un ton réservé. Mon cousin se trouve avec moi.

— Clay ?

— Oui. Clay est ici.

Jim marqua une nouvelle pause. Il bouillait de frustration. Habitué à dominer les situations, il ne supportait pas de se sentir diminué, et aussi peu sûr de lui chaque fois qu'il était en rapport avec cette femme.

— Je suis à Las Vegas, reprit-il enfin. J'espérais vous y voir. Nous aurions pu déjeuner ou dîner ensemble, par exemple. Pourquoi êtes-vous partie si vite ?

— J'en ai eu assez de cet endroit, déclara Meg d'une voix crispée. Ce séjour n'était pas si plaisant, en fin de compte.

— Pourquoi ?

Elle ignora sa question.

— Depuis quand êtes-vous là-bas ? demanda-t-elle à brûle-pourpoint.

— A Vegas ?

— Oui. Quand êtes-vous arrivé ?

— Il y a quelques heures seulement. J'ai roulé toute la nuit pour venir d'Arizona, et j'ai laissé mes chevaux dans une petite ferme au sud de la ville. Il tombe des trombes d'eau, en ce moment. Je n'ai jamais vu une pluie pareille ici.

— Dans ce cas, j'ai bien fait de partir, observa Meg du même ton froid et distant.

Soudain, Jim fut saisi d'une peur inexplicable.

— Meg, est-ce que tout va bien ?

— Parfaitement bien. Je suis chez moi et en sécurité, maintenant.

L'anxiété de Jim s'accrut.

— En sécurité ? Que voulez-vous dire ?

— Au revoir, Jim, répondit-elle simplement. Merci d'avoir appelé.

Avant qu'il ait pu répondre, elle avait raccroché. Jurant à mi-voix, Jim posa le combiné et se rallongea, les yeux fixés sur les vitres striées de pluie.

22.

Meg quitta le téléphone des yeux pour regarder Clay, assis près du petit bureau parmi les coupures de journaux et les photographies qui s'entassaient un peu partout. Elle lui avait demandé de l'aider à examiner les papiers de Lisa, espérant qu'il lui apprendrait tout ce qu'il savait sur sa sœur.

— Alors, ton copain le cow-boy t'appelle pour savoir ce que tu fais, maintenant ? lança-t-il en souriant.

— Il ne m'avait jamais appelée auparavant, répondit Meg.

Si elle s'efforçait d'afficher une apparence calme, elle était encore très troublée par le simple fait d'avoir entendu la voix chaude de Jim, qui lui avait aussitôt évoqué ses yeux clairs, ses mains hâlées, la chaleur de son sourire.

Le plus perturbant, bien sûr, restaient les doutes qu'elle nourrissait à son sujet. Oui ou non, Jim Leggatt était-il le visiteur nocturne qui avait fait le siège de sa chambre dans le couloir du Willows ? Elle l'imagina tandis qu'il tournait sans bruit la clé dans la serrure, puis pesait de toutes ses forces sur la porte pour l'ouvrir…

— Où est-il ? reprit Clay.

— A Las Vegas.

Meg changea de position, mal à l'aise. Elle était installée au milieu du vaste lit, environnée elle aussi d'articles et autres documents.

— Il est en vacances dans le Sud pour deux ou trois semaines, expliqua-t-elle, afin de participer à des rodéos dans l'Arizona et le Nevada. Quand je lui ai dit par hasard que je comptais descendre aussi, il a suggéré que nous pourrions... organiser quelque chose, un déjeuner ou un dîner.

— Ben voyons..., fit Clay avec un nouveau sourire.

Passant un bras sur le dossier de sa chaise, il se tourna pour dévisager Meg.

Le cousin de Lisa était particulièrement séduisant, ce matin. Quelques gouttes de pluie brillaient encore dans ses cheveux sombres, et son visage aux traits bien dessinés respirait la santé et le grand air. Son sourire était si doux, si engageant que Meg commençait à regretter de lui avoir prêté des intentions aussi noires.

C'était un comble ! pensa-t-elle. Alors qu'elle accordait toujours un peu trop facilement sa confiance, autrefois, voilà qu'elle se mettait à soupçonner tout le monde.

Elle éprouva une envie soudaine de se confier à Clay, de tout lui dire de cette histoire incroyable et de lui demander de l'aider à retrouver Lisa. Quelque chose la retint, cependant. Malgré son vif désir d'élucider le mystère qui entourait sa sœur, Meg souhaitait encore assurer sa position par rapport au passé avant de révéler à qui que ce soit ce qu'elle savait.

Tout en continuant de l'observer, Clay jouait machinalement avec un stylo.

— Est-ce que ce type se moque du fait que tu sois une femme mariée ? reprit-il.

— Qui ?

Meg s'empara d'un classeur qui contenait des cartes d'embarquement pour un voyage en avion remontant au début de l'année, ainsi qu'une liasse de factures émises par un palace des Barbades.

— Le cow-boy. Jim Leggatt. A quoi pense-t-il, pour arranger des petits rendez-vous à Las Vegas avec la femme de son voisin ?

— C'était par gentillesse, rien d'autre.

— Par gentillesse, tiens donc ! Tu veux mon opinion là-dessus, petite ?

— J'écoute…

— A mon avis, ce salaud essaie tout simplement de profiter d'une pauvre fille qui ne sait plus très bien où elle en est, en ce moment. Je te l'ai déjà dit, ce bonhomme ne m'a jamais inspiré confiance.

— Clay…

— Ecoute : une fois encore, je te demande de l'éviter, mon chou. Fais-le pour moi, d'accord ?

— D'accord, acquiesça Meg.

Tandis qu'elle fixait les notes d'hôtel, elle se mordit la lèvre, brusquement envahie par la pensée de sa sœur. Lisa et elle devaient vraiment être identiques pour que Clay, qui connaissait Lisa depuis toujours, continue de la prendre pour sa cousine…

Evidemment, il y avait eu l'accident et les hématomes qui l'avaient défigurée quelque temps, puis ces accès de fièvre qui l'avaient affaiblie et déstabilisée pendant une bonne dizaine de jours. Compte tenu de ce contexte particulier, la transition s'était effectuée de telle manière que Clay et Victor ne s'étaient pas aperçus qu'ils avaient affaire à deux femmes différentes.

Deux femmes.

De nouveau, Meg s'étonna de s'être accoutumée si vite à l'idée qu'elle avait une sœur.

Elle avait entendu dire que de vrais jumeaux séparés à la naissance, comme elle et Lisa, éprouvaient toute leur vie un sentiment de dualité, comme s'ils avaient obscurément conscience de cette « moitié » qui leur manquait et qui existait quelque part. Ce n'était pas son cas. Elle ne se souvenait de rien de semblable.

Néanmoins, elle était sidérée par le désir très fort qui l'habitait de voir sa jumelle et de lui parler, maintenant qu'elle connaissait son existence. Dès l'instant où elle avait entendu le récit de leur naissance de la bouche du vieux Dr Evans, elle avait brûlé de retrouver Lisa, de la toucher, de plonger les yeux dans les siens…

— Qu'est-ce que c'est ? demanda Clay.

Meg se ressaisit et examina la liasse de papiers qu'elle tenait à la main.

— Des factures d'un palace des Barbades, répondit-elle. Elles datent de janvier dernier.

— C'est exact. Je me souviens de ce voyage. Tu as passé des vacances formidables, et tu es même rentrée avec un bronzage magnifique, pour une fois. Le premier week-end qui a suivi votre retour, nous sommes allés prendre un verre ensemble. Les types présents dans le bar te dévoraient des yeux. Tu portais cette tunique de soie blanche qui te va si bien, très décolletée…

Il se tut, souriant à cette évocation.

— Clay…

— Mmm ?

Il saisit une enveloppe qu'il garda entre les mains, puis leva les yeux vers elle.

— Toutes ces fois où nous sommes sortis ensemble, toi et moi… Victor n'en a jamais rien su ?

— Je te l'ai dit, il ne sait même pas que j'ai osé mettre les pieds dans l'Utah — et il vaut mieux.

— Je n'arrive pas à croire qu'il prendrait aussi mal le fait de te rencontrer. Pourquoi n'essaies-tu pas…

Clay secoua la tête, tout en jetant un coup d'œil dans l'enveloppe.

— Pas question, petite. Si tu étais un peu plus au fait de la réalité, tu comprendrais pourquoi c'est impossible.

— Mais je ne vois pas…

Clay la regarda bien en face.

— Je redoute ce que ton mari pourrait faire, voilà, déclara-t-il d'un ton posé. Avec Victor, il ne faut pas se fier aux apparences. Si tu avais toute ta mémoire, tu aurais aussi peur que moi.

Meg hésita, prise dans un enchevêtrement de pensées, de vagues souvenirs, d'impressions confuses et de soupçons lancinants.

Pendant ce temps, Clay avait tiré des photos de l'enveloppe. Il émit un petit sifflement en contemplant la première, puis décocha un sourire malicieux à Meg.

— Regarde un peu ça, beauté. Ça vaut le détour…

Meg posa les yeux sur les photos qu'il tenait. Celle du dessus montrait Lisa en train de bronzer sur une plage de sable blanc, les seins nus. Aussitôt, ses joues s'embrasèrent et elle se rua sur son compagnon pour lui arracher les clichés. Dessous, elle le savait, se trouvaient ces nus très érotiques que Victor avait dû prendre dans leur chambre d'hôtel. Elle se sentait aussi gênée que s'il s'agissait de son propre corps.

Clay continua de l'observer avec le sourire taquin d'un grand frère tandis qu'elle s'empressait de ranger les photos dans un tiroir et se mettait à feuilleter les coupures de presse.

— Si seulement je trouvais quelque chose sur ces concours de beauté, murmura-t-elle. En voyant des photos ou des articles, je pourrais peut-être…

— J'ai l'impression que tout ça ne sert strictement à rien, observa Clay, qui jouait avec des échantillons de tissu agrafés sur un morceau de carton. Je me trompe ?

— Que veux-tu dire ?

— Tu n'as toujours pas le sentiment d'être Lisa, n'est-ce pas ? Ces souvenirs ne réussissent pas à réveiller ton ancienne personnalité ?

Meg hésita. Les mensonges qu'elle accumulait la mettaient mal à l'aise.

— Parfois, commença-t-elle d'un ton prudent, il me semble que Lisa m'est… très proche. Comme si je l'avais connue. Si seulement je pouvais…

Clay l'interrompit en lui tendant une autre série de coupures.

— Tiens. Voici une photo de Pauline, déclara-t-il. Tu me posais des questions à son sujet, l'autre jour…

Quand Meg aperçut le visage rond de la première femme de Victor, empreint de douceur et de bonté, elle se raidit. Fascinée, elle ne pouvait détacher les yeux du bout de journal jauni par le temps.

— Pauvre femme ! lança Clay avec détachement. Voilà quelqu'un qui aurait dû se méfier un peu plus de Victor, à mon avis.

Aussitôt, Meg eut la chair de poule.

— Pourquoi ? demanda-t-elle. Qu'est-ce que tu insinues ?

Haussant les épaules, Clay se leva pour arpenter la pièce, comme il le faisait souvent.

— Rien, à vrai dire. Je pense simplement que Victor a dû lui briser le cœur, quand il l'a laissée tomber pour une fille superbe deux fois plus jeune qu'elle. Les femmes d'un certain âge devraient se méfier de ce genre de type, non ?

Meg ne répondit pas. Elle l'observait, silencieuse. Il se posta devant la fenêtre et contempla la pluie qui tombait au-dehors.

— Pourquoi es-tu allée à Las Vegas, petite ? demanda-t-il soudain, sans se retourner.

Meg fut prise de court.

— Je… Je voulais juste voir si…

— Si quoi ? insista Clay en revenant s'asseoir près d'elle sur le lit.

Il la prit par les épaules, et la serra un instant contre lui pour la réconforter.

— Que voulais-tu voir, mon cœur ?

— Je voulais voir… si la mémoire me reviendrait en retournant là-bas. Je pensais que cela m'aiderait peut-être.

— Et cela t'a aidée ?

— Pas vraiment.

— Rien ne t'a semblé familier ?

— Comme ici, sans plus. Un ensemble d'impressions brouillées, de souvenirs confus, emmêlés. Je suppose que certains étaient réels et d'autres non, mais comment savoir ?

Clay la considéra avec sympathie.

— Je te trouve bien calme, depuis ton retour. On dirait que quelque chose te chagrine. T'est-il arrivé des choses désagréables, à Las Vegas ? Est-ce que quelqu'un t'a fait peur ?

Une fois de plus, Meg pensa à cette clé qui tournait lentement dans la serrure de sa chambre, au milieu de la nuit. Elle frémit et noua les mains sur ses genoux.

— Non, rien de spécial, mentit-elle. Je me suis sentie un peu seule, voilà tout. Et j'ai vraiment été heureuse de rentrer à la maison.

— Tu commences donc à te sentir chez toi ici, observa Clay. C'est un progrès, non ?

— Oui, sans doute…

Meg jeta un coup d'œil prudent au cousin de Lisa.

— Je pense que si j'avais pu parler à la vraie Megan Howell, celle dont j'ai emprunté l'identité, j'aurais peut-être pu…

— Tu ne l'as pas rencontrée ?

— Elle a quitté son travail voilà quelque temps, avant de disparaître sans laisser de traces. La femme que j'ai vue dans les cuisines semblait furieuse contre elle.

Avec un haussement d'épaules, Clay se releva et alla s'asseoir sur le bord du bureau.

— D'après ce que tu m'en disais à l'époque, elle avait l'air de quelqu'un de très ordinaire. Plutôt fade, même. Je n'ai jamais compris pourquoi elle te fascinait à ce point.

Cette fois, le regard que lui lança Meg était incisif.

— Qu'y a-t-il, petite ? Qu'est-ce qui ne va pas ?

— Je ne sais pas, murmura-t-elle.

En réalité, elle se sentait lasse ; elle était fatiguée de ces questions sans réponses, et toujours terriblement inquiète pour sa sœur.

Si elle voulait retrouver Lisa, il fallait qu'elle se confie à quelqu'un, cela semblait inévitable. Or, Clay avait travaillé dans la police, et il était maintenant détective privé. Il avait l'habitude de s'occuper des cas de disparitions et d'enquêtes criminelles.

Cette fois, sa décision était prise.

— Clay, commença-t-elle d'un ton ferme.

— Oui ?

Meg inspira à fond.

— Ecoute… Il y a une chose dont…

— Madame Cantalini ?

Meg sursauta et tourna la tête vers la porte. Filomena se tenait dans l'entrée, l'air tendu.

— Qu'y a-t-il, Filomena ?

— Le docteur vient d'appeler, répondit la gouvernante de cette voix atone qu'elle employait toujours avec eux, lorsqu'elle ne pouvait faire autrement que de leur parler. Au sujet de l'opération de Dommie...

D'un hochement de tête, Meg lui signifia qu'elle était au courant.

— Eh bien ? Qu'a-t-il dit ?

— Ils doivent l'opérer mercredi matin à 8 heures. J'aimerais partir mardi soir et prendre le reste de la semaine pour rester avec lui.

— Oui, bien sûr. Mon mari vous a déjà dit que c'était d'accord, n'est-ce pas ?

— Oui, répondit Filomena, les yeux fixés sur la fenêtre.

— Allez-vous loger en ville ?

— Je resterai à l'hôpital. On m'a dit que je pourrais dormir sur un lit de camp et aider les infirmières à veiller sur lui. Je serai absente trois nuits.

— Très bien. Pour ma part, je viendrai le voir tous les jours. Et surtout, Filomena, promettez-moi de m'appeler si vous avez besoin de quoi que ce soit.

La domestique lui jeta un regard surpris, puis fit un bref signe de tête et se détourna pour partir. Clay la rappela.

— Filomena ?

Le dos de la jeune femme se raidit tandis qu'elle se figeait.

— Oui ? répondit-elle sans se retourner.

— Quel est le problème de Dommie ?

— On doit lui enlever les amygdales, marmonna Filomena d'une voix à peine audible.

— Pauvre gamin ! commenta Clay d'un ton consterné. J'accompagnerai Mme Cantalini lorsqu'elle ira lui rendre visite et je lui apporterai un cadeau. Nous aimons tous beaucoup votre petit, vous savez.

Meg fut ébahie par la réaction que suscitèrent ces paroles, amicales et anodines, chez la domestique. Filomena détourna la tête, juste assez pour défier Clay d'un regard terrible dans lequel se mêlaient colère et peur. Le visage pâle et tiré, elle parut sur le point de dire quelque chose. Mais elle se contint et disparut sans un mot.

Aussitôt, Clay se redressa et vint déposer un petit baiser sur la joue de Meg.

— Je dois m'en aller, déclara-t-il avec regret. Je suis désolé que nous n'ayons pas réussi à débloquer ta mémoire, petite.

Il lui pressa tendrement l'épaule, attrapa son blouson de cuir noir posé sur une chaise et sortit à son tour, descendant l'escalier à la suite de Filomena.

Des nuages noirs continuaient d'arriver du sud, pesant comme une chape de plomb sur la vallée. Il plut tout le week-end, sans discontinuer. Et cette pluie qui donnait l'impression que le soleil avait disparu à tout jamais, imprégnait l'atmosphère d'une mélancolie poignante.

Le dimanche soir, assise en face de Victor à la longue table de la salle à manger, Meg picorait sans appétit dans son assiette. Le rosbif en croûte était délicieux, mais elle n'avait pas faim. De temps à autre, elle levait les yeux vers le mari de Lisa, qui était rentré dans la journée d'un de ses voyages d'affaires.

Victor Cantalini était très élégant, comme toujours, même s'il portait une tenue « décontractée » : pantalon de flanelle grise et pull en cachemire jaune. Bien que la lueur des bougies adoucît ses traits accusés, il semblait las et découragé. Lorsqu'il s'adressait à Meg, il lui parlait d'un ton bref, presque coupant.

Elle l'observa tandis qu'il posait son couteau pour saisir l'un des deux verres à pied, en cristal. Cet homme était d'une force peu commune, pensa-t-elle. Il avait les bras et les épaules d'un lutteur ; quant à ses grandes mains larges, couvertes d'un duvet sombre, elles semblaient capables de briser n'importe quoi.

Lorsque le regard de Victor rencontra le sien, elle baissa les yeux. Quelles raisons avaient bien pu pousser sa sœur à l'épouser ? Etait-ce juste à cause de l'argent et du prestige qu'il lui apportait, ou éprouvaient-ils l'un pour l'autre une véritable attirance ? A en juger par les fameuses photos — ainsi que par les remarques de Victor lorsqu'il s'était glissé dans son lit —, ils semblaient liés par quelque chose de fortement sexuel…

— Comment s'est passé ton séjour à Vegas ? demanda-t-il en se tapotant les lèvres avec sa serviette.

— Bien, murmura Meg. Mais le temps n'était pas extraordinaire. Il faisait froid et il y avait du vent. Quand je suis partie, une tempête semblait sur le point d'éclater. Je suppose qu'ils doivent avoir le même déluge qu'ici, maintenant.

— Tu es allée à l'appartement ?

Meg lui jeta un bref coup d'œil, mais il s'occupait de son assiette, plongeant sa fourchette dans ses légumes.

— Non, répondit-elle avec une certaine raideur. J'ai pris une chambre au Willows.

— Pourquoi ?

Elle haussa les épaules.

— Sans raison précise. J'avais envie d'être à proximité du Strip, c'est tout.

— Comment est l'hôtel, à l'intérieur ? Je n'y suis jamais entré.

« Vraiment ? pensa Meg en elle-même. N'était-ce pas toi qui te trouvais dans ce couloir, l'autre soir, et qui cherchais à pénétrer dans la chambre de ta femme ? »

Elle se remémora les avertissements de Clay, aussi vagues que sibyllins, et la façon dont il avait laissé entendre que Pauline aurait bien fait de se méfier de son mari.

Victor savait-il où était Lisa, en cet instant précis ? Etait-ce lui qui avait placé Meg dans cette voiture avant de la pousser dans le ravin ?

S'il avait réellement fomenté cet incroyable complot, il était difficile de comprendre ce qu'il espérait en retirer. En outre, son irritation et son désarroi devant les « troubles » de sa femme semblaient trop sincères pour être feints, surtout par un homme aussi brusque et direct dans sa façon d'être. Néanmoins, Meg décida de se renseigner.

— Où étais-tu, cette semaine ? demanda-t-elle à brûle-pourpoint.

Victor leva les yeux, surpris, et haussa ses épais sourcils noirs.

— Ces derniers jours, insista Meg. Tu es parti juste après moi, n'est-ce pas ?

— Je suis allé assister à un congrès sur le leasing à Seattle. Mais pourquoi cette question ? interrogea Victor avec un petit sourire crispé. T'intéresserais-tu brusquement à ce que je fais, Lisa ?

— Je suis Meg, précisa-t-elle d'un ton calme. Pas Lisa.

— Oh ! c'est bon..., bougonna-t-il.

D'un geste brusque, il saisit la saucière en argent.

— Filomena ! appela-t-il.

Aussitôt, la gouvernante parut dans l'entrée de la salle à manger.

— Il n'y a plus de jus de viande ! Allez en chercher, je vous prie, et assurez-vous qu'il est chaud.

Filomena prit la saucière et disparut sans un mot, à son habitude.

— Je repars demain matin, annonça Victor en se servant de nouveau des brocolis.

— Très bien. Et où vas-tu, cette fois ?

— Je vais faire une tournée dans le Nord-Ouest. Il y a des ventes aux enchères qui m'intéressent. J'ai besoin de voitures d'occasion pour reconstituer nos stocks, qui sont pratiquement à zéro depuis la fin de l'été.

Filomena revint avec la saucière, qu'elle posa avec précautions sur son support. Victor remercia d'un signe de tête, puis entreprit d'arroser ses légumes de jus de viande brûlant.

— Quand est-ce que Dommie doit être opéré ? demanda-t-il.

— Mercredi matin à 8 heures, répondit Filomena.

— J'essaierai de rentrer d'ici là. Dites-lui que je lui apporterai un beau cadeau s'il est bien sage à l'hôpital.

Comme toujours, Meg fut surprise par le changement de ton et d'attitude de Victor. Chaque fois qu'il parlait du petit garçon, son expression s'adoucissait, il devenait presque tendre.

Elle attendit que la domestique ait regagné la cuisine et fermé la porte derrière elle. Alors, se penchant vers Victor, elle chuchota :

— Victor ?

— Quoi ?

— Je voudrais savoir... Qui est le père de Dommie ?

23.

— Qu'est-ce que tu viens de dire ?

La saucière à la main, Victor dévisageait Meg avec stupeur.

— Je t'ai demandé qui est le père de Dommie.

— Tu le sais, voyons !

— Non, je ne le sais pas. Je n'ai toujours aucun souvenir de ma vie ici. Tout ce que je vois, c'est que Filomena est seule avec son petit garçon, et que tout le monde semble…

— Semble quoi ? répéta Victor, les yeux rieurs.

— Je ne sais pas. Je… je me posais la question, voilà tout.

— Dans ce cas, je vais te le dire. Le père de Dommie, c'est Sam.

Cela dit, il plongea sa fourchette dans les pommes de terre fumantes.

— Qui est-ce ? demanda Meg.

— Le jardinier de Jim Leggatt. Il était tout le temps là, dehors, à tondre la pelouse ou à tailler les haies.

— Ce… ce petit bonhomme maigrichon ? s'exclama Meg, abasourdie. Celui qui est toujours en salopette et T-shirt noir ?

Victor se mit à rire.

— Non. Lui, c'est Manny. Sam était là avant lui. Un beau gars, le jeune Sam, et très porté sur les dames.

— Tu veux dire que Filomena…

— Quand Pauline l'a engagée, la pauvre fille ne connaissait personne. Il a suffi que Sam commence à lui conter fleurette par-dessus la haie, pour qu'elle soit foudroyée. Elle est tombée enceinte presque tout de suite. Toutefois elle n'a rien osé nous dire. Elle était terrifiée à l'idée de perdre sa place.

— Mais pourquoi, puisque le père habitait à côté ? Ils ne pouvaient pas se marier ?

Victor était redevenu très sérieux.

— Sûrement pas ! D'après ce que l'on a su après, ce petit salaud n'a rien voulu savoir. Dès que Filomena l'a mis au courant, il s'est défilé. Comme elle n'avait personne à qui se confier, le souci lui a presque fait perdre la tête.

— Que s'est-il passé, ensuite ?

— Elle a tenté de se suicider, alors qu'elle était enceinte de cinq mois. Pauline l'a trouvée dans le sous-sol, sur le point de s'ouvrir les veines avec un rasoir.

— Oh, non ! murmura Meg. Pauvre Filomena…

— Pauline a réussi à lui faire avouer toute l'histoire. Puis elle lui a dit de ne pas s'inquiéter. Peu importait que Sam assume ou non ses responsabilités : de toute façon, nous la garderions chez nous, avec son enfant.

— Et Sam, qu'est-il devenu ?

— Pauline est allée voir Jim et lui a tout raconté. Jim a mis son jardinier au pied du mur, mais ce salopard n'a rien voulu savoir. Ils se sont violemment disputés, et le lendemain Sam n'était plus là. Depuis, plus personne n'a entendu parler de lui.

— Pauvre Filomena, répéta Meg. Cela a dû être horrible pour elle.

— Au début, elle a eu du mal à s'en remettre, c'est sûr. Mais Pauline s'est tout de suite occupée d'elle ; elle l'a emmenée régulièrement chez le médecin, elle s'est assurée qu'elle avait tout ce qu'il lui fallait… Elle l'a traitée comme sa fille jusqu'à la naissance de Dommie.

— C'était très gentil de sa part.

— Pauline était surexcitée par l'arrivée de ce bébé ! déclara Victor, le regard lointain. Elle souffrait beaucoup de ne pas avoir elle-même eu d'enfants.

— Apparemment, c'était une femme… de grand cœur, murmura Meg à tout hasard.

— Tu ne te souviens pas du tout d'elle ? s'enquit Victor d'un ton cinglant.

Meg lui fit signe que non, effrayée par l'irritation qui se lisait sur son visage.

— Eh bien, oui, c'est vrai, acquiesça-t-il en se levant. Pauline était quelqu'un de bien. Et une bonne épouse, par-dessus le marché.

Ce disant, il jeta à Meg un regard étrange, si intense qu'elle en éprouva un vif malaise.

— Parfois, ajouta-t-il, elle me manque beaucoup.

Le lundi matin, le mauvais temps durait toujours. La pluie tombait sans discontinuer, submergeant la région de trombes d'eau qui dévalaient les canyons et coupaient les routes.

Meg se gara dans le centre-ville, dans le quartier des affaires, et remonta le capuchon de son anorak dès qu'elle sortit de sa voiture. Entre les gratte-ciel, elle put distinguer l'ange doré qui coiffait la flèche aérienne de Temple Square et luisait faiblement à travers le brouillard.

Les mains plongées dans ses poches, elle se hâta vers un immeuble de trois étages qui s'élevait non loin de là. Une fois dans le hall d'entrée, elle consulta avec nervosité la liste des occupants. Elle n'était encore jamais venue au cabinet du Dr Wassermann ; et sans savoir pourquoi, elle se sentait en terrain étranger — pour ne pas dire hostile ou même dangereux.

Un instant, elle fixa le panneau sans le voir, tâchant de mettre de l'ordre dans ses idées.

Bon gré mal gré, elle en revenait toujours à la même question : pourquoi la psychiatre avait-elle entériné avec un tel empressement le diagnostic si peu courant d'une personnalité multiple ?

Dans l'état d'esprit où elle se trouvait en ce moment, Meg ne pouvait s'empêcher d'être soupçonneuse. Après tout, c'était Victor qui avait choisi Clara Wassermann. C'était lui qui lui avait adressé Lisa au printemps. Et tout de suite après l'accident, c'était encore lui qui l'avait appelée à son chevet pour « parler ».

— Victor a pensé que je pourrais peut-être vous aider, avait déclaré le médecin en expliquant à Meg qui elle était, ce premier matin à l'hôpital.

Mais Clara Wassermann ne lui avait été d'aucune aide, bien au contraire. Elle avait fait obstacle à la vérité.

Sans elle, la situation aurait pu être éclaircie dès le départ. C'était son analyse, combinée à l'amnésie partielle de Meg et à la confusion engendrée par la fièvre, qui avait permis à cette situation tordue de se mettre en place. Elle avait même insisté sur le fait que Lisa, d'après elle, montrait déjà certains signes de dissociation de la personnalité au printemps. Or cela ne pouvait pas être vrai !

— Madame ?

Le gardien de l'immeuble s'était approché d'elle.

— Puis-je vous aider ? demanda-t-il d'un ton courtois.

Meg se ressaisit et se tourna vers lui.

— Je cherche le cabinet du Dr Wassermann.

— Troisième étage, au fond du couloir à gauche.

— Merci.

Elle prit l'ascenseur et monta jusqu'au troisième étage. Lorsqu'elle pénétra dans la luxueuse salle d'attente de sa thérapeute, elle se sentit presque gênée de se présenter en jean, pull-over et anorak.

— Bonjour ! lui lança la psychiatre depuis l'entrée de son cabinet de consultations. Si vous voulez entrer... Comment allez-vous, aujourd'hui ?

— Très bien, répondit Meg. Où dois-je m'asseoir ?

Elle parcourut d'un regard incertain les fauteuils et le divan de cuir. Clara Wassermann sourit.

— Vous êtes toujours Meg, je suppose ?

Evitant son regard perçant, Meg hocha la tête.

— Oui, murmura-t-elle. Je suis toujours Meg.

— Ah ! bon... Si je vous demande ça, c'est parce que j'avais toujours ce genre d'échange avec Lisa, lorsqu'elle venait me voir. Elle trouvait l'usage du divan démodé. Mais je continue de préférer cette façon de faire, si vous n'y voyez pas d'inconvénient.

Tandis que Clara prenait place dans un très beau fauteuil recouvert d'une tapisserie au petit point, Meg s'allongea sur le divan, soulagée de constater qu'elle n'aurait ainsi pas à affronter directement la psychiatre.

— Bien, fit Clara après un petit moment de silence. Etes-vous confortablement installée, Meg ?

— Oui, ça va.

Elle croisa les jambes et s'absorba dans la contemplation de ses mocassins beiges, cousus à la main. Lisa et elle avaient la même pointure ; elles avaient le même pied, fin et cambré.

— Comment vous sentez-vous, ces derniers temps ? demanda Clara. Vous me paraissez beaucoup plus forte, aujourd'hui.

— Je me sens mieux. Je peux rester debout toute la journée, à présent.

— C'est parfait.

Autre silence.

Meg changea de position, mal à l'aise, cherchant ce qu'elle pourrait bien dire. Cette séance était différente des précédentes, quand Clara venait la voir à l'hôpital ou chez elle… Elle redoutait de se trahir. La thérapeute ne risquait-elle pas de percer la vérité à une inflexion de voix, à une attitude ? Or, Meg était fermement décidée à ne rien révéler tant qu'elle ne saurait pas avec certitude en qui elle pouvait avoir confiance.

Soudain, une question la fit sursauter.

— Pardon ? fit-elle. Je n'ai pas entendu ce que vous m'avez demandé.

— Je vous parlais de Las Vegas, répéta Clara. Il paraît que vous êtes allée y passer quelques jours, la semaine dernière.

Meg se raidit.

— Comment le savez-vous ?

— Victor me l'a dit.

— Quand ? Je croyais qu'il s'était absenté toute la semaine.

— Il m'a appelée hier et m'a laissé un message. Je l'ai rappelé plus tard.

Les sourcils froncés, Meg demeura silencieuse.

— Meg ? intervint le médecin d'un ton aimable. Quelque chose vous inquiète ? Avez-vous eu des ennuis, à Las Vegas ?

— Non. Ça s'est bien passé. J'essayais simplement de comprendre pourquoi…

— Oui ?

— Rien. Ce n'est pas grave.

De nouveau, elle chercha une autre posture sur le cuir lisse et doux.

— Pourquoi vous êtes-vous rendue là-bas ?

— Je voulais juste… voir si je pouvais me rappeler certaines choses. J'ai pensé qu'il serait bon pour moi d'aller faire un tour dans cette ville.

— Je regrette que vous ne m'ayez pas parlé de votre projet auparavant, observa la psychiatre avec douceur.

— Pourquoi ?

— J'aurais peut-être pu vous aider, Meg. Orienter vos recherches… Et puis, surtout, Victor était très inquiet. Il n'est pas sûr que vous soyez en état de voyager seule.

— Je ne vois pas pourquoi. Je suis adulte, non ? Et maintenant, je vais bien. Il n'y a aucune raison pour que tout le monde continue à me traiter comme si j'étais un bébé ou une sorte d'invalide.

— Vous vous exprimez de plus en plus à la façon de Lisa, remarqua le médecin. C'est frappant. Avez-vous davantage conscience d'elle, Meg ?

— Un peu, répondit prudemment celle-ci. J'ai l'impression… de savoir un peu mieux qui elle est, maintenant.

Le Dr Wassermann ne dit rien ; Meg, cependant, ressentait son silence comme une force physique qui faisait pression sur elle, pour l'obliger à continuer.

— Je… j'ai discuté avec mon voisin, la semaine dernière, dit-elle enfin, les joues en feu. Celui qui possède les chevaux.

— Oui, je me souviens des chevaux. Comment s'appelle-t-il ?

— Jim Leggatt.

Meg attendit. En entendant le frottement du stylo sur la page du bloc, elle comprit que Clara prenait des notes.

— D'après lui, nous prenons peut-être les choses à l'envers, dans cette histoire de personnalité multiple. Il m'a suggéré que j'avais peut-être toujours été la personnalité dominante — au moins jusqu'à ces dernières années. Il pense que j'ai réellement vécu l'enfance dont je me souviens et que Lisa, la personnalité seconde, n'est apparue que récemment.

Elle perçut la réaction de la thérapeute, soudain arrachée à sa réserve.

— Qu'est-ce qui lui permet de soutenir cette thèse ?

— Ma connaissance des chevaux et mes talents de cavalière. A son avis, il m'a fallu des années de pratique pour atteindre ce niveau. Lisa n'a jamais montré ce genre de disposition…

— Je vous l'ai dit, Meg, les différents « doubles » présentent souvent des talents et des connaissances sans aucun rapport avec ceux de la personnalité première. Vous le comprenez, n'est-ce pas ?

— Oui. Je le comprends. Mais je conçois aussi que cela puisse paraître bizarre à des gens qui ne sont pas au courant.

Un nouveau silence, interminable, suivit. Meg, depuis le divan, contemplait les trombes d'eau qui giflaient les vitres derrière les stores vénitiens.

— Ce n'est pas tout, reprit-elle. Je n'ai pas pu retrouver la moindre trace de l'enfance de Lisa dans ses… dans nos affaires. Pas une photo, pas un article, rien.

— Nous en avons déjà parlé. Je vous ai expliqué l'hostilité que Lisa vouait à sa mère, ainsi que le fort sentiment d'aliénation qu'elle éprouvait.

— Je sais. Pourtant, il me semble…

Elle s'interrompit, réfléchissant aux limites de ce qu'elle pouvait dire.

— Je comprends ce que vous ressentez, lui assura la psychiatre d'un ton calme. Il serait très encourageant pour vous de recevoir ce genre de validation, d'autant plus qu'il semble toujours exister une rivalité considérable entre

Lisa et vous pour savoir qui, de vous deux, demeurera la personnalité dominante. C'est dans cet espoir que vous êtes allée à Las Vegas, n'est-ce pas ?

— En partie. Je me demandais…

Le temps d'une nouvelle pause, elle inspira à fond pour se donner du courage.

— Dans l'hypothèse où Lisa aurait pris ma place ces dernières années, je me demandais si je n'avais pas continué à reparaître de temps à autre, notamment lorsqu'elle se rendait à Las Vegas. Cela aurait pu expliquer les souvenirs que je gardais du Willows et de mon travail…

— Et qu'avez-vous découvert ?

Meg haussa les épaules.

— Que c'était impossible, évidemment, répondit-elle en s'efforçant de prendre un ton dégagé. Cette théorie ne tenait pas debout. Si j'avais réfléchi davantage, je l'aurais compris tout de suite et je me serais épargné ce voyage inutile.

— Pourquoi ?

— D'abord, parce qu'il existe bel et bien une Megan Howell. Elle a quitté la ville, apparemment, mais j'ai eu une conversation avec la personne qui supervisait son travail, au casino.

— Effectivement, approuva Clara d'une voix plus détendue. Je lui avais parlé au téléphone, vous vous en souvenez ?

— Oui. Je suppose toutefois que j'avais besoin de m'en convaincre par moi-même. Ensuite… il y a Clay.

— Votre cousin ?

— Oui. Lui, il a de vrais souvenirs de Lisa enfant. C'est tout de même une preuve, et plus solide que n'importe quel album de photographies…

— C'est aussi mon avis. Avez-vous parlé à Victor de la théorie de votre voisin ?

— Non. Je ne le vois pratiquement jamais. Il est parti en même temps que moi, la semaine dernière, et n'est rentré qu'hier pour repartir aujourd'hui.

— Victor est reparti ? demanda Clara, surprise. Il ne m'en a rien dit.

— Il sera absent quelques jours — j'ignore même jusqu'à quand. Docteur Wassermann…

— Oui ?

— J'aimerais vraiment en savoir plus sur Lisa, maintenant. Je… je n'ai plus peur d'elle, je crois.

— Voilà une excellente nouvelle ! déclara le médecin d'un ton approbateur. Lors de notre prochaine séance, nous pourrons peut-être aborder le processus d'intégration.

— Si vous voulez. Mais d'ici là, il me semble que cela m'aiderait si je pouvais rassembler des éléments concernant son passé, affirma Meg de son air le plus naturel.

La psychiatre ne répondit pas ; elle prenait des notes. Meg changea de position de manière à l'observer à la dérobée, puis elle détourna les yeux.

— Vous m'avez dit que vous aviez des enregistrements de vos séances avec Lisa, reprit-elle avec prudence. Pourrais-je en écouter quelques-uns ?

Aussitôt, Clara Wassermann recouvra une attitude très ferme.

— Je ne peux absolument pas vous le permettre, Meg. Cela pourrait compromettre toute votre thérapie.

— J'aimerais tant comprendre son enfance ! insista Meg. Les souvenirs de Clay ne me suffisent pas. Je voudrais savoir comment elle était, pourquoi elle a participé à tous ces concours de beauté. Si je pouvais voir quelques photos...

— Je suis sûre que l'on doit encore trouver des articles la concernant à la bibliothèque, dans les journaux de l'époque, déclara alors le médecin. J'ai cru comprendre que vous étiez une vraie gloire locale, quand vous étiez plus jeune.

Meg se redressa brusquement, le souffle coupé.

— Mais bien sûr ! s'exclama-t-elle, les yeux écarquillés. Bien sûr, qu'il a dû y avoir des comptes rendus de ces concours dans la presse ! Pourquoi n'y ai-je pas pensé plus tôt ?

Aussitôt, elle quitta le divan et se rua vers la porte.

— Meg ! s'exclama la psychiatre, stupéfaite. Nous n'avons pas terminé ! Nous n'en sommes qu'à la moitié de la séance.

Meg s'arrêta alors qu'elle allait franchir le seuil.

— Oh ! excusez-moi... Je suis désolée. Je... j'avais oublié de vous dire que je devrais partir plus tôt, pour... pour conduire Filomena et Dommie chez le médecin, improvisa-t-elle en hâte. Dommie souffre d'une amygdalite, et on doit l'opérer mercredi matin. Filomena passera quelques jours avec lui à l'hôpital.

— Vous allez rester seule à la maison, dans ce cas ? Si Victor doit s'absenter aussi...

Le cœur de Meg bondit dans sa poitrine. Un frisson glacé la parcourut, mais elle se ressaisit rapidement.

— Je pense qu'il rentrera pour l'opération, répondit-elle d'un ton aussi détaché que possible. Et puis, Filomena et Dommie ne seront absents que deux ou trois jours.

— Je suis navrée pour Dommie, déclara le médecin. J'espère que tout se passera bien.

— Moi aussi. Tout le monde adore cet enfant. Il est si mignon… Bien. Je vous verrai la semaine prochaine, comme prévu, ajouta-t-elle. Et nous pourrons commencer le… processus d'intégration. Je me sens vraiment prête à rencontrer Lisa, docteur. En fait, je suis même très impatiente de la connaître.

— Vous m'en voyez ravie, répondit Clara Wassermann qui l'observait avec intensité.

Malgré elle, Meg baissa la tête. Ce regard noir et pénétrant lui faisait toujours aussi peur. Elle tourna les talons, traversa d'un pas rapide la salle d'attente, puis le couloir de l'étage, vers l'ascenseur. Moins d'une minute après, elle s'engouffrait dans sa voiture, sous la pluie battante.

24.

En dépit de sa scolarité sporadique, Meg était habituée aux livres et aux recherches documentaires. Au cours de ses années de déplacements à travers les plaines désertiques du Nevada et de l'Arizona, aux côtés de Hank, elle avait passé de nombreuses heures dans les bibliothèques municipales des petites villes qu'ils traversaient pour consulter certains ouvrages et rédiger ses devoirs au calme. Souvent, elle postait ses copies en plein désert, à plus de huit cents kilomètres de l'endroit où elle avait reçu les énoncés.

Forte de cette expérience, elle savait utiliser les fichiers classiques et les micro-fiches. Elle savait comment croiser des références, effectuer des recoupements, exhumer des coupures jaunies des archives où s'entreposaient les vieux journaux et remonter une filière pour trouver une information précise.

Cela étant, elle fut tout de même saisie par les dimensions impressionnantes de la bibliothèque centrale de Salt Lake City, ainsi que par l'efficacité de son fonctionnement. Des salles de consultation et de conférences se répartissaient sur plusieurs niveaux, agrémentées de plantes vertes et d'éclairages discrets.

En examinant le panneau placé à l'entrée, elle apprit que les archives de presse se trouvaient au sous-sol. Elle emprunta un ascenseur pour s'y rendre et pénétra, un peu nerveuse, dans une vaste salle silencieuse dépourvue de fenêtres. Quelques employés travaillaient derrière un long comptoir, environnés de personnes qui consultaient de lourdes liasses de journaux ou des coupures rangées dans des classeurs.

Quand elle eut trouvé une chaise libre, Meg s'y installa et arracha un formulaire de demande au bloc posé sur la table. A présent, il s'agissait de bien réfléchir et de noter tous les sujets susceptibles de lui fournir des renseignements sur le passé de sa sœur.

Après s'être concentrée un moment, elle dressa une liste : concours de beauté, enfants-vedettes, « stars » régionales, Lisa Bauer, Victor Cantalini, concessions automobiles, grands mariages célébrés dans l'Utah en septembre 1992. Puis elle réfléchit encore et ajouta une rubrique concernant les campagnes publicitaires diffusées à la télévision locale à cette époque.

Ce travail terminé, elle porta sa liste à une jeune bibliothécaire.

— Pourriez-vous me faire une recherche sur ces différents sujets, s'il vous plaît ?

La jeune fille examina la fiche.

— En général, remarqua-t-elle, on ne trouve pas grand-chose à partir de noms de personnes. Toutefois, ceux-ci me semblent assez connus... En revanche, les dossiers relatifs aux concessions automobiles et aux publicités télévisées risquent d'être très nombreux.

— En fait, une recherche croisée suffirait, précisa Meg. Je suis surtout intéressée par les films publicitaires tournés par des concessionnaires automobiles.

La bibliothécaire se mit à rire.

— Je pense qu'il y en aura beaucoup aussi…

Elle jeta un coup d'œil au nom inscrit en haut de la fiche.

— Si vous voulez vous asseoir, mademoiselle Howell, je vous appellerai dès que j'aurai des documents.

— Merci.

Meg la regarda disparaître dans un long couloir au mur tapissé d'archives de presse, puis regagna sa place et attendit en feuilletant un magazine.

— Mademoiselle Howell ? appela-t-on au bout d'un moment.

Meg se précipita au comptoir. Elle remercia la bibliothécaire, rapporta le lourd dossier à sa table et l'ouvrit. Son cœur battait à se rompre. Avec un certain étonnement, elle constata que les articles concernant les concours de beauté étaient de loin les plus nombreux. Ils relataient des événements locaux, ou à l'échelle de l'Etat, et remontaient à plus de quinze ans.

Tout à coup, au détour d'une page, elle tomba sur une photo de Lisa. « Une enfant du pays élue Miss Provo », annonçait le titre. L'article racontait comment Lisa Bauer, âgée de dix-sept ans, l'avait emporté sur un nombre impressionnant de concurrentes, enchantant à la fois le jury et le public par son charme et sa beauté. La gagnante expliquait ensuite au journaliste qu'elle avait l'intention de concourir l'année suivante pour le titre de Miss Utah, puis de Miss Amérique.

Bouleversée, Meg contempla un long moment le portrait de sa sœur, radieuse et souriante. Puis elle se plongea dans le récit du concours. Apparemment, le titre de Miss Provo accordait une grande place à la composante « Talents », ainsi qu'à la faculté des concurrentes à répondre aux questions des jurés.

« Je me demande dans quelle discipline tu as concouru, pensa Meg en scrutant ce visage si semblable au sien. Tu n'as certainement pas choisi la danse ou le chant, si tu n'es pas plus douée que moi dans ces deux domaines… »

Elle ne se trompait pas : Lisa avait postulé au titre de Miss Provo en faisant valoir ses talents de *poétesse.* Elle avait ainsi déclamé un poème de sa composition, intitulé *Des fleurs emportées par le courant* ; et à en croire l'article, sa prestation avait ému aux larmes plusieurs examinateurs.

Meg se figea en découvrant ces lignes. Car elle aussi écrivait de la poésie, depuis toujours… De nouveau, elle scruta le portrait de sa jumelle.

— Que t'est-il arrivé, Lisa ? murmura-t-elle. *Où es-tu ?*

Elle se contraignit à poursuivre sa lecture ; il fallait qu'elle essaie de reconstituer l'histoire de sa sœur. Elle trouva d'autres articles relatifs à des concours de beauté, ainsi que deux ou trois clichés datant de quelques années. A part la longue chevelure qui auréolait son visage et ses vêtements d'une extrême féminité, Lisa était identique à elle.

Le dossier contenait aussi plusieurs articles consacrés à Victor, qui traitaient pour la plupart de sa fulgurante réussite dans les affaires. Quelques photos le montraient avec Pauline, et les textes mentionnaient les nombreuses associations de charité dont les Cantalini faisaient partie. Suivaient enfin les coupures que Meg avait déjà vues dans la chambre de Lisa, et qui relataient la mort de Pauline.

A la fin de la compilation figurait un bref compte rendu du second mariage de Victor avec Lisa, illustré par la photo qui se trouvait sur la commode de sa sœur. L'article présentait Victor comme un entrepreneur local important et Lisa comme une ancienne reine de beauté.

Meg ferma le classeur et contempla fixement le mur qui lui faisait face, concentrée, tâchant de découvrir ce qui la tracassait. Il lui semblait en effet qu'un élément capital manquait, mais elle ne voyait pas lequel. Enfin, au bout d'un moment, elle trouva. Elle rapporta le dossier à la bibliothécaire et lui demanda :

— Comment peut-on avoir accès aux détails d'une enquête de police ? Au sujet d'un décès survenu dans cette ville.

— Il y a combien de temps ?

— Deux ou trois ans.

— Si c'est aussi récent, nous devons avoir des articles.

Meg secoua la tête.

— Les coupures dont vous disposez se trouvaient dans le dossier que vous m'avez communiqué. Elles indiquent que la procédure d'enquête n'a pas été rendue publique, et qu'aucun détail la concernant n'a été communiqué aux médias.

— C'est curieux, commenta la jeune fille, étonnée. Il faut croire que quelqu'un a joué de son influence, et assez lourdement ! Néanmoins, ce genre de chose ne peut être totalement dissimulé. Je suis sûre que l'on doit pouvoir consulter le procès-verbal de l'enquête.

— Où, à votre avis ?

— Au tribunal, juste au bout de la rue. Demandez le bureau du coroner et indiquez-leur quelle enquête vous intéresse. Ils vous donneront accès au procès-verbal — soit sur document imprimé, soit sur CD-ROM. Mais je pense que vous devrez acquitter un droit de consultation.

— Ce n'est pas gênant. Merci beaucoup, vous m'avez été d'une grande aide.

La bibliothécaire reprit le dossier et en retira les coupures, afin de les reclasser. Elle aperçut alors la photo de Lisa en robe de gala, ceinte de son écharpe de Miss Provo. Elle examina le cliché, surprise, puis leva les yeux vers Meg.

— C'est vous, n'est-ce pas ? demanda-t-elle. Mais vous vous êtes fait couper les cheveux, depuis.

Meg fit signe que non. La gorge nouée par l'émotion, elle répondit :

— Non, ce n'est pas moi. C'est ma sœur jumelle.

C'était la première fois de sa vie qu'elle prononçait ces mots à voix haute.

Meg fut étonnée de voir combien il était simple de se faire communiquer le procès-verbal d'une enquête concernant une mort « suspecte » — le domaine d'action du coroner. Il lui suffit d'émettre sa requête et de payer le droit correspondant. Peu de temps après, elle se retrouvait confortablement installée dans une petite pièce qui donnait sur les jardins du tribunal, un bâtiment ancien. Elle resta un moment assise sans rien faire devant l'écran vide de l'ordinateur, les yeux tournés vers la pluie qui ruisselait sur les arbres.

Deux écureuils gris se couraient après dans les feuilles mortes, indifférents aux intempéries.

Meg prit une grande inspiration, puis elle appuya sur quelques touches du clavier, et le procès-verbal apparut sur l'écran. Elle se mit à lire, faisant défiler les pages l'une après l'autre.

C'était fastidieux et passionnant à la fois. Ellc avait l'impression de parcourir le compte rendu d'un vrai procès. Le greffier avait enregistré les déclarations des témoins dans leur intégralité, y compris les pauses, les répétitions et les fautes de grammaire. De façon étrange, le style laconique du texte redonnait vie à ces interrogatoires — comme si les scènes décrites se déroulaient en présence de Meg.

Elle imaginait très bien Victor, plein de prestance dans son costume trois-pièces, mais visiblement mal à l'aise. Et Filomena, terrifiée par ce qui lui arrivait, debout dans le box des témoins, ne songeant qu'à aller retrouver son bébé...

Meg en vint aux déclarations de la domestique, interrogée par le procureur Michael Kraft.

Q : D'après ce que vous nous avez dit, mademoiselle Morales, Mme Cantalini se montrait très généreuse avec vous. C'est bien ça ?

R : Elle était merveilleuse. Elle s'est occupée de tout... De moi... et de mon bébé. Elle nous a donné... tout ce qu'il fallait. Vraiment tout.

Q : Quels étaient vos sentiments à l'égard de votre patronne, mademoiselle Morales ?

R : Je l'aimais beaucoup.

Filomena poursuivait par la description de la dernière journée qu'elle avait passée avec Pauline. Elles étaient seules à la maison, ce jour-là. La jeune femme s'inquiétait, pensant que sa maîtresse s'était remise à boire. Elle se trouvait dans la cuisine lorsqu'elle avait entendu un cri, suivi d'un « grand bruit » ; elle avait couru dans le vestibule et découvert Pauline gisant au bas de l'escalier, dans une mare de sang.

Q : Qu'avez-vous fait alors, mademoiselle Morales ?

R : J'ai appelé le 911. J'étais affolée, je pleurais... J'étais... Je ne savais plus que faire.

Q : C'est compréhensible. Et vous dites que vous étiez seules dans la maison à ce moment-là ?

R : Il n'y avait que Dommie.

Q : Domingo, votre fils ?

R : Oui.

Q : Quel âge avait-il ?

R : Dix semaines. Il avait dix semaines.

R : Merci, mademoiselle Morales. Vous pouvez vous retirer. J'appelle M. Victor Cantalini, Votre Honneur.

Victor avait pris la place de Filomena. Le discours qu'il tenait se révélait si hésitant et si incohérent que le compte rendu en était presque incompréhensible. De façon courtoise, le procureur avait dû intervenir pour le guider par des questions précises.

Q : Reprenons. Où étiez-vous le 9 juin dernier, monsieur Cantalini ?

R : Je... j'étais parti pêcher quelques jours. Nous... nous avions décidé de suivre la Green River à cheval, dans les monts Uintas. Dieu du ciel, si seulement j'étais resté à la maison...

Q : Vous venez de dire « nous », monsieur Cantalini. Vous n'étiez donc pas seul dans ces montagnes au moment du décès de votre femme ?

R : Non... J'étais avec un ami. Nous avions projeté de passer toute la semaine là-haut, et puis... Et puis on est venu nous prévenir que... que... Oh ! mon Dieu...

Q : Nous allons vous laisser vous reprendre un moment, monsieur Cantalini. Mais avant, pouvez-vous nous donner le nom de la personne qui vous accompagnait dans cette partie de pêche ?

R : C'était Clay. Un ami de longue date, qui est aussi mon associé. M. Clayton Malone. Clay... ne m'a pas quitté un instant.

Horrifiée, Meg fixait l'écran, le souffle coupé, les yeux écarquillés. Trop choquée pour pouvoir même aligner deux pensées d'affilée, elle pressa ses mains sur son front.

Non, elle ne rêvait pas... Le jour où elle avait parlé avec Jim Leggatt, par ce paisible matin d'automne, dans les collines, elle lui avait dit qu'elle soupçonnait tout le monde de mentir. A présent, elle avait la preuve qu'elle ne se trompait pas.

Se laissant aller contre le dossier de son fauteuil, elle tourna son regard vers l'extérieur. Elle était incapable de distinguer quoi que ce fût ; elle essayait simplement de mettre un peu d'ordre dans son esprit, et de pouvoir ainsi se concentrer.

La première question était évidente : si Victor et Clay se connaissaient depuis tout ce temps, pourquoi s'étaient-ils tous deux donné tant de mal pour qu'elle n'en sache rien ?

Brusquement, un frisson l'enveloppa tout entière.

Elle se frictionna les bras et se pencha en avant pour scruter le texte affiché sur l'écran tandis qu'une autre idée, tout aussi terrifiante, la frappait : s'ils s'étaient si bien entendus pour la duper, il était fort possible qu'ils aient fait la même chose durant cette enquête...

Très vite, elle passa en revue toutes les pages du procès-verbal, revenant en arrière, retournant plus bas. En vain. De toute évidence, ce n'était pas dans ce compte rendu sec et concis qu'elle trouverait l'explication qu'elle cherchait. La vérité était ailleurs, celée dans le cerveau de ceux qui savaient ce qui était vraiment arrivé à Pauline Cantalini.

Et l'une de ces personnes, elle en avait la certitude, était Filomena Morales.

Meg passa la journée du lendemain à essayer d'engager la conversation avec la domestique. Mais Filomena était absorbée par son travail et par les détails qu'il lui fallait régler avant son prochain départ.

— J'ai préparé quelques plats cuisinés qui ont juste besoin d'être réchauffés, indiqua-t-elle à Meg en traversant le vestibule au pas de course, les bras chargés de linge. Ils sont dans des cocottes fermées, dans le réfrigérateur. Oh ! j'allais oublier... M. Cantalini a appelé tout à l'heure de Boise. Il ne sera pas de retour avant demain.

— Très bien, fit Meg. Mais je vous en prie, Filomena, ne vous donnez pas toute cette peine pour moi. Je peux me préparer des sandwichs, si j'ai faim. Cela dit, j'ai quelque chose à vous demander...

— Maman, est-ce que Teddy, il peut venir à l'hôpital ?

Les deux femmes baissèrent les yeux vers Dommie qui se tenait dans l'entrée de la cuisine, l'air apeuré. Le petit garçon était encore pâle et amaigri à la suite de son rhume, et ses grands yeux étaient assombris par l'inquiétude.

— Bien sûr ! répondit Filomena en posant le linge pour prendre son fils dans ses bras. Teddy s'ennuierait, si tu le laissais tout seul à la maison. Mais pour l'instant, Dommie, sois gentil et amuse-toi tranquillement dans la cuisine. Nous partons dans quelques heures, et d'ici là, j'ai encore une foule de choses à faire.

— Viens, Dommie, je vais jouer avec toi, proposa Meg. Nous allons construire une grande ville avec des boîtes, et tu feras rouler tes camions dans les rues, d'accord ?

Le visage de l'enfant s'illumina. Filomena adressa un sourire reconnaissant à Meg, avant de reprendre sa pile de draps et de serviettes pour la monter à l'étage.

Dans la cuisine, Meg contempla un instant le petit garçon qui empilait des boîtes en tout genre pour édifier des gratte-ciel aux formes biscornues. Tout à coup, Dommie interrompit son jeu ; il s'assit sur les talons et regarda Meg d'un air inquiet. Comme la bretelle de sa salopette glissait, elle la remit en place et déposa un gros baiser sur la joue lisse de l'enfant.

— Ça va faire mal ? demanda-t-il d'une voix faible.

— Quoi, chéri ?

— Le docteur. Il va faire mal à Dommie ?

— Mais non, répondit Meg en le serrant contre elle pour le rassurer. Tu feras dodo si profondément que tu ne sentiras rien. Quand tu te réveilleras, tout sera fini. Ta maman sera là, et les infirmières te donneront des glaces pour soigner ta gorge. Elles seront très gentilles avec toi, tu verras. Et puis, très vite, tu reviendras à la maison.

— Tu seras là, toi aussi ?

— Pas tout le temps, puisque tu auras ta maman. Mais je viendrai te voir tous les jours.

— Où tu seras, pendant ce temps ?

— Ici, comme d'habitude. Je dormirai dans ma chambre et je prendrai mon petit déjeuner dans la cuisine…

Dommie écarquilla les yeux.

— Toute seule ?

Croisant son regard, Meg fut parcourue d'un frisson glacé. Sans le savoir, il venait de lui rappeler qu'après l'avoir déposé à l'hôpital avec sa mère, elle devrait regagner une maison complètement vide. Elle tourna les yeux vers la fenêtre afin de ne rien laisser voir de sa terreur.

Si seulement cette pluie s'arrêtait…

Mais le ciel était toujours aussi gris et bas. Ce déluge semblait destiné à durer. Le jardin était détrempé ; la rivière grossissait de jour en jour.

Meg se sentit soulagée quand ce long après-midi s'acheva enfin et qu'il fut l'heure de partir pour l'hôpital. Elle sortit le 4x4 du garage, heureuse de s'échapper un moment de cette maison trop grande, morne et silencieuse sous la pluie. Alors qu'elle mettait le moteur en marche, elle songea brièvement qu'elle pourrait passer la nuit en ville, à l'hôtel ; ainsi, elle serait plus près si jamais Filomena avait besoin d'elle.

Aussitôt, cependant, elle rejeta cette idée. Qu'avait-elle à craindre ? La villa était équipée des systèmes d'alarme et de protection les plus sophistiqués. Elle ne se trouverait pas plus à l'abri dans une forteresse. En outre, la sinistre expérience de Las Vegas lui avait démontré qu'une chambre d'hôtel était loin d'être sûre si quelqu'un voulait vraiment s'y introduire.

Elle jeta un coup d'œil à Filomena, assise près d'elle, le regard fixé sur le pare-brise et le va-et-vient des essuie-glaces. Dommie se trouvait à l'arrière, maintenu par des sangles dans un fauteuil d'enfant. Il serrait son ours en peluche et chantonnait doucement. Les paupières lourdes, il s'endormait.

— Filomena…

— Oui ?

Meg hésita une seconde.

— Ce jour où Pauline est morte…

Filomena lui jeta un coup d'œil furtif, avant de regarder de nouveau la route.

— Quoi ?

— Je suis allée au tribunal, hier, et j'ai consulté le procès-verbal de l'enquête. J'ai lu votre témoignage.

Meg vit le corps mince de la jeune femme se raidir. Filomena serra les poings, les ongles enfoncés dans ses paumes.

— Qu'y a-t-il, Filomena ? De quoi avez-vous peur ?

— C'était si horrible..., murmura-t-elle. Si horrible...

Après une profonde inspiration, Meg reprit :

— Dans le procès-verbal, vous dites que vous vous trouviez seule avec elle dans la maison, quand elle est morte.

— Oui. C'est... c'est ce que j'ai dit.

— Est-ce vrai ?

Filomena se tourna carrément vers la vitre.

— Est-ce vrai ? insista Meg d'une voix douce.

La domestique baissa les yeux sur ses mains, qu'elle tordait sur ses genoux.

— Je vous en prie ! marmonna-t-elle. Ne... ne me demandez rien.

— Quelqu'un vous a forcée à dire cela, n'est-ce pas ? reprit Meg avec calme. On vous a obligée à mentir ?

A la façon dont sa compagne retint son souffle, elle comprit qu'elle ne se trompait pas.

— Quelqu'un d'autre était là, ce jour-là. Pauline et vous n'étiez pas seules.

Avec un cri étranglé, Filomena enfouit son visage dans ses mains. Meg fixait la route noyée de pluie, bercée par le ronronnement du moteur, le glissement cadencé des essuie-glaces et le chuintement des pneus sur le revêtement mouillé.

— Filomena ?

Celle-ci hocha la tête, le visage toujours caché dans ses mains.

— Il a dit…, commença-t-elle entre ses doigts.

Meg tendit le bras vers elle, lui tapotant doucement l'épaule.

— N'ayez pas peur, murmura-t-elle. Je ne vous créerai aucun ennui, je veux juste connaître la vérité. J'ai besoin de savoir, Filomena. Il faut que je sache ce qui s'est vraiment passé. Etaient-ils tous les deux dans la maison ? Clay et Victor ?

Filomena leva la tête. Ses yeux, immenses et tragiques, semblaient lui dévorer le visage.

— Il a dit qu'il tuerait Dommie, déclara-t-elle dans un souffle. Que si je ne mentais pas pendant l'interrogatoire et l'enquête, mon bébé serait…

Un violent spasme la secoua.

— Il a dit qu'un nouveau-né… était aussi facile à noyer qu'un chaton.

— Mon Dieu ! chuchota Meg. Qui vous a dit ça, Filomena ? ajouta-t-elle d'un ton pressant. Lequel des deux ?

— Il était là quand je suis sortie de ma chambre après avoir donné la tétée de midi à Dommie, poursuivit la domestique d'une voix blanche, comme si elle n'avait pas entendu la question. Il était dans le hall, et il m'a demandé… il m'a demandé où elle était.

— Pauline, voulez-vous dire ?

Filomena confirma de plusieurs hochements de tête, très secs.

— J'ai répondu qu'elle se trouvait à l'étage, dans sa chambre. Qu'elle avait été malade tout le matin et qu'elle se reposait, qu'il ne fallait pas la déranger… Il m'a poussée sur le côté, pour courir dans l'escalier. Je les ai entendus se disputer. Pauline hurlait. Ses cris parvenaient jusqu'à la cuisine. Puis il y a eu un grand bruit, et… je me suis précipitée dans le hall. Elle… elle était là, par terre, baignant dans son sang. Lui, il était encore en haut de l'escalier. Il est descendu et m'a dit…

Tremblante, les mains nouées, Filomena s'interrompit.

— Il m'a expliqué ce que je devrais dire quand la police arriverait.

Meg se cramponna au volant.

— Qui était-ce ? répéta-t-elle dans un souffle, la gorge serrée. Victor ?

Filomena poursuivit son récit comme si, une nouvelle fois, elle ne l'avait pas entendue.

— Il est parti tout de suite après. J'ai voulu aider Pauline, mais elle… Du sang sortait de ses oreilles et de son nez… Je me suis rendu compte…

Sa voix se brisa. Le visage dans les mains, elle se mit à pleurer, sans bruit.

— Ne pleurez pas, murmura Meg. Je vous en prie, ne pleurez pas. Vous n'y êtes pour rien.

— Je n'aurais pas dû mentir ! J'ai eu tort de lui obéir. Mais j'avais si peur de lui, de ce qu'il aurait pu faire à Dommie… Et j'ai encore peur aujourd'hui.

— Pourquoi ne vous êtes-vous pas enfuie ?

— Je ne savais pas où aller. Je ne connaissais personne, pas même Trudy, à l'époque. Et Sam… Sam ne voulait plus entendre parler de moi.

— Mais vous auriez pu trouver du travail ailleurs, non ? Comment avez-vous pu rester dans cette maison, après ce qui s'était passé ?

— Il a dit que si j'essayais de partir, il tuerait mon fils. Qu'il saurait toujours où nous retrouver, n'importe où.

L'estomac de Meg se souleva de dégoût et d'horreur. Cet homme était un monstre…

— Qui était-ce ? demanda-t-elle une fois de plus. Qui vous a menacée ainsi ?

Filomena secoua la tête.

— Vous avez changé, observa-t-elle. Vous ne vous rappelez plus rien de lui. Si je vous le disais, peut-être qu'il s'en prendrait à vous, aussi. Je ne veux pas vous…

— Mais il faut que je sache ! insista Meg. Je dois comprendre ce qui se passe ! Ne voyez-vous pas…

A cet instant, elles atteignirent l'hôpital. Meg emprunta l'allée circulaire qui menait à l'entrée principale et dut faire un écart pour laisser passer une ambulance qui arrivait sur les chapeaux de roues, sirène hurlante.

Elle se gara et observa Filomena tandis que celle-ci se hâtait de rassembler ses affaires et de descendre du véhicule. Meg l'imita, résignée, prit une petite valise à l'arrière et attendit sous la pluie que la jeune femme détache Dommie, qui se réveillait, de son siège.

Puis Filomena rejoignit en courant le hall d'accueil, son fils dans les bras. Meg les suivit avec la valise, qu'elle déposa près de la mère et de l'enfant lorsqu'ils furent à l'intérieur.

La domestique leva vers elle un visage pâle et tourmenté.

— Ne retournez pas là-bas ce soir, chuchota-t-elle. Ne lui faites pas confiance. C'est un monstre.

— Je serai prudente, assura Meg. Il n'y aura personne avec moi, et Victor ne sera pas là. Je brancherai les alarmes et le système de sécurité et je resterai sur mes gardes. Mais j'ai besoin de savoir...

— Non ! Ne m'obligez pas à parler. C'est trop dangereux. Simplement, restez loin de cette maison.

Meg ne répondit pas. Comment aurait-elle pu expliquer qu'elle voulait à tout prix rester sur place, qu'un instinct secret, venu des confins de son être, la poussait à y demeurer ? Elle se contenta d'adresser un sourire encourageant à Filomena, avant de s'agenouiller pour enlacer Dommie et lui murmurer quelques mots de réconfort.

Lorsqu'elle se tourna pour partir, Filomena l'accompagna jusqu'à la porte vitrée.

— Je vous en supplie, soyez prudente ! chuchota la domestique, les doigts crispés sur la manche de Meg.

Elle lui jeta un dernier regard implorant, puis reprit Dommie dans ses bras et gagna d'un pas pressé le bureau d'admission.

25.

Le mardi, alors que Meg s'occupait de Filomena et de Dommie, Jim Leggatt passait une nouvelle journée d'oisiveté à Las Vegas, à ronger son frein. Il devait participer à un rodéo dans une petite bourgade située à l'ouest de la ville, mais la pluie qui tombait sans interruption avait contraint les organisateurs à annuler les épreuves pour la deuxième journée consécutive. Jim se retrouvait sans but, et il détestait cette situation.

Vers le milieu de l'après-midi, après avoir passé deux ou trois heures à jouer au black-jack au Willows, il se rendit à la brasserie de l'hôtel pour prendre un club-sandwich et une part de tarte aux pommes. Alors qu'il mangeait celle-ci, il s'interrompit soudain et posa sa fourchette. Une idée venait de lui traverser l'esprit.

Le garçon, venu le resservir en café, jeta un coup d'œil à la pâtisserie, presque intacte.

— Y a-t-il un problème avec votre dessert, monsieur ?

Jim leva les yeux vers lui.

— Non, pas du tout. C'est délicieux. Mais j'étais en train de me demander…

— Oui, monsieur ?

— Combien de cuisines y a-t-il, dans ce casino ?

— Trois. Une au huitième, pour les salles de restaurant, une à ce niveau-ci pour les cafés et brasseries, et la dernière au sous-sol, pour le service en chambre et les en-cas servis au bar de l'hôtel, ainsi que dans les salles de jeu.

— Comment se rend-on dans celle du sous-sol ?

Le serveur lui indiqua le chemin à suivre et s'éloigna. Jim termina sa tarte sans se presser, puis il fit l'appoint et ajouta un pourboire de dix dollars, prélevé sur ses gains de la matinée. Cela fait, il quitta la salle et se dirigea vers les ascenseurs.

Au sous-sol, il trouva son chemin dans un labyrinthe de couloirs qui n'avaient rien de commun avec le luxe qu'on trouvait dans les étages supérieurs. Il s'arrêta à l'entrée de la cuisine, d'où il observa le va-et-vient incessant des employés dans l'immense salle bruyante et embuée.

Deux jeunes femmes penchées sur des éviers l'aperçurent et le dévisagèrent avec une franche admiration. Tandis qu'elles échangeaient des coups de coude en gloussant, une grande femme à l'air sévère passa près d'elles et les tança vertement. Après quoi, elle s'approcha de Jim, le visage fermé ; la dureté de son expression était encore accrue par des sourcils noirs qui se rejoignaient à la racine du nez.

— Puis-je vous aider ? demanda-t-elle d'un ton brusque.

— J'aimerais parler à la surveillante, répondit Jim avec son sourire le plus avenant. Enfin, si cela ne cause pas trop de dérangement…

La femme s'adoucit aussitôt.

— C'est moi. Mon nom est Dana Kirsch. Si vous voulez bien me suivre dans mon bureau…

Au bout d'un couloir, ils pénétrèrent dans une petite pièce encombrée, occupée par un bureau, un grand meuble de classement et des tableaux d'affichage couverts de fiches et d'indications horaires.

Dana s'installa derrière le bureau tandis que Jim s'appuyait nonchalamment au montant de la porte.

— Je suis venu vous voir au sujet d'une de vos anciennes employées en espérant que vous pourrez me donner quelques informations sur son passage ici, expliqua-t-il.

— Je veux bien vous aider, mais je ne m'attarderai pas. Ces gamines ont tendance à se relâcher, quand je ne suis plus dans leur dos.

— La personne qui m'intéresse a travaillé ici assez récemment. Son nom est Meg Howell.

La surveillante plissa les paupières ; son visage s'était durci.

— Que voulez-vous savoir ?

— J'aurais aimé que vous me parliez un peu d'elle, répondit Jim d'un ton aimable. Quel genre d'employée elle était, des choses de ce style…

— Elle a des ennuis, ou quoi ? Elle est passée ici la semaine dernière, et je me suis demandé si elle ne s'était pas fourrée dans une sale histoire, justement. Elle n'avait pas l'air bien du tout ; elle avait mauvaise mine.

Jim réagit aussitôt.

— Elle est venue ici ? Meg Howell ?

— En chair et en os. Après tout ce qu'elle avait fait, j'ai trouvé qu'elle ne manquait pas de toupet, c'est le moins qu'on puisse dire.

« Et le moins qu'on puisse dire aussi, songea Jim, c'est que cette Dana Kirsh ne porte pas Meg dans son cœur... »

— Qu'a-t-elle fait, exactement ? s'enquit-il. N'était-elle pas une bonne employée ?

La surveillante l'examina sans vergogne, des pieds à la tête, s'attardant sur ses santiags et son ceinturon clouté.

— Que cherchez-vous ? demanda-t-elle enfin. Vous êtes de la police ?

— Non. Je suis juste un vieil ami de Meg et je m'inquiète à son sujet. Comme je passais par ici en me rendant à des rodéos, j'ai pensé que je pouvais peut-être tenter ma chance et demander de ses nouvelles...

Il y eut un silence tendu. L'air contrarié, Dana fixait la composition des équipes affichée sur le mur, en face d'elle. Jim se décida à poser de nouveau sa question :

— Etiez-vous satisfaite de son travail ?

— Pour ça oui, admit la surveillante avec un soupir irrité. C'était une fille formidable, au début. Sérieuse, courageuse et tout. Quand elle est arrivée ici au printemps, je veux dire. Après, malheureusement, ça s'est gâté.

— Vous l'avez engagée au printemps ? Le printemps dernier ?

— C'était en mars, je crois. Elle est passée un jour, à tout hasard ; elle cherchait du travail. Elle n'avait ni expérience ni références, mais j'avais justement besoin de quelqu'un à ce moment-là. J'ai décidé de la prendre à temps partiel, pour voir. Et je n'ai pas eu à le regretter. Du moins, pas tout de suite.

— Pas tout de suite ?

— Eh bien, comme je vous le disais, elle ne renâclait pas devant l'effort quand elle a commencé. Elle faisait tout ce que je lui demandais, se montrait serviable et réservée, ne perdait pas son temps à bavarder... Une excellente employée, vraiment. Au point que je l'avais fait passer en salle, où elle récoltait de très bons pourboires.

— Ne l'avez-vous jamais trouvée... lunatique ? demanda Jim avec prudence. Changeante, pour ne pas dire... différente ? Etait-elle assidue à son travail, ou manquait-elle souvent ?

Les sourcils froncés, Dana réfléchit un instant.

— Je ne me souviens pas qu'elle ait jamais manqué. C'était une fille tranquille, sans histoires. Et puis, un jour du mois d'août...

— ... elle a cessé de venir ? suggéra Jim.

Le récit de la surveillante le troublait de plus en plus. S'il ne se rappelait bien sûr pas avec précision le nombre de fois où Lisa s'était absentée au cours du printemps, il paraissait inconcevable qu'elle ait pu assumer de façon régulière un emploi à temps partiel, à Las Vegas, sans éveiller les soupçons de son mari. Cela semblait même tout à fait impossible.

Le mystère qui entourait Meg s'épaississait.

Puis, Jim se souvint tout à coup de ce que la jeune femme lui avait confié : quelqu'un, d'après elle, avait pris sa place et son nom. Se pouvait-il que la surveillante lui parle d'une autre personne ?

Pendant qu'il réfléchissait, Dana le contemplait d'un air étonné.

— Cessé de venir ? répéta-t-elle. Qu'est-ce qui vous fait croire une chose pareille ?

Jim haussa les épaules.

— Elle a eu… des ennuis, à un moment donné. Je pensais qu'elle avait dû s'absenter à cette période.

La surveillante eut un rire âpre.

— Ah ! elle vous a raconté cette histoire, à vous aussi ? Ecoutez, j'ignore pourquoi elle est allée inventer ces mensonges, mais je peux vous certifier que rien n'est vrai. Elle n'a jamais eu d'accident de voiture. Meg Howell a été fidèle à son poste tout le mois d'août, sans manquer un seul jour. Le seul problème, c'était qu'elle n'était plus la même. Plus du tout.

Un frisson glacé courut dans le dos de Jim.

— Plus la même ? Que voulez-vous dire ?

— Ce que je veux dire ? C'est très simple : du jour au lendemain, notre chère Meg s'est métamorphosée. Elle est soudain devenue grossière, paresseuse et prétentieuse, comme si elle était au-dessus de tout le monde. Elle s'est mise à causer des problèmes dans l'équipe, aussi, parce qu'elle ne faisait pas ce qu'elle avait à faire. J'ai essayé de lui parler, mais elle n'a rien voulu entendre. A la fin, je lui ai supprimé le service en salle et je l'ai mise à la plonge à plein temps. Et puis un samedi soir, début septembre, je crois, elle a fait un esclandre pour… une broutille, je ne sais même plus quoi, et elle nous a plantés là, en plein boum — pendant la soirée la plus chargée de la semaine. Sans prévenir.

— Comment avez-vous réagi ?

— Je l'ai virée, évidemment !

— Et vous ne l'avez plus revue ?

— Si, comme je vous l'ai dit. La semaine dernière. Mademoiselle a eu le culot de revenir, la bouche en cœur, pour me raconter cette histoire d'accident et me poser un tas de questions. Elle avait même repris son air candide du début, toute douce et toute gentille !

Cette fois, la tête de Jim se mit à tourner. Il avait l'impression de devenir fou. Pris de vertige, il s'avança et vint s'appuyer des deux mains sur le bureau.

— Ecoutez, déclara-t-il d'un ton pressant. Ce que je vais vous demander est très important : êtes-vous *certaine* que la jeune femme qui a travaillé ici au mois d'août était bien la même personne que celle que vous avez engagée au printemps, et qui est revenue vous voir l'autre jour ? A part les différences de comportement, bien sûr.

— Evidemment ! Ou alors, si ce n'était pas Meg Howell, c'était sa jumelle.

Tandis que Jim dévisageait la surveillante d'un regard fixe, il sentit ses cheveux se hérisser sur sa nuque.

— Dieu du ciel…

— Hé, qu'est-ce qui vous arrive ? se récria Dana avec méfiance. Qu'est-ce que c'est que cette affaire, à la fin ?

Jim entendit à peine sa question. Lui jetant un coup d'œil atterré, il pivota sur ses talons et sortit du bureau en trombe. Sans jamais ralentir, il regagna le rez-de-chaussée, puis sortit du Willows.

De retour dans sa chambre, au Bally's, il chercha fébrilement le numéro des Cantalini et appela la villa de Salt Lake City. La sonnerie résonna un long moment sans qu'on lui réponde. Alors, avec un juron furieux, Jim raccrocha. Il attrapa ses clés et se rua dans le couloir, tout en calculant combien de temps il lui faudrait pour rentrer d'une traite à Salt Lake. Ses affaires et ses chevaux, il reviendrait les chercher plus tard. Pour l'instant, une seule chose comptait : regagner le plus vite possible la grande maison rose — sans trop penser à ce qui avait pu ou pouvait s'y passer. En dépit de ses efforts, une terreur sourde l'habitait et le pressait d'agir. Vite.

Pourquoi lui avait-il fallu tout ce temps pour comprendre, alors que la vérité était là, devant lui, depuis des semaines ?

A présent, il était très possible que Meg fût en danger, un danger très grave.

Quand Meg eut quitté l'hôpital, elle roula un moment sans but. La perspective de regagner la maison vide la rebutait. Le ciel s'était encore obscurci, et un vent très fort soufflait maintenant des montagnes, rabattant des trombes d'eau avec une violence inouïe.

Soudain, alors qu'elle prenait enfin la direction du canyon, Meg passa devant un petit restaurant italien et se souvint qu'elle n'avait pas dîné. Elle ralentit, fit demi-tour et vint se garer devant l'établissement. Un instant plus tard, après avoir essayé d'éviter les flaques du trottoir, elle poussa la porte et pénétra avec bonheur dans la salle chaleureuse, pleine de gaieté, de couleurs et de délicieuses odeurs.

Elle s'attarda sur ses spaghettis accompagnés de pain à l'ail ; elle fit durer son repas le plus longtemps possible.

Puis, à contrecœur, elle dut se résoudre à régler l'addition et à ressortir, presque pliée en deux pour affronter la tourmente.

La nuit était tombée, et la tempête se déchaînait. La pluie s'abattait avec une telle force que les essuie-glaces ne servaient pratiquement à rien. Meg conduisait penchée en avant, tâchant de distinguer la route entre les rangées d'arbres. Par moments, comme à l'aller, de longues portions de chaussée disparaissaient sous l'eau.

Enfin, elle s'engagea dans l'allée de la propriété et pénétra peu après à l'intérieur du triple garage ; plus que jamais, elle apprécia le système qui assurait le déclenchement automatique de l'éclairage intérieur. Elle gara la voiture, vérifia que la porte du garage était bien fermée et que le système de sécurité fonctionnait ; puis elle entra dans la maison en allumant au fur et à mesure qu'elle avançait.

Elle fut tout d'abord frappée par une impression de vide. En fait, s'avisa-t-elle, c'était la première fois qu'elle se trouvait vraiment seule dans la grande villa. Il lui était souvent arrivé de se sentir solitaire et perdue, certes, mais il y avait toujours eu quelqu'un avec elle entre ces murs. En cet instant, même le petit Dommie eût été une compagnie bien agréable, pensa-t-elle avec nostalgie.

Comme elle traversait le hall, elle s'arrêta au pied du grand escalier. Depuis qu'elle avait appris ce qui était arrivé à Pauline, elle s'arrêtait ainsi chaque fois ; elle levait les yeux malgré elle et frissonnait en imaginant la pauvre femme en train de chuter vers sa mort. Mais ce soir, en plus, elle pouvait se figurer un homme en haut des marches, et qui, plein de cynisme, regardait la malheureuse tomber…

Meg serra les bras autour d'elle, les yeux fixés sur le palier empli d'ombres, sur la fenêtre octogonale, aux panneaux sertis de plomb, contre laquelle la pluie semblait s'acharner.

Victor Cantalini avait-il interrompu sa partie de pêche pour revenir assassiner sa femme, pendant que son « vieil ami » restait dans les montagnes afin de lui fournir un alibi ?

Son vieil ami Clay Malone… L'homme qui avait dit et répété à Meg que pour rien au monde Victor ne devait apprendre qu'il avait franchi les frontières de l'Utah…

Nombre de questions demeuraient : si Clay était le complice de Victor, pourquoi avait-il ordonné de façon si pressante à Meg de ne pas souffler mot de ses visites à ce dernier ? Etait-il vraiment le cousin de Lisa, ou était-ce un mensonge de plus ? Et dans ce cas, pourquoi n'avait-il jamais…

Lasse de ces suppositions qui ne lui laissaient pas de répit, d'autant qu'elles restaient sans réponses, Meg gémit et pressa ses tempes entre ses paumes. Finalement, elle fit quelques pas pour aller suspendre sa veste dans la penderie de l'entrée, puis s'engagea dans l'escalier.

Tout à coup, un bruit attira son attention — une sorte de petit choc sourd, qui s'était répercuté dans le silence. Elle s'arrêta sur une marche et agrippa la rampe, le cœur battant à coups rapprochés. L'oreille tendue, elle essaya de déterminer d'où avait pu venir ce bruit. Mais le vent qui hurlait autour de la maison et la pluie qui cinglait les vitres avec fracas l'en empêchèrent.

Elle s'ébroua, se traitant d'idiote, et se hâta de gagner sa chambre. Aussitôt, le luxe et la beauté de ce cadre devenu familier lui procurèrent tout le réconfort auquel elle aspirait. Ce soir plus encore que d'habitude, sans doute parce qu'elle se trouvait seule dans la maison de sa sœur, celle-ci paraissait infiniment proche à Meg. Elle se promena à pas lents dans la pièce, caressant le visage qui lui souriait sur les photographies, ouvrant la penderie pour contempler les coûteuses toilettes alignées sur les cintres.

Puis elle revint au milieu de la chambre et examina avec attention le grand portrait à l'huile qui dominait le lit.

Désormais, elle n'était plus surprise que Clara Wassermann ait pu si aisément se convaincre que Meg souffrait d'une dissociation de la personnalité. En un sens, c'était vrai : Lisa et elle étaient bien une seule et même personne, qui s'était à un moment donné scindée en deux moitiés. Maintenant, Meg reconnaissait en Lisa de nombreux traits de sa propre personnalité qu'elle n'avait jamais réussi à comprendre auparavant.

Un immense besoin de voir sa sœur la submergea. Elle ne supportait pas l'idée que celle-ci soit peut-être en danger, quelque part, sans qu'elle n'en sache rien. « Et si elle était déjà morte ? lui chuchota une petite voix intérieure. Si elle avait été tuée, comme Pauline, et que tu ne puisses jamais la connaître ? »

— Non ! s'écria Meg. Non !

Au même moment, elle se figea, puis tourna la tête vers la porte, les yeux écarquillés par la peur : elle distinguait un bruit de pas en bas, au rez-de-chaussée. Un bruit étouffé. Quelqu'un traversait le hall.

Malgré sa terreur, Meg rejoignit le palier et alla se pencher sur la rambarde. Elle voulait savoir.

— Qui est là ? appela-t-elle. Victor, c'est toi ?

Mais le silence était retombé sur la maison — du moins à l'intérieur. Au-dehors, le vent hurlait toujours. Comme elle avait laissé toutes les lampes allumées lorsqu'elle était montée, la vive clarté qui régnait au rez-de-chaussée semblait se moquer de ses frayeurs. Et derrière la fenêtre du palier, une branche heurtait régulièrement le verre épais du vitrail.

Meg s'affala contre la rampe, le cœur battant de façon désordonnée. Ce n'étaient donc pas des pas… Ce qu'elle avait entendu n'était sans doute que le bruit de ce rameau qui tapait contre une vitre… Il n'y avait personne d'autre qu'elle dans la maison. D'ailleurs, le système de sécurité était branché ; si quelqu'un avait voulu entrer, les alarmes se seraient déclenchées.

Sauf s'il s'agissait de Victor, pensa soudain Meg. Victor qui connaissait le code…

Elle repoussa aussitôt cette idée. C'était ridicule ! Victor était en voyage d'affaires. S'il était rentré durant son absence, la limousine se serait trouvée dans le garage.

Meg s'obligea à retourner dans sa chambre. Elle se fit couler un bain et y passa un long moment. Puis elle descendit dans la cuisine, vêtue d'une chemise de nuit et d'un peignoir, pour se préparer un chocolat chaud.

Une fois sa tasse rincée, elle remonta à l'étage et choisit un livre parmi une pile posée sur le secrétaire. Elle s'allongea sur son lit et lut jusqu'à ce que ses paupières soient trop lourdes et que sa tête dodeline de fatigue. Alors, elle éteignit sa lampe et resta immobile dans le noir, écoutant le hurlement du vent et la respiration silencieuse de la grande maison.

De nouveau, un bruit la tira d'un sommeil nerveux et agité. Cette fois encore, il lui sembla entendre des pas qui se dirigeaient vers l'escalier. La gorge nouée, incapable de respirer, Meg sentait son cœur battre sourdement dans sa poitrine oppressée. Et elle guettait toujours les pas qui approchaient lentement, lentement…

Ils s'arrêtèrent soudain, et elle n'entendit plus rien. En nage, Meg se redressa dans son lit et ralluma. Le téléphone ! Il fallait absolument qu'elle appelle quelqu'un, n'importe qui, juste pour entendre une voix rassurante à l'autre bout de la ligne.

L'hôpital, décida-t-elle. Elle allait appeler l'hôpital et s'enquérir de la santé de Dommie, ou encore demander à Filomena si elle avait besoin de quelque chose. Elle ne dérangerait personne, puisqu'il y avait des gens de service toute la nuit. Du reste, Filomena ne devait pas dormir non plus. Ce serait si bon de pouvoir lui parler un moment et d'entendre une voix familière…

Meg chercha fébrilement le numéro de l'hôpital parmi une liste d'urgence posée sur la table de chevet, le trouva enfin et souleva le combiné.

Il n'y avait pas de tonalité.

« La ligne a dû être coupée par la tempête », se dit aussitôt Meg. Cette explication ne parvint pas à endiguer le flot de terreur qui l'empoignait. Une terreur si intense qu'elle fut prise de nausée. Reposant le combiné, elle se pelotonna sur son lit, les genoux serrés contre elle, les yeux rivés aux doubles rideaux qui dissimulaient la baie vitrée.

Ses lèvres se mirent à trembler, elle étouffa un gémissement de panique.

Puis, d'un seul coup, elle éprouva un besoin irrépressible de quitter cette maison. Elle réfléchit fiévreusement, à la recherche d'un endroit où aller.

Chez Jim Leggatt ! pensa-t-elle. Oui, elle allait se réfugier à côté.

La pensée que Trudy, si chaleureuse, si rassurante, ne se trouvait qu'à une centaine de mètres d'elle lui rendit un peu de courage. La gouvernante de Jim lui offrirait un lit pour la nuit et un verre de liqueur « maison » afin qu'elle se remette de ses émotions. Au matin, quand il ferait jour, ces terreurs nocturnes paraîtraient à Meg aussi puériles et inoffensives que les cauchemars qui éveillaient parfois Dommie.

Meg s'habilla en hâte, prit ses clés dans la commode et se précipita en bas. Elle enfila son imperméable et emprunta le couloir qui menait au garage, dans l'idée de sortir par la porte latérale et de couper à travers le jardin pour rejoindre la maison voisine.

Dans le garage, elle regarda autour d'elle et se demanda de nouveau si Victor avait pu rentrer pendant qu'elle n'était pas là. Mais il n'y avait que deux véhicules, le 4x4 boueux qu'elle avait ramené un peu plus tôt dans la soirée et sa petite Thunderbird blanche.

Ou plus exactement la Thunderbird de Lisa, corrigea-t-elle en s'arrêtant près du cabriolet. C'était dans cette voiture que quelqu'un l'avait installée à son insu. L'avait-on droguée, avant de la pousser dans le vide ?

Même si la situation devenait de plus en plus complexe et embrouillée, Meg était à présent fermement convaincue d'une chose : la ou les personnes qui avaient manigancé cet accident avaient voulu la faire mourir.

Elle se hâta vers la porte latérale, n'oubliant pas de composer le code de sécurité avant d'éteindre les lumières et de tourner la poignée.

Ce fut à cet instant qu'une voix l'appela doucement depuis l'intérieur de la maison.

— Meg ?

Elle pivota sur elle-même et contempla le garage, dont la porte de communication avec la maison était restée ouverte. Figée, elle gardait les yeux fixés sur le couloir éclairé. Avait-elle bien entendu ? Ou bien cet appel n'était-il qu'une nouvelle illusion ?

— Qui est là ? demanda-t-elle.

Sa question résonna de façon lugubre dans le silence.

— Il y a quelqu'un ?

— Meg, viens m'aider ! reprit la voix. Je t'en prie, viens…

Meg frissonna violemment. La voix qui venait de s'adresser à elle était identique à la sienne.

26.

Meg lâcha la poignée de la porte. Elle revint en arrière de quelques pas.

— Lisa ? chuchota-t-elle, scrutant la zone d'obscurité qui la séparait du couloir éclairé. Lisa, où es-tu ?

— A l'intérieur, répondit la voix. Dans la maison. Viens vite, je t'en prie !

Meg s'avança vers la porte ouverte ; elle passa devant le cabriolet et contourna l'un des flancs boueux du 4x4. Soudain, elle se laissa tomber sur un genou et s'accroupit devant le véhicule, retenant son souffle.

Des pas résonnaient derrière elle, étouffés par le sol de béton. Ils ralentirent leur allure en même temps qu'elle, puis stoppèrent quand elle s'arrêta.

Meg se blottit contre le lourd pare-chocs avant de la voiture, à l'affût du moindre son. Malgré le vacarme de la pluie sur le toit de tuiles, elle entendait quelqu'un respirer. Le souffle était régulier, contrôlé, en même temps qu'il résonnait comme une terrible menace.

Saisie d'épouvante, Meg tenta d'évaluer la distance qui la séparait de la porte ouverte et du triangle lumineux dessiné sur le sol du garage. La personne tapie derrière elle dans le noir devait se trouver à deux ou trois mètres encore, cachée derrière la Thunderbird. Si elle se levait et s'élançait en courant, elle pourrait sans doute atteindre la porte avant elle — ou lui — et la fermer aussitôt, emprisonnant l'inconnu dans le garage.

Elle fixa la porte. Devait-elle prendre le risque d'avertir Lisa à mi-voix avant de s'élancer ? Au désespoir, elle tâta le sol à la recherche d'un objet, n'importe lequel, susceptible de lui servir pour se défendre.

Mais elle ne trouva rien à sa portée, sauf quelques sacs de ciment empilés près de la porte. Elle se rappela que des ouvriers étaient venus la veille, afin de consolider un mur de soutien affaibli par la pluie incessante. Ils avaient dû entreposer leur matériel dans le garage...

Un bruit furtif, derrière elle, interrompit net ses pensées. Son adversaire contournait le camion... Meg eut la vision d'un grand prédateur qui rampait vers elle dans le noir et bandait ses muscles, prêt à bondir.

Elle tira son trousseau de clés de sa poche et le tint serré dans sa main, pointant en avant une longue clé fine. Puis, galvanisée par un nouveau sursaut de terreur, elle jaillit hors de sa cachette et se jeta vers la porte ouverte.

Des bras se fermèrent sur elle. Elle se retrouva prise dans un véritable étau, maintenue si étroitement que ses efforts pour se débattre ne servaient à rien. Une main gantée de noir s'abattit sur la sienne, lui arracha les clés, avant de lui tordre le bras dans le dos.

Meg poussa un cri de douleur et se laissa aller en avant ; elle n'offrait plus aucune résistance, à présent.

— Voilà qui est mieux, chuchota à son oreille une voix d'homme tandis qu'un souffle brûlant lui effleurait la nuque. Ne bouge pas, Meg. Si tu te tiens tranquille, tu n'auras pas mal du tout.

Il y eut un bref silence, brisé par un rire moqueur.

— Enfin... pas du tout, c'est beaucoup dire. Tu souffriras peut-être un peu, petite, mais ce sera vite terminé.

— Clay ! s'exclama Meg.

Elle chercha à tourner la tête afin d'apercevoir son assaillant.

— C'est vous, n'est-ce pas ?

— Boucle-la ! répliqua-t-il en imprimant une méchante secousse à son bras.

Meg sentit qu'il s'emparait de ses poignets et les ligotait avec une sorte de bande élastique. Elle se mordit la lèvre, les yeux rivés au rectangle de lumière qui représentait tant pour elle, et s'efforça de se calmer.

— Où est Lisa ? demanda-t-elle.

— A l'intérieur de toi, petite...

Cette fois, il n'y avait plus de doute. Son agresseur était bien le jeune homme plein de charme qui se montrait si tendre avec elle durant ses nombreuses visites, et qui se prétendait le cousin de Lisa.

— Tu es dotée d'une personnalité multiple, tu te souviens ? ajouta-t-il d'un ton moqueur. Ta psychiatre elle-même en est convaincue.

— C'est faux ! Lisa est ma sœur jumelle, vous le savez très bien !

— Des jumelles ? s'exclama Clay en simulant la surprise. Tiens donc ! Cette théorie me semble très intéressante. Et qui t'a donné cette idée, mon cœur ?

— Je me suis rendue à Reno, comme vous l'avez fait, et j'ai parlé au vieux médecin qui nous a mises au monde, Lisa et moi.

— Brillante, avec ça ! Dommage que tu n'aies pu te confier à personne, hein ? Parce que personne d'autre que nous trois ne connaîtra jamais la vérité au sujet de ces deux petites filles identiques…

Il la maintenait toujours d'une poigne de fer. Le souffle court, Meg se tortilla une nouvelle fois pour tenter de le voir.

— Où est Lisa ? s'enquit-elle. Qu'avez-vous fait d'elle ?

Du coin de l'œil, elle eut l'impression de distinguer une silhouette noire. Clay portait un pull noir, un bonnet noir, et son visage hâlé était maculé de noir de fumée. Soudain, elle sentit un pouce et un index s'enfoncer dans son cou, et elle hurla.

L'homme relâcha légèrement la pression, l'immobilisant toujours de son autre bras.

— Qu'est-ce que tu fabriques ? cria-t-il en direction du couloir. On ne va pas rester ici toute la nuit !

— J'arrive ! répondit une voix de femme. Où est-elle ? Je ne veux pas qu'elle me voie.

— Elle te voit chaque jour dans son miroir, rétorqua Clay.

De nouveau, il tordit le bras de Meg, et il ajouta :

— Allez, viens ! Depuis quand es-tu si timide ?

Il obligea néanmoins Meg à pivoter et à se tourner vers le fond du garage tandis que l'autre personne entrait.

— Qu'est-ce que tu fabriquais ? maugréa Clay.

— J'essayais de trouver quelque chose d'assez gros. Dommie a un tas de jouets, mais ils sont tous minuscules.

— Lisa ? murmura Meg en tâchant vainement de regarder en arrière, par-dessus l'épaule de Clay. Lisa, c'est toi ? Aide-moi !

— Tu ne peux pas la faire taire ? répliqua l'autre femme d'un ton nerveux. L'entendre me donne la chair de poule.

Clay reprit Meg contre lui, puis chercha sa bouche et lui fourra un gros mouchoir à l'intérieur ; il l'enfonça si fort que les mâchoires de la jeune femme se contractèrent douloureusement. Elle en eut les larmes aux yeux.

— Maintenant elle ne parlera plus, déclara-t-il avec une satisfaction cruelle. Pose ce truc-là, près de la porte. Non, un peu plus dans le coin. Rappelle-toi : elle est entrée et sortie à plusieurs reprises, le gosse n'est pas à la maison en ce moment, il faut que ce machin soit passé inaperçu jusqu'à ce que…

— Je sais, je sais, coupa la femme d'un ton irrité. Nous avons répété des centaines de fois.

Meg tremblait. Le bâillon enfoncé dans sa bouche lui donnait envie de vomir. On la tira vers l'avant du garage, jusqu'à la porte, puis on la hissa dans le couloir. Les pas de l'homme et de la femme l'accompagnaient.

L'un des camions de Dommie était posé au sol juste devant l'entrée. Dans le triangle de lumière, ses jolies roues carmin brillaient de façon incongrue. Meg reconnut le petit bonhomme en plastique installé au volant, coiffé d'un minuscule casque jaune, ainsi que la cordelette vert vif qui servait à tirer le jouet.

— Tu vois ce camion ? susurra Clay, derrière elle. Les petits garçons ne devraient pas laisser traîner leurs jouets, pas vrai, Meggie ? N'importe qui peut glisser dessus et se faire très mal en tombant. C'est très dangereux.

Sur ces mots, il la poussa violemment en avant. Les pieds de Meg butèrent sur le camion, et il lui sembla s'envoler vers les profondeurs du garage. Elle alla heurter les sacs de ciment, puis le mur, derrière, avant de s'effondrer sur le sol.

— Pauvre Meg, murmura Clay.

Il s'agenouilla au-dessus d'elle et, alors qu'elle cherchait à se redresser, il l'obligea à s'allonger par terre, à plat ventre.

— La malheureuse a trébuché sur ce vilain camion, elle s'est cognée très fort et elle ne peut plus se relever. Et tu sais quoi ? Le moteur de sa voiture tournait encore. Devine ce qui va lui arriver…

Couchée de tout son long, la joue pressée contre le sol de béton, Meg roulait des yeux épouvantés. Elle chercha encore à voir Clay, sans plus de résultat. Il se trouvait derrière elle et la bloquait au sol en lui pressant un genou entre les omoplates. Des ondes de souffrance la traversaient de part en part ; elle respirait par à-coups, douloureux.

— Est-ce qu'elle a les clés ? demanda la femme.

Meg se raidit pour tenter de l'apercevoir, elle aussi, mais le buste noir qui la dominait lui cachait tout le reste.

— Elle les tenait à la main ! répondit Clay d'un ton amusé. Toute prête à se défendre avec, la jolie. C'est un sacré petit numéro, ta sœur. Une vraie tigresse.

— Arrête, Clay, chuchota sa compagne. Bon sang, on croirait que ça te plaît, tout ça !

— Tu n'aimes pas, toi ? Après avoir tiré des plans sur la comète pendant des mois, tu ne trouves pas ça chouette de passer enfin à l'acte, petite ?

— Tais-toi et donne-moi ces foutues clés.

Il fouilla dans sa poche et tendit le trousseau, sans relâcher sa pression sur le dos de Meg.

Celle-ci, à moitié étouffée par le tissu qui lui emplissait la bouche, entendit le bruit du moteur qui démarrait, non loin d'elle. Pendant ce temps, des mains s'activaient sur ses chevilles, liant ses jambes ensemble avec la même bande élastique.

— Tu saisis ce qui va se passer, Meg ? demanda Clay en se penchant sur elle. Un de ces faits divers, banals et tristes, comme il s'en passe tous les jours. Un accident bête. Lisa Cantalini était seule chez elle, cette nuit. Comme elle était très perturbée, ces derniers temps, elle a dû prendre peur et éprouver une subite envie de partir, malgré ce temps de chien. Elle est descendue dans le garage, a mis le 4x4 en route, puis elle s'est rendu compte qu'elle avait oublié quelque chose et elle a voulu retourner dans la maison. Mais elle a trébuché sur le camion du gamin et s'est assommée en tombant…

Meg l'écoutait avec horreur. A hauteur de ses yeux, elle apercevait le jouet renversé contre le mur et deux pieds fins, ainsi que des chevilles minces.

— Bien sûr, poursuivit Clay, le coroner pourrait avoir des soupçons, s'il te découvrait bâillonnée et ligotée comme ça. Mais ne t'inquiète pas, petite : tout disparaîtra dès que tu seras endormie, asphyxiée par les émanations du moteur. Quand nous aurons tout remis en ordre, nous filerons et tu ne seras plus qu'un chiffre de plus dans les statistiques des accidents domestiques. La pauvre Mme Cantalini, quelle fin stupide !

Meg grogna et s'agita, essayant sans trop d'espoir de défaire les liens de ses poignets.

— Et ce pauvre Victor ! poursuivit Clay d'une voix douce et rêveuse. Une première épouse morte en tombant dans l'escalier, la seconde asphyxiée dans son garage. Cela pourra peut-être sembler un peu bizarre… Mais il n'y aura aucun problème. Comme la première fois. Un autre accident, voilà tout… Le sort qui s'acharne sur lui.

Il gifla Meg, qui s'immobilisa aussitôt.

— Pour l'amour du ciel, Clay, tais-toi ! répéta la femme d'une voix crispée. Quel besoin as-tu de tout lui dire ?

— Détends-toi, chaton. Il n'y a aucune inquiétude à avoir.

Clay se releva, enfin, et Meg connut un bref instant de soulagement en se sentant délivrée de son poids. Elle poussa une plainte et tourna la tête de l'autre côté. La joue collée au béton, elle aperçut de nouveau les chevilles fines. Alors, elle leva les yeux et découvrit un visage si semblable au sien que le choc l'emplit de nouveau d'une violente nausée. Eperdue, secouée de spasmes incontrôlables, elle fixait ces prunelles d'un bleu sombre rivées aux siennes.

Lisa resta longtemps accroupie auprès d'elle, à la dévisager avec une expression indéchiffrable. Puis elle tendit une main gantée et caressa le front de Meg, repoussant ses boucles emmêlées.

Elle murmura quelque chose, auquel Meg ne comprit rien. Puis, finalement, elle se redressa et quitta le garage sans un regard en arrière, suivie de Clay.

La porte se ferma sur eux. Meg se retrouva seule, allongée dans une obscurité absolue, avec ce moteur qui ronflait près d'elle. Elle s'efforçait de respirer le moins possible, afin de ne pas inhaler les vapeurs mortelles qui emplissaient peu à peu l'air du garage et rampaient insidieusement vers elle.

Soudain, elle entendit une sonnerie, longue, insistante, et se demanda si le téléphone avait été rétabli. Elle comprit peu après que c'était dans sa tête, que cela sonnait. Elle laissa ses paupières se fermer ; son corps lui semblait lourd, très lourd. Trop lourd pour qu'elle puisse bouger.

Au bout d'un laps de temps interminable, elle perçut un mouvement. Vaguement, elle se rendit compte qu'on lui ôtait son bâillon et que l'on retirait les liens qui immobilisaient ses membres. Puis elle se retrouva seule dans l'obscurité, comme avant, bercée par le ronronnement doux et régulier du moteur.

Elle comprit qu'elle était libre de ses mouvements, désormais, et qu'elle pouvait se lever si elle le désirait. Mais elle avait trop sommeil. Bien trop sommeil…

« Je vais dormir un peu, songea-t-elle en se recroquevillant sur le sol. Juste un peu… Après, je me lèverai. »

Elle se sentait délicieusement bien, maintenant. Dans un univers doux, serein. Avec un sourire satisfait, elle se laissa sombrer dans le néant.

Le camion de Jim fonçait sous la pluie, filant droit vers le nord.

A la nuit tombée, il longea Cedar City et continua de rouler.

— Plus que la moitié…, marmonna-t-il pour se donner du courage.

Tandis que l'autoroute s'élevait, il jeta un coup d'œil vers le bas-côté et songea à la façon dont la voiture de Lisa avait été expédiée par-dessus le bord de la falaise, avec Meg à l'intérieur.

Il secoua la tête. Comment avait-il pu être aussi aveugle, se laisser duper aussi aisément ? Il aurait dû comprendre depuis le début qu'il avait affaire à deux femmes distinctes, et non à une double personnalité !

Tout ça, se dit-il en plissant les paupières pour tenter de voir quelque chose à travers le déluge qui s'abattait sur le pare-brise, c'était à cause de cette psychiatre. Les gens se montraient trop crédules, face à des professionnels…

Au lieu de gober cette histoire abracadabrante, il aurait mieux fait de se fier aux réactions de son propre corps. Elles étaient claires, elles : alors qu'il n'avait jamais pu souffrir Lisa Cantalini, Meg l'avait aussitôt attiré. Quelque chose en lui avait perçu la différence, qu'il n'avait pourtant pas été fichu d'écouter.

Avec un grognement, il accentua sa pression sur la pédale de l'accélérateur, espérant avec angoisse qu'il arriverait à temps. Il essayait de ne pas se torturer inutilement en imaginant ce qui pouvait se passer en ce moment même à Salt Lake. Tout ce qu'il savait, c'était que Meg était en danger.

Il pleuvait toujours à verse, et le vent soufflait par violentes bourrasques, lorsque Jim arriva enfin chez lui, vers minuit. Sans se soucier des flaques d'eau qui constellaient la cour, il se rua vers la maison et pénétra en trombe dans la cuisine, faisant sursauter Trudy. La gouvernante regardait la télévision, confortablement installée auprès d'un petit bonhomme au crâne dégarni, vêtu d'un pantalon de velours et d'un cardigan.

— Jim ! s'exclama-t-elle, stupéfaite. Je ne vous attendais pas avant plusieurs jours !

— Il y a eu de l'imprévu. Trudy, savez-vous si…

— Voici Oswald, coupa Trudy en désignant son compagnon. Oswald, je vous présente mon patron, Jim Leggatt.

Jim salua l'homme d'un signe de tête distrait. Il remarqua néanmoins la rougeur qui envahissait le visage rond de sa gouvernante, et se dit avec un mélange de tristesse et de détachement qu'elle était amoureuse. Sans doute allait-elle le quitter bientôt, emmenant ses chèvres, ses confitures, son vin de pissenlit, mais aussi ses rires, ses commérages et ses opinions bien tranchées. Elle lui manquerait. Enormément.

Mais le moment était vraiment mal choisi pour songer à cela.

— Trudy, est-ce qu'il y a quelqu'un, à côté ? demanda-t-il.

— Dommie est à l'hôpital et Filomena passe la nuit avec lui. Pourquoi ?

— Est-ce que Victor est rentré ?

— Je ne crois pas. Mais sa femme est là, elle.

Jim se crispa.

— Elle est là ? Comment le savez-vous ?

— Toutes les lumières sont allumées. Et je l'ai vue arriver il y a quelques heures avec le 4x4. Juste après dîner, il me semble. Elle a dû accompagner Filomena et Dommie, puis rentrer tout de suite après.

— Vous n'avez rien entendu, d'ici ? insista Jim d'un ton pressant. Pas d'autre voiture ? Ni d'allées et venues d'aucune sorte ?

— Pas que je me souvienne.

Trudy se leva et vint le rejoindre sur le pas de la porte, l'air inquiet.

— Qu'y a-t-il, Jim ? Que se passe-t-il ?

— Je ne sais pas exactement. Le téléphone fonctionne-t-il ?

Saisissant le combiné, tout proche, Trudy le porta à son oreille.

— Le nôtre a l'air de marcher, oui.

— Faites le numéro des Cantalini, ordonna Jim.

Déjà, il se dirigeait vers son bureau pour y prendre une arme.

La gouvernante lui jeta un nouveau coup d'œil alarmé, puis s'exécuta. Deux minutes plus tard, elle alla le rejoindre ; il était en train de choisir un fusil, une carabine Winchester à la crosse épaisse.

— Ça sonne, ça sonne, mais personne ne répond, annonça-t-elle.

Jim vérifia la carabine, puis ouvrit un tiroir fermé à clé et prit une poignée de cartouches. Il chargea le fusil et mit le reste des munitions dans sa poche.

— Et vous ne l'avez pas vue ressortir ? demanda-t-il.

Trudy fit signe que non.

— Oswald est arrivé vers 20 heures, et depuis nous regardons la télévision. Elle a pu repartir sans que je m'en aperçoive.

— Je me demande si leur ligne n'a pas été coupée ! marmonna Jim.

— Allez-vous me dire ce qui se passe, oui ou non ? s'exclama la gouvernante.

Elle écarquilla les yeux, abasourdie, quand Jim la bouscula sans ménagement pour quitter la pièce, son arme à la main.

— Attendez quelques minutes ! lui lança-t-il. Si je ne vous ai pas donné de nouvelles d'ici là, appelez la police.

— Jim ! gémit Trudy, rejointe dans le couloir par un Oswald visiblement déconcerté. Pour l'amour du ciel…

Mais Jim avait déjà claqué la porte derrière lui.

Il courait à toutes jambes vers la villa voisine, sans se soucier de la pluie ni de la boue dans laquelle il pataugeait. Arrivé aux abords de la propriété, il se tapit dans l'ombre d'un grand cèdre.

Trudy avait dit vrai : la plupart des lampes brillaient. A travers le rideau de pluie, il pouvait distinguer la cuisine illuminée, le vestibule, le salon et même une lumière au premier, derrière la fenêtre où Meg avait passé des heures à contempler tristement ses chevaux, immobile dans son peignoir de soie bleue.

Comme une prisonnière, pensa Jim. Elle était retenue dans cette chambre, à l'écart de tous, prise au piège d'une machination infernale destinée à lui faire croire qu'elle avait perdu à la fois l'esprit et son identité.

Une rage subite l'envahit, ainsi qu'une émotion si profonde et si violente qu'elle le fit frissonner. Il se ressaisit et entreprit d'évaluer au plus vite la situation.

Le garage était situé à l'arrière de la maison, et il ne pouvait donc savoir s'il était éclairé aussi. De toute façon, cela ne voudrait rien dire : si Meg, effrayée, avait décidé de partir, les lumières se seraient sans doute automatiquement éteintes aussitôt le portail refermé.

Jim espérait de tout son cœur que c'était le cas, qu'elle était retournée passer la nuit en ville avec Filomena, et que ses craintes n'étaient pas fondées.

Et si les choses s'étaient passées ainsi, se promit-il, il ne la laisserait plus jamais seule. Il ne la quitterait plus des yeux jusqu'à ce qu'il ait découvert qui la menaçait, et pourquoi.

Les mains crispées sur son fusil, il se faufila en courant jusqu'à la porte d'entrée, vérifiant toutes les fenêtres au fur et à mesure qu'il les longeait. Elles étaient toutes bien fermées, et la maison silencieuse.

Devant la porte d'entrée, il hésita. Devait-il sonner ? Il décida que non. Si Meg se trouvait à l'intérieur, aux prises avec un danger quelconque, la sonnette alerterait ses « ennemis », et cela ne servirait qu'à aggraver encore la situation. Jim se coula donc sur le côté et se dirigea à pas de loup vers l'arrière de la maison ; il passa entre la piscine et la terrasse, songeant qu'il pourrait ainsi peut-être jeter un coup d'œil dans le garage et voir quelles voitures s'y trouvaient.

Soudain, il entendit quelque chose.

Retenant son souffle, il se plaqua contre le mur et tendit l'oreille. Des voix lui parvenaient depuis la terrasse, non loin du garage, étouffées par le bruit de la pluie et emportées pour certaines par le vent.

Jim recula afin de se dissimuler sous les feuilles ruisselantes d'un lierre. Les doigts crispés sur sa carabine, il tendit le cou et s'arrangea pour épier à travers les longues lianes détrempées ce qui se passait à quelques mètres de lui.

27.

Une lampe-tempête sertie de laiton était allumée à l'autre bout de la terrasse. Elle jetait une lumière glauque sur les dalles mouillées et les deux individus blottis sous l'auvent.

Ils semblaient se disputer. Sans bruit, Jim contourna la treille et se glissa au plus près d'eux, sous le couvert d'un muret, plongé dans la pénombre. Là, il s'accroupit et tenta de saisir leurs paroles.

Le plus grand des deux eut un geste de colère, puis il s'éloigna légèrement et tourna un instant son visage du côté de Jim. Aussitôt, bien qu'il ne l'ait aperçu qu'à deux ou trois reprises, celui-ci identifia Clay Malone, le « cousin » de Lisa — celui dont les visites clandestines déplaisaient si fort à Trudy. Ce soir-là, il était entièrement vêtu de noir et portait un bonnet enfoncé sur son front ; des traces sombres maculaient sa peau mate et lui donnaient l'allure d'un agent secret ou d'un monte-en-l'air.

Son compagnon, ou plutôt sa compagne, se montra à son tour. Une femme, également habillée en noir. Jim éprouva un soulagement intense en reconnaissant Meg. Mais lorsqu'elle se mit à parler, il se raidit de nouveau et serra plus fort son fusil. Il trouvait étrange la façon arrogante dont elle tenait sa tête, ainsi que l'expression de son visage…

Alors, d'un seul coup, une vague d'horreur l'envahit et il se renfonça dans l'ombre, couvert de chair de poule. Cette femme n'était pas Meg. C'était Lisa Cantalini.

— Je ne peux pas faire ça, disait-elle. C'est plus fort que moi, Clay, je ne peux pas.

— Pas faire quoi ? rétorqua-t-il en lui empoignant le bras pour la secouer avec violence. Allez, accouche !

— Je ne veux pas la laisser comme ça. Ce n'est… Ce n'est pas bien.

— Pas bien ? se récria l'autre avec un ricanement moqueur. Depuis quand te soucies-tu de ce qui est bien ou mal, poulette ? On ne va sûrement pas renoncer maintenant. Nous avons tout planifié en détail depuis des mois !

— Je sais. Mais quand je l'ai vue ainsi, quelque chose a changé.

— Qu'est-ce que tu projettes ? De la libérer, pour qu'elle aille raconter cette histoire à tout le monde ? C'est ça, que tu veux ?

Jim se détendit un peu. Au moins, Meg était-elle encore en vie. Quoi que ces deux-là aient prévu pour elle, ils n'avaient pas encore mis leur plan à exécution.

— Je n'ai pas envie de… de lui faire ça, répéta Lisa d'un ton buté.

— Je me fous de tes envies. Il ne s'agit pas d'un jeu, au cas où tu l'aurais oublié.

Il se rapprocha d'elle, se plaçant en face de Jim, et poursuivit son laïus :

— La femme qui se trouve là-dedans est ma cousine adorée, Lisa Cantalini. Elle a souscrit une assurance-vie d'un million de dollars à *mon* nom, et la somme doit être doublée en cas de mort accidentelle. Ce sont donc *deux millions de dollars* qui nous attendent, chérie. Pour une somme pareille, tu pourrais peut-être mettre tes scrupules dans ta poche.

— Mais qui te dit que la compagnie d'assurances paiera à coup sûr ? Il se peut très bien qu'ils refusent de verser l'argent sans un procès.

— Ils ont casqué pour Pauline, non ? Allez ! insista Clay en reprenant le bras de la jeune fille.

Elle se dégagea d'un mouvement brusque.

— Qu'est-ce que Pauline vient faire là-dedans ?

— Rien. Allez, petite, décide-toi. Nous n'avons pas de temps à perdre.

— Tu vas d'abord me répondre ! cria Lisa. Qu'as-tu voulu dire, au sujet de Pauline ?

Clay eut un sourire glacé.

— Réfléchis un peu, ma poule. Pauline est morte, Victor a touché un beau pactole et tu as eu le riche époux dont tu rêvais depuis toujours... Les accidents peuvent parfois se révéler très profitables, petite.

— Mais...

D'un geste lent, Lisa se frictionnait le bras.

— Pauline est tombée dans l'escalier. Filomena l'a vue.

— Ben voyons...

Le sourire de Clay était toujours aussi caustique. Lisa, elle, semblait de plus en plus déconcertée.

— Pourquoi Filomena aurait-elle dit cela si ce n'était pas vrai ? demanda-t-elle d'une voix tendue.

— Filomena est une fille intelligente. Elle sait très bien ce qui est bon pour elle — et aussi pour son petit garçon. Ecoute…

Clay se pencha vers elle.

— Personne n'a jamais émis le moindre doute au sujet de ce premier accident. Et on ne songera pas davantage à suspecter celui de cette nuit, à condition que nous gardions tous les deux notre calme. C'est ce qui importe.

Lisa devint plus pâle encore.

— C'était *toi*, Clay ? demanda-t-elle dans un souffle. C'est toi qui l'as poussée dans cet escalier ?

— Allez… Cessons de parler et filons d'ici.

Mais la jeune femme résista. Elle resta au bord de la terrasse, crispée, tandis que des torrents d'eau ruisselaient de l'auvent.

— Pourquoi ? demanda-t-elle. Qu'est-ce que tu avais contre Pauline ?

— Rien, répondit Clay d'un ton bref. J'ai rendu un petit service à Victor, c'est tout.

Lisa le dévisagea, l'air égaré.

— Mais… mais tu ne le connaissais pas encore, quand Pauline est morte ! Tu ne l'as rencontré que bien après, quand…

— Bon sang, Lisa, ce que tu peux être cruche ! Tu as toujours été tellement préoccupée de toi-même, de tes plaisirs, de tes caprices, que tu ne voyais même pas ce qui crevait pourtant les yeux.

— Je… je ne comprends pas…

— Victor et moi, on se connaît depuis un bon bout de temps, petite. On en a fait des affaires, ensemble. Et ça ne date pas d'hier, ni d'il y a deux ou trois ans…

Les sourcils froncés, la jeune femme s'écarta. Son compagnon lui décocha un sourire moqueur.

— Tu te rappelles cette soirée où tu m'as rencontré, dans ce bar ? Tu t'es crue très forte, hein ? Harponner un beau mec du premier coup et le ramener chez toi en cachette de ton mari…

Lisa écoutait son récit, figée.

— Victor avait tout manigancé, petite. C'est lui qui m'avait envoyé te draguer au bar.

— Victor a fait ça ? Mais… pourquoi ?

— Il avait l'impression que tu étais mûre pour une petite aventure, et il préférait placer quelqu'un de sûr près de toi pour te surveiller. Quitte même à te donner un avant-goût de ce qu'avait connu Pauline si tu allais un peu trop loin…

Epouvantée, elle leva les yeux vers lui.

— Victor aurait pu t'ordonner de me *tuer* ?

— Eh bien, c'était une possibilité, répondit Clay avec naturel. Toi et moi n'étions pas les seuls à avoir une grosse assurance-vie sur ta tête, poulette. Victor en possédait une aussi, et il avait déjà pu se rendre compte qu'une femme trop jeune et trop belle n'était pas un cadeau. Or, il n'avait pas la moindre intention de se laisser ridiculiser, pas après le sacrifice qu'il avait fait pour toi. Un meurtre, ce n'est quand même pas rien…

— Mais pourquoi… Est-ce qu'il était au courant du reste, aussi ? Lui as-tu dit que tu te rendais à Reno pour essayer de retrouver mes vrais parents ?

— Evidemment. C'était lui qui payait… Tu t'es crue maligne, hein, en me faisant passer pour ton cousin et en te servant de l'argent de Victor pour enquêter sur ton passé ? Pendant ce temps, il savait aussi bien que moi ce qui se tramait.

— Et Meg ? demanda-t-elle avec raideur. Etait-il au courant pour elle, aussi ?

Clay fit signe que non.

— Quand j'ai découvert l'existence de ta jumelle, j'ai pensé que toi et moi avions peut-être avantage à garder ce secret pour nous. Ce que Victor ignorait ne pouvait le faire souffrir. Lisa pouvait mourir, son mari et son cousin toucher l'assurance, et les choses s'arrêter là… A ses yeux, en tout cas.

— Et moi, Clay ? s'enquit Lisa d'un ton amer. Qu'est-ce que tu m'as caché, à moi ? Que préparais-tu en douce dans mon dos ? Comptais-tu me faire disparaître, après Meg, et garder tout l'argent pour toi ?

— Voyons, poulette, lui répondit-il du même air moqueur. Tu sais combien je t'aime…

Elle le considéra avec froideur.

— Victor a-t-il découvert quelque chose par la suite, au sujet de Meg ?

— Non. Il a toujours cru que c'était toi. Et tu sais quoi ? ajouta Clay avec un grand sourire. Ce cher vieux Victor s'était même remis à aimer sa femme… Si tu veux mon avis, ta sœur est beaucoup plus gentille que toi, mon cœur.

Son sourire s'évanouit.

— Victor m'a appelé quelques jours après l'accident, pour me dire que sa femme n'allait pas très bien et qu'il valait mieux que je la laisse tranquille. Le salopard ! grommela Clay avec un rictus mauvais. Après tout ce que nous avions connu ensemble, il a essayé de me jeter comme un vulgaire homme de main.

Lisa parut hésiter un instant. Puis, brusquement, elle tourna les talons et s'élança sous la pluie, courant à toute vitesse vers la maison.

Clay laissa échapper un cri de rage, se rua derrière elle et ne tarda pas à la rattraper. Il la ramena de force sur la terrasse, la tenant solidement par le bras tandis qu'elle se débattait et lui donnait des coups de pied. Puis, il se mit à la gifler. Ses coups étaient si violents que la tête de la jeune fille allait donner d'un côté, puis de l'autre.

Jim en avait assez vu. En deux bonds, il se retrouva derrière Clay et lui enfonça le canon de son fusil dans les côtes.

— Ça suffit ! déclara-t-il avec calme. Lâchez-la et mettez les mains en l'air. Avancez lentement vers la maison.

Clay libéra Lisa, qui s'effondra sur les dalles en gémissant. Comme Jim lui jetait un coup d'œil, Clay en profita pour essayer d'empoigner le fusil.

Jim tint bon et se mit à balancer l'arme en tous sens, de telle sorte qu'il parvint à frapper son adversaire au visage. Clay recula en vacillant, mais revint bientôt à la charge. Jim prit bien appui sur ses jambes, saisit la carabine par le canon et attendit. Cette fois, il abattit la lourde crosse de bois sur les épaules de Clay qui s'agenouilla, chancelant. Jim lui donna un dernier coup sur la tempe, afin de le mettre hors d'état de nuire ; l'autre s'avachit sur le sol et ne bougea plus.

Quand il vit une nappe de sang se déployer sous la tête de Clay, Jim détourna les yeux, au bord de la nausée, et alla rejoindre Lisa. Comme il l'aidait à se redresser, elle grimaça de douleur.

— Lisa ! appela-t-il. Où est-elle ? Où est Meg ?

La jeune femme le dévisagea sans comprendre. Son visage était meurtri ; du sang suintait de sa lèvre enflée. Et Jim dut se retenir pour ne pas la secouer.

— Dites-moi, vite ! la pressa-t-il. Où est Meg ?

— Dans… le… garage, murmura-t-elle enfin. Dépêchez-vous…

Jim se rua à travers la pelouse détrempée, trouva la porte du garage, essaya en vain de l'ouvrir. Elle était verrouillée. Il jura de frustration, puis appuya l'oreille contre la vitre, toute proche. Il avait cru entendre quelque chose et ne se trompait pas : une sorte de ronflement sourd faisait vibrer les carreaux, dominant par instants le vacarme de la tempête.

Ne comprenant pas l'origine de ce bruit étrange, Jim essaya de percer l'obscurité du garage. Rien ne bougeait, mais le moteur d'un des véhicules semblait tourner.

Alors, d'un seul coup, la lumière se fit dans son esprit, et il poussa un juron horrifié. Brandissant la crosse de son fusil, il l'abattit sur la vitre, qui se brisa, avant de se faufiler comme il put à travers l'ouverture, indifférent aux éclats de verre qui lacéraient sa peau et ses vêtements, et de se laisser rouler sur le sol en béton. Là, il se ramassa en un éclair et se coula entre les voitures, courbé en deux, s'arrêtant près du 4x4 pour couper le contact.

— Meg ! appela-t-il à mi-voix, la bouche sèche de terreur. Meg…

Il fouillait des yeux le garage, où l'atmosphère était devenue plus étouffante que dans un four, mais l'obscurité était trop intense pour qu'il distingue quoi que ce soit.

Et puis, alors qu'il se dirigeait à tâtons vers le rai de lumière qui filtrait sous la porte du couloir, il buta sur un corps.

Fou de peur, il pressa l'interrupteur qui se trouvait juste au-dessus et s'agenouilla une seconde près de la jeune femme. Sans plus s'attarder, il courut ouvrir les portes en grand. Une bourrasque d'air frais s'engouffra dans la pièce, portée par un coup de vent.

Jim retourna à l'intérieur et souleva Meg dans ses bras. Il la porta jusqu'à la porte et se pencha sur elle.

Elle était inerte, les membres mous. Sous la lumière crue des néons, son visage était d'une pâleur mortelle, et sa bouche rouge cerise. Du sang coulait d'une blessure cachée dans ses cheveux, souillant son cou et son oreille.

— Oh ! mon Dieu…, gémit-il en serrant sa tête contre lui pour la bercer. Oh ! Meg…

Tendrement, il la reposa par terre et se pencha pour presser les lèvres sur les siennes ; au désespoir, il espérait ainsi insuffler un peu de vie dans le corps immobile de la jeune femme. Du fond de sa panique, il mesurait l'amère ironie de la situation : c'était la première fois qu'il l'embrassait, et elle n'en savait rien…

Meg demeurait inerte. Et lui s'acharnait sur elle. Les joues ruisselantes de larmes, la gorge obstruée de lourds sanglots, il inspirait, soufflait, pressait les mains sur le buste de Meg, la suppliait de vivre.

La pluie le cinglait, transperçait ses vêtements, plaquait ses cheveux sur sa figure… Mais il ne se rendait compte de rien. Il n'avait même plus conscience du temps qui passait. Il ne s'arrêta pas un instant ni ne leva les yeux lorsque la plainte aiguë de sirènes lui parvint, dans la nuit, à travers la rumeur de la tempête.

Épilogue

L'hiver saupoudra le canyon de sa blancheur, qui céda la place aux verts tendres du printemps. Les saisons se succédaient, colorant le flanc des collines de leurs palettes, enflant et asséchant tour à tour le lit de la rivière.

Une année passa, un autre été vint, puis le froid s'abattit de nouveau sur les montagnes. La neige recouvrait la vallée, la rivière était gelée, les cèdres ployaient sous leur charge immaculée. La grande maison, parée pour Noël, resplendissait ; les bouquets de houx et les guirlandes lumineuses mêlaient leurs couleurs vives aux senteurs de pin, de cannelle, de pâtisseries en train de cuire.

Meg s'éveilla dans le petit matin brillant de givre et s'étira mollement, avec insouciance. Mais lorsqu'elle se remémora son programme de la journée, son sourire s'évanouit.

Elle roula sur le côté pour allumer sa lampe de chevet, puis s'adossa à une pile d'oreillers et se mit à réfléchir. Une petite tête brune se montra alors dans l'entrebâillement de la porte. Dommie, en pyjama jaune, jeta un coup d'œil à l'intérieur de la chambre et esquissa un sourire timide.

Meg lui rendit son sourire, avant de tapoter le matelas, à côté d'elle. L'enfant comprit qu'il pouvait venir. Il traversa la pièce en courant et grimpa joyeusement sur le lit.

Bientôt âgé de cinq ans, il avait perdu ses rondeurs de bébé pour devenir un « grand garçon ». Dès qu'il fut installé, il montra à Meg le bloc et la poignée de feutres qu'il tenait à la main.

— Je vais écrire au Père Noël ! annonça-t-il.

— Ah oui ? répondit Meg en remontant les couvertures sur lui. Et que vas-tu lui demander, chéri ?

— Une nouvelle luge et un super jeu de construction, pour bâtir des maisons. Comment ça s'écrit, Père Noël ?

— Tu n'es pas obligé d'écrire son nom, tu sais. A mon avis, un dessin suffira. Tu n'as qu'à le représenter avec les cadeaux que tu aimerais, et marquer Dommie en bas.

D'une grimace, le petit garçon exprima son scepticisme.

— Tu crois qu'il comprendra ?

— Mais oui. Le Père Noël comprend toujours les dessins des enfants.

Dommie hocha la tête, apparemment rassuré, et se mit au travail. Filomena parut à son tour ; et son visage mat s'éclaira quand elle découvrit le tableau que son fils et Meg formaient.

— Trudy vient d'appeler, annonça-t-elle. Oswald et elle seront avec nous pour le repas de Noël.

— Magnifique ! s'exclama Meg. Ils ne font pas une croisière dans les Barbades, cette année ?

— Ils partiront après les fêtes. Trudy n'a jamais aimé le mois de janvier ici, avec la grisaille et la neige.

— Aujourd'hui, en tout cas, il va faire un temps superbe. Parfait pour prendre la route.

La gouvernante s'avança dans la chambre et regarda par la fenêtre.

— Cette histoire ne me dit rien qui vaille, marmonna-t-elle. Je continue à penser que ce voyage est une imprudence, surtout dans votre état.

— Je sais ce que vous pensez, mais j'irai quand même, répliqua Meg avec bonne humeur. Ne vous faites aucun souci pour moi ; je serai très vite de retour.

Filomena tira les rideaux, puis se tourna pour contempler sa maîtresse.

— Quand il apprendra où vous êtes allée, il ne sera pas content.

Meg songea à son mari, et une vague de tendresse et de chaleur l'envahit.

— Peut-être, reconnut-elle en quittant son lit pour se rendre dans la salle de bains. Mais il s'en remettra. Dites-lui que je l'aime et que j'essaierai de rentrer avant la nuit.

Deux heures plus tard, Meg roulait à allure régulière vers le nord. Sa destination : la frontière de l'Idaho et, un peu plus loin encore, la région isolée qui s'étendait au-delà de Pocatello.

Vers midi, après avoir mangé le sandwich œufs-salade que Filomena lui avait préparé, elle consulta les panneaux indicateurs avec une nervosité croissante. Enfin, elle quitta la route principale et suivit une petite route secondaire pendant plusieurs kilomètres, avant d'arriver devant une clôture en fil de fer barbelé qui protégeait des édifices en béton répartis sur un terrain de vastes dimensions.

Une fois sa voiture garée, elle franchit un premier poste de sécurité, subit une fouille en règle dans une sorte de vestibule, puis fut introduite dans un parloir équipé d'une longue rangée de cabines comportant chacune un petit comptoir de bois et une chaise.

Meg prit place sur l'une des chaises, le cœur battant, et constata avec soulagement qu'elle était isolée des cabines voisines par de longs rideaux bleus. Les bras croisés sur la planche abîmée qui tenait lieu d'accoudoir, elle étudia la vitre qui lui faisait face ; un solide treillis métallique était inséré dans l'épaisseur du verre, et une série de petits trous percés à une trentaine de centimètres permettait de s'entretenir avec la personne qui se trouvait de l'autre côté.

Pour l'instant, la seconde chaise était vide.

Quand une porte s'ouvrit au fond de la salle, Meg leva les yeux et vit entrer un groupe de femmes vêtues de robes d'un bleu passé, encadrées par des gardiennes. L'une d'elles se détacha et s'avança vers Meg.

Même dans cette tenue informe, même sans maquillage, Lisa Cantalini était superbe, sa démarche souple et gracieuse. Elle s'assit et s'appuya nonchalamment au dossier de sa chaise.

— Tiens, tiens..., murmura-t-elle. Voyez donc qui est ici...

Embarrassée, Meg changea de position. Elle n'avait pas revu sa sœur en tête à tête depuis plus de deux ans, depuis que Lisa et Clay l'avaient abandonnée dans le garage. Et comme en cette nuit lointaine, elle fut de nouveau abasourdie par l'incroyable similitude de leur apparence ; elle avait l'impression étrange de s'être coupée en deux et d'avoir en face d'elle une autre elle-même, à la fois distincte et identique.

Lisa l'observait avec un demi-sourire, sans donner pour autant le moindre signe de vouloir engager la conversation. Meg s'éclaircit la gorge afin de dissiper sa gêne.

— Tu... tu as l'air en forme, déclara-t-elle enfin.

Lisa se mit à rire, sincèrement amusée.

— Bien sûr ! Je dispose d'un coiffeur et d'un maquilleur personnels, dans ce palace... Et puis, je n'ai rien d'autre à faire que de m'occuper de moi-même.

Meg se taisait, en quête d'un sujet de conversation.

— En fait, reprit Lisa en passant une main dans ses cheveux courts, je m'habitue à cette coiffure. Je portais les cheveux longs, avant.

— Je sais, j'ai vu tes photos. Pourquoi les as-tu fait couper ?

— Il fallait bien ! répondit sa sœur.

Elle paraissait étonnée par la question de Meg.

— Pourquoi ? demanda celle-ci.

— Mais... pour être comme toi, voyons !

Lisa semblait sidérée par sa candeur. De nouveau, Meg se trémoussa sur sa chaise, luttant pour dominer son malaise. Il y avait plus d'un an qu'elle se préparait à cette visite, qu'elle se blindait en vue de cet entretien, mais voir sa jumelle de si près, lui parler — sachant ce qu'elles avaient « partagé » — lui causait tout de même un choc.

— Je n'ai jamais réussi à tout comprendre, avoua-t-elle enfin. C'est pour cela que j'ai décidé de venir. Je voudrais... que tu m'expliques.

Lisa haussa les épaules.

— Si nous n'avions pas reconnu les faits, il y aurait eu un procès et tu aurais appris tous les détails.

— Je n'aurais jamais pu le supporter, déclara Meg avec un frisson. J'ai été tellement soulagée quand on m'a dit que je n'aurais pas à témoigner...

Elle baissa les yeux sur le petit comptoir, dans le bois duquel des initiales étaient gravées.

— Et puis, ajouta-t-elle, j'étais enceinte au moment où le procès aurait dû avoir lieu, et ma grossesse ne se passait pas très bien.

— Ah bon ? Et qu'est-ce que tu as eu ? s'enquit Lisa avec un intérêt sincère.

— J'ai fait une fausse couche à quatre mois.

Meg se mordit la lèvre et regarda de nouveau sa sœur.

— C'étaient des jumelles, murmura-t-elle.

— Sans blague ? Dans ce cas, remarqua Lisa avec un petit sourire ambigu, c'est probablement aussi bien.

Hochant la tête, Meg revécut un instant cette période terrible, durant laquelle son mari et elle avaient tant souffert.

— Je suis de nouveau enceinte, annonça-t-elle au bout d'un moment. Ce sera pour le mois de mai.

— Encore des jumeaux ?

— Non, pas cette fois.

— As-tu eu des séquelles ? demanda Lisa. A cause des gaz d'échappement, je veux dire...

— Rien de durable. Les dimensions du garage sont telles que la concentration de gaz n'était pas très forte ; je n'en avais pas inhalé une trop grande quantité lorsqu'on m'a trouvée. Mais je n'aurais sûrement pas tenu deux ou trois heures de plus...

Meg se tut. Comment pouvaient-elles aborder ensemble ce sujet ?

— A part ça, il paraît que tu as épousé le cow-boy ? reprit Lisa.

Aussitôt, Meg recouvra le sourire.

— Oui, j'ai épousé Jim Leggatt.

— Et tu vis dans sa maison ?

— Bien sûr.

— Ça ne te fait pas un drôle d'effet, d'avoir l'autre villa juste en face ?

— Au début, si. Mais la maison de Victor a été vidée et vendue assez vite. Elle a été achetée par un dentiste qui a cinq enfants. Le quartier est devenu très animé.

Lisa grimaça.

— Cinq gosses ! J'imagine ce que cela doit donner... J'adorais cette maison, tu sais, ajouta-t-elle avec une expression lointaine.

— Moi aussi. Je crois que nous avons les mêmes goûts pour beaucoup de choses.

— Sauf pour les hommes.

Meg se remémora l'étrange regard gris de Clay Malone et son charme inquiétant. Il était si différent de Jim, avec ses manières chaleureuses, sa gentillesse et son allure un peu bohème…

— C'est marrant qu'il soit tombé amoureux de toi, reprit Lisa. Je ne lui ai jamais beaucoup plu. Mais après tout, nous sommes deux personnes différentes, n'est-ce pas ?

— Oui, répondit Meg. Je le pense.

— En ce qui concerne Clay, je suis certaine qu'il projetait de me jouer un tour. Il aurait sans doute disparu après avoir touché l'argent de l'assurance.

— Je veux savoir pourquoi tu as fait ça ! déclara alors Meg en se décidant à franchir le pas. Etait-ce uniquement pour cet argent ?

Lisa baissa les yeux, suivant un graffiti du bout du doigt.

— Oui. C'était pour ça.

— Il n'y avait pas d'autre raison ?

— A priori, non. Quand nous avons découvert ton existence, nous nous sommes dit que la chance était avec nous. Si tu mourais à ma place, je pouvais toucher ma propre assurance-vie. C'était fantastique, non ?

Meg ne répondit pas à cette question.

— Mais comment m'as-tu trouvée ? reprit-elle. As-tu toujours su que tu avais une sœur jumelle ?

— Je l'ai appris par Clay, qui avait mené des recherches.

— Pourquoi prétendais-tu qu'il était ton cousin ?

— A ton avis ? rétorqua Lisa d'une voix moqueuse. Il fallait bien que je justifie ses nombreuses visites, et le fait que j'avais mis ma police d'assurance à son nom. Je croyais duper Victor… alors que c'était lui qui avait tout manigancé depuis le début. Il avait arrangé notre rencontre, afin que Clay puisse me surveiller sans arrêt. Une belle paire de salauds !

— Mais tu n'étais pas au courant pour Pauline, n'est-ce pas ?

— Le fait qu'ils l'aient tuée, tu veux dire ?

Comme Meg acquiesçait, Lisa secoua la tête.

— Non. Je ne me suis jamais doutée de rien. Jamais. Je croyais vraiment que la pauvre était tombée dans l'escalier parce qu'elle avait trop bu. Victor s'est comporté comme un idiot ! commenta-t-elle avec mépris. Il n'avait pas besoin d'en arriver là, nous nous serions mariés de toute façon. Je pense qu'il ne parvenait pas à assumer son sentiment de culpabilité, c'est tout. Il me voulait à tout prix ; mais chaque fois qu'il posait les yeux sur Pauline, il se sentait vraiment moche. Il l'a supprimée pour ne plus la voir, et ensuite, il m'a accusée de l'avoir poussé à commettre ce meurtre.

— Ce n'est pas Victor qui l'a assassinée, observa Meg.

Lisa haussa les épaules.

— Il a demandé à Clay de le faire, c'est pareil.

Son visage se durcit.

— Après leur arrestation, ils ont tout fait pour se blanchir, s'accablant l'un l'autre, à ce qu'il paraît. Quoi qu'il en soit, ils sont tous les deux derrière les barreaux pour quelques années, à présent, et j'en suis ravie.

— Tu t'en réjouis, vraiment ?

— Bien sûr. Ils auraient même mérité plus.

— Je croyais pourtant que tu aimais Clay...

— J'ignorais qu'il m'avait toujours menée en bateau. Je l'ai cru, quand il m'a raconté qu'il n'avait jamais rencontré Victor. Sans parler du reste…

— Moi aussi, je l'ai cru. Il me répétait sans arrêt que je ne devais rien dire à Victor de ses visites.

— Après l'accident, Victor lui avait ordonné de te laisser tranquille. Venir te voir était risqué, mais il fallait bien que nous sachions ce que tu devenais, et ce qui se passait à la maison. Nous ne pouvions pas nous permettre de tout flanquer par terre à ce moment-là.

— Et ça a failli réussir, murmura Meg. Si Jim n'était pas arrivé à temps…

— Jim Leggatt nous a toujours enquiquinés. Clay a fait de son mieux pour t'éloigner de lui en te racontant des sornettes à son sujet. Mais il n'a pu s'en débarrasser. Ton cow-boy était trop têtu.

— Quand as-tu su pour la première fois que j'existais ? s'enquit Meg. Si vous avez passé tout ce temps à mettre votre plan au point, cela devait remonter à un bon moment.

— Lorsque je suis tombée amoureuse de Clay, qui n'était pas mon cousin mais détective privé, j'ai dit à Victor que je voulais qu'il recherche mes vrais parents. Si ce n'était pas faux, il s'agissait surtout d'un prétexte pour permettre à Clay de venir plus souvent — et pour extorquer de l'argent à mon mari. Victor était horriblement radin, précisa Lisa avec rancœur. Si j'avais divorcé, comme je le souhaitais, il ne m'aurait pas donné un dollar. Il fallait donc qu'on trouve autre chose… Non seulement cette enquête était pour Clay l'occasion de toucher de beaux honoraires, mais nous espérions aussi que ma famille naturelle serait riche, et que nous pourrions leur soutirer une petite fortune.

— C'est ainsi que Clay s'est rendu à Reno...

Lisa acquiesça.

— Ma mère avait conservé l'adresse du cabinet d'avocats qui s'était occupé de l'adoption. Clay a retrouvé l'avocat, puis l'hôpital où j'étais née, et enfin l'accoucheur. Le vieux toubib était à moitié gâteux, mais il lui a quand même dit qu'il y avait eu deux bébés, et non un seul. Deux vraies jumelles... Quand Clay est rentré et m'a annoncé la nouvelle, j'en ai été...

Les lèvres serrées, elle s'interrompit. Meg se pencha vers elle, très tendue.

— Quoi ? insista-t-elle. Qu'est-ce que tu as ressenti ?

Lisa secoua la tête, lentement, les yeux fixés sur l'accoudoir de bois.

— Ça m'a rendue folle ! marmonna-t-elle. Je n'ai pas pu le supporter. C'était comme si mes pires cauchemars se réalisaient.

— Pourquoi ?

— Parce qu'au fond de moi je savais que tu existais. Je l'avais toujours su.

— Ta mère te l'avait laissé entendre ?

Lisa eut un rire âpre.

— Terry ? Sûrement pas ! Elle ne m'a jamais rien dit. Elle n'avait même pas eu le cran de m'avouer que j'étais adoptée.

— Dans ce cas, comment...

— Même si cela peut paraître bizarre, je pense que je me souvenais de toi. A mon avis, j'ai dû naître la première.

Et il n'y avait pas dix minutes que l'on s'occupait de moi, que j'étais au centre de l'attention générale… vlan ! Tu es venue tout gâcher.

Meg la dévisageait avec une stupeur sans bornes.

— Mais… comment est-ce possible ? Nous ne sommes jamais restées ensemble. On a dû nous séparer tout de suite, puisque nous avons été adoptées alors que nous étions âgées de quelques jours seulement.

— Peu importe, le mal était fait ! répondit Lisa avec une ironie mordante. D'une manière ou d'une autre, tu étais gravée dans ma mémoire. Je savais que tu existais, que tu étais identique à moi… Bon sang ! Quand j'étais gamine, je te détestais de tout mon cœur.

L'intensité de cet aveu ébranla Meg.

— J'ai lu des livres à propos des jumeaux, expliqua-t-elle au bout d'un moment. Apparemment, il est assez courant que de vrais jumeaux séparés à la naissance aient plus ou moins conscience de l'existence de « l'autre ». Pour ma part, toutefois, je n'ai jamais rien ressenti de tel.

— Parce que tu n'avais aucune raison de t'embarrasser de ce genre de problème, toi ! Tu grandissais dans une famille qui t'aimait, tu jouais au base-ball, tu avais la passion des chevaux — et surtout, on te traitait comme une enfant normale.

— Peut-être…

Meg réfléchit un moment.

— En fait, je suis certaine que ton plan n'était pas aussi calculé que tu le pensais, dit-elle enfin. Tu ne voulais pas me tuer uniquement pour de l'argent, mais à cause de cette colère que tu ressentais depuis toujours.

— Possible…, murmura Lisa. Ce qui est sûr, en tout cas, c'est que la confirmation de ton existence m'a mise hors de moi. J'ai vraiment failli craquer. Et plus encore lorsque Clay t'a vue, et qu'il s'est mis à délirer sur notre ressemblance…

— Comment m'a-t-il retrouvée ?

— Il n'a eu aucun mal. C'est un détective, n'oublie pas, et un bon… Il a suivi ta trace, et celle de ton père, jusqu'à ce ranch-hôtel où vous étiez, à la fin. Là, il a découvert que tu t'étais enfuie parce que ton père avait tué un type.

Meg eut une pensée attristée pour le pauvre Hank, ses yeux au bleu fané et sa gentillesse maladroite.

— C'était terrible, murmura-t-elle. Je ne savais plus du tout où j'en étais. La période qui a suivi a été si floue qu'après l'accident je ne me souvenais pratiquement plus de rien. Je pouvais à peine répondre aux questions du Dr Wassermann. Et je ne connaissais personne, à Las Vegas.

— Clay avait découvert tout ça, aussi. Notre plan n'aurait jamais pu marcher si tu avais été en pleine possession de tes moyens, avec une vie organisée, une famille et des amis. D'ailleurs, nous n'avons commencé à y penser sérieusement que lorsqu'il s'est rendu compte de ton isolement. Tu étais aussi seule et perdue qu'un petit chien abandonné.

— Donc, le plan consistait à m'enlever, à me mettre dans ta voiture et à m'expédier dans ce ravin pour me tuer, c'est ça ?

— Oui. Mais tu n'es pas morte. Tu n'as pas cessé de nous mettre des bâtons dans les roues, ajouta Lisa avec un petit sourire.

Meg resta grave.

— C'est l'une des questions qui m'a toujours tracassée, reprit-elle. Pourquoi avoir pris le risque que je survive ? Pourquoi ne m'avez-vous pas tuée avant de me placer dans la voiture ?

— Nous y avons pensé, répondit Lisa de son ton le plus sérieux. Nous n'avons parlé que de ça, pendant des mois… Sans cesse, nous reprenions le plan de bout en bout, vérifiant chaque détail, envisageant les choses sous des angles différents. Tout était prévu : ton enlèvement, mon retour immédiat à Las Vegas pour prendre ta place dès le lendemain, afin que personne ne remarque ta disparition… Au bout d'un moment, tout cela n'avait plus rien de réel. Nous n'avions plus l'impression de préparer un vrai meurtre, je veux dire, de projeter la mort d'une personne vivante… C'était devenu une sorte de défi passionnant, un peu comme si nous écrivions un roman policier, tu vois ?

Silencieuse, Meg acquiesça.

— Te tuer avant l'accident était trop risqué, poursuivit Lisa. La première femme de Victor étant déjà morte dans des circonstances douteuses, nous savions que la police se livrerait à une enquête très poussée, cette fois — d'autant plus qu'il y avait cette histoire d'assurance… Nous ne pouvions pas nous permettre la moindre erreur. Il nous fallait espérer que tu serais tuée sur le coup…

— Et c'est là que le Dr Wassermann devait intervenir en cas d'échec, devina Meg.

Lisa eut un geste méprisant.

— Clara ne nous a posé aucune difficulté. Si tu ne mourais pas, il était évident qu'en te réveillant tu donnerais ton vrai nom, que tu maintiendrais ne pas t'appeler Lisa Cantalini. Il fallait donc que je sème les graines du doute… Quand Victor, au printemps, m'a suggéré de suivre une psychothérapie, j'ai sauté sur l'occasion. Clara Wassermann était la personne idéale : froide, terriblement ambitieuse, prête à tout pour connaître la gloire… N'importe qui sait reconnaître ses semblables, non ? conclut Lisa d'un air espiègle.

Meg ne répondit pas.

— Au fait, qu'est-elle devenue, Clara ? lui demanda sa sœur avec curiosité.

— Elle a quitté la ville quand vous avez été emprisonnés tous les trois.

— Lui a-t-on interdit d'exercer, ou un truc comme ça ?

— Personne n'a vraiment mesuré le rôle qu'elle avait joué dans cette histoire, je crois. Pour ma part, je n'avais pas envie de lui intenter un procès pour faute professionnelle ; elle aurait toujours pu se défendre en alléguant l'erreur involontaire. Il faut dire que tu t'étais montrée très convaincante, et que tu avais bien préparé le terrain.

Lisa lui jeta un coup d'œil amusé.

— Et où est-elle allée ?

— A Los Angeles, il me semble.

— Ce n'est pas une mauvaise idée… Là-bas, elle a des chances de trouver le cas tordu dont elle rêvait, non ?

Meg détourna les yeux. Elle n'avait aucune envie de s'étendre sur cette femme, dont l'ambition forcenée lui avait fait vivre des moments si terribles.

— Pour en revenir à notre histoire, poursuivit Lisa, je me suis sérieusement documentée sur les cas de personnalités dissociées, et en particulier de personnalités multiples. J'ai pu me rendre compte qu'ils étaient très rares, et que Clara serait donc ravie d'avoir à en traiter un. Alors, j'ai commencé à poser les premières pierres, dans l'hypothèse où tu survivrais. J'ai vite été convaincue qu'en quelques séances, ce cher Dr Wassermann réussirait à te troubler l'esprit au point que tu ne saurais plus qui tu étais vraiment. Et de toute façon, cette phase ne devait pas s'éterniser ; ce n'était qu'une étape intermédiaire en attendant que Clay trouve une solution plus… radicale.

— C'était vraiment très bien pensé, commenta Meg, qui avait suivi cet exposé avec la plus grande attention. Très, très bien pensé. J'ai encore du mal à croire que vous ayez pu inventer tout ça, à la vérité…

— Comme je te l'ai dit, nous y avons réfléchi pendant des mois. C'était devenu une sorte de jeu.

— Mais attends… Et cette femme, à Las Vegas ?L'autre Megan Howell ?

Lisa écarquilla les yeux.

— C'était moi, voyons ! s'exclama-t-elle. Qui d'autre aurait pu se faire passer pour toi ?

Soudain, Meg était complètement déroutée.

— Je ne comprends pas… Je ne te parle pas du mois d'août, mais d'avant. Au printemps, tu as dit à Clara que tu avais rencontré une certaine Megan Howell, que tu lui avais parlé à plusieurs reprises… Ce n'était pas moi, tout de même ?

Lisa éclata d'un rire plein de franche gaieté.

— C'étaient des bobards, espèce d'idiote ! Il fallait que j'invente un truc dans ce genre, pour préparer la suite. Sinon, personne n'aurait compris pourquoi Lisa Cantalini se prenait subitement pour quelqu'un d'autre…

— Alors, nous ne nous sommes jamais rencontrées à Las Vegas ? Je me suis demandé je ne sais combien de fois si je t'avais vue, à un moment ou à un autre, et puis oubliée avec tout le reste…

— Non, affirma Lisa. Nous ne nous étions jamais rencontrées. Ces prétendues discussions avec Megan Howell n'étaient qu'une partie du plan, rien d'autre.

— C'est si incroyable… Parfois, avoua Meg, je passe des nuits blanches à essayer d'imbriquer les détails les uns dans les autres, mais il y a toujours un élément qui m'échappe.

— Une fois encore, Clay et moi avons passé des centaines d'heures à mijoter ce plan — quand nous n'étions pas occupés à faire l'amour. Nous bâtissions des châteaux en Espagne, nous imaginions ce que nous ferions de tout cet argent. Mais après, quand…

Lisa s'interrompit.

— Quand quoi ? l'encouragea Meg. Qu'allais-tu dire ?

— Quand je t'ai vue dans le garage, cette nuit-là…

Elle jeta un bref coup d'œil à sa sœur, puis baissa de nouveau les yeux sur ses mains.

— Eh bien, d'un seul coup, tout a été différent. Tu étais là, en face de moi, je te regardais dans les yeux — et ce n'était plus un jeu. Brusquement, je me suis sentie… très mal à l'aise.

— Mais tu m'avais déjà vue auparavant, non ? La nuit où Clay m'a placée dans ta voiture, tu étais bien là pour l'aider ?

— Tu étais inconsciente, et il faisait très noir. Ce n'était pas la même chose.

— Je ne me rappelle rien de cette nuit-là, en effet, sauf du moment où j'ai quitté mon travail. Il avait dû m'administrer une sacrée dose de somnifère… Il faut du temps, pour aller de Las Vegas à Cedar City !

— Clay n'a pas besoin de drogues. Il sait très bien endormir les gens, quand il veut et comme il veut.

Avec un frisson, Meg se remémora soudain les doigts qui s'étaient posés sur son cou et avaient commencé de serrer doucement, très doucement… D'un geste réflexe, elle passa les bras autour d'elle.

— Et à l'hôtel, au Willows ? C'était encore lui, n'est-ce pas ? Comment s'était-il procuré les clés ?

— De la manière la plus simple. Pour celle de ta chambre, je me suis fait passer pour toi et j'ai demandé un double. Quant au verrou de sûreté, Clay a soudoyé une fille des bureaux pour en obtenir une empreinte. Mais tu avais trouvé un autre moyen de condamner ta porte…, ajouta Lisa avec un sourire. Clay était fou de rage.

— Jim m'a dit…

Gênée, Meg hésita.

— Il m'a dit que tu t'étais disputée avec Clay, la dernière nuit. Que tu voulais me sauver.

Un long silence passa. Soudain intimidées par l'évocation de ce lien qui les unissait en dépit de tout, les deux sœurs n'osaient plus se regarder. Des bribes de conversations leur parvenaient faiblement des cabines voisines tandis que le tic-tac régulier des aiguilles de la grande pendule accrochée au mur leur rappelait que l'heure touchait à sa fin.

Finalement, Meg s'éclaircit la gorge et leva les yeux.

— Comment est-ce, ici ? Est-ce que c'est très dur ? demanda-t-elle.

— Ça l'a été, au début. Mais je me suis habituée, et ce n'est plus si terrible. En fait, avoua Lisa avec une certaine réticence, c'est même assez intéressant. Nous avons des discussions en groupe, des séances de soutien, et je me suis fait quelques amies. Je n'avais jamais eu d'amies, auparavant ; même quand j'étais petite.

— Pourquoi ?

Lisa haussa les épaules.

— Terry m'habillait tout le temps comme une princesse, et me répétait que j'étais supérieure aux autres. Quand j'ai gagné mes premiers concours de beauté, mes camarades d'école n'ont plus voulu me parler. J'ai grandi en considérant les autres femmes comme des concurrentes, jamais comme des alliées. A présent, c'est différent.

Meg acquiesça, pensive.

— Et puis… je suis des cours universitaires, reprit sa sœur, presque timidement. J'espère obtenir ma licence l'année prochaine.

— Vraiment ? C'est formidable ! Dans quelle matière ?

— Psychologie, indiqua Lisa en souriant. Ces histoires de personnalités multiples m'ont tellement passionnée que j'ai eu envie d'en savoir plus. Après tout, si quelqu'un comme Clara Wassermann a le droit de soigner les gens, je ne vois pas pourquoi je ne pourrais pas en faire autant.

A cet instant, une gardienne parut derrière Lisa et dit quelque chose que Meg ne put comprendre, à cause de l'épaisseur des vitres. La jeune femme se leva. Meg l'imita, puis se pencha vers la glace perforée.

— Lisa…

Sa sœur, qui avait déjà tourné les talons, revint en arrière.

— Je t'ai apporté certaines choses, indiqua Meg. Tout cela devra être inspecté par la sécurité, mais je pense qu'il ne devrait pas y avoir de problèmes.

— Qu'est-ce que c'est ? demanda Lisa.

— Un peu de maquillage, du chocolat, des livres et des magazines, et quelques… quelques surprises pour Noël, balbutia Meg en s'empourprant quand elle vit sa sœur hausser les sourcils.

Puis Lisa sourit.

— Tu es vraiment incroyable, Meg ! murmura-t-elle. Vraiment incroyable.

— Tu sais, j'aimerais revenir, de temps en temps.

— Pourquoi ?

— Pour te voir. Pour te parler encore. Pas de ce qui est arrivé. D'autre chose. De la vie…

Le regard de Lisa s'assombrit, et elle se détourna pour cacher son visage à sa sœur.

— Si tu veux, répondit-elle par-dessus son épaule.

Sa voix était si étouffée que Meg distingua à peine ses paroles.

— Oui, tu peux revenir, si ça te dit…

Là-dessus, Lisa rejoignit la gardienne et disparut sans un regard en arrière. Meg resta un moment immobile, les yeux fixés sur la porte qui s'était fermée. Puis elle se décida à partir.

Dehors, l'après-midi tirait à sa fin, paisible. Elle se remit au volant de sa voiture, quitta l'enceinte de la prison, regagna la grande route et prit la direction de l'Utah.

Le soleil hivernal, déjà bas dans le ciel, jetait de longues ombres bleutées à travers champs. Soudain, le bébé bougea dans son ventre. C'était un mouvement très doux, aussi léger que le frôlement d'une aile de papillon, mais si chargé de tendresse et d'espoir en l'avenir que les yeux de Meg s'emplirent de larmes. Elle serra le volant à deux mains, admirant un faucon à queue rouge qui planait près de la route.

Au même moment, le soleil disparut derrière l'horizon ; ses derniers rayons enflammèrent d'or et de pourpre les ailes de l'oiseau. Meg sourit à travers ses larmes et elle suivit ce messager de feu qui lui montrait le chemin du sud, et de son foyer.

DANS LA MÊME COLLECTION

Par ordre alphabétique d'auteur

BARBARA BRETTON	*Le lien brisé*
JASMINE CRESSWELL	*La Manipulatrice*
JASMINE CRESSWELL	*Le secret brisé*
JASMINE CRESSWELL	*La mort pour héritage*
MARGOT DALTON	*Amnésie*
WINSLOW ELLIOT	*L'innocence du mal*
LYNN ERICKSON	*Le Prédateur*
TESS GERRITSEN	*Présumée coupable*
HEATHER GRAHAM	*L'invitation*
HEATHER GRAHAM	*L'ennemi sans visage*
HEATHER GRAHAM	*Le complot*
HEATHER GRAHAM	*Soupçons*
GINNA GRAY	*Le voile du secret*
GINNA GRAY	*La cavale*
KATHRYN HARVEY	*La clé du passé*
CHRISTIANE HEGGAN	*Miami Confidential*
CHRISTIANE HEGGAN	*L'Alibi*
CHRISTIANE HEGGAN	*Intime conviction*
GWEN HUNTER	*Faux diagnostic*
GWEN HUNTER	*Virus*
PENNY JORDAN	*De mémoire de femme*
PENNY JORDAN	*La femme bafouée*
R.J. KAISER	*Qui a tué Jane Doe ?*
ALEX KAVA	*Sang Froid*
ALEX KAVA	*Le Collectionneur*
ALEX KAVA	*Les âmes piégées*
ALEX KAVA	*Obsession meurtrière*
RACHEL LEE	*Neige de sang*
RACHEL LEE	*Le lien du mal*
CARLA NEGGERS	*L'énigme de Cold Spring*
MEG O'BRIEN	*Le piège*
MEG O'BRIEN	*En lettres de sang*
MEG O'BRIEN	*Pluie de sang*
MEG O'BRIEN	*La déchirure*

.../...

DANS LA MÊME COLLECTION
Par ordre alphabétique d'auteur

EMILIE RICHARDS	*Le refuge irlandais*
EMILIE RICHARDS	*Mémoires de Louisiane*
EMILIE RICHARDS	*Le testament des Gerritsen*
EMILIE RICHARDS	*L'héritage des Robeson*
EMILIE RICHARDS	*L'écho de la rivière*
HELEN R. MYERS	*Mortelle impasse*
NORA ROBERTS	*Le cercle brisé*
NORA ROBERTS	*Possession*
NORA ROBERTS	*Et vos péchés seront pardonnés*
NORA ROBERTS	*Tabous*
NORA ROBERTS	*Coupable innocence*
NORA ROBERTS	*Maléfice*
NORA ROBERTS	*Enquêtes à Denver*
NORA ROBERTS	*Crimes à Denver*
FRANCIS ROE	*L'engrenage*
FRANCIS ROE	*Soins intensifs*
JOANN ROSS	*La femme de l'ombre*
TAYLOR SMITH	*Le carnet noir*
ERICA SPINDLER	*Rapt*
ERICA SPINDLER	*Black Rose*
ERICA SPINDLER	*Le venin*
ERICA SPINDLER	*La griffe du mal*
ERICA SPINDLER	*Trahison*
ERICA SPINDLER	*Cauchemar*
ERICA SPINDLER	*Pulsion meurtrière*
ERICA SPINDLER	*Le silence du mal*
CHARLOTTE VALE ALLEN	*L'enfance volée*

6 TITRES À PARAÎTRE EN MARS 2006

MIRA

Composé et édité par les
éditions Harlequin
Achevé d'imprimer en décembre 2005

par

LIBERDÚPLEX

Dépôt légal : janvier 2006
N° d'éditeur : 11811

Imprimé en Espagne